Boas Esposas

CB019324

Louisa
May Alcott

Boas Esposas

Tradução
Filipe Teixeira

Principis

Esta é uma publicação Principis, selo exclusivo da Ciranda Cultural
© 2020 Ciranda Cultural Editora e Distribuidora Ltda.
Traduzido do original em inglês
Good wives

Texto
Louisa May Alcott

Tradução
Beluga Editorial (Filipe Teixeira)

Preparação
Beluga Editorial (Paula Medeiros)

Revisão
Beluga Editorial (Carla Nascimento)
Mauro de Barros

Produção editorial e projeto gráfico
Ciranda Cultural

Imagens
Olga Milagros/Shutterstock.com;
Frame Art/Shutterstock.com;
Ola-ola/Shutterstock.com;
Michal Sanca/Shutterstock.com;
NadzeyaShanchuk/Shutterstock.com;
Shafran/Shutterstock.com;
bejo/Shutterstock.com;
HappyPictures/Shutterstock.com;
ntnt/Shutterstock.com;
Leremy/Shutterstock.com;
LORA MARCHENKO/Shutterstock.com;
gilev stepan/Shutterstock.com

Dados Internacionais de Catalogação na Publicação (CIP) de acordo com ISBD

A355b Alcott, Louisa May

Boas esposas / Louisa May Alcott ; traduzido por Filipe Teixeira. - Jandira, SP : Principis, 2020.
288 p. ; 16cm x 23cm. - (Literatura Clássica Mundial)

Tradução de: Good Wives
Inclui índice.
ISBN: 978-65-555-2017-0

1. Literatura infantojuvenil. 2. Literatura americana. I. Teixeira, Filipe. II. Título. III. Série.

2020-875 CDD 028.5
CDU 82-93

Elaborado por Vagner Rodolfo da Silva - CRB-8/9410

Índice para catálogo sistemático:
1. Literatura infantojuvenil 028.5
2. Literatura infantojuvenil 82-93

1ª edição revista em 2021
www.cirandacultural.com.br
Todos os direitos reservados.
Nenhuma parte desta publicação pode ser reproduzida, arquivada em sistema de busca ou transmitida por qualquer meio, seja ele eletrônico, fotocópia, gravação ou outros, sem prévia autorização do detentor dos direitos, e não pode circular encadernada ou encapada de maneira distinta daquela em que foi publicada, ou sem que as mesmas condições sejam impostas aos compradores subsequentes.

Sumário

Volume 2

Fofocas

Para que possamos retomar e ir ao casamento de Meg com o pensamento tranquilo, seria bom começar com uma pequena fofoca sobre as March. E aqui, permitam-me pressupor que se alguém mais velho considerar a história muito melosa, como temo ser possível (não receio que os jovens farão qualquer objeção), posso dizer apenas como a sra. March: "O que posso esperar se tenho quatro meninas alegres em casa e um intrépido vizinho no caminho?".

Os três anos que passaram trouxeram algumas pequenas mudanças para a tranquila família. A guerra acabara, e o sr. March estava seguro em casa, ocupado com seus livros e com a pequena paróquia que encontrou nele um pastor por natureza e graça: um homem quieto e estudioso, rico em sabedoria, o que é melhor do que apenas conhecimento; em caridade, a qual o faz chamar toda a humanidade de "irmão"; e em piedade, a qual desabrocha em caráter, tornando este sublime e amável.

Todos esses atributos, apesar da pobreza e da estrita integridade que o afastaram dos triunfos mais mundanos, atraíram para si, tão naturalmente como as ervas-doces atraem as abelhas, muitas pessoas admiráveis, e naturalmente ele ofereceu o mel, que, mesmo após cinquenta anos de experiência, não havia destilado uma gota amarga sequer. Jovens perseverantes encontraram no sábio grisalho um coração tão jovem quanto o deles; mulheres sensíveis ou inquietas levavam instintivamente suas questões a ele, na certeza de que iam encontrar a mais gentil das simpatias e o mais sábio conselho. Pecadores contavam seus pecados ao senhor de coração puro e eram tanto repreendidos quanto perdoados. Homens talentosos encontraram nele uma companhia. Homens ambiciosos tinham vislumbres de ambições mais nobres que as suas e, mesmo os mundanos, admitiam que suas crenças eram belas e verdadeiras, embora "não valessem a pena".

Para quem observava de fora, parecia que as cinco mulheres enérgicas governavam a casa, o que de fato acontecia em muitos aspectos; mas o sábio tranquilo, sentado entre seus livros, ainda era o chefe da família, a consciência, a âncora e o consolador doméstico, pois era a quem as mulheres ocupadas e ansiosas sempre se voltavam em tempos difíceis, encontrando, no sentido mais verdadeiro dessas palavras sagradas, um marido e um pai.

As meninas deixaram seus corações aos cuidados da mãe, suas almas aos do pai e, a ambos, os quais viviam e trabalhavam tão dedicadamente para elas, ofereciam um amor crescente com o amadurecimento delas, unindo a família cada vez mais pelos laços mais doces que abençoam a vida e resistem à morte.

A sra. March permanece tão ativa e alegre como antes, embora mais grisalha do que quando a vimos pela última vez; e agora tão envolvida com os assuntos de Meg, que os hospitais e lares ainda cheios de "meninos" feridos e viúvas de soldados definitivamente sentiam falta das visitas da missionária maternal.

John Brooke cumpriu seu dever bravamente durante um ano, foi ferido e enviado para casa, sem permissão para retornar. Não recebeu estrelas ou condecorações, embora as merecesse por ter arriscado com disposição tudo o que tinha, e a vida e o amor são muito preciosos quando estão em pleno amadurecimento. Perfeitamente resignado com sua dispensa, dedicou-se a melhorar, preparando-se para os negócios e assim conquistar um lar para Meg. Com o bom senso e a sólida independência que o caracterizavam, recusou as mais generosas ofertas do sr. Laurence e aceitou um cargo de contador, sentindo-se mais satisfeito em começar recebendo um salário honestamente do que se arriscar com dinheiro emprestado.

Meg dedicou seu tempo a trabalhar e esperar, tornando-se uma mulher de caráter, sábia nas artes domésticas e mais linda do que nunca, pois o amor é um ótimo cosmético. Tinha suas ambições e esperanças de menina e decepcionava-se um pouco com a jornada humilde pela qual a nova vida deveria começar. Ned Moffat casara-se com Sallie Gardiner, e Meg não podia evitar a comparação entre a bela casa e a carruagem, os vários presentes e as roupas esplêndidas deles com seus próprios pertences, e desejava secretamente poder ter o mesmo. De qualquer maneira, a inveja e o descontentamento logo desapareciam quando pensava em todo o paciente amor e trabalho que, ao esperar por ela, John tinha colocado na pequena casa. E quando sentavam juntos ao crepúsculo, conversando sobre seus pequenos planos, o futuro sempre parecia tão bonito e iluminado que se esquecia do esplendor de Sallie e sentia-se a menina mais rica e feliz da cristandade.

Jo nunca voltou à casa da tia March, pois a velha senhora afeiçoou-se tanto à Amy que a subornou oferecendo lições de desenho com um dos melhores professores e, em troca desse benefício, Amy deveria trabalhar para uma patroa bem mais rígida. Então, a menina dedicava suas manhãs ao dever e suas tardes ao prazer, prosperando satisfatoriamente. Enquanto isso, Jo dedicava-se à literatura e à Beth, que continuou frágil durante um bom tempo após ter se curado da escarlatina; a garota não estava necessariamente inválida, porém jamais recuperara sua aura rosada e saudável de antes. Ainda assim mantinha-se sempre esperançosa, alegre e serena, ocupada com as tarefas tranquilas que tanto amava, e amiga de todos; enfim, um anjo na casa, como sempre fora, muito antes daqueles que mais a amavam percebessem.

Desde quando *O Voo das Águias* rendera-lhe um dólar por cada coluna das suas "bobagens", como ela chamava, Jo sentia-se uma mulher com recursos e escrevia seus pequenos romances meticulosamente. Grandes planos fermentavam em seu cérebro ativo e em sua mente ambiciosa; o velho gabinete de cozinha no sótão suportava uma pilha de manuscritos rabiscados, a qual crescia lentamente e um dia colocaria o nome March no rol da fama.

Laurie, que foi para a faculdade obedientemente para agradar seu avô, estava agora passando por essa fase da maneira mais fácil e agradável possível para si mesmo. Todos o achavam um sucesso, graças ao dinheiro, aos modos, ao grande talento e ao seu coração muito gentil, este que sempre metia o dono em confusão ao tentar manter outras pessoas fora dele. Corria grande perigo de ser mimado e provavelmente teria sido, como muitos outros garotos promissores, se não tivesse com ele talismãs contra o mal: a memória do bondoso senhor comprometido com seu sucesso e da amiga maternal que olhava por ele como se fosse um filho e, por último, mas de jeito nenhum menos importante, a certeza de que quatro garotas inocentes o amavam, admiravam e acreditavam nele com todo o coração.

Sendo apenas "um glorioso menino humano", obviamente brincava e flertava, posava de dândi, sentimental ou atlético, conforme determinava a moda da faculdade. Aplicava e recebia trotes, falava com gírias e, mais de uma vez, chegou perigosamente perto de ser suspenso ou expulso; porém, como o espírito elevado e o amor pela diversão eram as causas dessas brincadeiras, sempre conseguia se safar com uma confissão franca, uma remissão honrada ou com o poder irresistível de persuasão que possuía. Na verdade, orgulhava-se das suas escapadas apertadas e gostava de divertir as meninas com descrições vívidas dos seus triunfos sobre tutores irados, professores pomposos e inimigos derrotados. Os "homens da minha classe" eram heróis aos olhos das meninas, que nunca se cansavam das façanhas dos "nossos amigos" e, quando Laurie os levava para casa, quase sempre lhes era permitido desfrutar dos sorrisos dessas grandes criaturas.

Amy gostava desses grandes momentos de um jeito especial e tornou-se uma verdadeira *"Belle"* entre eles, logo notando que poderia usar seus modos de dama e seu dom da fascinação. Meg estava muito concentrada em seu privado e particular John para se importar com qualquer outro rapaz, e Beth era muito tímida para fazer qualquer coisa mais do que espiá-los e se perguntar como Amy ousava ordená-los daquela maneira, mas Jo sentia-se muito à vontade e achou muito difícil não imitar as atitudes, as frases e as proezas masculinas, estas lhe eram bem mais naturais do que o decoro prescrito a jovens damas. Todos eles gostavam demais de Jo, mas nunca se apaixonaram por ela, embora poucos deles tenham escapado sem prestar o tributo de um ou outro suspiro sentimental ao templo de Amy. E por falar em sentimentos, remetemo-nos muito naturalmente ao "Pombal".

Este era o nome da casinha marrom que o sr. Brooke havia preparado para ser o primeiro lar de Meg. Laurie a batizou assim, dizendo que era muito adequado para os doces namorados que "seguiam juntos como um par de rolinhas, primeiro com bicadas, depois com arrulhos". Era uma casa pequenina, com um jardinzinho atrás e um gramado do tamanho de um lenço de bolso. Lá, Meg queria uma fonte, arbustos e uma profusão de belas flores, embora até agora a fonte fosse representada por uma danificada urna, muito desgastada, os arbustos consistissem de vários jovens cedros, indecisos se viviam ou morriam, e a profusão de flores fosse ainda um mero indício de varas indicando onde as sementes haviam sido plantadas. Dentro, porém, era tudo muito charmoso, e a noiva feliz não via qualquer defeito, do sótão ao porão. Na verdade, o vestíbulo era tão estreito que o fato de não terem um piano era ótimo, pois não seria possível passá-lo por ali. A sala de jantar era tão pequena que ter seis pessoas era um encaixe justo, e a escada da cozinha parecia ter sido construída com a expressa finalidade de derrubar os empregados e a louça de porcelana na tina de carvão. Contudo, uma vez acostumados com essas pequenas limitações, nada poderia ser mais perfeito, pois bom senso e bom gosto foram colocados na escolha dos móveis e o resultado foi altamente satisfatório. Não havia mesas com tampo de mármore, grandes espelhos ou cortinas de renda na pequena sala, mas sim móveis simples, muitos livros, um ou outro belo quadro, flores na janela e, distribuídos por toda a casa, belos presentes oferecidos por amigos, ainda mais bonitos por conta das lindas mensagens que traziam.

Não creio que a peça de porcelana da Psiquê[1] que Laurie dera tenha perdido sua beleza porque John a pendurou em um suporte feito por

[1] Refere-se à escultura *Psyche Revived by Cupid's Kiss*, de Antonio Canova (1757-1822). (N.E.)

ele, ou que qualquer estofador poderia ter coberto as cortinas de musselina de forma mais graciosa do que a mão artística de Amy, ou mesmo que qualquer despensa poderia jamais ser tão recheada de bons desejos, palavras alegres e esperanças felizes do que aquela na qual Jo e sua mãe guardavam as poucas caixas, barris e pacotes de Meg, e tenho absoluta certeza de que a cozinha nova de nenhuma outra forma seria tão aconchegante e limpa se Hannah não tivesse organizado cada lata e panela dezenas de vezes e deixado o fogo pronto para ser aceso no minuto em que a "sra. Brooke chegasse em casa". Também duvido que qualquer jovem matrona tenha começado a vida tão abastada com espanadores, porta-joias e sacolas, pois Beth confeccionou o suficiente para durar até as bodas de prata do casal e inventou três tipos diferentes de pano de prato, destinados exclusivamente às porcelanas da noiva.

As pessoas que pagam por todas essas coisas prontas nunca sabem o que perdem, pois as tarefas caseiras tornam-se belas quando feitas com amor, e Meg encontrou tantas provas disso que tudo em seu pequeno ninho, desde o rolo da cozinha até o vaso de prata na mesa da sala, era indício do amor doméstico e de sua terna preocupação.

Quantos momentos felizes planejaram juntos, quantas excursões solenes às compras, quantos erros engraçados cometeram e quantas gargalhadas surgiram das pechinchas ridículas de Laurie. Em sua paixão por piadas, o jovem cavalheiro, embora quase no fim da faculdade, era ainda tão menino como sempre. Seu último capricho foi trazer consigo, em suas visitas semanais, alguns itens novos, úteis e engenhosos para a jovem dona de casa. Primeiro, uma sacola de notáveis prendedores de roupa; depois, um maravilhoso ralador de noz-moscada que se despedaçou logo no primeiro uso; um limpador de facas que estragou todas as facas; uma vassoura que puxava os fios do tapete e deixava a sujeira; um sabonete funcional que arrancava a pele das mãos de qualquer um; cimentos infalíveis que aderiam firmemente a nada, a não ser aos dedos do comprador enganado; e todo tipo de funilaria, desde um cofre de brinquedo para guardar os centavos a uma magnífica caldeira que lavava os utensílios em seu próprio vapor com toda a probabilidade de explodir durante o processo.

Em vão, Meg implorou para que Laurie parasse. John ria dele, e Jo o chamava de "Sr. Toodles". Ele estava obcecado pela ideia de patrocinar a engenhosidade ianque e de ver seus amigos com os equipamentos adequados. Por isso, a cada semana ocorria um absurdo diferente.

Por fim, tudo ficou pronto, até mesmo os arranjos de Amy, que distribuiu os sabonetes de acordo com a cor de cada cômodo, e a mesa que Beth preparou para a primeira refeição.

– Está satisfeita? Sente-se em um lar onde conseguirá ser feliz? – perguntou a sra. March, ao entrar de braço dado com a filha no novo reino. Naquele momento, a relação entre mãe e filha parecia mais terna do que nunca.

– Sim, mamãe, perfeitamente satisfeita, obrigada a todos vocês, estou tão feliz que nem consigo falar sobre isso – com um olhar que era muito melhor do que palavras.

– Se tivesse pelo menos uma ou duas empregadas, seria ótimo – disse Amy, retornando da sala, onde estava tentando decidir se o Mercúrio de bronze ficava melhor nas prateleiras ou no móvel da lareira.

– Mamãe e eu conversamos e decidi tentar do jeito dela primeiro. Haverá tão pouca coisa para fazer que, com Lotty me ajudando nos afazeres aqui e ali, devo trabalhar apenas o suficiente para não ficar preguiçosa ou com saudade de casa – respondeu Meg tranquilamente.

– Sallie Moffat tem quatro – começou Amy.

– Se Meg tivesse quatro, a casa não comportaria a todos e o senhor e a senhora teriam de acampar no jardim – interrompeu Jo, enrolada em um avental azul e dando um último polimento nas maçanetas.

– Sallie não é esposa de um homem pobre e muitos empregados são necessários apenas em grandes propriedades. Meg e John começam a vida humildemente, mas tenho um pressentimento de que serão tão felizes nesta pequena casa quanto seriam em uma mansão. É um grande erro para jovens como Meg dedicarem-se apenas a andar na moda, dar ordens e fofocar. Quando me casei, costumava desejar que minhas roupas novas ficassem desgastadas ou rasgassem, assim poderia ter o prazer de consertá-las, pois me fartei de fazer bordados e cuidar do meu lenço de bolso.

– Por que a senhora não foi para a cozinha elaborar pratos, como Sallie diz fazer por diversão, mesmo que nunca saia nada de bom e as empregadas riam dela – disse Meg.

– Fiz isso depois de um tempo, mas não para me divertir, e sim para aprender com Hannah a fazer as coisas e os meus empregados não precisarem rir de mim. Era bom na época, e chegou um momento em que fiquei realmente grata por não só ter a vontade, mas também o poder de fazer uma comida saudável para minhas filhinhas e me virar quando não pudesse pagar alguém para fazê-lo. Você começa no outro extremo, Meg, minha querida, mas as lições aprendidas agora servirão no futuro, quando John for um homem mais rico, pois a dona de uma casa, por mais esplêndida que esta seja, precisa saber como o trabalho deve ser feito se quiser ser servida bem e com honestidade.

– Sim, mamãe, tenho certeza disso – afirmou Meg, ouvindo respeitosamente o pequeno sermão, pois a melhor das mulheres dará total atenção aos assuntos da manutenção do lar. – Sabe, esse é o cômodo que mais gosto em toda a minha casinha – acrescentou Meg um minuto depois, quando foram para o andar de cima e ela olhou o organizado armário de roupas de cama e banho.

Beth estava lá, dispondo as pilhas brancas como neve suavemente nas prateleiras e suspirando com a bela arrumação. As três riram quando Meg falou, pois o armário era uma piada. Veja, tendo dito que Meg não veria um centavo do seu dinheiro se casasse com "aquele Brooke", a tia March viu-se em um dilema quando o tempo amansou sua ira e a fez arrepender-se da promessa. Ela nunca voltou atrás em suas palavras, e teve de se exercitar muito para contornar a situação, até que concebeu um plano com o qual conseguiu satisfazer-se: a sra. Carrol, mãe de Florence, recebeu um pedido para comprar, confeccionar e bordar uma generosa provisão de roupas de cama e mesa, e enviar como se fosse um presente seu; tudo foi feito com muito cuidado. Entretanto, o segredo vazou e a família se divertiu muito com isso, pois a tia March tentou parecer totalmente alheia, insistindo que não daria nada além das velhas pérolas prometidas há tempos à primeira que se casasse.

– Essa é uma predileção que gosto de ver nas donas de casa. Tive uma amiga cuja roupa de cama de toda a casa eram apenas seis lençóis, mas havia tigelas[2] na mesa para as visitas limparem os dedos, o que a deixava satisfeita – disse a sra. March, passando a mão nas toalhas de mesa cor de damasco, com uma verdadeira apreciação feminina da fineza destas.

– Não tenho uma tigela para dedos sequer, mas este conjunto irá durar até o fim dos meus dias, como Hannah diz – e Meg parecia muito alegre, e tinha motivos para isso.

Um jovem rapaz alto e de ombros largos, com a cabeça raspada, um chapéu de feltro e uma capa aberta, que vinha descendo a estrada muito apressadamente, passou pela cerca baixa sem parar para abrir o portão e parou na frente da sra. March, com os braços abertos e um veemente:

– Aqui estou, mãe! Sim, está tudo bem.

As últimas palavras foram em resposta ao olhar da senhora para ele, um olhar gentilmente questionador que os belos olhos acharam tão sinceros que a pequena cerimônia se encerrou, como de costume, com um beijo maternal.

– Para a sra. John Brooke, com os parabéns e os cumprimentos do fabricante. Deus a abençoe, Beth! Que ótimo espetáculo você é, Jo. Amy, você está ficando muito bonita para uma dama solteira.

Enquanto Laurie falava, entregou um pacote em papel marrom a Meg, puxou o laço do cabelo de Beth, olhou fixamente para o grande avental de Jo e caiu em um êxtase de zombaria diante de Amy. Depois, apertou as mãos de cada uma e todos começaram a conversar.

– Onde está John? – perguntou Meg, ansiosa.

– Parou para obter a licença para amanhã, madame.

– Quem venceu a última partida, Teddy? – perguntou Jo, que persistia em se interessar por esportes de meninos, apesar dos seus dezenove anos.

– O nosso, é claro. Queria que você estivesse lá para ver.

[2] No original *finger bowls*. É uma tigela de água usada para enxaguar os dedos após o último prato de uma refeição formal servida à russa (serviço direcionado a banquetes formais e elegantes, para mesas de 6 a 12 pessoas). (N.E.)

– Como vai a adorável sra. Randal? – perguntou Amy sorrindo.

– Mais cruel do que nunca. Não vê como padeço? – e Laurie bateu com força no peito e deu um suspiro melodramático.

– Qual é a última piada? Abra o pacote e veja, Meg – disse Beth, olhando com curiosidade para o pacote arredondado.

– É útil ter em casa para se proteger de incêndios ou ladrões – observou Laurie, quando o chocalho vigilante foi revelado, arrancando gargalhadas das meninas.

– Sempre que John estiver fora e você sentir medo, sra. Meg, basta balançar isso na janela da frente e toda a vizinhança despertará em um instante. Muito bom, não é? – e Laurie deu uma amostra do poder do chocalho, fazendo todas cobrirem as orelhas.

– Quanta gratidão! E falando em gratidão, lembrei-me de mencionar que você deve agradecer Hannah por salvar seu bolo de casamento. Vi-o entrando em sua casa enquanto vinha para cá e, se ela não o tivesse defendido com tanta bravura, teria pegado um pedaço para mim, pois parecia especialmente delicioso.

– Fico pensando se um dia você vai crescer, Laurie – disse Meg em tom matronal.

– Faço o meu melhor, madame, mas não consigo ficar muito mais alto; um metro e oitenta é o máximo que os homens conseguem atingir nessa época decadente – respondeu o jovem cavalheiro, que batia a cabeça no candelabro. – Suponho que seria uma profanação comer qualquer coisa nessa residência nova em folha, mas, como estou tremendamente faminto, proponho um adiantamento – acrescentou ele.

– Mamãe e eu vamos esperar por John. Há ainda alguns últimos detalhes para arrumar – disse Meg, saindo com pressa.

– Beth e eu vamos à casa de Kitty Bryant pegar mais flores para amanhã – acrescentou Amy, amarrando um chapéu pitoresco sobre seus cachos também pitorescos e deleitando-se com o efeito, assim como ou outros.

– Vamos, Jo, não me deixe na mão. Estou exausto e não conseguirei chegar em casa sem ajuda. Não tire seu avental, não importa o que faça, pois é peculiarmente charmoso – disse Laurie, enquanto Jo guardava sua especial aversão no grande bolso e oferecia seu braço para apoiar os passos imprecisos do amigo.

– Agora, Teddy, quero falar algo sério com você sobre amanhã – começou Jo, enquanto caminhavam juntos. – Você deve me prometer se comportar e não fazer nenhuma brincadeira que possa estragar nossos planos.

– Nenhuma brincadeira.

– E não diga nada engraçado quando precisarmos ficar sérios.

– Você é que sempre faz isso.

– E eu imploro que não olhe para mim durante a cerimônia, porque certamente vou rir.

– Você não me verá, pois vai chorar tanto que a espessa névoa ao seu redor irá obscurecer o ambiente.

– Nunca choro, a menos que esteja passando por uma grande aflição.

– Como amigos indo para a faculdade, hein? – cortou Laurie, com um riso sugestivo.

– Não seja convencido. Só choraminguei um pouco para fazer companhia às meninas.

– Exatamente. Jo, como está o vovô esta semana? Amigável?

– Muito. Por quê? Meteu-se em alguma enrascada e quer saber como ele vai reagir? – perguntou Jo diretamente.

– Jo, você acha que eu olharia nos olhos da sua mãe e diria "está tudo bem" se não estivesse? – e Laurie parou um pouco, com ar de quem estava magoado.

– Creio que não.

– Então não há do que suspeitar. Só quero um pouco de dinheiro – disse Laurie, voltando a andar, abrandado pelo tom suave de Jo.

– Você gasta muito, Teddy.

– Meu Deus, não gasto! O dinheiro se gasta sozinho e acaba antes que eu perceba.

– Você é tão generoso e gentil que empresta dinheiro às pessoas, não consegue dizer "não" a ninguém. Ficamos sabendo sobre Henshaw e tudo o que fez por ele. Se você sempre gastasse dinheiro desse jeito, ninguém o culparia – disse Jo, cordialmente.

– Oh, ele fez uma tempestade em copo d'água. Você não queria que eu deixasse aquele bom amigo se matar de trabalhar precisando apenas de uma ajudinha, quando ele vale uma dúzia de preguiçosos como nós, queria?

– Claro que não, mas não vejo utilidade em ter dezessete coletes, infinitas gravatas e um novo chapéu sempre que vem para casa. Pensei que tivesse superado essa fase dândi, mas de vez em quando ela ressurge de outra forma. Agora, aparentemente, a moda é ser horrível, fazer com que sua cabeça pareça um esfregão, vestir jaquetas apertadas, luvas laranjas e botas de bico quadrado. Se fosse uma feiura barata, não diria nada, mas é tão caro quanto antes e não vejo nada de bom nisso.

Laurie jogou a cabeça para trás e deu uma gargalhada tão veemente que o chapéu de feltro caiu e Jo passou por cima dele, insulto que lhe deu a oportunidade de discorrer sobre as vantagens de uma roupa improvisada enquanto desamassava o chapéu maltratado e o colocava no bolso.

– Pare já com o sermão, há aqui uma boa alma! Passo a semana inteira os ouvindo e gostaria de me divertir quando chego em casa. Vou me reerguer independentemente das despesas e serei uma alegria aos meus amigos.

– Só largo do seu pé se deixar seu cabelo crescer. Não sou aristocrata, mas me incomoda ser vista com uma pessoa que parece um lutador – observou Jo severamente.

– Esse estilo despretensioso promove o estudo, por isso o adotamos – respondeu Laurie, que certamente não poderia ser acusado de vaidoso, tendo voluntariamente sacrificado uma bela cabeleira cacheada por uma cabeça raspada. – Aliás, Jo, acho que o pequeno Parker está realmente desesperado por Amy. Fala nela o tempo todo, escreve poesia e delira de um jeito muito suspeito. É melhor ele cortar sua paixãozinha pela raiz, não é? – acrescentou Laurie, em tom de confidência, como se fosse um irmão mais velho, após um minuto de silêncio.

– Claro que sim. Não queremos mais casamentos nesta família por anos. Misericórdia! O que essas crianças estão pensando? – e Jo pareceu escandalizada, como se Amy e o pequeno Parker não fossem adolescentes.

– É uma idade veloz, e não sei o que vem por aí, senhorita. Você é apenas uma criança, mas será a próxima e só nos restará lamentar quando for embora – disse Laurie, balançando a cabeça sobre a degeneração dos tempos.

– Não se alarme. Não sou do tipo agradável. Ninguém vai me querer e isso é uma bênção, pois deve sempre haver uma solteirona na família.

– Ninguém terá chance com você – disse Laurie, com um olhar enviesado e um pouco mais de cor do que antes no rosto bronzeado. – Você não mostrará o lado suave da sua personalidade e, se alguém conseguir enxergá-lo por acidente e acabar demonstrando que gosta, você o tratará como a sra. Gummidge tratava seu amado, dando um banho de água fria nele e tornando-se tão difícil que ninguém ousaria tocar ou olhar para você.

– Não gosto desse tipo de coisa. Estou muito ocupada para me preocupar com disparates, e acho horrível que as famílias sejam divididas dessa forma. Agora, não diga mais nada a esse respeito. O casamento de Meg mexeu demais com nossas cabeças e não falamos de outra coisa a não ser namorados e esses absurdos. Não quero ser rude, então vamos mudar de assunto – e Jo parecia pronta para dar um banho de água fria perante a mínima provocação.

Quaisquer que fossem seus sentimentos, Laurie canalizou-os em um longo assovio e na temerosa previsão que fez ao chegarem ao portão:

– Anote o que eu digo, Jo, você será a próxima.

O primeiro casamento

As rosas de junho sobre o alpendre acordaram cedo naquela manhã iluminada, alegrando-se com todo o coração ao ver o céu ensolarado e sem nuvens, como vizinhas amigáveis que eram. Cheias de entusiasmo em suas faces avermelhadas, ao balançar com o vento, sussurravam uma para a outra o que haviam visto: algumas espiaram pelas janelas da sala de jantar, onde a festa se espalhava; algumas subiram para acenar e sorrir para as irmãs enquanto estas vestiam a noiva; outras fizeram um aceno de boas-vindas para os que entravam e saíam, realizando as várias tarefas no jardim, no alpendre e no vestíbulo. E todas, desde a flor totalmente desabrochada ao mais pálido botão, ofereceram sua homenagem de beleza e fragrância à gentil senhora que cuidava delas e as amava há tanto tempo.

Meg parecia tal e qual uma rosa, pois tudo que era bom e doce em seu coração e em sua alma florescia no rosto dela naquele dia, deixando-o lindo e terno, com um charme superior à própria beleza. Nem seda, renda, nem flores de laranjeira ela teria: "Não quero um casamento chique, apenas os que amo ao meu redor; e desejo parecer e ser para eles quem sempre fui".

Por isso ela mesma confeccionou seu vestido, costurando nele esperanças ternas e romances inocentes de um coração de menina. Suas irmãs arrumaram o cabelo dela, e os únicos ornamentos usados foram os lírios do vale, flores que o "seu John" mais gostava.

– Você realmente está parecendo nossa querida Meg, tão doce e fascinante que a abraçaria agora se não fosse amassar o vestido – disse Amy, examinando-a com satisfação quando ficou pronta.

– Então estou satisfeita. Mas, por favor, venham todas me abraçar e beijar, não me importo com o vestido. Quero vários amassados como esse hoje – e Meg abriu os braços para as irmãs, que a agarraram com rostos primaveris durante um minuto inteiro, sentindo que o novo amor não havia alterado o antigo.

– Agora vou dar o nó na gravata de John e depois ficar um pouco com o papai no gabinete – e Meg saiu para realizar essas pequenas cerimônias e, então, seguir a mãe onde quer que esta fosse, consciente de que, apesar dos sorrisos no rosto maternal, havia uma pequena tristeza escondida em seu coração por conta da partida do ninho de seu primeiro passarinho.

Enquanto as irmãs permaneceram juntas no banheiro, dando os últimos retoques, talvez seja um bom momento para contar algumas mudanças que os últimos três anos trouxeram para a aparência das meninas, pois todas pareciam agora estar em sua melhor forma.

A aparência angulada de Jo suavizou-se bastante e ela aprendeu a portar-se com leveza, para não dizer graça. O cabelo cacheado cresceu e tornou-se uma espessa cabeleira, mais adequada para a cabecinha no alto de seu corpo longilíneo. Há um frescor em suas bochechas bronzeadas, um brilho suave em seus olhos e, hoje, sua língua afiada proporciona apenas palavras gentis.

Beth cresceu delgada, pálida e mais quieta do que nunca. Os olhos belos e simpáticos estão maiores e têm uma expressão que nos entristece, embora não sejam tristes em si. É a sombra da dor que toca o rosto jovem com uma paciência comovente, mas Beth raramente reclama e sempre fala com a esperança de "que tudo logo vai melhorar".

Amy é considerada "a flor da família", pois com dezesseis anos já emana o ar de uma mulher feita; não linda mas dotada de um charme indescritível chamado graça. Percebe-se isso nas linhas do seu rosto, na composição e nos movimentos das suas mãos, no fluxo do seu vestido, no caimento do seu cabelo, inconsciente mas harmonioso, para muitos tão atraente quanto a própria beleza. O nariz de Amy ainda a aflige, pois nunca se tornará um nariz grego, assim como sua boca, que é muito larga, e o queixo, protuberante. Essas características irregulares dão personalidade ao seu rosto, mas ela jamais percebeu isso e consola-se com sua tez maravilhosamente bela, os olhos azuis penetrantes e os cachos mais dourados e abundantes do que nunca.

As três vestiram-se de cinza prateado (seus melhores vestidos para o verão), com rosas no cabelo e no peitilho, e pareciam ser realmente quem eram, meninas de rosto fresco e o coração alegre, pausando um momento suas vidas atribuladas para ler com olhos contemplativos o capítulo mais doce do romance de uma mulher.

Não era uma ocasião para exibições cerimoniosas e tudo deveria ser o mais natural e caseiro possível. Então, quando tia March chegou, ficou escandalizada ao ver a noiva vindo para recebê-la e acompanhá-la, ao encontrar o noivo pregando uma guirlanda que havia caído e ao ver o pastor paternal subindo as escadas com uma expressão grave e uma garrafa de vinho sob cada braço.

– Minha nossa! Mas o que é tudo isso? – disse a velha senhora, sentando-se no local destinado a ela e ajeitando as dobras do seu *moiré*[3] lavanda, fazendo muito barulho. – Você não deveria ser vista até o último minuto, menina.

– Não sou um espetáculo, titia, e ninguém está vindo para me ver, criticar meu vestido ou contar quanto custou a comida. Estou muito feliz para me preocupar com o que vão dizer ou pensar, e meu casamento será exatamente como queria que ele fosse. John, querido, aqui está seu martelo – e lá foi Meg ajudar "aquele homem" em sua tarefa altamente inadequada.

O sr. Brooke sequer disse "obrigado", mas, ao inclinar-se para pegar a nada romântica ferramenta, beijou a noiva atrás da porta dobrável, com um olhar que fez a tia March tirar do bolso o lenço para enxugar os olhos que de repente haviam marejado.

Um barulho, um grito e um riso de Laurie acompanharam a indecorosa exclamação "Júpiter Ámon[4]! Jo mexeu no bolo de novo!", causando uma comoção momentânea, que mal havia terminado quando vários primos chegaram e "a festa entrou em casa", como Beth costumava dizer quando criança.

– Não deixe aquele jovem gigante chegar perto de mim, ele me incomoda mais do que mosquitos – sussurrou a velha senhora a Amy, enquanto os cômodos eram preenchidos e a cartola de Laurie se sobressaía acima de todos.

– Ele prometeu se comportar muito bem hoje, e consegue ser perfeitamente elegante quando quer – respondeu Amy, indo avisar Hércules[5] para que tomasse cuidado com o dragão, aviso esse que fez com que ele rodeasse a velha senhora com uma devoção que quase a distraiu.

---

[3] Melania: espécie de tecido ondeado, de seda ou de lã – *Dicionário Michaelis*. (N.E.)

[4] Ámon foi um deus da mitologia egípcia, propiciador da vitória nas batalhas e pai de todos os demais deuses do panteão. Júpiter foi rei dos deuses e grande protetor de Roma. É ainda considerado o deus do céu, da chuva, da luz e do raio. Na Antiguidade, Zeus foi identificado como Júpiter (entre os romanos) e integrado com outras divindades, tais como o deus do Egito (Ámon). Aqui no livro, a expressão é usada por Laurie para chamar a atenção e seria equivalente a "Meu Deus!". (N.E.)

[5] Amy faz uma brincadeira ao se referir a Hércules: um grande herói da mitologia grega. (N.E.)

Não houve cortejo nupcial, mas um silêncio súbito tomou conta da sala quando o sr. March e o jovem casal tomaram seus lugares embaixo do arco verde. A mãe e as irmãs ficaram juntas, como se estivessem relutantes quanto a entregar Meg. A voz paternal estremeceu mais de uma vez, o que tornou o momento ainda mais bonito e solene. A mão do noivo tremia visivelmente e ninguém ouviu suas respostas, mas Meg olhou diretamente para os olhos do marido e disse "sim!" com tanta confiança e ternura em seu rosto que o coração da sua mãe regozijou-se e o soluço da tia March foi totalmente audível.

Jo não chorou, embora estivesse prestes a isso, e só foi salva pela consciência de que Laurie estava encarando-a fixamente, com uma mistura cômica de alegria e emoção em seus olhos negros e travessos. Beth escondeu o rosto atrás do ombro da mãe, mas Amy portou-se como uma estátua graciosa, com um oportuno raio de sol tocando sua testa alva e a flor em seu cabelo.

Receio, porém, que isso não era de jeito nenhum o esperado, mas no minuto em que estava devidamente casada, Meg disse:

– O primeiro beijo para mamãe! – e virando-se, beijou com amor os seus lábios. Durante os próximos quinze minutos, ela parecia mais do que nunca como uma rosa, pois todos tiraram proveito dos seus privilégios ao máximo, desde o sr. Laurence à velha Hannah, que, adornada com um chapéu ao mesmo tempo assustador e maravilhoso, pulou sobre a noiva no vestíbulo, dizendo com um soluço e uma risada:

– Deus a abençoe, querida, cem vezes! O bolo está lindo e tudo está lindo.

Todos se restabeleceram após isso e disseram algo brilhante, ou tentaram fazê-lo, o que foi ótimo, pois o riso está pronto quando o coração está leve. Não havia local para exibir os presentes, pois estes já estavam na casinha, nem houve um café da manhã elaborado, mas um almoço repleto de bolo e frutas, enfeitados com flores. O sr. Laurence e a tia March sacudiram os ombros e sorriram um para o outro quando descobriram que água, limonada e café eram os únicos tipos de bebida que as três Hebes[6] carregavam. Ninguém disse nada, até Laurie, insistindo em servir a noiva, aparecer diante dela, com uma bandeja na mão e uma expressão confusa no rosto.

– Jo quebrou todas as garrafas por acidente? – sussurrou ele. – Ou foi uma ilusão quando vi algumas soltas por aí de manhã?

– Não, seu avô gentilmente nos ofereceu suas melhores garrafas, e a tia March enviou algumas, mas o papai guardou um pouco para Beth e despachou o resto para o quartel. Você sabe, ele acha que vinho deveria ser usado apenas para tratar doenças, e a mamãe diz que, sob seu teto, nem ela nem suas filhas jamais oferecerão bebida alcoólica a nenhum jovem.

Meg falou seriamente e esperou Laurie fechar a cara ou sorrir, mas ele não fez nada disso e, após olhar para ela rapidamente, disse, com seu jeito impetuoso:

– Gosto disso! Já vi muito dano ser causado e desejo que outras mulheres pensem como você.

– Espero que não tenha chegado a essa conclusão por experiência própria – disse Meg, com um tom de voz aflito.

– Não. Dou minha palavra. Mas também não pense tão bem de mim, essa apenas não é uma de minhas tentações. Tendo crescido em um lugar onde vinho é tão comum quanto água e quase inofensivo, não ligo muito para ele; mas quando uma bela garota oferece, não se deve recusar, sabe?

– Mas você vai recusar, pelo bem dos outros e pelo seu próprio. Vá, Laurie, prometa não fazer isso e me dê mais uma boa razão para dizer que este é o dia mais feliz da minha vida.

Uma demanda tão súbita e tão séria fez com que o rapaz hesitasse um momento, pois o ridículo é frequentemente mais difícil de suportar do que a autonegação. Meg sabia que, se ele prometesse, teria de cumprir a todo custo e, sentindo seu poder, usou-o da forma que uma mulher usaria pelo bem de um amigo. Ela não falou, mas olhou para ele com uma expressão muito eloquente, resultado da sua felicidade, e um sorriso que dizia "ninguém pode me recusar nada neste dia".

---

[6] Alusão à Hebe que, na mitologia grega, é a deusa da juventude, filha legítima de Zeus e Hera. Por ter o privilégio da eterna juventude, representava a donzela consagrada aos trabalhos domésticos. (N.E.)

Laurie não poderia e, com um sorriso de resposta, estendeu sua mão, dizendo, de coração:

– Eu prometo, sra. Brooke!

– E eu o agradeço muito, muito mesmo.

– E eu proponho um brinde de “longa vida à sua decisão”, Teddy – disse Jo, batizando-o com um borrifo de limonada, enquanto agitava seu copo e lançava para ele um olhar de aprovação.

O brinde foi bebido, a promessa feita e fielmente mantida, apesar das muitas tentações; pois, com uma sabedoria instintiva, as meninas aproveitaram o momento feliz para prestar um serviço ao amigo, pelo qual agradeceu por toda sua vida.

Após o almoço, as pessoas passearam, em grupos de dois ou três, pela casa e pelo jardim, aproveitando a luz do sol que iluminava os ambientes internos e externos. Meg e John estavam juntos no meio do gramado quando Laurie foi arrebatado por uma inspiração que deu o toque final àquele casamento despretensioso.

– Todos os casados, deem as mãos e dancem ao redor do novo casal, como os alemães costumam fazer; enquanto nós, os solteiros, ficamos em pares em volta do círculo! – disse Laurie, dançando com Amy com espírito e habilidade tão contagiantes que todo mundo seguiu o par sem reclamar. O sr. e a sra. March e a tia e o tio Carrol começaram, e os outros rapidamente juntaram-se a eles. Até Sallie Moffat, após um momento de hesitação, segurou a cauda do vestido com o braço e puxou Ned para a roda. Contudo, a cereja do bolo foi o sr. Laurence e a tia March, pois quando o velho cavalheiro aproximou-se de maneira solene da velha senhora, ela colocou a bengala debaixo do braço e saltou vivamente para dar as mãos aos outros e dançar em volta dos noivos, enquanto os jovens espalhavam-se pelo jardim como borboletas em um dia de verão.

A necessidade de fôlego encerrou o baile improvisado e as pessoas começaram a ir embora.

– Desejo-lhe o melhor, minha querida, desejo com todo o coração, mas acho que vai se arrepender disso – disse a tia March a Meg, acrescentando ao marido, enquanto ele a conduzia até a carruagem: – Você obteve um tesouro, meu jovem, faça por merecer.

– Este foi o casamento mais bonito no qual estive em muito tempo, Ned; e não sei como, pois não houve um pingo de estilo – observou a sra. Moffat para seu marido, enquanto passeavam.

– Laurie, meu rapaz, se você um dia se envolver em algo desse tipo, chame uma dessas garotinhas para ajudá-lo e ficarei perfeitamente satisfeito – disse o sr. Laurence, ajeitando-se em sua espreguiçadeira para descansar após a agitação da manhã.

– Farei o melhor para agradá-lo, senhor – foi a resposta incomum e respeitosa de Laurie, enquanto cuidadosamente tirava o pequeno buquê colocado por Jo na botoeira da lapela de seu casaco.

A casinha não era muito longe, e o único cortejo nupcial que Meg teve foi a tranquila caminhada ao lado de John, da casa antiga até a casa nova. Quando ela desceu, parecendo uma bela quacre com seu vestido perolado e seu chapéu de palha, todos se reuniram para dizer-lhe "adeus" ternamente, como se ela estivesse partindo em uma grande viagem.

– Não sinta como se estivesse me separando da senhora, mamãe, ou que a amo menos por amar muito John – disse ela, abraçando a mãe com os olhos marejados por um momento. – Virei aqui todos os dias, papai, e espero que meu lugar seja mantido no coração de vocês, embora esteja casada. Beth ficará bastante tempo comigo, e as outras meninas irão me visitar vez ou outra para rir dos meus esforços para cuidar da casa. Obrigada a todos por esse dia tão feliz que foi o do meu casamento. Adeus, adeus!

Todos ficaram parados, observando-a com os semblantes cheios de amor, esperança e um orgulho terno enquanto ela se afastava, apoiada no braço do marido, com as mãos cheias de flores e a luz do sol de junho iluminando seu rosto feliz. E assim começou a vida de casada de Meg.

Tentativas artísticas

É preciso muito tempo para que as pessoas aprendam a diferença entre talento e genialidade, especialmente quando se trata de jovens ambiciosos. Amy estava aprendendo essa distinção por meio de muita atribulação, pois, ao confundir entusiasmo com inspiração, experimentava cada ramo da arte com toda a coragem da juventude. Durante um bom tempo, houve uma pausa no trabalho com as "tortas de argila", dedicando-se à fina arte do desenho com caneta, para o qual demonstrou tanto bom gosto e habilidade que seu gracioso trabalho manual provou-se agradável e lucrativo. Mas o cansaço nos olhos fez com que a caneta fosse substituída por uma tentativa arrojada de pirogravura. Enquanto esse período durou, a família vivia em constante medo de uma conflagração; o cheiro de madeira queimada permeava a casa o tempo todo, uma fumaça que saía do sótão espalhava-se com frequência alarmante, ferros incandescentes dispersavam-se em total descuido por todo lado e Hannah nunca ia para a cama sem um balde de água e a campainha do jantar à sua porta para caso ocorresse algum incêndio. O rosto de Rafael foi encontrado audaciosamente executado na parte de baixo de uma placa de moldagem e o de Baco[7], na tampa de um barril de cerveja. Um querubim adornava a tampa da lata de açúcar e tentativas de retratar Romeu e Julieta[8] forneceram lenha por algum tempo.

Do fogo ao óleo foi uma transição natural para dedos queimados, e Amy voltou a pintar com o mesmo ardor de antes. Um amigo artista equipou-a com paletas, pincéis e tintas que não queria mais, e ela saiu manchando tudo, produzindo cenas pastorais e marinhas como nunca haviam sido vistas na terra ou no mar. Suas monstruosidades na forma de gado teriam sido premiadas em feiras agrícolas, e o movimento perigoso das suas embarcações teriam produzido enjoo até no melhor observador náutico, se o absoluto desrespeito por todas as regras conhecidas de construção de navios e do sistema de cordas, correntes e mastros não o fizesse soltar uma gargalhada só de olhar. Rapazes morenos e Madonas de olhos escuros, encarando o espectador de um canto do estúdio, sugeriam Murillo; rostos com sombras oleosas e escuras e um traço sinistro no lugar errado, deveriam ser Rembrandt; damas e

[7] Baco é o equivalente romano de Dionisio que, na antiga religião grega, é o deus dos ciclos vitais, das festas, do vinho, da loucura, do teatro, dos ritos religiosos e, sobretudo, da intoxicação que funde o bebedor com a deidade. (N.E.)

[8] Referência à peça de William Shakespeare. (N.E.)

bebês aquosos, Rafael; e Turner apareceu em tempestades com trovões azuis, raios laranja, chuva marrom e nuvens roxas, com um borrifo cor de tomate no meio, que poderia ser o sol ou uma boia, a camisa de um marinheiro ou o roupão de um rei, a critério do espectador.

Retratos com carvão vieram em seguida, e a família foi pendurada em uma fileira, todos com uma aparência tão selvagem e suja como se tivessem sido evocados de uma tina de carvão. Suavizados em desenhos com lápis de cor, foram melhorados, ganhando uma aparência mais simpática: o cabelo de Amy, o nariz de Jo, a boca de Meg e os olhos de Laurie foram declarados como "maravilhosamente bem-feitos". Na sequência, voltou à argila e ao gesso, e moldes fantasmagóricos de seus conhecidos assombravam os cantos da casa ou caíam das prateleiras na cabeça de quem passava. As crianças foram convencidas a virar modelos, até que suas descrições incoerentes e seus defeitos misteriosos deram à srta. Amy a reputação de uma jovem ogra. Seus esforços nessa linha, no entanto, foram abruptamente encerrados por um acidente desfavorável, o que diminuiu seu entusiasmo. Alguns modelos a deixaram na mão por um tempo, obrigando-a utilizar o próprio pé como modelo e, certo dia, os familiares foram alarmados por pancadas e gritos sobrenaturais e, ao correrem para resgatá-la, encontraram a jovem entusiasta no galpão, pulando desesperadamente com seu pé preso em uma panela cheia de gesso, que havia endurecido com inesperada rapidez. Com muita dificuldade e algum perigo, ela foi tirada de lá, pois Jo ria tanto enquanto escavava o gesso que sua faca foi longe demais e cortou o pobre pezinho, deixando uma memória duradoura daquele experimento artístico, pelo menos.

Depois disso, Amy deu uma sossegada; até uma mania de desenhar ambientes naturais a levar ao rio, aos campos e ao bosque, em busca de estudos pitorescos, suspirando por ruínas as quais pudesse copiar. Foi acometida com intermináveis resfriados por sentar na grama úmida para registrar "um delicioso momento", composto de uma pedra, um toco, um cogumelo e um talo de verbasco, ou de uma potente massa de nuvens, que parecia uma exibição de camas de penas quando terminada. Ela sacrificou sua tez flutuando no rio sob o sol do verão para estudar luz e sombra, e adquiriu uma ruga sobre o nariz ao experimentar "pontos de fuga", ou seja lá como se chama o tal exercício de encostar uma corda no nariz e ficar vesga para enxergá-la.

Se "a genialidade é paciência eterna", como afirma Michelangelo[9], Amy poderia reivindicar o atributo divino, pois perseverou apesar de todos obstáculos, falhas e desânimos, acreditando firmemente que, com o tempo, deveria fazer algo que pudesse ser chamado de "grande arte".

Amy também estava aprendendo, fazendo e aproveitando outras coisas enquanto isso, pois havia decidido ser uma mulher interessante e realizada, mesmo que nunca chegasse a ser uma grande artista. Nesse quesito, foi mais bem-sucedida: era um daqueles seres criados alegremente que agradava sem esforço, fazia amigos em todos os lugares e levava a vida de forma tão graciosa e leve, tentando almas menos afortunadas a acreditar que havia nascido sob uma estrela da sorte. Todos gostavam dela, e entre seus dons estava o tato. Ela tinha um senso instintivo do que era agradável e adequado, sempre dizia a coisa certa para a pessoa certa, fazia exatamente o que cabia no momento e era tão segura de si que suas irmãs costumavam dizer: "Se Amy fosse ao tribunal sem qualquer ensaio prévio, saberia exatamente o que fazer".

Uma das suas fraquezas era o desejo de ascender em "nossa melhor sociedade", sem ter muita certeza do que era realmente o melhor. Dinheiro, posição, refinamento e modos elegantes eram as coisas mais desejadas por ela; gostava de ser associada com aqueles que possuíssem tais coisas, frequentemente confundindo o falso como verdadeiro, e admirando o que não era admirável. Nunca se esquecendo de que, por nascimento, ela era uma dama, cultivava gostos e sensações aristocráticas, sendo assim, quando a oportunidade chegasse, estaria pronta para assumir o lugar do qual a pobreza a excluíra.

"Milady", como suas amigas a chamavam, desejava sinceramente ser uma dama genuína e este era um desejo bastante profundo; no entanto, ainda tinha de aprender que: o dinheiro não pode comprar o

---

[9] Michelangelo (1475-1564) foi um pintor, escultor e arquiteto italiano. É considerado um dos maiores representantes do Renascimento Italiano. *Pietá, O Juízo Final, Moisés, Davi* e *A Abóbada da Capela Sistina* são algumas das obras que eternizaram o artista. (N.E.)

refinamento da natureza, a posição nem sempre confere nobreza e a verdadeira linhagem faz-se sentir apesar dos inconvenientes externos.

– Queria pedir-lhe um favor, mamãe – disse Amy, aparecendo um dia com ar de importância.

– Sim, garotinha, do que se trata? – respondeu sua mãe, cujos olhos ainda viam a jovem dama como um bebê.

– As aulas de desenho acabam na próxima semana e, antes que as meninas saiam de férias, gostaria de recebê-las aqui um dia. Elas estão loucas para ver o rio, desenhar a ponte quebrada e copiar algumas coisas que admiraram em meu caderno. De várias maneiras, todas têm sido muito boas comigo e sou grata por isso, pois são ricas, e eu, pobre, ainda assim nunca criaram qualquer diferença entre nós.

– E por que fariam isso? – e a sra. March fez esta pergunta com o que as meninas chamavam de "ar de Maria Teresa".

– A senhora sabe tanto quanto eu que isso faz diferença para quase todo mundo, então não fique agitada como uma galinha maternal quando seus pintinhos são bicados por pássaros mais espertos. O patinho feio acabou virando cisne, como sabe – e Amy sorriu sem ressentimento, pois possuía um temperamento alegre e um espírito esperançoso.

A sra. March riu e suavizou seu orgulho maternal ao perguntar:

– Bom, meu cisne, qual o seu plano?

– Gostaria de convidá-las para o almoço na próxima semana, levá-las aos lugares que desejam ver, remar no rio, talvez, e fazer uma festinha artística para elas.

– Parece-me possível. O que você quer para o almoço? Acredito que bolo, sanduíches, frutas e café será mais ou menos o necessário, sim?

– Meu Deus, não! Devemos servir língua fria e frango, chocolate francês e sorvete. As meninas estão acostumadas com essas coisas e o meu almoço deve ser adequado e elegante, embora eu trabalhe para viver.

– São quantas meninas? – perguntou sua mãe, começando a parecer séria.

– Cerca de doze ou catorze na turma, mas acredito que nem todas virão.

– Minha nossa, filha, você terá que arrumar um ônibus para trazer todas elas.

– Mas mamãe, como você pode pensar algo assim? Provavelmente virão apenas umas oito, então devo alugar uma jardineira de praia e pedir emprestado o "charraban" do sr. Laurence (era como Hannah pronunciava *char-à-banc*[10]).

– Tudo isso sairá caro, Amy.

– Não muito. Calculei os custos e eu mesma pagarei.

– Querida, essas meninas estão acostumadas com essas coisas e o melhor que você fizer não será novidade nenhuma para elas. Não acha que um plano mais simples seria mais agradável, pois seria algo diferente para elas e nós não precisaríamos comprar ou pedir emprestado coisas desnecessárias, nem tentar um estilo incompatível com nossas circunstâncias?

– Se eu não puder fazer do meu jeito, prefiro não fazer nada. Sei que posso cuidar disso perfeitamente bem, se a senhora e as meninas me ajudarem um pouco, e não vejo por que não poderia se estou disposta a pagar – disse Amy, tão decidida que sua oposição estava prestes a se transformar em obstinação.

A sra. March sabia que a experiência era uma ótima professora e, quando possível, deixava as filhas aprenderem sozinhas as lições que de bom grado tornaria mais fáceis, caso não se recusassem a aceitar conselhos tanto quanto sal e sene[11].

– Muito bem, Amy. Se é o que seu coração manda e se tem um jeito de fazer tudo isso sem gastar tanto dinheiro, tempo e paciência, não direi mais nada. Fale com as meninas e, não importa o que decidir, farei o possível para ajudá-la.

– Obrigada, mamãe, você é sempre tão boa – e Amy saiu para contar seu plano às irmãs.

---

[10] Do francês no original: charabã é um veículo com bancos transversais para excursionistas – *Dicionário Michaelis*. (N.E.)

[11] A sra. March faz referência a um remédio ruim: o sulfato de magnésio, ou sal de Epsom (região de Epsom, na localidade de Surrey, Inglaterra), e folhas de sene eram usados como laxantes. O gosto é amargo, desagradável, podendo induzir à náusea. (N.E.)

Meg concordou de primeira e prometeu ajudar, feliz por oferecer qualquer coisa que possuísse, desde sua casinha até suas melhores colheres. Mas Jo reprovou todo o projeto e disse que não participaria de nada a princípio.

– Por qual razão no mundo você gastaria seu dinheiro, preocuparia sua família e viraria a casa de cabeça para baixo por um bando de meninas que não se importam nada com você? Pensei que você tivesse orgulho e bom senso suficientes para ser subserviente a qualquer mulher mortal, só porque ela usa botas francesas e anda em um cupê – disse Jo, que, sendo tirada do trágico clímax do seu romance, não estava no melhor dos humores para empreendimentos sociais.

– Não sou subserviente e odeio ser desmerecida tanto quanto você! – respondeu Amy indignada, pois as duas tinham rusgas quando tais questões surgiam. – As meninas se importam comigo e eu com elas; há muita gentileza, sensibilidade e talento entre elas, apesar de você chamar isso de absurdos da moda. Você não faz questão de que as pessoas gostem de você, ou de se envolver com a boa sociedade e cultivar seus modos e gostos. Mas eu, sim, e quero aproveitar ao máximo cada chance que aparecer em meu caminho. Você pode passar pelo mundo com seus cotovelos à mostra, seu nariz empinado e chamar isso de independência, se quiser. Mas eu sou diferente.

Quando Amy afiava a língua e liberava sua mente, normalmente tirava o melhor disso, e raramente falhava em ter o bom senso do seu lado, enquanto Jo levava seu amor pela liberdade e seu ódio pelas convenções a um ponto que naturalmente a envolvia em discussões. A definição de Amy para a ideia de independência de Jo foi tão boa que ambas explodiram em riso e a discussão tomou um rumo mais amigável. Muito contra a vontade, Jo afinal consentiu em sacrificar um dia da sra. Grundy[12] e ajudar sua irmã no que considerava "um negócio absurdo".

Os convites foram enviados, quase todos aceitos, e a segunda-feira seguinte foi destinada ao grande evento. Hannah estava de mau

---

[12] A sra. Grundy é uma personagem da peça *Speed the Plough* (1798) do dramaturgo inglês Thomas Morton. O nome dela tornou-se sinônimo de prudência e excessivo senso de moralidade. (N.E.)

humor porque seu trabalho da semana fora alterado e profetizou que "se não fosse possível lavar e passar direito, tudo desandaria". Esse contratempo no roteiro do maquinário doméstico causou um efeito adverso sobre todo o resto, mas o lema de Amy era *nil desperandum*[13] e, tendo decidido o que fazer, continuou apesar dos obstáculos. Para começar, Hannah não cozinhou muito bem. O frango estava duro; a língua, muito salgada; e o chocolate não espumou como deveria. O bolo e o sorvete foram mais caros do que Amy esperava, assim como a jardineira e vários outros custos que pareciam pequenos a princípio, mas no fim das contas foram preocupantemente altos. Um resfriado deixou Beth de cama. Meg recebeu uma quantidade incomum de visitas, o que a prendeu em casa, e Jo estava em um estado de espírito tão conflitante que seus danos, acidentes e erros foram absurdamente numerosos, sérios e incômodos.

Se o tempo não estivesse bom na segunda-feira, as jovens iriam na terça, um acordo que irritou bastante Jo e Hannah. Na manhã de segunda, o tempo estava incerto, o que era mais enervante do que uma chuva ininterrupta. Garoava um pouco, o sol saía por um tempinho, então um pouco de vento, mas o clima não se decidia, até que ficou muito tarde para qualquer pessoa tomar alguma decisão. Amy acordou com o sol ainda por nascer, tirou as pessoas de suas camas e apressou-as para tomarem logo o café da manhã e deixar a casa em ordem. Ficou horrorizada com a sala, que lhe pareceu estranhamente mais desgastada; porém, sem parar para suspirar pelo que não tinha, habilidosamente fez o melhor com o que tinha, organizando as cadeiras sobre as partes mais surradas do carpete, cobrindo as manchas das paredes com esculturas feitas em casa e com os lindos vasos de flores distribuídos pelo cômodo por Jo, o que deu um ar artístico à sala.

O almoço parecia delicioso e, ao prová-lo, Amy sinceramente esperava um bom sabor, assim como torcia para que as taças, as porcelanas e a prataria emprestadas retornassem em segurança. As carruagens foram agendadas, Meg e a mãe estavam prontas para fazer as honras,

[13] Do latim no original: "não se desespere". (N.E.)

Beth conseguiu ajudar Hannah nos bastidores, Jo estava determinada a ser tão animada e amigável quanto uma mente ausente, com dor de cabeça e muito decidida a desaprovar tudo e todos, permitisse. Enquanto se vestia, exausta, Amy animava a si mesma antecipando o feliz momento quando, após o fim do tranquilo almoço, fosse com as amigas para uma tarde de delícias artísticas, pois a "charraban" e a ponte quebrada eram os pontos altos da festa.

Então as horas de suspense chegaram, durante as quais a anfitriã oscilava entre a sala e o alpendre, enquanto a opinião pública variava como um cata-vento. Uma pequena chuva às onze diminuiu evidentemente o entusiasmo das jovens, que chegariam às doze; pois ninguém apareceu; às duas, a família exausta sentou-se sob um raio de sol para comer as porções perecíveis do banquete, pois nada poderia ser desperdiçado.

– Hoje o tempo está firme, elas certamente virão, por isso devemos trabalhar e nos preparar para recebê-las – disse Amy, quando o sol a acordou na manhã seguinte. Falava de modo vívido, mas internamente desejava não ter dito nada sobre terça-feira, pois seu interesse, assim como o bolo, estava ficando um pouco murcho.

– Não posso comprar lagostas, então você terá que ficar sem salada hoje – disse o sr. March, entrando meia hora depois, com uma expressão de plácido desespero.

– Use o frango, então; a dureza não vai importar em uma salada – aconselhou sua esposa.

– Hannah deixou-o na mesa da cozinha por um minuto e os gatinhos comeram tudo. Sinto muito, Amy – acrescentou Beth, que era uma defensora dos gatos.

– Então preciso de lagosta, pois só a língua não será suficiente – disse Amy, decidida.

– Devo ir até a cidade buscar uma? – perguntou Jo, com a magnanimidade de um mártir.

– Você a traria debaixo do braço sem nenhum embrulho, só para implicar comigo. Eu mesma vou – respondeu Amy, cuja disposição estava começando a diminuir.

Enrolada em um véu espesso e armada com uma refinada cesta de viagem, partiu, sentindo que uma caminhada ao ar livre acalmaria seu espírito agitado e a deixaria bem para lidar com os trabalhos do dia. Após algum atraso, o objeto de seu desejo foi comprado, assim como uma garrafa de tempero para evitar mais perda de tempo em casa. Amy voltou muito satisfeita com sua própria previsão.

Como o ônibus trazia apenas outro passageiro, uma velha senhora sonolenta, Amy colocou seu véu e deixou-se levar pelo tédio do caminho tentando descobrir como havia gastado todo o seu dinheiro. Tão ocupada estava que não percebeu quando um novo passageiro, que acabara de subir no ônibus sem que o veículo precisasse parar, disse: – Bom dia, srta. March! – e, ao levantar a vista, viu um dos mais elegantes colegas de faculdade de Laurie. Esperando fervorosamente que ele descesse antes dela, Amy ignorou completamente a cesta aos seus pés e, congratulando-se por estar vestindo seu novo vestido de viagem, respondeu a saudação do jovem com a delicadeza e a simpatia habituais. Continuaram a viagem da melhor maneira, e a principal apreensão de Amy logo passou ao saber que o cavalheiro desceria antes dela. Continuaram conversando de um jeito peculiarmente artificial, quando a velha senhora se levantou para sair. Ao tropeçar na porta, ela bateu na cesta e – oh, que horror! – a lagosta, em todo seu tamanho e brilho vulgar, revelou-se aos olhos bem-nascidos de um Tudor!

– Minha nossa! Ela se esqueceu do jantar! – assustou-se o jovem, colocando o monstro escarlate de volta em seu lugar com a bengala e preparando-se para entregar a cesta à velha senhora.

– Não, por favor... é... é minha – murmurou Amy, com o rosto quase tão avermelhado quanto a do crustáceo.

– Oh, sério? Desculpe-me. Esta parece ser de uma qualidade rara, não é? – disse Tudor, com grande presença de espírito e um ar de sério interesse que validou o seu comentário.

Amy recuperou-se tomando fôlego, colocou a cesta corajosamente no assento e disse, rindo:

– Você não gostaria de comer a salada que será feita com ela e ver as jovens encantadoras que vão saboreá-la?

Isso é que é tato, pois dois dos principais pontos fracos da mente masculina foram tocados. A lagosta foi instantaneamente rodeada por um halo de reminiscências prazerosas e a curiosidade pelas "jovens encantadoras" desviou seu pensamento do acidente cômico.

"Aposto que ele vá rir e fazer piada sobre isso com Laurie, mas provavelmente não os verei nesse momento, o que é um alívio", pensou Amy quando Tudor despediu-se e partiu. Ela não mencionou esse encontro em casa (embora tenha descoberto que, graças à confusão, seu novo vestido ficara muito danificado pelos pequenos riachos de tempero que se formaram saia abaixo), e seguiu com os preparativos que agora pareciam ainda mais cansativos e, ao meio-dia, tudo estava pronto novamente. Sentindo que os vizinhos estavam de olho na movimentação da casa, desejou apagar da memória o fracasso de ontem com um grande sucesso hoje, então pediu a *charraban* e dirigiu-se, com pompa e cerimônia, para encontrar suas convidadas e acompanhá-las ao banquete.

– Estou ouvindo, aí vêm elas! Vou para o alpendre recebê-las. Parece hospitaleiro e quero que minha pobre menina passe bons momentos após tantos problemas – disse a sra. March, indo em direção ao alpendre. Mas, após uma rápida olhada, recolheu-se, com uma expressão indescritível. Amy, parecendo totalmente perdida na grande carruagem, estava sentada ao lado de apenas uma jovem.

– Corra, Beth, e ajude Hanna a tirar metade das coisas da mesa. Será um grande absurdo servir um almoço para doze pessoas a apenas uma garota – disse Jo, correndo para os fundos da casa, alvoroçada demais para parar, mesmo que fosse para rir.

Amy entrou, muito calma e encantadoramente cordial com a única convidada que mantivera a promessa. O resto da família, tendo uma inclinação para o drama, desempenhou seu papel igualmente bem, e a srta. Eliott achou-os engraçadíssimos, pois era impossível controlar a alegria que tomara conta deles. O almoço remodelado começou animadamente a ser compartilhado, o estúdio e o jardim foram visitados e a arte, discutida com entusiasmo. Amy pediu uma charrete (para azar do elegante *charraban*) e passeou com a amiga tranquilamente pela vizinhança até o pôr do sol, quando a "turma" foi embora.

Quando entrou em casa, parecendo muito cansada, mas tão serena como sempre, observou não ter mais qualquer vestígio da festa infeliz, exceto uma contração suspeita nos cantos da boca de Jo.

– Você teve uma tarde agradável para seu passeio, querida – disse sua mãe, respeitosamente, como se as doze amigas tivessem comparecido.

– A srta. Eliott é uma menina muito doce e acho que se divertiu – observou Beth, com uma cordialidade incomum.

– Você poderia me dar um pouco do seu bolo? Realmente preciso, tenho tantas visitas e não consigo fazer nada tão gostoso como você faz – perguntou Meg, seriamente.

– Leve tudo. Sou a única aqui que gosta de doces e não conseguirei comer tudo antes de estragar – respondeu Amy, pensando com um suspiro em todos os generosos suprimentos que dispusera em tudo para terminar daquele jeito.

– É uma pena Laurie não estar aqui para nos ajudar – começou Jo, enquanto se sentavam para comer sorvete e salada pela segunda vez em dois dias.

Um olhar de advertência da sra. March evitou qualquer outra observação, e a família inteira comeu em um silêncio heroico, até que o sr. March observou, de forma amena:

– A salada era um dos pratos favoritos dos antigos, e Evelyn[14]... – aqui uma gargalhada geral interrompeu a famosa "história das saladas", para grande surpresa do culto cavalheiro.

– Coloque tudo em uma cesta e mande para os Hummels, eles vão gostar. Estou farta de olhar para isso, e não há motivo para que vocês morram de comer porque fui uma tola – disse Amy, enxugando os olhos.

– Pensei que morreria quando vi vocês duas tagarelando no seja-lá-como-se-chama, como duas pequenas nozes em uma grande casca, e mamãe esperando solenemente para receber uma multidão – suspirou Jo, cansada de tanto rir.

---

[14] John Evelyn (1620 -1706) foi um intelectual inglês e seu diário é um dos registros mais extensos da história da Inglaterra. (N.E.)

– Lamento por sua decepção, querida, mas fizemos o melhor para satisfazê-la – disse a sra. March, em tom de lamúria maternal.

– Estou satisfeita. Fiz o que pretendia e não é minha culpa não ter funcionado. Esse é meu consolo – disse Amy, com um pequeno tremor na voz. – Obrigada a todos pela ajuda e vou agradecer ainda mais se não tocarem nesse assunto por um mês, pelo menos.

Ninguém o fez por vários meses, mas a palavra "festa" sempre produzia um sorriso generalizado, e o presente de aniversário de Laurie para Amy foi uma minúscula lagosta de coral, em forma de talismã, para protegê-la.

Lições literárias

O destino de repente sorriu para Jo e derrubou uma moeda da boa sorte em seu caminho. Não era exatamente uma moeda de ouro, mas duvido se meio milhão teria dado uma alegria mais verdadeira quanto a pequena soma que veio ao seu encontro.

De tempos em tempos, trancave-se em seu quarto, colocava a roupa de rascunhar e "entrava em um vórtex", como ela mesma dizia, escrevendo seu romance com todo o coração, pois, enquanto não terminasse, não ficaria em paz. Sua "roupa de rascunhar" consistia em um avental preto de lã, no qual poderia limpar a pena à vontade, e uma boina do mesmo material, adornada com um bonito laço vermelho, nela "embrulhava" o cabelo quando a mesa estava pronta para a ação. Essa boina era o sinal para os olhos inquisidores da família, que durante esses períodos mantinha distância, apenas colocando a cabeça pela porta, ocasionalmente, para perguntar, com interesse: – A genialidade queima, Jo? – Nem sempre se arriscavam a fazer esta pergunta, mas observavam a boina e concluíam a resposta de acordo com sua aparência. Se o expressivo item da vestimenta estivesse baixo, sobre a testa, era sinal de que ocorria um trabalho intenso; já em momentos de entusiasmo, era empurrado desleixadamente; e, quando o desespero tomava conta da autora, era totalmente retirado e jogado ao chão. Nesses momentos, o intruso silencioso retirava-se e, até que o laço vermelho fosse visto alegremente sobre a talentosa sobrancelha, ninguém ousava dirigir a palavra a Jo.

Ela não se considerava um gênio de maneira nenhuma, mas quando o assomo pela escrita aparecia, entregava-se a ele com euforia total; levava uma vida alegre, alheia aos desejos, às preocupações ou ao mau tempo, enquanto estava sentada em segurança e feliz em seu mundo imaginário, cheio de amigos quase tão reais e queridos por ela como qualquer outro de carne e osso. O sono abandonava seus olhos, as refeições ficavam sem gosto, o dia e a noite eram muito curtos para aproveitar a felicidade que a abençoava nesses momentos e fazia essas horas dignas de serem vividas, mesmo quando não eram frutíferas. A inspiração divina normalmente durava uma semana ou duas, e então Jo emergia do seu "vórtex", faminta, sonolenta ou desanimada.

Ela estava se recuperando de um desses ataques quando foi persuadida a acompanhar a srta. Crocker em uma palestra e, em troca, acabou tendo uma nova ideia. Era uma palestra sobre as Pirâmides[15] em um Curso Popular, e Jo imaginava quem teria escolhido tal assunto para aquele público, mas assumiu como certo que algum grande mal social seria remediado ou algum grande desejo seria suprido graças à revelação das glórias dos faraós para um público cujos pensamentos estavam voltados para o preço do carvão e da farinha e cujas vidas eram dedicadas a tentar resolver enigmas mais difíceis do que o da Esfinge[16].

Elas chegaram cedo e, enquanto a srta. Crocker ajustava o calcanhar da meia, Jo entretinha-se examinando os rostos das pessoas que ocupavam

[15] Pirâmides do Egito são estruturas feitas pela civilização do Antigo Egito, construídas principalmente como túmulos para os faraós. (N.E.)

[16] Provável referência ao enigma "Decifra-me ou devoro-te" da Esfinge presente em *Édipo Rei*, de Sofócles: "Que animal anda pela manhã sobre quatro patas, a tarde sobre duas e a noite sobre três?" como nenhum dos homens conseguia decifrar tal enigma, a Esfinge os devorava. Isso ocorreu até que Édipo, filho de Laio, enfrentou a Esfinge e conseguiu decifrar seu enigma respondendo: "O homem, pois engatinha na infância, anda ereto na idade adulta e necessita de bengala na velhice." Com seu enigma decifrado, a Esfinge sofreu uma grande frustração, jogou-se num precipício e pereceu. (N.E.)

os assentos. À sua esquerda, sentaram-se duas matronas, com testas e chapéus enormes, discutindo os Direitos das Mulheres[17] e bordando. Mais à frente, sentou-se um casal de namorados, de mãos dadas, uma moça solteira triste comendo balas de menta tiradas de um saco de papel e um senhor tirando seu cochilo planejado por trás de uma bandana amarela. À sua direita, seu único vizinho era um rapaz com ar estudioso, absorto em um jornal.

Era uma folha ilustrada e Jo examinou a obra de arte mais próxima a ela, imaginando que fortuita concatenação de circunstâncias criara a melodramática ilustração de um indígena em traje de guerra caindo de um precipício com um lobo mordendo sua garganta, enquanto dois jovens furiosos, com pés muito pequenos e olhos muito grandes, esfaqueavam-se e, ao fundo, uma mulher desgrenhada fugia com a boca aberta. Pausando para virar a página, o rapaz viu que Jo estava olhando e, com uma gentileza natural, ofereceu metade do seu jornal, dizendo, sem rodeios:

– Quer ler? É uma história e tanto.

Jo aceitou com um sorriso, pois nunca superava sua preferência por rapazes; logo se viu envolvida no comum labirinto de amor, mistério e assassinato; a história pertencia àquela classe de literatura leve em que as paixões descansam e, quando a imaginação do autor falha, uma grande catástrofe varre do palco metade das *dramatis personae*[18], deixando a outra metade exultante com a queda.

– Ótima, não é? – perguntou o rapaz, quando os olhos dela chegaram ao último parágrafo da sua folha de jornal.

– Acho que você e eu poderíamos escrever tão bem quanto, se tentássemos – respondeu Jo, entretida com a admiração dele por aquele lixo.

---

[17] No período em que o livro foi lançado já ocorriam movimentos pelos Direitos das Mulheres, como o que aconteceu em 1848 nos EUA, lançado em nível nacional com a Convenção de Seneca Falls, organizada por Elizabeth Cady Stanton e Lucretia Mott. Após a convenção, a demanda pelo voto se tornou uma peça central do movimento pelos direitos das mulheres. (N.E.)

[18] Expressão em latim usada para referir-se às personagens principais e secundárias de uma peça de teatro, de um romance ou de um poema. (N.E.)

– Eu teria muita sorte se pudesse. Ela vive muito bem escrevendo essas histórias, dizem – e ele apontou para o nome da sra. S.L.A.N.G. Northbury[19], sob o título do conto.

– Você a conhece? – perguntou Jo, com súbito interesse.

– Não, mas leio todas as histórias dela e tenho um amigo que trabalha no escritório onde este jornal é impresso.

– Você disse que ela vive muito bem escrevendo histórias como esta? – e Jo olhou com mais respeito para a ilustração do grupo agitado e os pontos de exclamação espessamente espalhados, enfeitando a página.

– Acho que sim! Ela sabe exatamente do que o povo gosta e é bem paga para escrever.

Nesse momento, a palestra começou, mas Jo prestou pouquíssima atenção a ela, pois enquanto o professor Sands falava sobre Belzoni, Quéops, escaravelhos e hieróglifos, ela estava anotando escondida o endereço do jornal e decidindo audaciosamente concorrer ao prêmio de cem dólares oferecido para uma história sensacional. Quando a palestra terminou e o público acordou, ela havia elaborado uma esplêndida fortuna (não seria a primeira fundada no papel), e já estava profundamente imersa na elaboração de sua história, sendo incapaz de decidir se o duelo deveria ocorrer antes do casamento secreto ou depois do assassinato.

Em casa, não disse nada sobre seu plano, mas passou o dia seguinte inteiro trabalhando, para apreensão da sua mãe, que sempre parecia um pouco aflita quando "a genialidade pegava fogo". Jo nunca se aventurara nesse estilo antes, contentando-se com romances muito leves em *O Voo das Águias*. Sua experiência e referências literárias agora lhe serviam bem, pois lhe deram algumas ideias de efeito dramático e forneceram roteiro, linguagem e figurino. Sua história tinha tanto desespero e aflição quanto seu limitado conhecimento dessas desconfortáveis emoções

---

[19] Aqui a autora faz uma brincadeira com o nome da escritora americana Emma Dorothy Eliza Nevitte Southworth (1819-1899), que frequentemente assinava seus romances como E.D.E.N. Southworth. Ao ler a história no jornal, Jo percebe que pode vender as suas próprias histórias e ganhar dinheiro para ajudar sua família. (N.E.)

lhe permitiam descrevê-las e, tendo escolhido Lisboa[20] como cenário, arrematou-a com um terremoto, criando um desenlace marcante e adequado. O manuscrito foi secretamente despachado, acompanhado por um bilhete, dizendo modestamente que se o conto não ganhasse o prêmio, algo pelo qual não se atrevia a ter esperanças, ficaria muito feliz em receber qualquer quantia que seu trabalho merecesse.

Seis semanas é muito tempo para esperar, e um tempo ainda maior para uma garota guardar segredo; mas Jo fez ambas as coisas e estava quase perdendo a esperança de ver seu manuscrito novamente quando chegou uma carta que quase lhe tirou o fôlego; ao abri-la, um cheque de cem dólares caíra em seu colo. Por um momento, olhou-o fixamente, como se fosse uma cobra, depois leu a carta e começou a chorar. Se o cordial cavalheiro autor daquele gracioso bilhete soubesse da intensa felicidade que estava proporcionando a alguém, talvez devotasse suas horas de lazer, se as tivesse, a essa diversão. Jo valorizou a carta mais do que o dinheiro, porque esta era encorajadora e, após anos de esforço, foi muito agradável saber que havia aprendido a fazer algo, mesmo sendo apenas uma história sensacionalista.

Dificilmente veria-se uma jovem mais orgulhosa do que ela, quando, já recomposta, agitou a família ao aparecer diante de todos com a carta e o cheque nas mãos, anunciando sua vitória. Claro que houve uma grande comemoração e, quando a história foi publicada, todos a leram e elogiaram a autora; embora seu pai, após ter dito que a linguagem estava boa; o romance, leve e sincero; e a tragédia, muito emocionante, tenha balançado a cabeça e falado do seu jeito nada mundano:

– Você escreve melhor do que isso, Jo. Mire mais alto e não se importe com o dinheiro.

– Acho o dinheiro a melhor parte disso. O que você fará com a fortuna? – perguntou Amy, olhando para a mágica tira de papel com olhar de reverência.

---

[20] Em 1º de novembro de 1755, a cidade de Lisboa, em Portugal, foi acometida por um terremoto de grande magnitude. A cidade foi quase destruída completamente e a reconstrução estendeu-se por séculos. O Sismo de 1755 é considerado uma das maiores catástrofes naturais que já atingiu Portugal. (N.E.)

– Mandar Beth e mamãe para o litoral por um mês ou dois – respondeu Jo prontamente.

Para o litoral elas foram, após muita discussão e, embora Beth não tenha voltado para casa tão roliça e rosada como desejado, estava bem melhor, enquanto a sra. March declarou que se sentia dez anos mais jovem. Jo ficou satisfeita pelo investimento feito com seu prêmio e dedicou-se ao trabalho com o espírito animado, inclinada a ganhar mais daqueles cheques maravilhosos. De fato, ganhou vários naquele ano e começou a sentir-se poderosa em casa, pois, pela mágica de uma pena, sua "bobagem" transformou-se em confortos para todos. *A filha do duque* pagou a conta do açougue, *A mão do fantasma* trouxe um novo carpete, e *A maldição dos Coventry* provou-se a bênção dos March na forma de mantimentos e vestidos.

A riqueza é certamente algo imensamente desejável, mas a pobreza tem seu lado ensolarado. Um dos doces usos da adversidade é a satisfação genuína proveniente do trabalho honesto da cabeça ou das mãos e, à inspiração da necessidade, devemos metade das bênçãos sábias, belas e úteis do mundo. Jo experimentou o sabor dessa satisfação e parou de invejar as meninas ricas, sentindo-se bastante confortável com a possibilidade de suprir os próprios desejos sem ter de pedir um centavo sequer a alguém.

Suas histórias tiveram pouca repercussão, mas encontraram um mercado e, encorajada por esse fato, Jo resolveu fazer uma jogada ousada pela fama e fortuna. Tendo copiado seu romance pela quarta vez e lido para todos os seus amigos mais íntimos, enviou-o com medo e tremor a três editores; enfim, conseguiu vendê-lo, com a condição de cortá-lo em um terço e omitir todas as partes que particularmente admirava.

– Agora, devo empacotar o meu livro e o devolver ao gabinete de cozinha para moldá-lo, pagar eu mesma pela impressão ou dividi-lo de acordo com as condições dos compradores e conseguir o que puder por isso. A fama é algo ótimo para se ter em casa, mas dinheiro é mais conveniente; desejo chegar a um denominador comum sobre essa importante questão – disse Jo, convocando um conselho familiar.

– Não estrague seu livro, minha filha, pois há mais nele do que você supõe, e a ideia está bem trabalhada. Espere e deixe-a amadurecer

– foi o conselho do seu pai, e ele punha em prática o que pregava, pois havia esperado pacientemente trinta anos pelo fruto de seu próprio amadurecimento e começado sem pressa a colhê-lo agora quando estava doce e suave.

– Parece-me que Jo irá lucrar mais experimentando do que esperando – disse a sra. March. – A crítica é o melhor teste para esse tipo de trabalho, pois esta revelará méritos e falhas inesperados, ajudando-a a fazer melhor na próxima vez. Nós somos muito parciais; o elogio e a censura de estranhos serão utéis, mesmo se ganhar pouco dinheiro.

– Sim – disse Jo, franzindo as sobrancelhas –, é exatamente isso. Já trabalhei nisso por muito tempo, realmente não sei se está bom, ruim ou mais ou menos. Serão de grande ajuda a análise e a opinião de pessoas desconhecidas e imparciais.

– Eu não deixaria uma palavra sequer de fora. Vai estragar o livro se o fizer; o interessante da história está mais nas mentes do que nas ações das pessoas e será uma bagunça se não explicar à medida que avança – disse Meg, acreditando firmemente que esse livro era o romance mais notável já escrito.

– Mas o sr. Allen disse "esqueça as explicações, torne-o breve e dramático e deixe os personagens contarem a história" – interrompeu Jo, consultando a nota do editor.

– Faça como ele diz. Ele sabe o que vende e o que não vende. Escreva um livro bom e popular e ganhe quanto dinheiro puder. Mais adiante, quando você for renomada, poderá mudar o foco e criar personagens filosóficos e metafísicos em seus romances – disse Amy, que tinha uma visão estritamente prática do assunto.

– Bom – disse Jo, rindo –, se meus personagens são "filosóficos e metafísicos", não é culpa minha, pois não sei nada dessas coisas, exceto o que escuto o papai falar às vezes. Se houver algumas de suas sábias ideias misturadas ao meu romance, melhor para mim. Agora, Beth, o que você me diz?

– Eu gostaria muito de vê-lo impresso logo – foi tudo o que Beth disse, sorrindo. Contudo, havia uma ênfase inconsciente na última palavra e uma expressão triste em seus olhos, os quais nunca deixaram de ter uma candura infantil. O pedido gelou o coração de Jo por um minuto e lhe trouxe um pressentimento ruim, o que a fez decidir publicar seu livro "logo".

Então, com uma firmeza espartana, a jovem autora colocou seu primeiro rebento na mesa e dividiu-o rudemente, como um ogro. Na esperança de agradar a todos, recebeu os conselhos de cada um e, como na fábula do velho e do burro[21], não contemplou ninguém.

Seu pai gostava do indício metafísico que inconscientemente havia na obra; portanto, isso foi mantido, embora ela tivesse dúvidas a esse respeito. Sua mãe achava que havia descrições demais; dessa forma, foram retiradas, levando embora muitos elos necessários da história. Meg admirava a tragédia, por isso Jo enfatizou a agonia para agradá-la; enquanto Amy opunha-se às partes engraçadas e, com a melhor das intenções, Jo diminuiu as cenas espirituosas que aliviavam o caráter sombrio da história. Assim, para completar a ruína, reduziu para um terço do tamanho original e, confiante, enviou o pobre pequeno romance, igual a um sabiá escolhido, ao ser lançado no grande e ocupado mundo para tentar o seu destino.

Bom, o livro foi impresso, e Jo recebeu trezentos dólares por ele, assim como vários elogios e várias críticas, muito acima do esperado, o que a deixou em um estado de atordoamento do qual levou algum tempo para se recuperar.

– Mamãe, você disse que as críticas me ajudariam. Mas como isso me ajudaria, tudo é tão contraditório, já não sei se escrevi um livro promissor ou se violei os dez mandamentos? – reclamou a pobre Jo, entregando-lhe uma pilha de observações, cuja leitura a enchia de orgulho e alegria em um instante e de ira e tristeza no instante seguinte. – Este homem disse: "Um livro extraordinário, cheio de verdade, beleza e sinceridade. Tudo é doce, puro e saudável" – continuou a autora perplexa. – O próximo diz: "A teoria do livro é ruim, cheia de fantasias mórbidas, ideias espiritualistas e personagens artificiais". Mas como não expus

[21] Referência à fábula *O velho, o menino e o burro,* de Esopo.

teoria nenhuma, não acredito em espiritualismo e copiei meus personagens da realidade, não vejo como essa crítica possa estar certa. Outro diz: "É um dos melhores romances americanos que apareceram em anos" (conheço melhores que esse), e o próximo afirma: "Embora seja original e escrito com grande força e sentimento, é um livro perigoso". Não é! Alguns fizeram troça, outros exageraram nos elogios e quase todos insistem que eu tinha uma profunda teoria a expor, quando escrevi somente pelo prazer e pelo dinheiro. Queria tê-lo impresso inteiro ou não o ter feito, pois odeio ser julgada erroneamente.

Sua família e amigos a confortaram e a elogiaram generosamente. Ainda assim, foi uma época difícil para a sensível e animada Jo, que teve uma intenção tão boa e um resultado aparentemente tão ruim. Mas isso lhe fez bem; aqueles cuja opinião possuía um valor real deram a ela a crítica, e esta é a melhor professora para um autor. Quando a primeira dor passou, pôde rir do seu livrinho, mesmo ainda acreditando nele, e sentiu-se mais sábia e mais forte com os golpes recebidos.

– Não ser um gênio, como Keats[22], não vai me matar – disse ela, com firmeza. – Acabei como aquele que ri por último, pois as partes retiradas diretamente da vida real foram denunciadas como impossíveis ou absurdas e as cenas inventadas da minha própria cabeça tola foram destacadas como "encantadoramente naturais, ternas e verdadeiras". Sendo assim, irei me consolar com isso e, no momento certo, estarei pronta para outra.

Experiências domésticas

Como a maioria das matronas, Meg começou sua vida de casada determinada a ser um exemplo de dona de casa. John deveria encontrar no lar um paraíso, ver sempre um rosto sorridente, ter uma comida suntuosa todos os dias e nunca saber o que era perder um botão.

[22] John Keats (1795-1821) foi um poeta inglês de renome na segunda geração romântica da Inglaterra. (N.E.)

Ela colocava tanto amor, energia e alegria no trabalho que só poderia ser bem-sucedida, mesmo com alguns obstáculos. Seu paraíso não era tranquilo; a mulherzinha inquietava-se, estava sempre ansiosa demais por agradar e vivia em um frenesi, como uma verdadeira Marta[23], atolada com tantas preocupações; às vezes, ficava tão cansada até mesmo para sorrir. John chegou a ficar dispéptico após uma sequência de pratos sofisticados e, mal-agradecido, exigiu refeições simples. Quanto aos botões, logo aprendeu a imaginar aonde eles iam parar, a balançar a cabeça em reprovação à falta de cuidado dos homens e a ameaçar John a costurá-los ele mesmo e ver se o trabalho feito pelos dedos impacientes e desajeitados seria melhor do que o dela.

Eles eram muito felizes, mesmo depois de descobrirem que não poderiam viver somente de amor. John não percebeu Meg menos bela: mesmo ela sorrindo para ele por trás da familiar cafeteira. Meg também não sentiu falta de romance na despedida diária, quando seu marido perguntava ternamente após dar-lhe um beijo: "Devo mandar vitela ou carneiro para o jantar, querida?". A casinha deixou de ser um caramanchão glorificado e tornou-se um lar, e o jovem casal logo sentiu que era uma mudança para melhor. No começo, brincaram de casinha e se divertiram como crianças. Então, John pegou firme no trabalho, sentindo o peso das preocupações de um chefe de família sobre seus ombros, e Meg se desfez de suas capas de cambraia, colocou um grande avental e pôs-se a trabalhar, como já mencionado, com mais energia do que critério.

Enquanto a mania de cozinhar durou, examinou o *Livro de receitas da Sra. Cornelius*[24] como se fosse um exercício matemático, resolvendo os problemas com paciência e cuidado. Às vezes, sua família era convidada para ajudar a comer um banquete cheio de sucessos, ou Lotty era secretamente despachada com uma fornada de fracassos, que seria ocultada de todos os olhos nos convenientes

---

[23] Em referência à Parábola "Jesus na casa de Marta e Maria" no Evangelho, Lucas 10:38-42. Uma das interpretações para ela é a de que Marta simboliza o estresse em que muitas pessoas caem no dia a dia. (N.E.)

[24] Refere-se ao livro *The Young Housekeeper's Friend* (1871), de Mary Hooker Cornelius. É um manual com uma fonte abrangente de informações sobre todos os aspectos da ciência doméstica, a fim de facilitar as tarefas diárias de jovens donas de casa. (N.E.)

estômagos dos pequenos Hummels. Uma noite com John debruçado sobre os livros de contabilidade normalmente causava uma pausa temporária no entusiasmo culinário; assim, o resultado seria uma refeição frugal, na qual o pobre homem era submetido a uma sequência de pudim de pão, ensopado e café requentado, o que era uma angústia para sua alma, embora suportasse com uma coragem digna de louvores. No entanto, antes que o meio-termo fosse encontrado, Meg acrescentou a suas posses domésticas algo raro, sem o qual os jovens casais conseguem passar muito tempo: as conservas.

Estimulada por um desejo doméstico intenso de ver sua despensa preenchida com conservas caseiras, ela assumiu a confecção de sua própria geleia de groselha. Encomendou a John uma dúzia ou mais de pequenos potes e uma quantidade extra de açúcar, pois as groselhas estavam maduras e deveriam ser colhidas imediatamente. Como John acreditava firmemente que "minha esposa" era capaz de tudo e tinha um natural orgulho das suas habilidades, concluiu que Meg deveria ser gratificada e a única plantação de frutas do casal seria conservada da maneira mais agradável para o inverno. Chegaram à casa quatro dúzias de belos potinhos, meio barril de açúcar e um menino para colher as groselhas. Com seu lindo cabelo dentro de uma pequena boina, os braços nus até o cotovelo e um avental axadrezado que tinha uma aparência elegante, apesar do peitilho, a jovem dona de casa pôs-se a trabalhar, com confiança total em seu sucesso; afinal, já não tinha visto Hannah fazer aquilo centenas de vezes? A quantidade de potes a impressionou no início, mas John gostava tanto de geleia e os lindos potinhos ficariam tão bem no topo da estante, que Meg resolveu enchê-los todos e passou um longo dia colhendo, fervendo, coando e mexendo a geleia. Deu o seu melhor, pediu conselhos à sra. Cornelius, quebrou a cabeça para se lembrar do que Hannah fazia e ela deixara de fazer, ferveu mais uma vez, adoçou mais uma vez e coou mais uma vez, mas aquela coisa horrível não se transformava por nada em geleia.

Queria correr para casa, com peitilho e tudo, e pedir ajuda à mãe, mas John e ela concordaram em jamais aborrecer ninguém com suas preocupações privadas, experimentos ou querelas. Riram desse último substantivo como se a ideia fosse inaceitável, mas mantiveram a promessa com determinação e, sempre que conseguiam não pedir ajuda, assim o faziam e ninguém interferia, pois a sra. March havia aconselhado o plano. Então Meg lutou sozinha com a guloseima impertinente durante todo aquele dia quente de verão e, às cinco da tarde, sentou-se em sua cozinha bagunçada, com os dedos grudentos, ergueu a voz e chorou.

Ora, nos primeiros dias da nova vida, ela costumava dizer: "Meu marido deve se sentir livre para convidar um amigo sempre que quiser. Devo estar preparada. Não deve haver comoção, repreensão, desconforto, mas sim uma casa limpa, uma esposa alegre e um bom jantar. John, querido, nunca pare para pedir permissão: convide quem quiser e tenha certeza de que será bem recebido por mim".

Como isso era encantador, de verdade! John resplandecia com orgulho quando a ouvia dizer isso e sentia que era uma bênção ter uma esposa tão excepcional. Embora recebessem visitas de vez em quando, estas nunca eram inesperadas; portanto, Meg jamais havia tido uma oportunidade de se distinguir, até agora. Situações inesperadas sempre acontecem nesse mundo injusto; não há como evitar certas situações e somente podemos nos espantar, lamentar e suportar da melhor maneira possível.

Se John não tivesse se esquecido da geleia, teria sido realmente imperdoável escolher aquele dia, entre todos os dias do ano, para levar um amigo para o jantar sem avisar. Felicitando-se por ter solicitado uma bela refeição naquela manhã, sentindo-se seguro de que estaria pronto na hora certa e deliciando-se antecipadamente pelo efeito encantador que sua bela esposa produziria ao vir correndo encontrá-lo, ele levou o amigo até sua casa, com o entusiasmo irrestível de um jovem anfitrião e marido.

No entanto, este é um mundo de decepções, como John percebeu quando chegou ao Pombal. A porta da frente costumava estar sempre hospitaleiramente aberta. Agora não estava somente fechada, como também trancada, e a lama do dia anterior ainda enfeitava os degraus. As janelas da sala estavam cerradas, assim como suas cortinas, e não havia a bela imagem da esposa costurando na varanda, de branco, com um pequeno laço desconcertante em seu cabelo ou da anfitriã de olhos brilhantes, com um sorriso tímido de boas-vindas para cumprimentar o convidado.

Nada disso, e ninguém apareceu, a não ser um menino dormindo sob as groselheiras com aspecto de quem havia sido coberto de sangue.

– Temo que algo tenha acontecido aqui. Vá ao jardim, Scott, enquanto procuro a sra. Brooke – disse John, alarmado com o silêncio e a solidão.

Deu a volta na casa rapidamente, guiado por um cheiro forte de açúcar queimado, e o sr. Scott foi atrás dele, com um olhar estranho. O convidado parou discretamente a certa distância quando Brooke desapareceu, mas pôde ver e ouvir tudo e, sendo solteiro, divertiu-se bastante com a situação.

Na cozinha, reinavam a confusão e o desespero. Uma remessa da geleia foi derramada de pote em pote, outra estava no chão e uma terceira queimando vivamente no fogão. Lotty, com sua apatia teutônica, comia pão e bebia vinho de groselha muito tranquilo, pois a geleia ainda estava irremediavelmente em estado líquido, enquanto a sra. Brooke, com seu avental sobre a cabeça, estava sentada soluçando cheia de tristeza.

– Minha menina, qual o problema? – perguntou John, apressando-se com visões horríveis de mãos escaldadas, súbitas notícias de aflição e uma consternação secreta ao lembrar-se do convidado no jardim.

– Oh, John, estou tão cansada, com calor, irritada e preocupada! Dediquei-me a isso até me desgastar completamente. Venha e me ajude ou vou morrer! – e a dona de casa, exausta, lançou-se para o peito do esposo, recebendo-lhe com doçura em todos os sentidos da palavra, pois seu avental havia sido batizado ao mesmo tempo que o chão.

– O que a preocupa, meu amor? Aconteceu algo muito terrível? – perguntou John com aflição, beijando ternamente o topo de sua boina, que estava totalmente torta.

– Sim – soluçou Meg desesperadamente.

– Diga-me logo, então. Não chore. Posso suportar qualquer coisa melhor do que te ver chorar. Fale, meu bem.

– A... a geleia não firmou e não sei o que fazer!

John Brooke riu então, como nunca ousaria rir mais tarde, e o irônico Scott sorriu involuntariamente ao ouvir o ruído da risada que deu o golpe final na tristeza da pobre Meg.

– É isso? Jogue tudo pela janela e não se aborreça mais. Compro litros de geleia se você quiser, mas, pelo amor de Deus, não fique nervosa; trouxe Jack Scott para jantar e...

John não continuou, pois Meg o afastou e juntou as mãos com um gesto trágico, enquanto caía em uma cadeira, exclamando em um misto de indignação, reprovação e desânimo:

– Um homem para jantar, e tudo está uma bagunça! John Brooke, como pôde fazer isso?

– Fale baixo, ele está no jardim! Esqueci-me da geleia, mas não há o que fazer agora – disse John, analisando a situação com olhos ansiosos.

– Você deveria ter enviado uma mensagem, ou me dito esta manhã; e você deveria ter se lembrado de como eu estava ocupada – continuou Meg atrevidamente, pois até mesmo as rolinhas dão bicadas quando se irritam.

– Eu não sabia de manhã e não houve como avisar durante o dia, pois encontrei-o na saída do trabalho. Não pensei em pedir licença, quando você sempre me disse para fazer do jeito que eu preferisse. Eu nunca tentei isso antes, e me enforque se eu fizer de novo! – acrescentou John, com um ar magoado.

– Espero que não! Leve-o embora já. Não posso vê-lo e não há nada para comer.

– Que ótimo! Onde estão o bife e as verduras compradas e o pudim que você prometeu? – perguntou John, correndo para a despensa.

– Não tive tempo de cozinhar nada. Ia jantar na casa da mamãe. Desculpe, mas passei o dia tão ocupada – e Meg desatou a chorar de novo.

John era um homem tranquilo, mas ainda assim um ser humano; chegar em casa após um longo dia de trabalho, faminto e esperançoso, e encontrar uma casa caótica, uma mesa vazia e uma esposa irritada não era exatamente propício à paz de espírito. No entanto, conteve-se, e a pequena tempestade teria sido amenizada, não fosse por uma palavra infeliz:

– Isto é embaraçoso, eu reconheço; mas, se você me ajudar, arrumaremos tudo e nos divertiremos. Não chore, querida, apenas se esforce um pouco e arrume algo para comermos. Estamos famintos como caçadores, então podemos comer qualquer coisa. Ofereça-nos carne fria, pão e queijo. Não pediremos geleia.

Ele quis fazer uma piada, mas aquela única palavra selou seu destino. Meg achou muito cruel a referência ao seu triste fracasso, e seu último resquício de paciência esvaiu-se enquanto ele falava.

– Você que desfaça essa confusão da maneira como puder. Estou muito cansada para me "empenhar" para quem quer que seja. É coisa de homem oferecer osso, pão e queijo para as visitas. Não vou servir nada desse tipo em minha casa. Leve esse Scott para a casa da mamãe e diga a ele que estou fora, doente, morta, qualquer coisa. Não vou vê-lo e vocês dois podem rir de mim e da minha geleia o quanto quiserem. Não conseguirão nada aqui – e tendo dito sua provocação em um fôlego só, Meg jogou o avental fora e saiu precipitadamente do campo para se lamentar em seu quarto.

O que aquelas duas criaturas fizeram em sua ausência, ela jamais soube. O sr. Scott não foi levado para a "casa da mamãe" e quando Meg desceu, após os dois terem saído para caminhar, encontrou traços de um jantar chinfrim que a encheu de horror. Lotty contou que eles comeram muito, riram bastante e o patrão deu para ela jogar fora todo o doce e esconder os potes.

Meg queria sair e contar tudo à sua mãe, mas um sentimento de vergonha das próprias limitações, de lealdade a John, "que poderia ser cruel, mas ninguém deveria saber", conteve-a e, após uma rápida limpeza, vestiu-se lindamente e sentou-se para esperar John chegar e ser perdoado.

Infelizmente, John não chegou, pois não via a questão daquela maneira. Tratou o ocorrido como uma piada para Scott, desculpou-se pela esposa como pôde e bancou o anfitrião de modo tão hospitaleiro que seu amigo apreciou o jantar improvisado e prometeu voltar outra vez; porém, John estava furioso, embora não tenha demonstrado. Sentiu que Meg o abandonara em sua hora de necessidade. "Não era justo dizer que ele poderia levar visitas quando quisesse, com toda liberdade e, ao fazer isso, inflamar-se, culpá-lo e relegá-lo ao abandono, para rirem ou sentirem pena dele. Não, senhor, não mesmo! E Meg deve saber disso."

Durante o jantar, estava internamente ressentido, mas quando a comoção passou e ele voltou para casa após despedir-se de Scott, um humor mais brando tomou conta dele. "Pobrezinha! Foi difícil para ela, quando somente estava tentando com todo o coração me agradar. O que fez foi errado, é claro, mas era jovem. Devo ter paciência e ensiná-la." Ele esperava que Meg não tivesse ido à casa da mãe, pois detestava fofoca e intromissão. Por um instante, voltou a se alterar só de pensar nisso, mas o medo de que a esposa chorasse amoleceu seu coração e logo apressou o passo, decidindo ficar calmo e gentil, porém firme, muito firme, e mostrar a ela onde havia falhado em seu dever de esposa.

Da mesma forma, Meg resolveu ser calma e gentil, mas firme, mostrando que ele também tinha obrigações. Queria correr para encontrá-lo, pedir desculpas, ser beijada e confortada, como tinha certeza de que seria; mas, claro, não fez nada disso. Quando viu John chegando, começou a cantarolar naturalmente, enquanto se balançava na cadeira e costurava, como uma dama na hora de lazer em sua melhor sala.

John ficou um pouco decepcionado por não encontrar uma terna Níobe[25], mas sentindo que sua dignidade exigia as primeiras desculpas, nada disse, apenas entrou sem pressa e deitou no sofá com uma observação singularmente relevante:

– Teremos uma lua nova, minha querida.

– Não duvido – foi a resposta igualmente tranquila de Meg. Alguns outros assuntos de interesse geral foram introduzidos pelo sr. Brooke e anulados pela sra. Brooke, até que a conversa esmoreceu. John foi até uma janela, desdobrou seu jornal e enrolou-se nele, figurativamente falando. Meg foi para a outra janela e costurou como se novas rosetas para os chinelos fossem uma grande necessidade. Nenhum dos dois falava. Ambos pareciam muito "calmos e firmes" e ambos se sentiam desesperadamente desconfortáveis.

[25] Na mitologia grega, Níobe foi filha de Tântalo, casou-se com Anfion e se tornou rainha de Tebas na Grécia Central. Era orgulhosa de sua maternidade por ter tido muitos filhos. (N.E.)

"Oh, meu Deus", pensou Meg, "a vida de casada é muito difícil e exige uma paciência infinita, além de amor, como mamãe diz". A palavra "mamãe" sugeriu outros conselhos maternais dados muito tempo atrás e recebidos com protestos incrédulos.

"John é um bom homem, mas tem seus defeitos e você deve aprender a lidar com eles, lembrando-se dos seus próprios. É muito decidido, mas nunca será teimoso se você o tratar com gentileza em vez de se opor com impaciência. É muito preciso e específico em relação à verdade: uma boa qualidade, embora você o chame de exigente. Nunca o engane com olhares ou palavras, Meg, e ele dará a segurança que você merece e o apoio de que precisa. John tem um temperamento diferente do nosso: uma fagulha e tudo vai pelos ares . A raiva amena e inerte, que raramente é estimulada, uma vez inflamada, é difícil de ser contida. Seja cuidadosa, muito cuidadosa, para não despertar a raiva dele contra você, pois a paz e a alegria dependem do respeito dele por você. Cuidado: seja a primeira a pedir perdão se ambos errarem, e protejam-se contra pequenos ressentimentos, desentendimentos e palavras duras que normalmente pavimentam o caminho amargo para a tristeza e o arrependimento."

Essas palavras voltaram para Meg enquanto costurava ao pôr do sol, especialmente as últimas. Essa foi a primeira desavença grave e, ao relembrar o que tinha dito, suas próprias palavras duras soaram bobas e indelicadas, sua própria raiva parecia infantil e a ideia do pobre John chegando em casa e presenciando tal cena derreteu seu coração. Ela olhou de soslaio para ele com lágrimas nos olhos, mas John não as viu. Deixou o trabalho de lado e levantou-se, pensando: "Serei a primeira a falar 'perdoe-me'", mas ele não parecia ouvi-la. Atravessou a sala lentamente, pois o orgulho era difícil de engolir, e parou ao lado dele, que não virou a cabeça. Por um instante, sentiu que não conseguiria fazer aquilo, então veio o pensamento: "Este é o começo. Farei minha parte e não terei nada para me arrepender", e abaixando-se, deu um beijo suave na testa do marido. E, claro, tudo se resolveu. O beijo penitente foi melhor do que todas as palavras do mundo. E em um instante, John a tinha em seu colo, dizendo ternamente:

– Fiz muito mal em rir dos potinhos de geleia. Perdoe-me, querida. Nunca farei isso de novo!

Mas ele sorriu, meu Deus, sim, centenas de vezes, assim como Meg. Ambos declarando que era a geleia mais doce já feita, pois a paz familiar estava preservada naqueles potinhos de conserva.

Depois disso, Meg fez um convite especial ao sr. Scott e serviu-lhe um agradável banquete, sem uma esposa abatida de entrada; estava tão feliz e graciosa nessa ocasião e fez tudo de um jeito tão encantador, que o sr. Scott felicitou o amigo por ele ser um sujeito de sorte, e o convidado voltou para casa lamentando as dificuldades da solteirice.

No outono, Meg passou por novas provações e experiências. Sallie Moffat retomou amizade com ela, sempre pedindo uma receita ou fazendo uma fofoca na casinha, ou convidando "a pobrezinha" para passar o dia na mansão. Era agradável, pois com o clima monótono, Meg sentia-se sozinha com frequência. Todos estavam ocupados na casa da sra. March, John ficava fora até a noite e não havia nada para fazer além de costurar, ler ou andar sem rumo. Assim, naturalmente, Meg passou a perambular e fofocar com a amiga. Ver as lindas coisas de Sallie a fez desejar e sentir pena de si mesma por não possuí-las. Sallie era muito gentil e frequentemente oferecia à amiga suas trivialidades cobiçadas, mas Meg as recusava, sabendo que John não gostaria disso, mas a tola mulherzinha logo fez aquilo que John detestava ainda mais.

Meg sabia qual era a renda do marido e adorava sentir que ele confiava nela, não somente em relação à sua felicidade, mas também em algo que os homens parecem valorizar mais: seu dinheiro. Sabia onde ele o guardava, tinha a liberdade de pegar quanto quisesse e tudo que John pedia era que contabilizasse cada centavo, pagasse as contas do mês e se recordasse de que era esposa de um homem pobre. Até agora tinha feito tudo muito bem, sendo prudente e precisa, mantendo os livros-caixa impecáveis e mostrando-os a ele mensalmente, sem medo. Contudo, naquele outono, a serpente entrou no paraíso de Meg e tentou-a como a muitas Evas modernas: não com frutos, mas com vestidos. Meg não gostava de ser digna de pena e que a fizessem se sentir pobre. Isso a irritava, mas tinha vergonha de confessar, e de vez em quando tentava se consolar comprando algo bonito para que Sallie não cogitasse que ela tinha de economizar; sempre se sentia mal depois disso, pois as coisas bonitas raramente eram necessárias, mas custavam tão pouco que não valia a pena se preocupar com isso. Assim, as trivialidades aumentaram inconscientemente e, nas excursões de compras, ela não era mais uma observadora passiva.

No entanto, as frivolidades custaram mais do que se poderia imaginar; quando Meg as contabilizou no fim do mês, a soma total a assustou. John estava ocupado naquele mês e confiou as contas a ela e no mês seguinte ele estaria fora; porém, no terceiro, ele teria de fazer um vultoso pagamento trimestral, do qual Meg nunca se esqueceu. Alguns dias antes, ela tinha feito algo horrível, e isso pesou em sua consciência. Sallie havia comprado sedas, e Meg ansiava por uma nova, apenas algo bonito e leve para festas; sua seda preta era tão comum e roupas simples para vestir à noite eram adequadas somente para meninas. Tia March normalmente dava às irmãs um presente de vinte e cinco dólares no ano-novo. Faltava apenas um mês de espera, mas aqui estava uma adorável seda violeta por uma pechincha, e ela tinha o dinheiro, quem dera tivesse coragem de comprá-la. John sempre dizia que o que era dele era também dela, mas ele acharia certo gastar não só os vinte e cinco dólares que receberia, mas também outros vinte e cinco do fundo doméstico? Essa era a dúvida. Sallie incitara a amiga para que comprasse, oferecera-se para emprestar o dinheiro e, com a melhor das intenções, instigara Meg para além de suas forças. E para ajudar, o vendedor mostrou-lhe as dobras encantadoras e cintilantes, dizendo:

– Uma pechincha, eu garanto, senhora.

Ao que ela respondeu:

– Vou levar.

Então a seda foi cortada e paga, Sallie animou-se e Meg riu como se fosse algo inconsequente, mas saiu sentindo-se como se tivesse roubado algo e a polícia estivesse à sua procura.

Quando chegou em casa, tentou aliviar o remorso abrindo a seda fascinante, mas agora parecia menos prateada, não a cativava mais, e as palavras "cinquenta dólares" pareciam estampadas como um padrão em cada dobra. Guardou a compra, mas o tecido parecia persegui-la, não da forma agradável como um novo vestido faria, e sim como o fantasma de uma insensatez da qual era difícil se desfazer. Quando John conferiu os registros contábeis naquela noite, o coração de Meg apertou e, pela primeira vez em sua vida de casada, sentiu medo do marido. Os gentis olhos castanhos pareciam capazes de ficar severos e, embora ele estivesse incomumente feliz, imaginou que o marido a tivesse descoberto, mas não queria deixá-la saber disso. As contas da casa foram todas pagas e os registros postos em ordem. John a elogiou e estava abrindo a velha carteira, a qual chamavam de "banco", quando Meg, sabendo que estava quase vazia, segurou a mão dele, dizendo nervosamente:

– Você ainda não viu meu livro de despesas pessoais.

John nunca pedia para vê-lo, mas ela sempre insistia que o fizesse, e costumava desfrutar do espanto masculino diante das coisas estranhas que as mulheres desejavam, isso o fazia se perguntar o que era um rolotê, solicitar com veemência o significado de uma pala ou questionar como uma coisinha composta de três botões de rosa, um pouco de veludo e um par de cordões poderia ser uma touca e custar sessenta dólares. Naquela noite, ele parecia estar disposto a brincar de questionar os gastos dela e fingir estar horrorizado com tamanha extravagância, como normalmente fazia, e a brincadeira terminava sempre com John muito orgulhoso da esposa prudente.

O caderninho foi trazido lentamente e posto à sua frente. Meg ficou atrás de sua poltrona, com a desculpa de suavizar as rugas da testa cansada do marido e, parada ali, disse, com o pânico aumentando a cada palavra:

– John, querido, estou com vergonha de mostrar meu livro, pois tenho sido muito extravagante ultimamente. Saio tanto que preciso ter coisas, sabe? E Sallie me aconselhou a comprar, então comprei; meu dinheiro de ano-novo será usado para pagar uma parte, mas me arrependi depois de ter comprado, pois sabia que você pensaria mal de mim.

John riu e trouxe-a para seu lado, dizendo com bom humor:

– Não se esconda. Não vou castigá-la por comprar um par de botas arrasadoras. Sou muito orgulhoso dos pés da minha esposa e não me importo se ela paga oito ou nove dólares por suas botas, se estas são boas.

Esta foi uma das suas últimas "frivolidades" e os olhos de John dirigiram-se para o caderninho enquanto falava. "Oh, o que ele dirá quando chegar aos inacreditáveis cinquenta dólares!", pensou Meg, com um calafrio.

– Pior do que botas, é um vestido de seda – disse ela, com a calma do desespero, pois queria que o pior acabasse.

– Bem, querida, qual é o "maldito total", como diz o sr. Mantalini[26]?

Nem parecia John falando, e sabia que ele estava lançando-lhe o olhar franco que sempre estave pronta para encontrar e responder com um tão franco quanto, até aquele momento. Virou a página e a cabeça ao mesmo tempo, apontando a quantia já ruim o suficiente sem os cinquenta dólares, mas quando somada era aterrorizante para ela. Durante um instante a sala ficou silenciosa, e John disse devagar, mas Meg pôde sentir quanto esforço ele fez para não expressar qualquer desgosto:

– Bem, não sei se cinquenta é muito para um vestido hoje em dia, com os enfeites e floreios necessários para fazer o acabamento.

– Não está feito ou acabado – suspirou Meg, abatida, pois uma repentina lembrança dos custos que ainda seriam adicionados a sobrecarregaram.

– Vinte e dois metros de seda parece muito para cobrir uma mulher pequena, mas não tenho dúvida de que minha esposa ficará tão bonita quanto a de Ned Moffat, quando vestida nele – disse John secamente.

– Sei que está bravo, John, mas não consigo evitar. Não quero desperdiçar seu dinheiro e não achei que essas pequenas coisas no final resultariam em um valor tão alto. Não resisto quando vejo Sallie comprando tudo o que quer e se compadecendo de mim porque não posso fazer o mesmo. Tento me contentar, mas é difícil e estou cansada de ser pobre.

---

[26] Referência ao sr. Mantalini, personagem do livro *A vida e as aventuras de Nicholas Nickleby*, de Charles Dickens. Na história ele é um gigolô com gostos extravagantes e depende financeiramente da sua esposa, consideravelmente mais velha. Mantalini usa frequentemente a expressão "dem'd", alteração de "Damned" (maldito/infernal), que evidencia o seu sotaque italiano. Aqui no livro, John é o seu oposto. (N.E.)

As últimas palavras foram ditas em um tom tão baixo que ela achou que John não as tinha escutado, mas tinha, e estas o magoaram profundamente; pois ele renunciava a muitos prazeres por causa de Meg. Ela poderia ter mordido a língua no minuto em que dissera aquilo, pois John afastou os livros e levantou-se, dizendo com um pequeno tremor na voz:

– Tinha medo disso. Faço o que posso, Meg.

Se ele a tivesse repreendido ou mesmo a sacudido, não teria partido seu coração tanto como aquelas palavras. Meg correu para ele e o abraçou forte, chorando, com lágrimas de arrependimento:

– Oh, John, meu garoto trabalhador, gentil e querido. Não foi isso o que eu quis dizer! Fui tão malvada, falsa e ingrata, como pude dizer isso?! Oh, como pude dizer isso?!

Ele foi muito bondoso, perdoou-a imediatamente e não proferiu qualquer reprimenda, mas Meg sabia que tinha feito e dito algo que não seria esquecido tão em breve, apesar de ser muito provável John não tocar outra vez no assunto. Ela prometera amá-lo na riqueza e na pobreza; e então ela, sua esposa, havia-o censurado por ser pobre, após gastar seus rendimentos irresponsavelmente. Foi terrível, e o pior foi John permanecer tranquilo, como se nada tivesse acontecido, exceto por ter ficado até tarde na cidade, trabalhando à noite, enquanto ela já estava dormindo depois de tanto chorar. Uma semana de remorso quase adoeceu Meg, e a descoberta de que John havia cancelado o pedido de um novo sobretudo para ele a reduziu a um estado de desespero patético de se observar. Ele disse simplesmente, quando ela perguntou, surpresa, sobre a mudança:

– Não posso pagar, querida.

Meg não disse mais nada; porém, minutos depois, John a encontrou no vestíbulo com o rosto afundado no velho sobretudo, chorando como se o seu coração fosse quebrar.

Tiveram uma longa conversa naquela noite, e Meg aprendeu a amar seu marido ainda mais por sua pobreza, porque isso pareceu fazer dele um homem: dando-lhe força e coragem para seguir em frente e preparando-lhe com uma paciência terna para suportar e consolar os desejos e fracassos naturais daqueles a quem amava.

No dia seguinte, Meg engoliu seu orgulho, foi até a casa de Sallie, contou-lhe a verdade e pediu para que comprasse a seda, como um favor. A bondosa sra. Moffat o fez de boa vontade e teve a delicadeza de não devolver o tecido como um presente logo em seguida. Então, Meg pediu que entregassem o sobretudo em casa e, quando John chegou, ela o vestiu e perguntou ao marido o que tinha achado do seu novo vestido de seda. É possível imaginar qual resposta ele deu, como recebeu seu presente e qual estado de alegria que se seguiu a isso. John passou a chegar mais cedo em casa, Meg parou de perambular pelos cantos e o sobretudo era vestido de manhã pelo marido mais feliz e tirado à noite pela esposa mais devotada. Assim o ano passou, e o verão trouxe a Meg uma nova experiência, a mais profunda e terna da vida de uma mulher.

Um sábado, Laurie esgueirou-se para a cozinha do Pombal, com um rosto entusiasmado e foi recebido com um estampido de címbalos[27], pois Hannah bateu palmas com uma caçarola em uma mão e a tampa em outra.

– Como está a mamãezinha? Onde estão todos? Por que não me contaram antes de eu voltar para casa? – começou Laurie em um sussurro alto.

– Feliz como uma rainha! Todos estão lá em cima em estado de adoração. Não queremos alvoroço por aqui. Agora vá para a sala e eu digo para descerem – e com a resposta Hannah desapareceu, rindo de êxtase.

Jo apareceu logo, trazendo orgulhosamente um embrulho de flanela sobre uma grande almofada. O rosto dela estava muito sério, mas seus olhos brilhavam e havia um som estranho em sua voz, como de algum tipo de emoção reprimida.

– Feche os olhos e estenda os braços – disse ela convidativamente.

Laurie recuou precipitadamente para um canto e colocou as mãos para trás, com um gesto suplicante.

– Não, obrigado. Melhor não. Vou acabar o derrubando ou amassando, com certeza.

– Então não vai ver seu sobrinho – disse Jo decididamente, virando-se como se fosse sair.

[27] Instrumento musical de percussão constituído por dois discos côncavos de metal, em geral a base é de bronze, que são percutidos um contra o outro. Comumente chamados de pratos. (N.E.)

– Tudo bem, tudo bem! Mas você é a responsável por qualquer dano – e, obedecendo ordens, Laurie heroicamente fechou os olhos enquanto algo era colocado em seus braços. As gargalhadas de Jo, Amy, sra. March, Hannah e John fizeram com que ele abrisse o embrulho em seguida, e viu que segurava dois bebês em vez de um.

Não é de admirar que riram, pois a expressão em seu rosto era engraçada o suficiente para agitar um quacre, enquanto se levantava e olhava descontroladamente dos inconscientes e inocentes para os alegres espectadores com tal perplexidade que Jo sentou-se no chão rindo alto.

– Gêmeos, por Deus! – foi tudo o que disse naquele instante, e depois, virando-se para as mulheres com um olhar de súplica comicamente patético, acrescentou: – Alguém os segure, rápido! Vou rir e acabar deixando-os cair.

Jo socorreu os gêmeos e andou de um lado para o outro, com um em cada braço, como se já estivesse iniciada nos mistérios dos cuidados com bebês, enquanto Laurie chorava de rir.

– Essa é a melhor piada da estação, não é? Não lhe contei para surpreendê-lo e me parabenizo por ter conseguido – disse Jo ao recuperar o fôlego.

– Nunca fiquei tão desconcertado em toda minha vida. Não é divertido? São ambos meninos? Como vão se chamar? Deixe-me vê-los mais uma vez. Segure-me, Jo, pois acho que é demais para mim – respondeu Laurie, enquanto olhava para os bebês com o ar de um grande e benevolente *labrador* observando um par de gatinhos recém-nascidos.

– Menino e menina. Não são lindos? – falou o papai orgulhoso, inclinando-se para os nenéns avermelhados que pareciam anjos sem asas.

– As crianças mais notáveis que já vi. Quem é quem? – e Laurie inclinou-se como um balde de poço para examinar os prodígios.

– Amy colocou um laço azul no menino e um rosa na menina, à moda francesa, para sempre sabermos. Além disso, um tem os olhos azuis e o outro castanhos. Beije-os, tio Teddy – disse Jo, travessa.

– Tenho medo de que não gostem – começou Laurie, com estranha timidez para esses assuntos.

– Claro que vão gostar, já estão acostumados. Beije-os já, senhor! – ordenou Jo, temendo que ele transferisse a tarefa a outra pessoa.

Laurie fez uma careta e obedeceu com um beijo cuidadoso em cada bochechinha, o que produziu uma nova gargalhada geral e fez os bebês emitirem um ruído.

– Está vendo, eles não gostaram! Este é o menino: que chuta e ergue os punhos, como quem sabe dar bons golpes. Ora, jovem Brooke, meta-se com um homem do seu tamanho, está bem? – disse Laurie, satisfeito ao receber um toque no rosto vindo do punho minúsculo, que se movimentava sem direção.

– Seu nome será John Laurence, e a menina, Margaret, como sua mãe e avó. Devemos apelidá-la de Daisey, para que não haja duas Megs, e o menino será Jack, suponho, a menos que encontremos um nome melhor – disse Amy, com interesse de tia.

– Dê a ele o nome de Demijohn e o apelido será Demi, para encurtar – disse Laurie.

– Daisy e Demi, perfeito! Sabia que Teddy resolveria a questão – disse Jo, batendo palminhas.

Teddy certamente resolveu daquela vez, pois os bebês foram "Daisy" e "Demi" para sempre.

Visitas

– Vamos, Jo, está na hora.

– De quê?

– Você não esqueceu da promessa de me acompanhar em meia dúzia de visitas hoje, não é?

– Já fiz muitas coisas irresponsáveis e bobas em minha vida, mas não ao ponto de ter sido louca o suficiente para dizer que faria seis visitas em um dia, quando só uma já é o suficiente para me irritar por uma semana.

– Sim, você prometeu, fizemos uma negociação. Eu terminaria o desenho com o giz de cera de Beth para você, e você iria comigo retribuir as visitas dos nossos vizinhos.

– Só se o clima estivesse bom, foi o que combinamos; e eu cumpro o combinado, Shylock[28]. Há muitas nuvens a leste, não está um clima bom, por isso não vou.

– Mas isso é trapacear. Está um dia ótimo, sem previsão de chuva, e você se orgulha de cumprir suas promessas. Portanto, honre isso, faça sua obrigação e fique em paz pelos próximos seis meses.

Nesse momento, Jo estava particularmente absorta na costura, pois era a costureira geral da família; deu um crédito especial a si mesma por saber usar a agulha tão bem como a pena. Era muito irritante ser interrompida no momento de uma primeira prova e obrigada a fazer visitas com sua melhor roupa em um dia quente de julho. Odiava visitas formais e nunca as fazia até Amy obrigá-la com uma negociação, um suborno ou uma promessa. Naquela ocasião, não havia escapatória e, tendo batido a tesoura com rebeldia enquanto protestava que pressentia uma trovoada, ela cedeu; colocou o trabalho de lado e, pegando seu chapéu e suas luvas com um ar de resignação, disse a Amy que a vítima estava pronta.

– Jo March, você é perversa para tirar até um santo do sério! Não pretende fazer visitas nesse estado, assim espero – disse Amy, mirando-a, impressionada.

– Por que não? Estou arrumada, fresca e confortável, bastante adequada para uma caminhada empoeirada em um dia quente. Se as pessoas se importam mais com minhas roupas do que comigo, prefiro não as visitar. Você pode se vestir por nós duas, seja tão elegante quanto quiser. Para você, vale a pena ser sofisticada. Para mim, não; esses enfeites só me incomodam.

– Ai, céus! – suspirou Amy. – Agora está querendo ser do contra e vai me distrair antes que eu consiga arrumá-la adequadamente. Também

[28] Personagem da peça *O Mercador de Veneza*, de William Shakespeare. Shylock é um agiota judeu que solicita a carne do cristão Antônio como garantia do empréstimo. (N.E.)

não estou com muita vontade de ir hoje, mas é uma dívida que temos com a sociedade e só quem pode pagá-la somos nós duas. Farei qualquer coisa por você, Jo, basta que se vista bem e venha me ajudar a cumprir esse dever cívico. Você consegue falar tão bem, parece tão aristocrática em sua melhor roupa e se comporta tão lindamente, quando tenta, que tenho orgulho de você. Tenho medo de ir sozinha; venha e cuide de mim.

– Você é uma gatinha astuta, elogiando e adulando sua velha rabugenta irmã dessa forma. A ideia de eu ser aristocrática e bem-educada, e você ter medo de ir a qualquer lugar sozinha! Não sei o que é mais absurdo. Bom, irei se é necessário, e farei meu melhor. Você será a comandante da expedição e lhe obedecerei cegamente, está satisfeita com isso? – disse Jo, com uma súbita mudança de perversidade para uma submissão de cordeiro.

– Você é um perfeito querubim! Agora, vista tudo que tem de melhor e lhe direi como se comportar em cada lugar, assim deixará uma boa impressão. Quero que as pessoas gostem de você, e assim será, basta você tentar ser um pouco mais agradável. Arrume seu cabelo do jeito mais bonito e coloque uma flor cor-de-rosa em seu chapéu. É um bom começo, pois você fica séria demais com suas roupas simples. Pegue suas luvas leves e o lenço bordado. Faremos uma parada na casa da Meg e pegaremos emprestado a sombrinha branca, assim você pode ficar com a minha, perolada.

Enquanto se vestia, Amy deu suas ordens e Jo as obedeceu; entretanto, não sem protestar, pois lamentou ao colocar o vestido de organdi, franziu a testa com raiva ao amarrar as fitas do chapéu em um laço impecável, lutou violentamente com alfinetes ao prender a gola, fez caretas ao balançar o lenço, cujo bordado irritava seu nariz tanto quanto a presente missão irritava seus sentimentos e, quando espremeu as mãos nas luvas apertadas com três botões e uma borla, como um último toque de elegância, virou-se para Amy com uma expressão aborrecida, dizendo humildemente:

– Estou perfeitamente triste, mas se você me considera apresentável, morro feliz.

– Você está extremamente satisfatória. Gire devagar e deixe-me olhar com cuidado.

Jo deu uma volta, e Amy fez um retoque aqui e ali, depois recuou, com a cabeça inclinada para um lado, observando, graciosamente.

– Sim, está. Sua cabeça é tudo que eu queria, esse chapéu branco com a flor está arrebatador. Ponha os ombros para trás e mova as mãos com leveza, mesmo que as luvas apertem. Se tem algo que você consegue fazer bem, Jo, é vestir um xale. Eu não consigo, mas é muito bom ver um em você e fico feliz por tia March ter-lhe dado este tão lindo. É simples, mas é bonito, e essas dobras sobre o braço são realmente artísticas. O fecho da minha capa está no meio? Enrolei meu vestido de maneira uniforme? Gosto de mostrar minhas botas, pois meus pés são bonitos, embora meu nariz não seja.

– Você é uma coisa linda e uma alegria eterna – disse Jo, olhando através da mão, com o ar de perita, para a pena azul no cabelo dourado. – Por favor, senhora, devo arrastar meu melhor vestido na poeira ou enrolá-lo?

– Segure-o quando andar, mas deixe-o cair quando estiver dentro da casa. Você combina mais com o estilo solto, e deve aprender a arrastar suas saias com elegância. Você não abotoou metade de um punho, faça logo isso. Nunca aparentará estar pronta se não tiver cuidado com os detalhes, pois estes compõem o todo agradável.

Jo suspirou e abotoou os botões da sua luva, erguendo o punho; finalmente as duas estavam prontas e partiram, parecendo "lindas como pinturas", como disse Hannah ao observá-las pela janela do andar de cima.

– Agora, Jo querida, os Chester consideram-se pessoas muito elegantes, então quero que se comporte da melhor maneira. Não fale nenhuma das suas observações abruptas nem faça nada estranho, está bem? Apenas fique calma, relaxada e calada; é seguro e educado e os quinze minutos passarão logo – disse Amy, ao aproximar-se do primeiro destino, com a sombrinha branca emprestada por Meg, logo após tê-las inspecionado com um bebê em cada braço.

– Deixe-me ver. "Calma, relaxada e calada", sim, acho que posso prometer isso. Interpretei o papel de uma jovem dama afetada no palco, vou tentar mais uma vez. Meus talentos são ótimos, como você pode ver, então relaxe, minha menina.

Amy pareceu aliviada, mas a brincalhona Jo levou o que ouviu ao pé da letra. Durante a primeira visita, sentou-se com os membros elegantemente dispostos, cada dobra do xale corretamente drapeada, e permaneceu calma como o mar do verão, relaxada como uma montanha de neve e calada como a esfinge. Em vão, a sra. Chester mencionou seu "encantador romance" e as srtas. Chester falaram sobre festas, piqueniques, ópera e roupas da moda. Todas as perguntas eram respondidas com um sorriso, uma reverência e um tímido "sim" ou "não". Em vão, Amy sinalizou a palavra "fale", tentando tirá-la do silêncio, e cutucou-a escondido com o pé. Jo sentou-se como se estivesse totalmente alheia a tudo, com a postura do rosto de Maud, "friamente regular, esplendidamente nula[29]".

– Que criatura soberba e desinteressante é aquela srta. March mais velha! – foi a infeliz e audível observação de uma das jovens, assim que a porta se fechou para as convidadas. Jo riu sem fazer barulho ao atravessar o vestíbulo, mas Amy parecia decepcionada por suas instruções terem falhado e, muito naturalmente, colocou a culpa em Jo.

– Como pôde confundir tudo que eu disse? Apenas queria que se comportasse adequadamente, e você agiu como perfeitos pau e pedra. Tente ser sociável na casa dos Lamb. Fofoque como as outras meninas e demonstre interesse por roupas, flertes e qualquer outro absurdo que surgir. Elas transitam pela melhor sociedade, é valioso conhecer pessoas como elas, e eu não quero deixar de causar uma boa impressão por nada.

– Serei agradável. Vou fofocar e sorrir, me surpreender e me entusiasmar com qualquer bobagem que você quiser. Prefiro aproveitar assim, e agora vou imitar o que se chama "uma moça encantadora". Posso fazer isso, pois tenho May Chester como modelo; serei ainda melhor do que ela. Verá se os Lamb não irão dizer: "Mas que criatura animada e gentil essa Jo March!".

Amy ficou aflita, e pudera, pois quando Jo ficava impetuosa, não havia como segurá-la. Ela ficou pasma quando viu a irmã entrar na sala

[29] Referência ao poema *Maud: A Monodrama*, escrito pelo poeta inglês Alfred Tennyson (1809-1892). (N.E.)

de visitas, beijar todas as meninas com muito entusiasmo, sorrir graciosamente para os rapazes e participar da conversa com um espírito que surpreendeu a observadora. Amy foi tomada pela sra. Lamb, de quem era a preferida, e forçada a ouvir um longo relato do último ataque de Lucretia, enquanto três rapazes agradáveis passavam por perto, esperando uma pausa para que pudessem resgatá-la. Em tal situação, Amy não tinha condições de conferir o comportamento de Jo, que parecia possuída por um espírito de travessura e matraqueava com tanta volubilidade quanto a velha senhora. Um grupo de cabeças reuniu-se ao seu redor e Amy esforçou-se para ouvir o que acontecia, uma vez que as sentenças interrompidas a encheram de curiosidade e as gargalhadas frequentes a deixaram louca para compartilhar aquela diversão. Alguém poderia imaginar seu sofrimento ao ouvir os fragmentos desse tipo de conversa:

– Ela cavalga maravilhosamente. Quem a ensinou?

– Ninguém. Ela costumava praticar equitação, segurando as rédeas e se sentando ereta em uma velha sela em uma árvore. Agora, cavalga qualquer coisa e não sabe o que é ter medo. O responsável pelo estábulo a deixa utilizar cavalos baratos, porque ela os adestra para conduzir bem as moças. Ela tem tanta paixão por isso; eu frequentemente digo que, se nada mais der certo, ela pode ser uma domadora e viver disso.

Ao ouvir esse discurso horrível, Amy teve dificuldade para se conter, pois a impressão passada foi a de que era uma moça que cavalgava rápido, algo pelo qual tinha especial aversão. Mas o que ela poderia fazer? A velha senhora estava no meio da sua história, muito longe de acabar, e Jo já tagarelava de novo, fazendo mais revelações constrangedoras e cometendo deslizes ainda mais temerosos.

– Sim, Amy estava desesperada naquele dia, pois nenhum dos bons animais estava mais lá e só restavam três, sendo um coxo; o outro, cego; e o terceiro, tão arisco que era preciso colocar lama em sua boca para que pudesse andar. Belo animal para um grupo agradável, não acham?

– Qual ela escolheu? – perguntou um dos rapazes risonhos, que se divertia com o tema.

– Nenhum deles. Ouviu sobre um jovem potro da casa da fazenda, na margem do rio que, apesar de nunca ter sido cavalgado por uma moça, ela resolveu tentar, porque era bonito e vigoroso. Seus esforços foram realmente patéticos. Não havia ninguém que conseguisse levar o cavalo até a sela, então ela levou a sela até ele. Pobrezinha, subiu o rio remando, colocou a sela na cabeça e caminhou até o celeiro para total surpresa do velho!

– Ela montou o potro?

– Claro que sim! E muito bem. Achei que seria levada em pedaços para casa, mas conseguiu domá-lo perfeitamente e foi a alegria do grupo.

– Bom, chamo isso de coragem! – e o jovem sr. Lamb lançou um olhar de aprovação para Amy, imaginando o que sua mãe poderia estar dizendo para fazer a menina ficar tão vermelha e desconfortável.

Amy ficou ainda mais vermelha e mais desconfortável instantes depois, quando uma súbita mudança na conversa introduziu o assunto roupas. Uma das jovens perguntou a Jo onde conseguira o lindo chapéu cinza usado no piquenique, e a estúpida Jo, em vez de mencionar o local onde o chapéu foi comprado dois anos atrás, não pôde evitar responder com desnecessária franqueza:

– Oh, Amy o pintou. Não é possível comprar aqueles tons tão suaves, então nós pintamos os nossos da cor que queremos. É muito cômodo ter uma irmã artista.

– Que ideia original, não é mesmo? – disse a srta. Lamb, resposta que Jo achou engraçada.

– Nada se compara a suas obras brilhantes. Não há nada que não consiga fazer. Ela queria um par de botas azuis para a festa de Sallie, então pintou as suas brancas, que estavam sujas, com o mais bonito tom de azul celeste já visto. As botas ficaram parecendo exatamente como se fossem de cetim – acrescentou Jo, com um ar de orgulho dos feitos da irmã, exasperando Amy até o ponto de sentir que seria um alívio atirar nela sua bolsa de cartões de visita.

– Lemos uma história sua outro dia e gostamos muito – observou a mais velha das srtas. Lamb, no intuito de cumprimentar a moça literária, a qual não assumira essa característica até então, é preciso dizer.

Qualquer menção a suas "obras" causavam um efeito ruim em Jo, que ficava estática e parecia ofendida, ou mudava de assunto com uma observação brusca, como agora.

– Lamento que não tenha encontrado nada melhor para ler. Escrevo aquelas bobagens porque vendem, e as pessoas comuns gostam. Você vai para Nova Iorque neste inverno?

Como a srta. Lamb havia gostado da história, essa resposta não foi exatamente agradável ou elogiosa. No instante em que foi dito, Jo percebeu seu erro, mas temendo piorar ainda mais a questão, lembrou-se de repente de que deveria fazer a primeira menção para ir embora e assim o fez, deixando três pessoas com frases incompletas em suas bocas tamanha foi a sua brusquidão.

– Amy, temos de ir. Adeus, querida, venha visitar-nos. Queremos muito uma visita. Não ouso convidá-lo, sr. Lamb, mas, se for, não acho que terei coragem de mandá-lo embora.

Jo disse isso com uma imitação tão cômica do estilo efusivo de May Chester que Amy saiu da sala o mais rápido possível, sentindo muita vontade de rir e chorar ao mesmo tempo.

– Não me saí bem? – perguntou Jo com um ar satisfeito enquanto iam embora.

– Nada poderia ter sido pior – foi a resposta arrebatadora de Amy. – Qual espírito a possuiu para contar aquelas histórias sobre minha sela, meus sapatos, minhas botas e todo o resto?

– Por quê? É engraçado e as pessoas se divertem. Eles sabem que somos pobres, então não tem serventia alguma fingir que temos cavalariços, compramos três ou quatro chapéus por estação e possuímos coisas tão boas e fáceis como eles.

– Você não precisa contar-lhes todos os nossos pequenos artifícios e expor nossa pobreza daquele jeito totalmente desnecessário. Você não tem um pingo de orgulho próprio e nunca vai aprender qual o momento de segurar a língua e o de falar – disse Amy, desanimada.

A coitada da Jo parecia envergonhada e, silenciosamente, esfregou a ponta do nariz com o lenço rígido, como se estivesse se penitenciando por suas contravenções.

– Como devo me comportar aqui? – perguntou ela, ao se aproximarem da terceira mansão.

– Como quiser. Lavo minhas mãos – foi a curta resposta de Amy.

– Então vou me divertir. Os garotos estão em casa e será uma ocasião agradável. Deus sabe como preciso de uma pequena mudança, pois a elegância faz mal ao meu temperamento – retornou Jo, rispidamente, incomodada por não ter conseguido agradar.

Uma recepção entusiasmada de boas-vindas de três rapazes e várias crianças rapidamente acalmou seus sentimentos e, deixando Amy entreter a anfitriã e o sr. Tudor, que também fazia uma visita, Jo dedicou-se aos jovens rapazes e achou a mudança revigorante. Ouviu histórias de faculdade com profundo interesse, acariciou *pointers* e *poodles* sem um murmúrio, concordou com sinceridade que "Tom Brown era gente boa[30]", independentemente da forma inadequada do elogio; e quando um rapaz propôs uma visita ao tanque da sua tartaruga, foi com tal energia ao ponto de fazer a mãe da família sorrir para ela, enquanto essa senhora maternal ajeitava o chapéu que fora deixado em uma condição deplorável pelos abraços dos filhos, parecidos com os de urso, mas carinhosos e mais queridos para ela do que o *coiffure* mais esmerado das mãos de uma francesa inspirada.

Deixando a irmã à própria mercê, Amy divertiu-se do jeito que gostava. O tio do sr. Tudor havia se casado com uma inglesa, prima de terceiro grau de um lorde vivo, e Amy considerava toda a família com grande respeito, pois, apesar de nascida e criada nos Estados Unidos, possuía aquela reverência por títulos que perseguem os melhores de nós: aquela lealdade não reconhecida à fé remota em reis, a qual deixou a nação mais democrática sob o sol em pé de guerra com a chegada de um rapazinho real de cabelos loiros[31], alguns anos atrás, e ainda tem algo a ver com o amor do jovem país pelo antigo, como aquele amor do filho crescido pela pequena e imperiosa mãe, que o carrega enquanto pode e o permite partir quando se rebela, mas não sem o repreender na despedida. Contudo, nem mesmo a satisfação de falar com uma conexão distante da nobreza britânica fez Amy se esquecer do tempo e,

[30] Referência ao livro *Tom Brown's School Days*, de Thomas Hughes (1822-1896), romancista britânico. (N.E.)

[31] Referência ao filho da rainha Vitória, Edward VII, que em 1860 realizou uma viagem de sucesso, a primeira de um herdeiro britânico para a América do Norte. (N.E.)

quando a quantidade adequada de minutos havia passado, com relutância se separou da sociedade aristocrática e foi à procura de Jo, esperando com fervor não encontrar a sua incorrigível irmã em nenhuma situação que pudesse desonrar o nome March.

Poderia ter sido pior, mas ainda assim Amy considerou ruim. Jo estava sentada na grama, com um acampamento de meninos ao seu redor e um cachorro de patas sujas repousando em seu vestido de solenidades e festas, enquanto contava uma das brincadeiras de Laurie para seu público admirado. Uma criancinha estava cutucando tartarugas com a adorada sombrinha de Amy, a segunda estava comendo biscoito de gengibre sobre o chapéu de Jo, e a terceira jogava bola com suas luvas, mas todos estavam se divertindo e, quando Jo recolheu seus pertences danificados para ir embora, sua comitiva a acompanhou, implorando para que voltasse:

– Foi tão divertido ouvir as aventuras de Laurie.

– Ótimos meninos, não são? Sinto-me bastante jovem e viva de novo depois disso – disse Jo, caminhando com as mãos para trás, em parte pelo hábito, em parte para esconder a sombrinha salpicada.

– Por que você sempre evita o sr. Tudor? – perguntou Amy, sabiamente evitando qualquer comentário sobre a aparência dilapidada de Jo.

– Não gosto dele; é empolado, esnoba as irmãs, preocupa o pai e é desrespeitoso com a mãe. Laurie diz que ele é libidinoso, e eu não o considero um conhecido agradável, então o mantenho afastado.

– Você poderia tratá-lo com cordialidade, ao menos. Você acenou friamente para ele e, agora mesmo, curvou-se e sorriu do jeito mais polido para Tommy Chamberlain, cujo pai tem uma mercearia. O correto seria se você tivesse trocado os cumprimentos – disse Amy em tom reprovador.

– Não, não seria – retrucou Jo. – Não gosto, não respeito e nem admiro o Tudor, ainda que a sobrinha do sobrinho do tio do seu avô seja prima de terceiro grau de um lorde. Tommy é pobre, tímido, bom e muito inteligente. Gosto dele e gosto de demonstrar isso, pois é um cavalheiro, apesar dos embrulhos de papel de pão.

– É inútil tentar discutir com você – começou Amy.

– Nem um pouco, minha querida – interrompeu Jo. – Vamos parecer amáveis e deixar um cartão aqui, pois é evidente que os King estão fora, graças a Deus.

Após a bolsa de cartões da família ter cumprido seu papel, as meninas seguiram, e Jo proferiu outro agradecimento ao chegar à quinta casa e ser informada que as jovens estavam ocupadas.

– Agora vamos para casa e esqueçamos tia March por hoje. Podemos ir lá a qualquer momento; e é realmente uma pena caminhar pela poeira com nossos melhores peitilhos e golas, quando estamos tão cansadas e irritadas.

– Fale por você, se quiser. Tia March gosta quando lhe damos a honra de uma visita formal. É algo pequeno, mas lhe dá prazer e não acredito que ir até lá vai estragar seu vestido mais do que cachorros imundos e garotos enlameados. Abaixe-se e me deixe tirar as migalhas do seu chapéu.

– Como você é boazinha, Amy! – disse Jo, olhando arrependida de sua roupa danificada para a da irmã, a qual estava limpa e imaculada. – Quem dera fosse tão fácil para mim fazer essas pequenas coisas para agradar as pessoas quanto é para você. Penso nelas, mas estas tomam muito tempo para serem realizadas, então fico à espera de uma chance para conceder um grande favor e acabo deixando os pequenos passarem; mas estes contam mais no fim das contas, eu imagino.

Amy sorriu e ficou apaziguada, dizendo com um ar maternal:

– As mulheres devem aprender a ser agradáveis, em particular as pobres, pois elas não têm outra maneira de devolver a gentileza recebida. Se você se lembrar disso e praticar, será mais querida do que eu, pois você tem mais a oferecer.

– Sou uma coisa velha e rabugenta e sempre serei, mas estou disposta a admitir que você está certa: mais fácil arriscar minha vida por uma pessoa do que ser agradável com ela quando não quero. É uma grande desventura ter opiniões tão fortes sobre o que se gosta ou não gosta, não é?

– É ainda pior não conseguir escondê-las. Não me importaria em dizer que não aprovo Tudor mais do que você, mas não me perguntaram nada sobre ele. Nem a você, e é inútil ser desagradável só porque ele é assim.

– Acho que garotas devem demonstrar quando desaprovam jovens rapazes. E como elas podem fazer isso, se não por suas maneiras? Dar sermão não serve de nada, como bem sei para minha infelicidade, desde que passei a lidar com Teddie. Mas há muitas maneiras pelas quais consigo influenciá-lo sem dizer uma palavra, e afirmo que devemos fazer isso para os outros, se possível.

– Teddy é um rapaz notável e não pode ser tomado como exemplo para outros meninos – disse Amy em um convicto tom solene, que teria convulsionado o "rapaz notável", se ele tivesse ouvido. – Se fôssemos belas, ricas ou importantes, poderíamos fazer algo, talvez; mas, para nós, franzir a testa para um grupo de jovens cavalheiros porque não os aprovamos e sorrir para outro pelo motivo contrário, não causa efeito algum e seremos consideradas apenas estranhas e puritanas.

– Sendo assim, devemos tolerar coisas e pessoas que detestamos, simplesmente porque não somos beldades milionárias, é isso? Eis aí um belo tipo de moralidade.

– Não tenho como argumentar, apenas sei que é assim como o mundo funciona, e as pessoas que se põem contra isso acabam sendo ridicularizadas por tentar. Não gosto de reformistas, e espero que você nunca tente ser uma.

– Eu gosto deles e seria uma se pudesse, pois, apesar do riso, o mundo jamais evoluiria sem eles. Não concordamos nesse assunto: você pertence ao grupo antigo e eu, ao novo. Você se dará bem, mas eu terei momentos de vida mais felizes. Acho que prefiro viver com as críticas e as vaias.

– Bem, componha-se agora e não aborreça a tia com suas novas ideias.

– Vou tentar, mas estou sempre prestes a explodir algum discurso particularmente incisivo ou sentimento revolucionário quando fico perto dela. É minha sina e não posso evitar.

Encontraram a tia Carrol com a velha senhora, ambas absortas em algum assunto muito interessante que foi encerrado com a chegada das meninas, com um olhar revelador de que estavam falando sobre suas sobrinhas. Jo não estava de bom humor e o acesso de raiva retornou, mas Amy, que tinha virtuosamente cumprido sua obrigação, manteve o temperamento da irmã sob controle e agradou a todos, pois estava em seu estado de espírito mais angelical. Esse espírito amável foi percebido de imediato e as tias a trataram afetuosamente como "minha querida", ao que disseram depois, com simpatia:

– Essa menina melhora a cada dia.

– Você vai ajudar na feira, querida? – perguntou a sra. Carrol, enquanto Amy sentava-se ao seu lado com o ar confiante que os mais velhos gostam tanto de ver nos jovens.

– Sim, tia. A sra. Chester pediu minha ajuda e me ofereci para cuidar de uma mesa, já que não tenho nada além do meu tempo para dar.

– Eu não – disse Jo, decidida. – Detesto ser tratada com condescendência, e os Chester acham que é um grande favor permitir a nós ajudar em sua feira tão movimentada. Fico admirada por ter aceitado, Amy, eles só querem que você trabalhe.

– Estou disposta a trabalhar. É para os libertos[32] e para os Chester, e acho muito gentil da parte deles me permitirem participar do trabalho e da diversão. A generosidade não me incomoda quando tem boa intenção.

– Muito correta e adequada sua atitude. Gosto do seu espírito de gratidão, minha querida. É um prazer ajudar as pessoas que apreciam seus esforços. Alguns não são assim e isso é complicado – observou a tia March, olhando por cima dos óculos para Jo, que se sentou longe, balançando-se na cadeira com uma expressão taciturna.

Se Jo soubesse que uma grande felicidade estava sendo decidida para uma delas, teria se transformado em uma pombinha em um instante; contudo, infelizmente, não temos janelas em nosso peito e não conseguimos ver o que se passa nas mentes dos nossos amigos. É melhor para nós não vermos o quadro geral, mas de vez em quando seria muito cômodo, pois economizaria tempo e paciência. Com sua próxima fala, Jo privou-se de anos de prazer e recebeu uma lição imediata da arte de segurar a língua.

[32] Referência à liberdade dos escravos nos Estado Unidos. Em 1863, o Ato de Emancipação, que tinha a libertação de quatro milhões de escravos afro-americanos como ponto central, foi assinado pelo presidente Abraham Lincoln. (N.E.)

– Não gosto de favores, estes me oprimem e fazem com que eu me sinta uma escrava. Prefiro fazer as coisas por mim mesma e ser totalmente independente.

– Como?! – tossiu a tia Carrol suavemente, olhando para a tia March.

– Eu falei – disse a tia March, assentindo decidida para a tia Carrol.

Felizmente sem consciência do que havia feito, Jo sentou-se com o nariz empinado e um ar revolucionário nada convidativo.

– Você fala francês, querida? – perguntou a sra. Carrol, pondo a mão em Amy.

– Muito bem, graças à tia March, que me permite praticar com Esther sempre que quero – respondeu Amy, com um olhar de gratidão, fazendo a velha senhora sorrir afavelmente.

– E você, fala algum idioma? – perguntou a sra. Carrol para Jo.

– Não sei uma palavra. Sou muito estúpida para estudar qualquer coisa e não suporto francês, é uma língua escorregadia e boba – foi a resposta brusca.

Outro olhar foi trocado pelas senhoras, e tia March disse a Amy:

– Você está muito bem e forte, não é querida? Os olhos não a incomodam mais, não é?

– De jeito nenhum, obrigado por perguntar, senhora. Estou muito bem e pretendo fazer grandes coisas no próximo inverno, de forma que possa estar pronta para Roma, quando esse momento feliz chegar.

– Boa menina! Você merece ir e tenho certeza de que irá um dia – disse tia March, dando um tapinha de aprovação em sua cabeça, enquanto Amy pegava o novelo para si.

Resmungão, feche a porta,
Sente-se junto ao fogo e costure...

Polly berrou, empoleirando-se nas costas da cadeira de Amy e espiando o rosto de Jo, com um ar cômico de indagação impertinente do qual era impossível não rir.

– É um pássaro muito observador – disse a velha senhora.

– Vamos dar uma caminhada, minha querida? – disse Polly, saltando em direção ao gabinete das porcelanas, com o olhar sugestivo de um torrão de açúcar.

– Obrigado, eu vou. Venha, Amy – e Jo encerrou a visita, com uma sensação mais forte do que nunca de que as visitas tinham um péssimo efeito em seu temperamento. Ela cumprimentou as tias com um aperto de mãos, mas Amy as beijou; então as meninas partiram, deixando para trás a impressão de sombra e luz. Tal impressão fez tia March dizer, conforme desapareciam:

– É melhor você fazer isso logo, Mary. Eu darei o dinheiro. – E tia Carrol respondeu, decidida:

– Farei com certeza, se os pais dela consentirem.

Consequências

A feira da sra. Chester foi tão elegante e seleta que as jovens da vizinhança consideraram uma grande honra serem convidadas para assumir uma mesa e todas estavam muito interessadas no assunto. Amy foi convidada, mas Jo não, o que foi ótimo para todos, já que ela estava com uma atitude desafiadora naquele período da sua vida e foram necessários vários duros golpes para ensiná-la como tratar as coisas com mais leveza. A "criatura soberba e desinteressante" foi deixada totalmente sozinha, e o talento e o gosto de Amy foram devidamente elogiados pela oferta da mesa das artes, e ela se esforçou para preparar e garantir contribuições adequadas e valiosas.

Tudo seguiu de forma tranquila até o dia anterior à inauguração da feira; depois, ocorreu uma daquelas escaramuças quase impossíveis de evitar quando umas vinte e cinco mulheres, velhas e jovens, com suas vaidades feridas e preconceitos privados, tentam trabalhar juntas.

May Chester estava com um bocado de inveja de Amy por esta ser a favorita, e várias pequenas circunstâncias aconteceram para o sentimento aumentar bem nesse momento. Os delicados desenhos de Amy eclipsaram completamente os vasos pintados de May: esse foi o espinho número um. Depois, o conquistador Tudor dançou quatro vezes com Amy na festa e somente uma vez com May: esse foi o espinho número dois. Contudo, o agravo principal, o qual ressentiu a alma de May e lhe deu uma desculpa para sua conduta nada amigável, foi um rumor cochichado por algumas prestativas fofoqueiras: que as garotas March tinham tirado sarro dela na casa dos Lamb. Toda a culpa deveria ter caído sobre Jo, pois sua imitação travessa havia sido muito realista para não ser notada, e os brincalhões Lamb deixaram a piada escapar. Nenhum vestígio sequer disso chegou às transgressoras, e é possível imaginar a decepção de Amy quando, na noite anterior à feira, enquanto ela dava os últimos retoques em sua bela mesa, a sra. Chester, obviamente ressentida com a suposta ridicularização da sua filha, disse-lhe, em um tom brando, mas com o olhar frio:

– Eu percebo, querida, haver um consenso entre as jovens sobre eu não oferecer essa mesa para ninguém, exceto às minhas filhas. Como esta é a mais importante e alguns dirão que é a mesa mais atrativa de todas, e minhas meninas são as principais organizadoras da feira, é melhor que elas fiquem com esse lugar. Lamento, mas sei que você tem um interesse sincero na causa e não vai se importar com um pequeno descontentamento pessoal; você pode ficar com outra mesa, se quiser.

A sra. Chester imaginou de antemão que seria fácil fazer esse pequeno discurso; porém encontrou bastante dificuldade para proferi-lo naturalmente quando chegou o momento e os olhos insuspeitos de Amy a encaravam cheios de surpresa e perturbação.

Amy sentiu que havia algo por trás daquilo, mas não podia adivinhar o que era e disse, muito tranquila, sentindo-se magoada e demonstrando bem isso:

– Talvez a senhora prefira que eu não fique em mesa alguma?

– Não, minha querida, não se ofenda, eu imploro. É apenas uma questão de conveniência. Veja, minhas filhas vão naturalmente assumir o comando e essa mesa é considerada o local adequado para elas. É claro que também é muito adequada para você e sou muito grata por seus esforços para torná-la tão bonita, mas devemos renunciar aos nossos desejos pessoais; vou encontrar um bom lugar para você. Não gostaria de ficar na mesa das flores? As meninas mais novas a assumiram, mas estão desanimadas. Você poderia fazer com que ficasse mais atrativa, e a mesa das flores é sempre encantadora, você sabe.

– Especialmente para os cavalheiros – acrescentou May, com um olhar esclarecedor para Amy sobre uma das causas de sua súbita perda de deferência.

Amy ficou vermelha de raiva, mas não ligou para aquele sarcasmo infantil e respondeu com inesperada amabilidade:

– Ficarei onde desejar, sra. Chester. Sairei agora mesmo dessa mesa e ficarei com as flores, se assim preferir.

– Você pode levar toda a decoração que fez para a sua mesa, se preferir – começou May, sentindo a consciência pesar um pouco quando olhou para os belos cavaletes, as conchas pintadas e as pitorescas iluminuras que Amy havia feito com tanto cuidado e organizado com tanto carinho. Ela quis ser gentil, mas Amy não interpretou dessa forma e disse, rapidamente:

– Oh, é claro, se estão no seu caminho – e, toda atrapalhada, varrendo suas contribuições para o avental, se afastou, sentindo que ela própria e suas obras de arte haviam sido insultadas de forma imperdoável.

– Agora ela está brava. Oh, Deus, queria não ter pedido que a senhora falasse, mamãe – disse May, parecendo desconsolada ao ver os espaços vazios na mesa.

– Rivalidades entre meninas acabam logo – respondeu sua mãe, sentindo um pouco de vergonha de sua participação nessa competição, e deveria mesmo sentir.

As meninas mais novas saudaram Amy e seus tesouros com prazer, e essa cordial recepção acalmou seu espírito perturbado; então mergulhou no trabalho, determinada a ter sucesso com as flores, caso não conseguisse artisticamente. Embora tudo parecesse estar contra ela. Era tarde e estava cansada. Todos estavam muito ocupados com seus próprios afazeres para ajudá-la, e as menininhas só atrapalhavam, agitando-se e tagarelando como se fossem um bando de gralhas, fazendo uma grande confusão com seus esforços infantis para preservar tudo na mais perfeita ordem. O arco de sempre-vivas não ficou firme depois que ela o armou, mas sim deslocado e ameaçando cair em sua cabeça quando as cestas suspensas estivessem cheias. O seu melhor azulejo recebeu um esguicho de água, o que deixou uma lágrima cor de sépia na bochecha do Cupido. Ela feriu as mãos com o martelo e pegou um resfriado trabalhando próxima a uma corrente de ar, e essa última aflição a encheu de apreensão para o dia seguinte. Qualquer leitora que tenha sofrido aflições semelhantes irá simpatizar com a pobre Amy e desejar que cumpra bem sua tarefa.

Foi grande a indignação em casa quando ela contou a história daquela tarde. A sra. March achou uma vergonha, mas disse que ela agiu corretamente. Beth declarou que não iria mais à feira, e Jo perguntou qual o motivo para Amy não ter pego todo o seu lindo trabalho e deixado aquelas pessoas más continuarem sem ela.

– Porque eles serem maldosos não é razão para que eu seja também. Detesto esse tipo de situação, e embora ache que tenho o direito de estar magoada, não pretendo demonstrar isso. Eles vão sentir isso mais do que discursos raivosos ou ações ressentidas, não é, mamãe?

– Esse é o espírito, minha querida. Um beijo em resposta a um golpe é sempre o melhor, embora às vezes não seja muito fácil dá-lo – disse a sra. March, com ar de quem havia aprendido a diferença entre discurso e prática.

Apesar das várias tentações naturais para se ressentir e retaliar, Amy cumpriu sua resolução durante o dia seguinte, disposta em conquistar sua inimiga por meio da gentileza. Começou bem, graças a um lembrete silencioso que lhe apareceu inesperadamente, mas de forma bastante oportuna. Enquanto organizava sua mesa naquela manhã e as menininhas enchiam suas cestas na antessala, Amy pegou sua criação preferida: um pequeno livro, cuja capa antiga seu pai havia encontrado entre os tesouros dele, em que, nas suas folhas de pergaminho, ela tinha feito adoráveis iluminuras em diversos textos. Conforme virava as páginas, delicadamente adornadas com orgulho muito perdoável, seus olhos foram direto em um verso que a fez parar e pensar. Emoldurado em um maravilhoso arabesco de vermelho, azul e dourado, como pequenos espíritos de boa vontade ajudando uns aos outros entre espinhos e flores, estavam as palavras: "Amarás ao teu próximo como a ti mesmo".

"Eu deveria, mas não amo", pensou Amy, enquanto seu olho ia da página branca para o rosto descontente de May atrás dos grandes vasos, os quais não eram suficientes para preencher os lugares vazios onde antes estavam suas obras. Amy parou um minuto, virando as folhas em suas mãos, lendo em cada uma doces repreensões para todos os rancores e falta de caridade do espírito. Muitos sermões sábios e verdadeiros são pregados para nós todos os dias por pastores involuntários na rua, na escola, no trabalho ou em casa. Mesmo uma mesa de feira pode se tornar um púlpito, se puder oferecer as palavras boas e úteis que nunca saem de moda. Naquele momento, a consciência de Amy pregou-lhe um pequeno sermão a partir daquele texto, e ela fez o que muitos de nós nunca fazemos: levou o sermão ao coração e colocou-o em prática imediatamente.

Um grupo de meninas estava ao redor da mesa de May, admirando as belas coisas e conversando sobre a mudança da vendedora. Elas mantinham a voz baixa, mas Amy sabia que estavam falando dela, ouvindo um lado da história e fazendo julgamentos de acordo com ele. Aquilo não era agradável, mas um espírito de bondade a dominou e surgiu uma chance imediata de prová-lo. Ela ouviu May dizer, com tristeza:

– Isso é muito ruim, pois não há tempo de fazer outras coisas e não quero encher a mesa de quinquilharias. A mesa estava quase toda preenchida. Agora está arruinada.

– Talvez ela coloque as coisas de volta, se você pedir – sugeriu alguém.

– Como, depois de toda essa confusão? – começou May, mas não terminou, pois a voz de Amy atravessou o corredor dizendo, com simpatia:

– Pode tê-las de volta. As devolvo com boa-vontade, nem precisa pedir, caso as queira. Estava mesmo pensando em oferecê-las de volta, pois pertencem mais à sua mesa do que à minha. Aqui estão, por favor, pegue-as e perdoe-me se fui dura ao tirá-las daí ontem à noite.

Enquanto falava, Amy devolveu sua contribuição, acenou com a cabeça e sorriu, apressando-se em ir embora, sentindo que era mais fácil fazer uma gentileza do que era ficar e receber agradecimentos por isso.

– Oh, que gentil da parte dela, não é? – disse uma menina.

A resposta de May foi inaudível, mas outra jovem moça, cujo temperamento era evidentemente ácido demais até para fazer uma limonada, acrescentou, com um riso desagradável:

– Muito gentil, pois sabia que não as venderia em sua própria mesa.

Ora, aquilo foi duro. Quando fazemos pequenos sacrifícios, gostamos que sejam apreciados, pelo menos; por um minuto, Amy arrependeu-se de tê-lo feito, sentindo que a virtude nem sempre era a recompensa em si mesma. Mas é, e ela descobriu ali mesmo, pois sua energia começou a elevar, e a mesa dela floresceu com suas mãos habilidosas, as meninas foram muito gentis e aquele pequeno ato pareceu ter limpado a atmosfera de uma forma maravilhosa.

Foi um dia longo e difícil para Amy. Ela sentou-se atrás da sua mesa na maior parte do tempo sozinha, pois as menininhas foram embora logo. Era verão e poucos quiseram comprar flores, e seus buquês começaram a murchar antes do anoitecer.

A mesa de artes era a mais atrativa da sala. Uma multidão a visitou durante todo o dia e os compradores estavam constantemente indo e voltando, com rostos alvoroçados e caixas de dinheiro tilintantes. Amy frequentemente olhava com tristeza para a mesa, desejando estar lá, onde se sentia em casa e feliz, em vez de estar em um canto sem nada para fazer. Pode parecer pouca coisa para muitos de nós; porém, para uma jovem bela e alegre, era não só tedioso, mas também desafiador, e só de pensar que Laurie e seus amigos passariam por lá fez daquilo um verdadeiro martírio.

Não foi para casa até anoitecer; quando chegou, parecia tão pálida e quieta que todos perceberam ter sido um dia difícil para ela, embora não tenha reclamado e não tenha sequer contado o que havia feito. Sua mãe lhe deu uma afetuosa xícara de chá extra. Beth ajudou-a a se vestir e fez uma pequena charmosa coroa de flores para seu cabelo, enquanto Jo deixou a família estupefata ao animar-se com cuidado fora do comum e dizer, de forma sombria, que o jogo estava prestes a virar.

– Não faça nada rude, por favor, Jo, não quero confusão. Deixe tudo passar e comporte-se – implorou Amy, ao partir cedo na manhã seguinte, esperando encontrar um punhado de flores para reforçar sua pobre mesa.

– Apenas pretendo ser encantadoramente agradável com todos os conhecidos e mantê-los perto de sua mesa o máximo de tempo possível. Teddy e seus amigos vão ajudar e ainda nos divertiremos – respondeu Jo, inclinando-se para o portão e esperando por Laurie. Nesse momento, o familiar ruído de seus passos foi ouvido na penumbra, e ela correu para encontrá-lo. – É meu garoto?

– Assim como você é minha garota! – e Laurie colocou a mão dela por baixo do seu braço, com o ar de um homem cujos desejos foram realizados.

– Oh, Teddy, você tem cada uma! – e Jo contou a ele os problemas de Amy com zelo de irmã.

– Vários dos nossos amigos irão passar por lá, e quero ver se não os convenço a comprar cada flor daquela mesa e a ficar acampados perto dela depois – disse Laurie, abraçando a causa com cordialidade.

– Amy disse que as flores não estão nada bonitas, e as mais frescas talvez não cheguem a tempo. Não quero ser injusta ou desconfiada, mas não me admiraria se não chegassem nunca. Quando pessoas fazem uma coisa ruim, elas estão muito propensas a fazer outra – observou Jo, com um tom enojado.

– Hayes não lhe deu as melhores do jardim? Eu pedi a ele.

– Não sabia disso, acredito que se esqueceu. Como seu avô não estava se sentindo bem, não quis incomodá-lo perguntando, embora eu quisesse mesmo algumas.

– Ora, Jo, como pôde pensar que precisava pedir? São tão minhas quanto suas. Nós não dividimos tudo sempre? – começou Laurie, no tom que sempre fazia Jo ficar espinhenta.

– Que graça! Espero que não! Metade das suas coisas não me serviriam para nada. E não devemos ficar parados aqui flertando. Tenho que ajudar Amy, então vá e fique esplêndido. Se puder, faça a gentileza de pedir a Hayes para levar algumas flores ao salão; serei eternamente grata.

– Você não poderia ser agora? – perguntou Laurie, de forma tão sugestiva que Jo fechou o portão na cara dele com uma pressa pouco hospitaleira, e clamou, por entre as grades:

– Vá embora, Teddy, estou ocupada.

Graças aos conspiradores, o jogo realmente virou naquela noite, pois Hayes enviou um jardim de flores, com uma adorável cesta organizada à sua melhor maneira para ficar no centro da mesa. A família March compareceu em peso, e os esforços de Jo obtiveram o efeito desejado, pois as pessoas não só foram à mesa, mas lá ficaram, rindo dos seus absurdos, admirando o gosto de Amy e aparentemente divertindo-se bastante. Laurie e seus amigos desempenharam com elegância seus papéis: compraram os buquês, acamparam perto da mesa e fizeram do local o mais animado da sala. Amy estava confortável agora e, ainda que por gratidão e nada mais, estava o mais animada e graciosa possível, chegando à conclusão naquele momento de que, afinal, a virtude era em si a recompensa.

Jo comportou-se com exemplar adequação e, enquanto Amy estava alegremente rodeada por sua guarda de honra, circulou pelo salão, ouvindo vários pedaços de fofoca, que lhe esclareceram o motivo da mudança de comportamento de Chester. Recriminou-se por sua parcela de culpa naquele mal-estar e resolveu salvar Amy o mais rápido possível. Também descobriu o que Amy havia feito com suas obras de arte e considerou-a um modelo de magnanimidade. Quando passou pela mesa de artes, olhou de soslaio procurando as coisas da irmã, mas não viu sinal delas. "Aposto que as esconderam", pensou Jo, a qual era capaz de perdoar quem lhe fazia mal, mas se ressentia calorosamente de qualquer insulto proferido contra sua família.

– Boa noite, srta. Jo. Como vai Amy? – perguntou May com ar conciliatório, pois queria mostrar que também podia ser generosa.

– Ela vendeu tudo que valia a pena vender e agora está se divertindo. A mesa das flores é sempre atrativa, você sabe, "especialmente aos cavalheiros". – Jo não pôde resistir a dar aquela alfinetada, mas May a recebeu com tanta humildade que na hora ela se arrependeu de ter falado aquilo, e passou a elogiar os grandes vasos ainda não vendidos.

– Onde estão as iluminuras de Amy? Fiquei com vontade de comprar para o papai – disse Jo, muito curiosa para saber o paradeiro das obras da irmã.

– Tudo o que era de Amy foi vendido há muito tempo. Tomei o cuidado de que as pessoas certas as vissem e as obras nos renderam uma pequena soma de dinheiro – respondeu May, que superou várias pequenas tentações naquele dia, assim como Amy.

Muito satisfeita, Jo voltou para contar as novidades, e Amy pareceu tocada e surpresa ao mesmo tempo pelo relato sobre as palavras e atitudes de May.

– Agora, cavalheiros, quero que vão e façam o mesmo pelas outras mesas, tão generosamente quanto fizeram pela minha, em especial a mesa de artes – disse Amy, dando ordens ao "grupo do Teddy", como as meninas chamavam os amigos da faculdade.

– "Ao ataque, Chester, ao ataque!" é o lema para aquela mesa, mas ajam como homens e façam valer seu dinheiro com a arte, em todos os sentidos da palavra – disse a irresponsável Jo, enquanto a dedicada falange se preparava para a batalha.

– Ouvir é obedecer, mas março (March) é muito mais bonito que maio (May) – disse o pequeno Parker, fazendo um esforço desesperado para parecer, ao mesmo tempo, inteligente e carinhoso e sendo imediatamente desiludido por Laurie, que disse:

– Isso foi ótimo para um garotinho, meu filho! – e o pôs a andar, dando-lhe um toque paternal na cabeça.

– Comprem os vasos – sussurrou Amy para Laurie, como uma jogada final de retribuir a maldade de sua inimiga fazendo o bem.

Para grande satisfação de May, o sr. Laurence não só comprou os vasos, como também saiu pelo salão com um sob cada braço. Os outros cavalheiros negociaram com igual ousadia sobre todos os tipos de frivolidades frágeis e perambularam impotentes depois, carregados com flores de cera, leques pintados, amostras de filigrana e outras compras úteis e adequadas.

Tia Carrol estava lá e, ao ouvir a história, pareceu satisfeita e disse algo à sra. March em um canto, que a fez sorrir de satisfação e observar Amy com o rosto cheio de orgulho e ansiedade; entretanto, ela somente revelou a causa do seu prazer vários dias depois.

A feira foi declarada um sucesso e, quando May deu boa-noite a Amy, ela não foi expansiva como de costume, mas lhe deu um beijo afetuoso e um olhar que dizia "perdoe-me e esqueça". Isso deixou Amy satisfeita e, ao chegar em casa, encontrou os vasos dispostos na lareira da sala com um grande buquê em cada um.

– A recompensa pelo mérito de uma March generosa – conforme anunciou Laurie com um floreio.

– Você tem muito mais princípios, generosidade e nobreza de caráter do que jamais imaginei que tivesse, Amy. Agiu com doçura e a respeito com todo o meu coração – disse Jo calorosamente, enquanto penteavam os cabelos juntas, tarde da noite.

– Sim, todas nós a respeitamos e a amamos por estar tão pronta para perdoar. Deve ter sido realmente difícil, depois de trabalhar tanto e decidido vender seus trabalhos tão lindos. Não acredito que teria sido tão bondosa como você – acrescentou Beth em seu travesseiro.

– Ah, meninas, não precisam me elogiar assim. Só fiz o que deveria fazer. Vocês riem de mim quando digo que quero ser uma dama, mas me refiro a ser uma verdadeira dama, em caráter e modos, e tento fazer isso o tanto quanto sei. Não sei explicar exatamente, mas quero estar acima das pequenas maldades, tolices e falhas que corrompem tantas mulheres. Estou longe disso ainda, mas faço meu melhor e espero um dia me tornar o que mamãe é.

Amy falou com sinceridade, e Jo disse, com um abraço afetuoso:

– Agora entendo o que quer dizer e nunca mais irei rir de você novamente. Está chegando lá mais rápido do que imagina, e tirarei lições verdadeiras de sua delicadeza, pois você aprendeu o segredo, acredito. Continue tentando, querida, você será recompensada um dia e ninguém ficará mais satisfeita do que eu.

Uma semana depois, Amy recebeu sua recompensa, e a pobre Jo achou difícil ficar satisfeita. Uma carta da tia Carrol chegou e o rosto da sra. March iluminou-se de tal jeito enquanto a lia, que Jo e Beth, ali presentes, exigiram saber quais eram as alegres notícias.

– Tia Carrol vai para o estrangeiro no mês que vem e quer...

– Que eu vá com ela! – interrompeu Jo, pulando da cadeira com um entusiasmo incontrolável.

– Não querida, você não. Amy.

– Oh, mamãe! Ela é muito jovem, devo ser a primeira. Desejo isso há tanto tempo. Seria tão bom para mim, além de ser algo inteiramente maravilhoso. Tenho que ir!

– Temo ser impossível, Jo. A tia disse Amy, decididamente, e não cabe a nós nos impor quando recebemos um favor desse tipo.

– É sempre assim: Amy fica com toda a diversão e eu, com todo o trabalho. Não é justo, oh, não é justo! – disse Jo, impetuosamente.

– Receio que seja em parte por sua própria culpa, querida. Quando a tia falou comigo outro dia, lamentou seus modos explosivos e seu espírito muito independente, e aqui ela escreve, como se citasse algo que você tenha dito... “Meu plano era levar Jo, mas como ‘favores a oprimem’ e ela ‘odeia francês’, não vou arriscar convidá-la. Amy é mais dócil, será uma boa companhia a Flo e receberá com gratidão qualquer ajuda que a viagem possa lhe dar.”

– Oh, minha língua, minha abominável língua! Por que não consigo mantê-la quieta? – gemeu Jo, lembrando-se das palavras que a tinham arruinado. Quando ouviu a explicação das frases citadas, a sra. March disse, com tristeza:

– Queria que você fosse, mas não há esperança dessa vez, então tente lidar com isso da melhor maneira e não atrapalhe o prazer de Amy com reprimendas ou lamentações.

– Vou tentar – disse Jo, piscando com força enquanto se ajoelhava para pegar a cesta que havia derrubado com o entusiasmo. – Vou tentar agir como ela e não só parecer feliz, mas ficar feliz de verdade e não ter inveja em nenhum minuto da felicidade dela. Não será fácil, pois foi uma grande decepção –, e a pobre Jo molhou com várias lágrimas muito amargas a pequena almofada de alfinetes que segurava.

– Jo, querida, sou muito egoísta; não estou pronta para ficar longe de você e estou feliz que não vá ainda – sussurrou Beth, abraçando-a com cesta e tudo, com um toque tão comovente e rosto tão amável que Jo se sentiu consolada, apesar do forte arrependimento que a fez querer dar uns tapas em si mesma e ir implorar humildemente à tia Carrol que a oprimisse com esse favor e visse quão grata ficaria por passar por isso.

Quando Amy chegou, Jo conseguiu participar da comemoração da família, talvez não tão animada como de costume, mas sem lamentar a boa sorte da irmã. A jovem moça recebeu as boas-novas com uma grande alegria, andou para lá e para cá em um solene encantamento e começou a organizar suas tintas e a empacotar seus lápis naquela noite, deixando coisas triviais como roupas, dinheiro e passaporte para aqueles menos absortos em deslumbres artísticos do que ela mesma.

– Não é apenas uma viagem de lazer para mim, meninas – disse ela de forma imponente, enquanto raspava sua melhor paleta. – Essa viagem irá definir minha carreira, pois, se eu tiver algum talento, devo encontrá-lo em Roma e farei algo para prová-lo.

– E se não tiver? – perguntou Jo enquanto costurava, com os olhos vermelhos, as golas que seriam entregues a Amy.

– Então volto para casa e ensinarei desenho como meio de vida – respondeu a aspirante à fama, com compostura filosófica. Contudo, fez uma cara desanimada com essa perspectiva e continuou raspando sua paleta, decidida a tomar medidas eficazes antes de desistir de suas esperanças.

– Não vai nada. Você detesta trabalhar duro e vai se casar com algum homem rico e voltar para casa, para ficar em meio ao luxo todos os dias – disse Jo.

– Suas previsões dão certo às vezes, mas não acredito que esta dará. Com certeza adoraria, pois, se não puder ser uma artista, gostaria de ajudar aqueles que são – disse Amy, sorrindo, como se o papel de Lady Bountiful[33] lhe coubesse melhor do que o de uma pobre professora de desenho.

– Hum! – disse Jo, com um suspiro. – Se é o que deseja, vai conseguir, pois seus desejos são sempre concedidos... Já os meus, nunca.

– Você gostaria de ir? – perguntou Amy, tocando o nariz reflexivamente com sua faca.

– É claro!

[33] Lady Bountiful é uma personagem da peça *The Beaux 'Stratagem* (1707), do dramaturgo irlandês George Farquhar. A personagem é marcada por ser uma mulher notável por suas benevolências. (N.E.)

– Bem, em um ano ou dois, mando buscá-la, então nós duas vamos escavar o Fórum em busca de relíquias e realizar todos os planos tantas vezes feitos.

– Obrigada. Vou relembrar sua promessa quando esse dia feliz chegar, se é que vai chegar – respondeu Jo, aceitando a indeterminada, mas magnífica, oferta do jeito mais grato possível.

Não havia muito tempo para os preparativos e a casa tornou-se um grande alvoroço até Amy partir. Jo aguentou bem até a última fita azul esvoaçante desaparecer, quando se retirou para seu refúgio, o sótão, e chorou até não poder mais. Amy, da mesma forma, aguentou firme até o vapor zarpar. Então, pouco antes de o passadiço ser recolhido, logo se deu conta de que haveria um oceano inteiro entre ela e aqueles que mais amava. Agarrou Laurie, o último remanescente, dizendo com um soluço:

– Oh, cuide deles por mim e se qualquer coisa acontecer...

– Cuidarei sim, querida, e se qualquer coisa acontecer, irei aonde estiver para confortá-la – sussurrou Laurie, sonhando com a possibilidade de ser chamado a cumprir sua promessa.

E assim, Amy partiu para encontrar o Velho Mundo, sempre novo e belo aos olhos jovens, enquanto seu pai e o amigo a observavam do litoral, com a fervorosa esperança de que nada além de uma grande sorte recairia sobre a menina alegre acenando com a mão para todos até que não conseguissem ver mais nada, a não ser o brilho do sol de verão resplandescente no mar.

Nossa correspondente estrangeira

Londres

Queridos,

Aqui estou eu sentada em uma janela frontal do Bath Hotel, em Picadilly. Não é um lugar da moda, mas o tio ficou aqui anos atrás e não quer saber de outro. De qualquer forma, não pretendemos ficar muito tempo, então não tem muita importância. Oh, nem sei como começar a dizer o quanto estou adorando tudo isso! Nunca consigo, então vou apenas enviar partes do meu caderno, pois não fiz nada além de esboçar e rabiscar desde o começo da viagem.

Enviei um telegrama de Halifax, quando estava me sentindo bastante triste; porém, depois disso, fiquei muito bem, raramente indisposta, com muitas pessoas agradáveis para me animar. Todos foram muito gentis comigo, especialmente os oficiais. Não ria, Jo, os cavalheiros são realmente necessários a bordo do navio para nos ajudar e nos atender. Além disso, eles não têm nada para fazer e é ótimo que se sintam úteis, caso contrário receio que fumariam até morrer.

A tia e Flo ficaram acabrunhadas durante toda a viagem e preferiram permanecer sozinhas. Então, depois de fazer o que podia por elas, saía para me divertir. Quantas caminhadas no convés, quantos pores do sol, que ar e ondas esplêndidos! O navio era quase tão divertido quanto montar em um cavalo veloz, quando acelerávamos com tanta imponência. Queria que Beth pudesse ter vindo, teria feito muito bem a ela. Quanto a Jo, ela teria subido até a bujarrona da gávea, ou seja lá como se chama aquilo, feito amizade com os engenheiros, soado a trombeta do capitão e ficado muito entusiasmada.

A viagem foi paradisíaca, mas fiquei feliz ao ver a costa irlandesa e achei-a muito linda, tão verde e ensolarada, cabanas marrons aqui e ali, ruínas em algumas colinas e mansões de cavalheiros nos vales, com cervos se alimentando nos parques. Era bem cedo, pela manhã, mas não me arrependo de ter levantado para ver, pois a baía estava cheia de barquinhos, a costa tão pitoresca, e um céu rosado sobre nós. Nunca me esquecerei.

Em Queenstown, um dos meus novos conhecidos nos deixou, o sr. Lennox, e quando disse algo sobre os Lagos de Killarney, suspirou e cantou, olhando para mim:

"Oh, você já ouviu falar de Kate Kearney?
Ela mora nas margens do Killarney;
Com apenas um breve olhar,
Afasta o perigo e se põe a voar,
Pois fatal é o olhar de Kate Kearney."

Não parece absurdo?

Paramos em Liverpool por apenas algumas horas. É um lugar sujo e barulhento, e fiquei feliz em ir embora de lá. O tio apressou-se para comprar um par de luvas de couro de cachorro, uns sapatos feios e grossos e um guarda-chuva, e aproveitou para se barbear, deixando apenas as costeletas. Depois, ficou se gabando de que parecia um verdadeiro britânico, mas quando foi limpar a lama dos sapatos pela primeira vez, o pequeno engraxate percebeu que era americano e disse, com sorriso forçado: "Aqui está, senhor. Dei um 'brilho ianque mais moderno'." O tio gostou bastante. Oh, devo contar a vocês o que o maluco do Lennox fez! Pediu a seu amigo Ward, que veio conosco, para comprar um buquê para mim, e a primeira coisa que vi em meu quarto foram as lindas flores, com "cumprimentos de Robert Lennox" no cartão. Não é engraçado, meninas? Adoro viajar.

Nunca chegarei a Londres se não me apressar. A viagem foi como caminhar por uma longa galeria de pinturas, cheia de paisagens lindas. Deleitei-me vendo as casas de fazenda, com telhados colmados, trepadeiras até os beirais, janelas treliçadas e mulheres fortes carregando criancinhas rosadas nas portas. Até o gado parecia mais tranquilo que o nosso, com trevos até os joelhos, e as galinhas tinham um cacarejar contente, como se nunca ficassem nervosas como as ianques. Nunca vi cores tão perfeitas, a grama tão verde, o céu tão azul, o trigo tão amarelo, a madeira tão escura, o que me deixou empolgada o tempo todo. Flo sentia-se assim também, e ficamos de um lado para o outro, tentando ver tudo enquanto corríamos a cem por hora. A tia estava cansada e foi dormir, e o tio ficou lendo seu guia, parecendo estar impressionado com algo. E assim seguimos. De repente, levantei-me:

– Oh, aquilo deve ser Kenilworth! Aquele lugar cinza entre as árvores!

E Flo, correndo para minha janela:

– Que lindo! Temos de ir lá um dia, não é, papai?

O tio, admirando calmamente suas botas:

– Não, querida, a não ser que queira cerveja, pois aquele lugar é uma cervejaria.

Uma pausa... e Flo disse:

– Meu Deus! Tem um palanque e um homem subindo.

– Onde, onde? – gritei, olhando para dois postes altos com uma viga e algumas correntes suspensas.

– Uma mina de carvão – observou o tio, piscando o olho.

– Vejo um adorável rebanho de carneiros, todos deitados – eu disse.

– Olhe, papai, não são lindos? – acrescentou Flo transbordando sentimentalismos.

– Gansos, meninas – respondeu o tio, em um tom que nos manteve quietas até Flo parar para desfrutar de seu livro *As Paqueras do Capitão Cavendish*, e eu ter a paisagem toda para mim.

Claro que choveu quando chegamos a Londres e não havia nada para ver, a não ser neblina e guarda-chuvas. Descansamos, desfizemos as malas e fomos às compras entre uma chuva e outra. Tia Mary me deu coisas novas, pois saí de casa com tanta pressa que não estava totalmente preparada. Um chapéu branco e uma pena azul, um vestido de musselina para combinar e a capa mais linda que vocês já viram. Fazer compras na Regent Street é perfeitamente maravilhoso. As coisas parecem tão baratas, lindos laços por apenas seis pences o metro. Fiz um estoque, mas vou comprar minhas luvas em Paris. Não concordam que isso soa elegante e rico?

Eu e Flo, só por diversão, chamamos um cabriolé para passear enquanto a tia e o tio estavam fora, embora tenhamos sabido depois que isso não era coisa para jovens moças fazerem sozinhas. Foi tão divertido! Quando estávamos dentro do veículo, o homem dirigiu tão rápido que Flo ficou assustada e me pediu para interrompê-lo, mas ele estava em pé do lado de fora, atrás de algo, e não consegui alcançá-lo. Ele não me ouviu chamar, nem me viu bater com a minha sombrinha na frente, então lá estávamos, indefesas, chacoalhando e fazendo curvas em alta velocidade. Por fim, em meu desespero, vi uma pequena porta no teto e, batendo nela para que abrisse, um olho vermelho apareceu e uma voz com bafo de cerveja disse:

– O que foi, madame?

Dei minha ordem do jeito mais sério possível e, fechando a portinha com um: "Sim, sim, madame", o homem fez seu cavalo andar como se estivesse indo para um funeral. Bati na portinha novamente e disse: "Um pouco mais rápido", então ele prosseguiu, caótico como antes, e nos resignamos com nosso destino.

Hoje o clima estava ameno e fomos ao Hyde Park, próximo daqui, pois somos mais aristocráticas do que parecemos. O duque de Devonshire mora por perto. Frequentemente, vejo seus empregados descansando no portão de trás, e a casa do duque de Wellington também não é longe. Tive cada visão, queridas! Era tão bom quanto ler a *Punch*[34], pois havia viúvas gordas passeando na parte de trás de seus coches vermelhos e amarelos, com belos serviçais em meias de seda e casacos de veludo e cocheiros empoados na frente. Empregadas elegantes, com as crianças mais rosadinhas que já vi; moças bonitas, meio sonolentas; dândis passeando com suas cartolas inglesas engraçadas e luvas de lavanda; e soldados altos, em jaquetas vermelhas curtas e gorros inclinados, tão engraçados que quis desenhá-los.

Rotten Row significa "*Route de Roi*", ou o caminho do rei, mas agora é mais uma escola de equitação do que qualquer outra coisa.

[34] *Punch* foi uma revista britânica de humor e sátira, publicada de 1841 a 2002. Reconhecida pela inteligência e irreverência, foi responsável pela publicação de escritores renomados de quadrinhos e pelo termo *cartoon*. (N.E.)

Os cavalos são maravilhosos, e os homens, especialmente os cavalariços, cavalgam bem, mas as mulheres são rígidas e saltam, o que não está de acordo com nossas regras. Quis mostrar-lhes um galope americano impetuoso, elas trotavam solenemente para cima e para baixo, com sua pouca roupa e chapéus altos, parecendo mulheres de uma Arca de Noé de brinquedo. Todos cavalgam: homens velhos, moças fortes, crianças pequenas. Os jovens flertam muito por aqui: vi um casal trocando botão de rosa, pois está na moda colocá-lo na botoeira, e achei uma ideiazinha muito boa.

À tarde, fomos à Abadia de Westminster, mas não espere que eu a descreva, pois é impossível, então vou apenas dizer que é sublime! Esta noite vamos assistir a Fetcher[35], o que será um final adequado para o dia mais feliz da minha vida.

Está muito tarde, mas não posso deixar minha carta partir amanhã sem dizer-lhes o que aconteceu ontem à noite. Adivinhem quem apareceu na nossa hora do chá? Os amigos ingleses de Laurie: Fred e Frank Vaughn! Fiquei tão surpresa e não os teria reconhecido, não fosse pelos cartões. São ambos homens altos e com bigodes; Fred muito bonito, ao estilo inglês, e Frank está melhor, pois manca apenas muito discretamente e não usa mais muletas. Eles souberam por Laurie onde ficaríamos e vieram nos convidar para irmos à sua casa, mas o tio não quer ir, então devemos retribuir a visita e vê-los assim que possível. Eles foram ao teatro conosco e nos divertimos bastante, pois Frank se dedicou a Flo, e eu e Fred falamos das alegrias do passado, do presente e do futuro, como se nos conhecêssemos desde sempre. Digam a Beth que Frank perguntou por ela e lamentou saber que esteve doente. Fred riu quando falei sobre Jo e mandou seus "respeitosos cumprimentos ao grande chapéu". Eles não se esqueceram do Acampamento Laurence e de como se divertiram lá. Parece que foi há tanto tempo, não é?

[35] Charles Albert Fetcher (1824-1879) foi um famoso ator do teatro britânico. (N.E.)

Titia está batendo na parede pela terceira vez, então devo parar de escrever. Eu realmente me sinto como uma elegante dama londrina, exausta, escrevendo aqui tão tarde, com meu quarto cheio de coisas lindas e minha cabeça confusa de tantos parques, teatros, novos vestidos e criaturas elegantes que dizem "Ah!" e enrolam seus bigodes loiros com a verdadeira nobreza dos lordes ingleses. Não vejo a hora de vê-los todos e, apesar de ser disparatada, como sempre, sua amada...

AMY

***

Paris

Queridas meninas,

Na minha última carta, contei a vocês sobre nossa visita a Londres, sobre como os Vaughn são gentis e sobre as adoráveis festas que fizeram para nós. Adorei os passeios a Hampton Court e ao Museu Kensington mais do que qualquer outra coisa, pois, em Hampton, vi os Cartões de Rafael e, no Museu, salas cheias de pinturas de Turner, Lawrence, Reynolds, Hogarth e outros grande gênios. O dia em Richmond Park foi encantador: tivemos um tradicional piquenique inglês e vi os mais esplêndidos carvalhos e bandos de cervos que pude copiar, além de ouvir um rouxinol e ver cotovias alçarem voo. Nós "fizemos" Londres da maneira que mais queríamos, graças a Fred e Frank, e lamentamos ter partido, pois, embora os ingleses demorem a fazer amizade, uma vez que a fazem, acho que não podem ser superados quanto à hospitalidade. Os Vaughn esperam nos encontrar em Roma no próximo inverno e ficarei tão desapontada se não forem; eu e Grace somos grandes amigas, e os rapazes são boas pessoas, especialmente Fred.

Bem, mal havíamos nos instalado aqui quando Fred apareceu novamente, dizendo que estava de férias e iria para a Suíça em seguida. Titia ficou séria a princípio, mas ele estava tão tranquilo que ela nada pôde dizer. Agora estamos todos nos dando bem, e muito felizes por ele ter vindo, pois fala francês como um nativo e não sei o que faríamos sem ele. Titio não sabe nem dez palavras e insiste em falar inglês muito alto, como se isso fosse fazer as pessoas o entenderem. A pronúncia de titia é antiga, e eu e Flo, embora estivéssemos confiantes de saber bastante, percebemos que não, e ficamos muito gratas por Fred fazer o papel de "parley vooing[36]", como titio chama.

Quantos belos momentos estamos vivendo! Passeios pela cidade de manhã até a noite, parando para fazer bons lanches em cafés animados e encontrando todo tipo de aventura divertida. Passo os dias chuvosos no Louvre, deleitando-me com as pinturas. Jo torceria seu nariz travesso para algumas das melhores, pois não tem alma para a arte, mas eu tenho e estou cultivando meu olhar e meu gosto o mais rápido que posso. Ela iria gostar das relíquias de pessoas importantes; já vi seu chapéu armado e sua capa cinza, iguais aos de Napoleão, além do berço do bebê e a velha escova de dentes do famoso político, além do sapatinho de Maria Antonieta, o anel de Saint-Denis, a espada de Carlos Magno e muitas outras coisas interessantes. Falarei durante horas sobre eles quando voltar, mas não tenho tempo para escrever.

O Palais-Royal é um lugar paradisíaco, cheio de "bijouterie" e coisas lindas que quase fico triste por não poder comprá-las. Fred quis me dar algumas, mas, claro, recusei. Já o Bois e o Champs-Élysées são "très magnifique". Vi a família imperial várias vezes: o imperador é um homem feio e tem uma aparência rígida; a imperatriz é pálida e linda, mas se veste mal, eu acho – vestido roxo, chapéu verde e luvas amarelas. O pequeno Nap é um garotinho bonito, fica conversando com seu tutor e manda beijos para o povo enquanto passa em sua carruagem de quatro cavalos, com postilhões vestindo jaquetas vermelhas de cetim e guardas montados na frente e atrás.

Nós frequentemente caminhamos no Jardim das Tulherias, que é maravilhoso, embora goste mais do antigo Jardim de

[36] Termo para dizer que alguém fala francês. Originado de *Parlez-vous français?* (Você fala francês?). (N.E.)

Luxemburgo. Père-Lachaise é muito curioso, pois muitas das tumbas são como pequenas salas e, dentro, pode-se ver uma mesa, com imagens ou figuras dos mortos, e cadeiras para os enlutados sentarem-se enquanto lamentam. Isso é tão francês.

Nossos quartos ficam na Rue de Rivoli e, sentadas na varanda, observamos toda a longa e iluminada rua. É tão agradável que passamos nossas noites conversando lá, quando estamos muito cansadas de tanto passear durante o dia. Fred é muito interessante e é seguramente o rapaz mais agradável que já conheci; com exceção de Laurie, cujos modos são mais encantadores. Queria que ele fosse moreno, não gosto de homens alvos; mas os Vaughn são muito ricos e vêm de uma excelente família, então não me importo com seus cabelos loiros, já que os meus são ainda mais.

Próxima semana vamos para a Alemanha e para a Suíça e, como viajaremos rápido, provavelmente só poderei escrever cartas ligeiras. Manterei meu diário e tentarei "lembrar-me de todos os detalhes e descrever com clareza tudo o que vir e admirar", como papai aconselhou. É um bom exercício para mim e, com meu caderno de esboços, darei a vocês uma ideia mais precisa do meu passeio do que estes rabiscos.

Adieu, fica meu abraço terno,

"*Votre* Amie".

***

Heidelberg

Minha querida mamãe,

Tendo uma hora tranquila antes de deixarmos Berna, tentarei contar-lhe o que tem acontecido, pois alguns acontecimentos foram muito importantes, como verá.

Navegar pelo Reno foi perfeito; simplesmente me sentei e aproveitei ao máximo. Pegue os velhos guias do papai e leia sobre isso. Não tenho palavras belas o suficiente para descrever. Em Coblença, passamos ótimos momentos: alguns estudantes de Bonn, que Fred conheceu no barco, fizeram-nos uma serenata. Era uma noite de luar e perto de uma da madrugada, eu e Flo acordamos com uma música deliciosa sob nossas janelas. Levantamos e nos escondemos por trás das cortinas, mas espiamos Fred e os estudantes cantando lá embaixo. Foi a coisa mais romântica que já vi: o rio, a ponte para barcos, a grande fortaleza do outro lado, a luz do luar cobrindo tudo e a música de derreter um coração de pedra.

Quando terminaram, jogamos algumas flores e os vimos correr para pegá-las, mandar beijos para damas invisíveis e sair rindo, para fumar e beber cerveja, suponho. Na manhã seguinte, Fred mostrou-me uma das flores amarrotadas no bolso do seu colete e parecia muito sentimental. Ri dele e disse que não fui eu quem jogou, e sim Flo, o que pareceu deixá-lo aborrecido, pois jogou a flor pela janela e voltou a ficar sensível. Receio que terei problemas com esse garoto; começa a parecer que sim.

Os banhos em Nassau foram muito alegres, assim como em Baden-Baden, onde Fred perdeu algum dinheiro e eu o repreendi. Ele precisa de alguém para cuidar dele quando Frank não está por perto. Uma vez, Kate disse esperar que ele se casasse logo; eu não poderia concordar mais com ela sobre isso. Frankfurt foi encantador. Vi a Casa de Goethe, a estátua de Schiller e a famosa Ariadne de Dannecker. Foi muito bom, mas teria me divertido mais se conhecesse melhor a história. Não quis perguntar, pois todos a conheciam ou fingiram conhecer. Queria que Jo me contasse tudo sobre isso. Deveria ter lido mais; acho que não sei de nada e isso me mortifica.

Agora vem a parte séria, pois a situação aconteceu aqui, logo antes de Fred partir. Ele tem sido tão gentil e divertido e todos nós gostamos muito dele. Nunca pensei em nada além de uma viagem com amigos, até a noite da serenata. Desde então, comecei a sentir que as caminhadas ao luar, as conversas na varanda e as aventuras diárias significavam algo mais do que diversão para ele. Eu não flertei, mamãe, juro, mas lembro-me do que a senhora me disse e tenho feito meu melhor. Não posso evitar que as pessoas gostem de mim. Não provoco isso e me incomoda quando não correspondo ao sentimento, embora Jo diga que não tenho coração. Ora, sei que a senhora vai balançar a cabeça e as meninas vão dizer: "Oh, megerazinha mercenária!", mas já decidi: se Fred pedir para se casar comigo, aceitarei, mesmo não estando loucamente apaixonada. Gosto dele e passamos bons momentos juntos. Ele é bonito, jovem, inteligente o suficiente e muito rico; ainda mais rico que os Laurence. Não acho que sua família se oporia e eu ficaria muito feliz, pois são pessoas gentis, bem-criadas, generosas e gostam de mim. Fred, como o gêmeo mais velho, terá a casa, assim suponho, e como é maravilhosa! Uma casa na cidade, em uma rua importante, não tão chamativa quanto nossas mansões, mas duas vezes mais confortável e cheia de luxo verdadeiro, como os ingleses acreditam. Eu gosto, porque é genuína. Vi a prataria, as joias da família, os velhos empregados, e imagens da morada de campo: com seu parque, a casa grande, jardins adoráveis e belos cavalos. Oh, seria tudo que eu poderia pedir! E prefiro ter isso a qualquer título, como aqueles aos quais garotas se apegam com tanta facilidade e não encontram nada por trás. Talvez eu seja interesseira, mas odeio pobreza e não vou aguentá-la um minuto a mais se puder evitar. Uma de nós tem que se casar bem. Meg não se casou bem, Jo não vai se casar, Beth ainda não pode, então serei eu, e farei com que tudo ao meu redor fique bem. Não me casaria com um homem que eu odiasse ou desprezasse. A senhora pode ter certeza disso; e embora Fred não seja meu exemplo de herói, ele se sai muito bem e, com o tempo, devo me apegar a ele o suficiente, caso se encante por mim e me deixe proceder como quiser. Estive pensando nisso durante a última semana, pois foi impossível não perceber os seus sentimentos por mim. Ele não disse nada, mas pequenas coisas foram demonstrações disso: nunca sai com Flo, sempre fica ao meu lado na carruagem, à mesa ou na calçada, parece sentimental quando estamos sozinhos e franze o cenho para qualquer um que se aventure a falar comigo. Ontem, no jantar, quando um oficial austríaco nos encarava e dizia algo ao seu amigo (um barão de aparência elegante) sobre "ein wunderschönes Blondchen"[37], Fred olhou furioso como um leão e cortou sua carne de um jeito tão selvagem que quase voou do prato. Ele não é um daqueles ingleses frios e rígidos, mas sim temperamental, pois corre sangue escocês em suas veias, como se poderia presumir a partir dos seus belos olhos azuis.

Bem, na noite passada subimos até o castelo por volta do horário do pôr do sol. Fomos todos, menos Fred, que deveria nos encontrar lá depois de ir à posta-restante buscar umas cartas. Divertimo-nos bastante caminhando entre as ruínas, as adegas com seus barris monstruosos e os belos jardins feitos pelo príncipe-eleitor muito tempo atrás para sua esposa inglesa. Meu local preferido foi o grande terraço, pois a vista era divina; então, enquanto o resto de nós foi ver os cômodos interiores, fiquei sentada lá, tentando desenhar a cabeça de leão de pedra cinza na parede, com galhos de madressilvas escarlates suspensos em volta dele. Senti como se tivesse entrado em um romance, sentada ali, observando o rio Neckar correr pelo vale, ouvindo a música da banda austríaca abaixo de mim e esperando pelo meu amado, como uma verdadeira garota em um livro de histórias. Tive um pressentimento de que algo aconteceria e estava preparada para isso. Não ruborizei ou tremi, e sim fiquei tranquila e somente um pouco animada.

Logo ouvi a voz de Fred, e então ele passou apressado pelo grande arco para me encontrar. Parecia tão preocupado que me esqueci de mim mesma e perguntei o que havia acontecido. Disse que acabara de receber uma carta implorando sua volta para casa, pois Frank estava muito doente. Portanto, partiria no trem noturno e apenas tinha tempo para dizer adeus. Lamentei muito por ele e fiquei decepcionada, mas só por um minuto, pois disse, enquanto segurava as mãos, de um jeito inconfundível:

– Voltarei logo, você não vai se esquecer de mim, não é, Amy?

Não prometi, mas olhei para ele, que pareceu satisfeito, e não houve tempo para nada a não ser mensagens e palavras de adeus;

[37] "Uma linda loira", em alemão. (N.T.)

pois partiu em uma hora e todos nós sentimos muito a falta dele. Sei que ele queria falar, mas acho que, por conta de algo que insinuou certa vez, havia prometido ao pai não fazer nada do tipo por um tempo, pois é um rapaz precipitado e o velho cavalheiro tem medo de ganhar uma nora estrangeira. Devemos nos encontrar em breve, em Roma e, então, se eu não mudar de ideia, vou dizer: "Sim, obrigado", quando ele disser: "Você aceita?".

Claro, isso tudo é muito íntimo, mas queria que a senhora soubesse o que está acontecendo. Não fique aflita por mim, lembre-se: sou sua "Amy prudente", e tenha certeza de que não farei nada leviano.

Dê-me quantos conselhos quiser. Vou usá-los, se puder. Queria vê-la para termos uma boa conversa, mamãe. Confie em mim e me ame.

Sempre sua,
AMY

Problemas delicados

– Jo, estou preocupada com Beth.

– Por quê, mamãe? Ela está com uma aparência tão boa desde o nascimento dos bebês.

– Não é sua saúde que me preocupa agora, mas seu ânimo. Tenho certeza de que algo se passa em sua mente e quero que descubra o que é.

– O que a faz pensar assim, mamãe?

– Ela passa muito tempo sozinha e não fala com seu pai como antes. Outro dia, flagrei-a chorando quando estava perto dos bebês. Quando canta, as músicas são sempre tristes e, de vez em quando, vejo um olhar em seu rosto que não consigo compreender. Isso não é típico dela e é algo que me preocupa.

– A senhora falou com ela sobre isso?

– Tentei uma ou duas vezes, mas ela se esquivou das minhas perguntas ou aparentou estar tão angustiada que eu parei. Nunca forço a confiança das minhas meninas, e raramente tenho de esperar tanto.

A sra. March olhou para Jo enquanto falava, mas o rosto dela parecia totalmente alheio a qualquer inquietude secreta de Beth; depois de costurar pensativamente por um instante, Jo disse:

– Acho que ela está crescendo e por isso começa a ter alguns sonhos e esperanças, medos e inquietações, sem entender bem o porquê e sem saber explicá-los. Afinal, mamãe, Beth tem dezoito anos, mas nós não percebemos isso acontecer e a tratamos como uma criança, esquecendo que ela é uma mulher.

– É verdade. Meu Deus, como vocês crescem rápido! – respondeu a sra. March com um suspiro e um sorriso.

– Não dá para evitar, mamãe, então a senhora tem que se resignar a todo tipo de preocupação e deixar seus passarinhos voarem do ninho, um a um. Prometo nunca ir muito longe, se isso lhe serve como algum conforto.

– É um grande conforto, Jo. Sempre me sinto forte quando você está em casa, ainda mais depois que Meg se mudou. Beth é muito frágil e Amy muito jovem para depender delas; já quando surgem as atribulações, você está sempre a postos.

– A senhora sabe que não me importo com trabalhos duros e sempre deve haver alguém na família para tratar deles. Amy é ótima para trabalhos delicados e eu não, mas sinto estar em meu papel quando todos os carpetes têm de ser retirados, ou metade da família fica doente de uma só vez. Amy está se destacando no exterior, e se algo der errado aqui, serei o homem da casa.

– Deixo Beth em suas mãos, então, pois ela abrirá seu coraçãozinho terno para sua Jo antes de fazê-lo para qualquer outra pessoa. Seja muito gentil e não a deixe pensar que alguém a observa ou fala sobre ela. Se ao menos ficasse forte e alegre novamente, eu não teria mais nenhum outro desejo.

– Que sorte a sua! Tenho tantos.

– Minha querida, quais são eles?

– Vou cuidar dos problemas de Beth e depois conto-lhe os meus. Não são muito extenuantes, então dá pra aguentar – e Jo continuou a costura, expressando sabedoria com um movimento de cabeça que acalmou o coração de sua mãe sobre seus problemas, ao menos por enquanto.

Embora aparentemente absorvida em seus afazeres, Jo observou Beth e, após analisar muitas conjecturas conflitantes, por fim decidiu-se pela que melhor parecia explicar a mudança na irmã. Um pequeno incidente deu a Jo a pista para o mistério, assim pensou, e sua imaginação viva e seu coração amoroso fizeram o resto. Em uma tarde de sábado, estava determinada a escrever com afinco, quando ela e Beth ficaram sozinhas. Enquanto rabiscava, ficou de olho na irmã, que parecia estranhamente quieta. Sentada na janela, com o seu trabalho toda hora caindo no seu colo, Beth apoiou a cabeça em uma das mãos de um jeito desanimado, enquanto seus olhos permaneceram admirando a paisagem monótona e outonal. De repente, alguém passou na rua assoviando como um melro operístico e uma voz gritou:

– Tudo certo! Venho hoje à noite.

Beth alvoroçou-se, inclinou-se para frente, sorriu e acenou, observou o passante até seus passos rápidos desaparecerem; então, disse suavemente para si mesma:

– Como aquele estimado menino parece forte, bem e feliz.

– Hum! – disse Jo, ainda atenta ao rosto da irmã, cuja cor radiante esmaeceu tão rápido como chegou. Seu sorriso desapareceu e uma lágrima caiu brilhante na borda da janela. Beth limpou-a e na metade aparente do seu rosto era possível perceber uma tristeza ressentida que fez os olhos de Jo marejarem. Temendo revelar-se, saiu do ambiente, murmurando algo sobre precisar de mais papel.

"Misericórdia! Beth ama Laurie!", disse Jo, sentando-se em seu próprio quarto, pálida com o choque da descoberta que, assim julgou, tinha acabado de fazer. "Nunca imaginei tal coisa. O que mamãe dirá? Imagino se...", aqui Jo parou e ficou vermelha com um pensamento súbito. "Se ele não a ama também, quão horrível seria. Ele tem de amá-la. Eu o obrigarei!", e balançou a cabeça de um jeito ameaçador para a imagem do garoto de aparência travessa rindo dela da parede. "Meu Deus, estamos crescendo de maneira espantosa. Temos Meg já casada e mãe, Amy despontando em Paris e, agora, Beth apaixonada. Sou a única que tem bom senso suficiente para se manter longe de problemas.

Jo pensou atentamente por um instante, com os olhos fixos na imagem, depois aliviou um pouco o cenho franzido e disse, com um aceno decidido para o rosto à sua frente: "Não, obrigado, senhor, você é muito encantador, mas tem menos estabilidade do que um cata-vento. Portanto, não precisa escrever bilhetes sentimentais e sorrir dessa maneira insinuante, pois isso não fará bem algum e não funcionará comigo".

Então, suspirou e entregou-se a um devaneio do qual não acordou até que o crepúsculo precoce a despertou para fazer novas observações, as quais apenas confirmaram a sua suspeita. Embora Laurie flertasse com Amy e brincasse com Jo, seus modos com Beth sempre foram peculiarmente doces e gentis, mas todos eram assim com ela. Portanto, ninguém pensou em cogitar se gostava mais dela do que das outras. De fato, uma impressão geral prevalecera na família de que "nosso menino" estava se afeiçoando mais do que nunca por Jo, que, no entanto, não queria ouvir uma palavra sobre o assunto e repreendia violentamente quem ousasse sugeri-lo. Se soubessem das várias situações afetuosas que haviam sido interrompidas em suas raízes, teriam a imensa satisfação de dizer: "Eu te falei". Mas Jo odiava o "flertando" e não o permitia, tendo sempre uma piada ou um sorriso pronto ao menor sinal de perigo iminente.

Quando Laurie foi para a faculdade, apaixonava-se uma vez por mês, mas essas pequenas paixões eram tão breves quanto ardentes, não causavam dano e divertiam muito Jo, que se interessava bastante pelas alternações de esperança, desespero e resignação que lhe eram confidenciadas em suas conversas semanais. Contudo, chegou um momento em que Laurie parou de adorar em vários templos, sugeriu obscuramente uma paixão arrebatadora e, algumas vezes, perdeu-se em acessos byronianos de melancolia. Em seguida, evitou o assunto delicado, escreveu bilhetes filosóficos para Jo, voltou-se para os estudos e pareceu que estava indo "fundo" nisso, com a intenção de formar-se no esplendor da glória.

Isso agradou a jovem mais do que as confidências crepusculares, ternos toques de mão e olhares expressivos; uma vez que, em Jo, o cérebro desenvolveu-se mais cedo que o coração, e ela preferia heróis imaginários aos reais, pois, quando estava cansada, aqueles eram trancados no gabinete da cozinha até serem chamados, enquanto estes eram menos maleáveis.

As coisas estavam nesse estado quando a grande descoberta foi feita, e Jo observou Laurie naquela noite como nunca fizera antes. Se não estivesse com a nova ideia na cabeça, não teria visto nada de incomum no fato de Beth estar muito quieta e Laurie muito gentil com ela. Por ter cedido o controle das rédeas à sua forte imaginação, esta galopou com ela a toda velocidade; e o bom senso, bastante enfraquecido por um longo percurso na escrita de romances, não veio em seu socorro. Como de costume, Beth deitou-se no sofá e Laurie sentou-se em uma cadeira baixa ao lado, divertindo a menina com todo tipo de fofoca, pois ela ansiava por seus "causos" semanais e ele nunca a desapontava. Contudo, naquela noite, Jo fantasiou que os olhos de Beth pousavam no rosto vivo e moreno ao lado dela com prazer peculiar, e que ouvia com interesse intenso o relato de uma animada partida de críquete, embora quando Laurie usava as expressões típicas do esporte era como se estivesse falando grego. Ao desejar tanto ver tais coisas acontecendo, Jo também imaginou que viu um certo aumento de gentileza nos modos de Laurie, que ele baixou o tom de voz em alguns momentos, riu menos que o normal, estava um pouco aéreo e colocou a manta sobre os pés de Beth com um zelo quase realmente afetuoso.

"Quem sabe? Coisas mais estranhas já aconteceram", pensou Jo, enquanto caminhava pela sala. "Ela fará dele um anjo, e ele tornará a vida deliciosamente tranquila e agradável para a amada, se esse amor for recíproco. Não vejo como ele faria isso, mas acredito que conseguiria se nós não estivéssemos no caminho."

Como ninguém mais estava no caminho, exceto ela própria, Jo começou a sentir que deveria sair de cena o quanto antes. Mas para onde iria? E, ansiosa para se colocar sobre o altar da devoção fraternal, sentou-se para resolver a questão.

O velho sofá era como um patriarca dos sofás: longo, amplo, bem acolchoado e baixo, e um pouco desgastado; o que não poderia ser diferente, já que as meninas dormiam e espalhavam suas bonecas, brincavam de pescar no encosto, cavalgavam nos braços e faziam coleções de animais embaixo dele quando eram crianças; e agora, como jovens mulheres, descansavam suas cabeças cansadas, sonhavam e ouviam conversas adoráveis nele. Todas o amavam, pois era um refúgio para a família, e um de seus cantos sempre fora o lugar de descanso favorito de Jo. Entre as muitas almofadas que adornavam o venerável sofá, havia uma, dura, redonda, coberta com pelo de cavalo espinhoso e decorada com botões salientes em cada ponta. Essa repulsiva almofada era sua propriedade especial, sendo usada como arma de defesa, barricada ou uma dura prevenção ao sono.

Laurie conhecia muito bem essa almofada e tinha motivo para ter por ela profunda aversão, já que tinha sido impiedosamente esmagado no passado, quando esse tipo de brincadeira era permitido, e agora esta sempre o impedia de se sentar onde mais queria: próximo a Jo, no canto do sofá. Se "a salsicha", como era chamada, estivesse de pé, era um sinal de que podia se aproximar e repousar; porém, se estivesse deitada, ai do homem, mulher ou criança que ousasse perturbá-la! Naquela noite, Jo esqueceu-se de proteger seu canto e não chegou a ficar em seu assento por cinco minutos sem que uma figura pesada aparecesse ao seu lado. Com ambos os braços abertos nas costas do sofá e ambas as pernas esticadas, Laurie exclamou, com um suspiro de satisfação:

– Ah, que gostoso!

– Olha a língua – disse Jo, já puxando a almofada. Mas era tarde demais, não havia lugar para ela e, rolando no chão, desapareceu de forma misteriosa.

– Vamos, Jo, não seja arredia. Depois de estudar até morrer a semana inteira, acho que mereço um afago e devo recebê-lo.

– Beth vai afagar você. Estou ocupada.

– Não, ela não se importa comigo, mas você gosta desse tipo de coisa, a menos que tenha perdido de repente seu gosto por isso. Perdeu? Você odeia seu menino e quer atirar almofadas nele?

Algo mais bajulador do que aquele apelo tocante raramente era ouvido, mas Jo frustrou "seu menino" virando-se para ele com uma pergunta séria:

– Quantos buquês você enviou para a srta. Randal esta semana?

– Nenhum, dou minha palavra. Ela está noiva. Então...

– Fico feliz em saber, essa é uma de suas extravagâncias tolas: enviar flores e coisas a moças com quem você não se importa nem um pouco – continuou Jo, em tom de reprovação.

– Moças sensatas com quem me importo bastante não me deixam enviar "flores e coisas", então o que posso fazer? Meus sentimentos precisam de uma válvula de escape.

– Mamãe não aprova o flerte nem por diversão, e você flerta o tempo todo, Teddy.

– Daria qualquer coisa se eu pudesse responder "você também". Como não posso, direi apenas que não vejo problema nesse agradável joguinho, se todas as partes entenderem que é só brincadeira.

– Bom, parece mesmo agradável, mas não consigo aprender como se faz. Eu tentei, porque qualquer um se sente constrangido quando está acompanhado e não faz o que os demais estão fazendo, mas parece que sou incapaz – disse Jo, esquecendo-se de bancar a mentora.

– Aprenda com Amy, ela tem talento para isso.

– Sim, ela faz isso muito bem e nunca parece ultrapassar os limites. Suponho que seja natural para algumas pessoas agradar sem esforço, e para outras, dizer e fazer sempre a coisa errada no lugar errado.

– Fico feliz que você não consiga flertar. É realmente revigorante ver uma menina sensata e franca, que pode ser alegre e gentil sem fazer papel de tola. Cá entre nós, Jo, algumas meninas que conheço vão em frente com uma rapidez que chego a ter vergonha delas. Não é algo intencional, tenho certeza disso, mas mudariam seus modos se soubessem o que nós, garotos, falamos delas depois, imagino.

– Elas fazem o mesmo, e como suas línguas são as mais afiadas, vocês, garotos, saem pior na história, pois são tão bobos quanto elas, nos mínimos detalhes. Se tivessem um comportamento adequado, elas também o teriam; mas, sabendo que gostam das tolices delas, continuam, e então vocês as culpam.

– Você pensa que sabe muito sobre isso, senhorita – disse Laurie em tom superior. – Não gostamos de brincadeiras e flertes, embora possamos agir como se gostássemos, às vezes. Não falamos sobre as meninas bonitas e recatadas, a não ser que seja de forma respeitosa, entre cavalheiros. Deus abençoe essas almas inocentes! Se você pudesse trocar de lugar comigo por um mês, veria coisas que a espantariam. Dou minha palavra, quando vejo uma dessas garotas levianas, sempre quero repetir o que nosso amigo Cock Robin[38] diz: "Dê o fora! Saia daqui! Sua atrevida!".

Era impossível deixar de rir do cômico conflito entre a relutância cavalheiresca de Laurie em falar mal das mulheres e sua aversão muito natural à insensatez pouco feminina da qual a sociedade fornecia várias amostras. Jo sabia que o "jovem Laurence" era considerado o melhor partido por muitas mamães, era alvo de sorrisos das suas filhas e cortejado por damas de todas as idades, o suficiente para fazer dele um almofadinha. Então, ela o observou com preocupação, temendo que ficasse mimado; e regozijou-se mais do que admitiu ao descobrir que Laurie ainda acreditava em garotas recatadas. Voltando de súbito para o seu tom de advertência, disse, baixando o tom de voz:

– Se você precisa ter uma "válvula de escape", Teddy, dedique-se a apenas uma dessas "meninas bonitas e recatadas" pelas quais tem respeito e não desperdice seu tempo com as tolas.

– Esse é um conselho verdadeiro? – e Laurie olhou para ela com um misto estranho de ansiedade e alegria em seu rosto.

– Sim, é, mas é melhor você esperar até terminar a faculdade, e se preparar enquanto isso. Você ainda não é nem metade do que precisa ser para... bem, seja lá quem for a menina recatada – e Jo pareceu igualmente estranha, pois um nome quase lhe escapou.

– Não sou mesmo! – consentiu Laurie, com uma expressão de humildade muito nova para ele, ao baixar os olhos e, desatento, enrolar o dedo na borla do avental de Jo.

"Misericórdia, isso nunca vai funcionar", pensou Jo, acrescentando, em voz alta:

[38] Referência a um poema da coleção de contos infantis *Mother Goose's Melody* publicado em 1781 por um dos primeiros editores de livros para crianças, John Newbery. (N.E.)

– Vá e cante para mim. Estou louca para ouvir música e sempre gosto das suas.

– Prefiro ficar aqui, obrigado.

– Bem, você não pode, não tem espaço. Vá e seja útil, já que você é muito grande para servir de enfeite. Pensei que você detestasse ficar amarrado ao fio do avental de uma mulher? – replicou Jo, citando algumas palavras rebeldes dele próprio.

– Ah, isso depende de quem usa o avental! – e Laurie deu um puxão audacioso na borla.

– Você está indo? –perguntou Jo, mergulhando para pegar a almofada.

Ele fugiu de uma vez, e no instante em que estava tudo bem, "com os 'chapéus' de Bonnie Dundee[39]", Jo escapuliu para não mais retornar, até que o jovem cavalheiro partiu furioso.

Jo ficou acordada muito tempo aquela noite e estava quase dormindo quando o ruído de um soluço reprimido fez com que fosse até a cama de Beth, para perguntar, aflita:

– O que foi, querida?

– Pensei que estivesse dormindo – soluçou Beth.

– É aquela dor de sempre, meu bem?

– Não, é uma dor nova, mas posso suportá-la – e Beth tentou enxugar suas lágrimas.

– Conte-me o que está acontecendo e deixe-me curar essa dor, como fiz com a outra.

– Você não pode, não há cura – a voz de Beth sumiu e, abraçando a irmã, chorou tão desesperadamente que Jo ficou assustada.

– Onde dói? Devo chamar a mamãe?

– Não, não, não a chame, não diga nada a ela. Devo melhorar logo. Deite aqui e faça-me um carinho. Vou ficar quieta e dormir, está bem?

[39] Referência ao poema de *Sir* Walter Scott em homenagem ao soldado escocês e primeiro visconde de Dundee, John Graham de Claverhouse, conhecido como "Bonnie Dundee", que em 1689 liderou uma revolta em apoio ao monarca James II, deposto da Grã-Bretanha. A morte de Graham ocorreu no início da revolta, resultando na desesperança dos jacobitas escoceses, adeptos de James, na vitória da resistência ao rei Guilherme III e rainha Maria II. O que remete à resistência de Jo ao flerte de Laurie. (N.E.)

Jo obedeceu, e enquanto sua mão passava suavemente para lá e para cá pela testa quente e pelas pálpebras molhadas de Beth, seu coração apertou e ela quis muito falar para a mãe. Apesar de jovem, Jo já havia aprendido que corações, como flores, não podem ser manejados de forma rude, mas devem se abrir naturalmente. Então, embora acreditasse que sabia a causa da nova dor de Beth, disse apenas, com o tom mais terno possível:

– Alguma coisa a perturba, querida?

– Sim, Jo – após uma longa pausa.

– Você não encontraria conforto em me contar?

– Agora não, ainda não.

– Então não vou mais perguntar, mas lembre-se, Bethy: mamãe e Jo ficam sempre felizes em ouvi-la e ajudá-la, se pudermos.

– Eu sei. Vou contar em breve.

– A dor está mais leve agora?

– Ah, sim, muito melhor. Você é tão acolhedora, Jo.

– Durma, querida. Ficarei com você.

Com os rostos colados adormeceram e, na manhã seguinte, Beth parecia ser ela mesma de novo; pois nem cabeças nem corações doem por muito tempo aos dezoito anos, e uma palavra de carinho serve de remédio para a maioria dos males.

Mesmo assim, Jo estava decidida e, após refletir sobre um projeto durante alguns dias, confidenciou-o para sua mãe.

– Você me perguntou outro dia quais eram meus desejos. Vou dizer um deles, mamãe – começou ela, sentando-se ao seu lado. – Quero viajar para algum lugar neste inverno, para respirar novos ares.

– Por quê, Jo? – e sua mãe levantou a vista rapidamente, como se as palavras sugerissem um duplo sentido.

Com os olhos fixos na costura, Jo respondeu seriamente:

– Quero algo novo. Sinto-me inquieta e ansiosa para ver, fazer e aprender mais do que faço no momento. Penso demais sobre meus pequenos afazeres e preciso de animação. Então, como talvez seja dispensada neste inverno, gostaria de sair por aí e me arriscar um pouco.

– Aonde você vai?

– Para Nova Iorque. Tive uma ideia brilhante ontem, e é isso. Lembra--se que a sra. Kirke lhe escreveu pedindo alguém jovem e respeitável para ensinar seus filhos a costurar. É bem difícil encontrar alguém assim, mas acho que eu conseguiria, se tentasse.

– Minha querida, sair para trabalhar naquela pensão enorme! – e a sra. March parecia surpresa, mas não descontente.

– Não é exatamente sair para trabalhar; a sra. Kirke é sua amiga e a alma mais bondosa que já existiu, e sei que faria coisas agradáveis para mim. Sua família mantém-se afastada dos hóspedes, e ninguém me conhece lá. Também não me importo se conhecerem. É um trabalho honesto e não tenho vergonha dele.

– Nem eu. Mas e sua escrita?

– Vai ficar ainda melhor com a mudança. Devo ver e ouvir coisas diferentes, ter novas ideias e, mesmo se não tiver muito tempo por lá, vou trazer muito material para minhas bobagens.

– Não tenho dúvida de que irá. Mas esses são mesmo seus únicos motivos para esse súbito desejo?

– Não, mamãe.

– Posso saber quais são os outros?

Jo olhou para cima e para baixo e disse, lentamente, com repentino rubor nas bochechas:

– Pode ser vaidoso e errado dizer isso, mas... receio que... Laurie esteja ficando muito apegado a mim.

– Então, evidentemente, você não se interessa por ele da mesma maneira como ele se interessa por você? – e a sra. March pareceu aflita ao fazer esta pergunta.

– Misericórdia, não! Eu amo aquele garoto, como sempre amei, e tenho imenso orgulho dele; mas qualquer coisa além disso está fora de questão.

– Fico feliz com isso, Jo.

– E por quê?

– Porque, querida, não acho que vocês dois combinem. Como amigos, vocês são muito felizes e suas querelas frequentes acabam logo, mas temo que se rebelariam caso ficassem juntos para sempre. Vocês são muito parecidos e gostam muito da liberdade, sem falar no temperamento explosivo e na personalidade forte dos dois. Para ser feliz com alguém, em uma relação, é preciso paciência e tolerância infinitas, assim como amor.

– Foi exatamente a sensação que tive, só não consegui expressá-la. Fico feliz por pensar que ele esteja apenas começando a gostar de mim. Ficaria preocupada e triste se o fizesse infeliz, pois não poderia me apaixonar pelo querido e velho amigo simplesmente por gratidão, poderia?

– Você tem certeza dos sentimentos dele por você?

O rubor nas bochechas de Jo aumentou enquanto respondia, e seu olhar tinha um misto de prazer, orgulho e dor, que as jovens garotas expressam ao falar de seus primeiros namorados:

– Acho que sim, mamãe. Ele não disse nada, mas dá muito a entender. Acho melhor me afastar antes que isso se torne outra coisa.

– Concordo com você e, se isso puder resolver, você deve ir.

Jo parecia aliviada e, após uma pausa, disse, sorrindo:

– Como a sra. Moffat ficaria admirada por sua falta de planos para o futuro de suas meninas, se ela soubesse; e como se regozijará por Annie ainda poder ter esperanças.

– Ah, Jo, as mães podem diferir em seus planos, mas a esperança é a mesma para todas: o desejo de ver os filhos felizes. Meg está feliz, e estou contente com o sucesso dela. Você, eu deixo aproveitar sua liberdade até se cansar dela, pois somente nesse momento perceberá que há algo mais encantador. Amy é minha principal preocupação agora, mas seu bom senso irá ajudá-la. Quanto a Beth, espero apenas que fique bem. Aproveitando, ela parece mais alegre nos últimos dias. Você falou com ela?

– Sim, ela admitiu que estava com um problema e prometeu me contar em breve. Não disse mais nada, mas acho que sei o que é – e Jo contou sua historinha.

A sra. March balançou a cabeça, não vendo o caso de uma perspectiva tão romântica, ficou séria e repetiu sua opinião de que, pelo bem de Laurie, Jo deveria se afastar por um tempo.

– Não vamos falar nada sobre isso para ele até que o plano esteja traçado; então, partirei antes que ele se restabeleça e fique trágico. Beth deve pensar que estou indo para me divertir, o que também é verdade, e não posso falar sobre Laurie com ela. Assim, poderá lhe mimar e consolar depois de minha partida, e curá-lo dessa ideia romântica. Ele tem passado por muitas provações desse tipo, está acostumado, e logo vai superar essa desilusão.

Jo falou esperançosa, mas não pôde se livrar do medo de que essa "pequena provação" pudesse ser mais difícil do que as outras, e de que Laurie não superaria sua "paixonite aguda" tão facilmente quanto antes.

O plano foi discutido em um conselho de família e acordado em seguida, pois a sra. Kirke aceitou Jo de bom grado e prometeu oferecer um lar agradável a ela. O ensino a tornaria independente e, nas horas vagas, poderia lucrar escrevendo, uma vez que as novas cenas e a nova sociedade seriam igualmente úteis e agradáveis. Jo gostou dessa previsão e estava ansiosa para partir; o ninho doméstico estava ficando muito pequeno para sua natureza inquieta e seu espírito aventureiro. Quando tudo estava certo, com medo e tremendo, Jo contou a Laurie e, para sua surpresa, ele aceitou com muita tranquilidade. Ele andava mais sério do que o normal ultimamente, mas muito agradável, e quando foi acusado de brincadeira sobre estar virando uma nova página, ele respondeu, sobriamente:

– Estou mesmo, e pretendo mantê-la virada.

Jo estava muito aliviada por um de seus ataques de virtude ter acontecido bem naquele momento, e então começou os preparativos com o coração leve, pois Beth parecia mais alegre; e ela esperava estar fazendo o melhor para todos.

– Vou deixar uma coisa especialmente aos seus cuidados – disse ela, na noite anterior à partida.

– Seus manuscritos? – perguntou Beth.

– Não, meu menino. Seja boazinha com ele, está bem?

– Claro que sim, mas não posso substituí-la, e ele vai sentir muito sua falta.

– Isso não vai machucá-lo. Então, lembre-se: você está encarregada dele, para implicar, mimar e mantê-lo na linha.

– Farei meu melhor, por você – prometeu Beth, imaginando por que Jo olhava de um jeito tão estranho para ela.

Quando disse adeus, Laurie sussurrou, expressivamente:

– Isso não vai adiantar de nada, Jo. Estou de olho em você, então cuidado com o que você vai fazer, ou irei atrás de você e a trarei para casa.

O diário de Jo

Nova Iorque, novembro

Queridas mamãe e Beth,

Vou escrever regularmente, pois tenho um monte de coisas para contar, embora não seja uma jovem moça viajando pela Europa. Quando perdi de vista o querido rosto do papai, senti um pouco de tristeza e teria derramado uma ou duas lágrimas, se uma senhora irlandesa com suas quatro crianças pequenas, todas mais ou menos chorando, não tivesse me distraído. Diverti-me derrubando pedacinhos de pão de mel no assento sempre que eles abriam a boca para chorar.

Logo o sol saiu e, entendendo isso como um bom presságio, fiquei calma e aproveitei a viagem com todo meu coração.

A sra. Kirke me recebeu com tanta gentileza, me senti em um lar imediatamente, mesmo naquela casa grande e cheia de estranhos. Ela me deu uma pequena sala engraçada no último andar, tudo que ela tinha, mas há um fogão e uma ótima mesa perto de uma janela ensolarada, então posso me sentar e escrever sempre que quiser. Uma bela vista e uma torre de igreja do outro lado compensam os vários degraus e acabei me apegando ao lugar. A creche onde devo dar aulas de costura é um cômodo agradável próximo à sala privada da sra. Kirke, e as duas menininhas são crianças lindas, embora mimadas, eu acho, mas me aceitaram bem depois de ter lido para elas *Os Sete Porquinhos Malvados*, e não tenho dúvida de que serei uma governanta exemplar.

Devo fazer minhas refeições com as crianças, se eu preferir isso à mesa grande; por enquanto prefiro, pois sou tímida, embora ninguém acredite.

"Ora, minha querida, sinta-se em casa" disse a sra. K. do seu jeito maternal, "Trabalho o dia inteiro, como você pode supor com uma família dessas, e fico bem mais tranquila sabendo que as crianças estão seguras aos seus cuidados. Meus quartos estão sempre de portas abertas para você, e o seu deve ser o mais confortável possível. Há algumas pessoas agradáveis na casa caso queira socializar, e suas noites são sempre livres. Fale comigo se algo a incomodar e seja o mais feliz que puder. É a campainha para o chá, preciso correr e trocar meu gorro."

E saiu, deixando-me para que me acomodasse no novo ninho.

Quando desci as escadas logo depois, vi algo que gostei. Os lances de escada são muito longos nessa casa tão alta e, enquanto estava parada esperando uma pequena criada subir, no alto do terceiro lance, vi um cavalheiro vir atrás dela, pegar o pesado balde de carvão da sua mão, levá-lo até o último andar, colocá-lo em uma porta próxima e sair andando, dizendo, com um meneio gentil e um sotaque estrangeiro:

"Melhor assim. As pequenas costas são muito jovens para aguentar um peso desses".

Não foi gentil da parte dele? Gosto de coisas assim, pois como papai diz: pequenas atitudes mostram o caráter. Quando contei isso para a sra. K., naquela noite, ela riu e disse:

"Deve ter sido o professor Bhaer, ele está sempre fazendo coisas desse tipo".

A sra. K. me contou que ele é de Berlim, muito culto e bom, mas pobre como um rato de igreja; dá aulas para sustentar a si e a dois sobrinhos órfãos a quem está educando aqui, de acordo com os desejos da sua irmã, que se casou com um americano. Não é uma história muito romântica, mas me interessou e eu fiquei feliz em ouvir que a sra. K. lhe empresta a sala para algumas de suas aulas. Há uma porta de vidro entre essa sala e a creche, e eu pretendo espiá-lo; e então irei descrevê-lo para vocês. Ele tem quase quarenta anos, sendo assim não faz mal, mamãe.

Após o chá e uma brincadeirinha com as meninas antes de irem para a cama, ataquei a grande cesta de costura e tive uma conversa noturna com meu novo amigo. Vou manter um diário-carta e enviá-lo uma vez por semana, então boa noite e amanhã tem mais.

***

Noite de terça feira

Tive um momento muito animado no meu grupo hoje pela manhã, pois as crianças se comportaram como Sancho[40] e, em determinado momento, realmente pensei que deveria sacudi-las. Algum anjo bom me inspirou para tentar um exercício físico, e assim o fiz, até que ficassem felizes em se sentar e ficar paradas. Após o almoço, a empregada as levou para um passeio e eu voltei ao meu trabalho com a agulha, como a pequena Mabel[41] "bem disposta". Estava agradecendo às estrelas por ter aprendido a fazer belas casas de botão, quando a porta da sala abriu e fechou e alguém começou a cantarolar "Kennst Du Das Land"[42], como uma grande mamangaba. Foi extremamente inadequado, eu sei, mas não pude resistir à tentação e afastei uma ponta da cortina que cobre a porta de vidro para espiar. O professor Bhaer estava lá e, enquanto arrumava seus livros, dei uma boa olhada nele. Um alemão comum: muito forte, com cabelos castanhos caindo por toda a cabeça, uma

---

[40] O escudeiro de Dom Quixote em *Dom Quixote de la Mancha*, de Miguel de Cervantes (1547--1616). Ele é um camponês sem instrução, mas tem um estoque de sabedoria proverbial e, portanto, é o oposto de seu mestre. Contudo, aqui na história, Jo parece se referir às crianças como crianças hiperativas, que não param quietas. Há uma nota de Charles T. Brooke em uma edição americana de *Fausto*, de Goethe, que explica o termo "Sancho" como: "Sancho", no sentido dado pelas antigas mães da Nova Inglaterra ao censurar meninos maus (seu Sanch!). (N.E.)

[41] Jo faz alusão a um trecho do poema *Mabel on Midsummer Day: A Story of the Old Time*, de Mary Botham Howitt (1799-1888): Tis good to make all duty sweet, /To be alert and kind:/'Tis good, like little Mabel, /To have a willing mind!, que em tradução livre: É bom fazer de todo o dever algo doce,/Ser alerta e gentil:/É bom, como a pequena Mabel,/Ter uma mente disposta!. (N.E.)

[42] "Você conhece a terra?". Trecho de uma canção da obra *Os Anos de Aprendizado de Wilhelm Meister*, de Johann Wolfgang von Goethe. (N.E.)

barba cheia, nariz bonito, os olhos mais ternos que já vi e uma voz maravilhosa que faz bem aos ouvidos, a cerca de nossa tagarelice americana dura ou desleixada. Suas roupas eram gastas; suas mãos, grandes; e definitivamente não havia beleza em seu rosto, exceto pelos belos dentes; mas gostei dele, pois tinha uma cabeça bonita, seu linho era muito bom e parecia um cavalheiro, apesar de ter dois botões desabotoados em seu casaco e um remendo em um dos sapatos. Parecia sério, apesar da cantoria, até ir à janela para virar os bulbos de jacinto em direção ao sol e acariciar o gato, o qual o recebeu como um velho amigo. Aí sorriu e, ao baterem na porta, respondeu com uma voz ativa e alta: "Aqui!".

Estava prestes a correr, quando avistei um pedacinho de gente carregando um livro grande, então parei para observar o que estava acontecendo.

"*Quelo* meu Bhaer", disse a pequenina, jogando seu livro no chão e correndo até ele.

"*Terrás* seu Bhaer. Venha e dê um belo abraço nele, minha Tina", disse o professor, levantando-a com uma risada e erguendo-a tão alto sobre sua cabeça que ela teve de abaixar para beijá-lo.

"*Agola* tem que *tudar*", continuou a coisinha engraçada. Então, Bhaer a colocou na mesa, abriu o grande dicionário trazido por ela e deu-lhe papel e caneta, e a menina começou a rabiscar, virando as páginas aqui e acolá e percorrendo-as com seu dedinho gordo, como se estivesse encontrando uma palavra, tão séria que eu quase ri e me entreguei. O sr. Bhaer permanecia acariciando os belos cabelos da pequena, com um olhar tão paternal, o que me fez pensar que pudesse ser sua filha, embora parecesse mais francesa do que alemã.

Outra batida na porta e a aparição de duas jovens moças me fizeram voltar ao trabalho, e lá permaneci discretamente conectada a todo o barulho e tagarelice vindo da sala ao lado. Umas das meninas ficava rindo de um jeito pretensioso e dizendo "ora, professor", em um tom provocativo, e a outra pronunciava seu alemão com um sotaque que deve ter sido difícil para ele manter-se sério.

Ambas pareciam testar sua paciência ao extremo, pois mais de uma vez ouvi-o dizer, enfaticamente:

– Não, não, não é assim, vocês *terr* de prestar atenção ao que eu digo – e na hora houve uma batida forte, como se ele tivesse golpeado a mesa com seu livro, seguida de uma exclamação desesperadora: – *Prut*[43]! Nada *darr* certo hoje.

Pobre homem, fiquei com pena dele e, quando as meninas saíram, dei só mais uma olhadinha para observar se ele havia sobrevivido. Parecia ter se jogado de volta à cadeira, cansado, e ficou lá sentado com os olhos fechados até o relógio bater duas horas, quando deu um salto, colocou os livros no bolso, como se estivesse pronto para outra aula, e, pegando em seus braços a pequena Tina, adormecida no sofá, levou-a silenciosamente. Imagino que ele tenha uma vida difícil. A sra. Kirke me perguntou se eu não gostaria de descer às cinco para jantar e, sentindo-me um pouco deprimida e com saudade de Fausto, pensei em aceitar, só para ver qual o tipo de gente está sob o mesmo teto que eu. Então, fiz-me respeitável e tentei entrar sem chamar atenção, logo atrás da sra. Kirke, mas como ela é baixinha e eu, alta, meus esforços para me esconder foram um belo fracasso. Ela me ofereceu um assento ao seu lado e, após meu rosto esfriar, tomei coragem e olhei em volta. A mesa comprida estava cheia e cada um focado em receber o seu jantar, especialmente os cavalheiros, os quais pareciam estar comendo com pressa, pois devoraram, em todos os sentidos da palavra, desaparecendo assim que tinham terminado. Havia a costumeira variedade de jovens absorvidos em si mesmos, jovens casais absorvidos um no outro, senhoras casadas com seus bebês e velhos cavalheiros focados em política. Não acho que devo me preocupar muito em ter algo em comum com qualquer um deles, exceto com uma moça solteira de expressão meiga, que parecia ter algo diferente nela.

---

[43] Uma exclamação para demonstrar indignação ou descrença. Talvez uma semelhante em português seja “ora!”. (N.E.)

Esquecido no final da mesa estava o professor, gritando respostas às perguntas de um velho senhor curioso e surdo de um lado e, do outro, conversando sobre filosofia com um francês. Se Amy estivesse aqui, teria virado as costas para ele para sempre porque, fico triste em relatar, ele tem um enorme apetite e engoliu seu jantar de um jeito que teria horrorizado "sua damice". Eu não me importo, pois gosto de "ver as pessoas comerem com gosto", como Hannah diz, e o pobre homem deve ter precisado de muita comida após passar o dia todo ensinando idiotas.

Quando subi, após o jantar, dois dos jovens estavam arrumando seus chapéus em frente ao espelho do corredor e ouvi um deles dizer baixinho para o outro:

– Quem é a novata?

– Governanta, ou algo assim.

– E o que ela queria em nossa mesa?

– Ela é amiga da velha senhora.

– Bonita, mas sem qualquer estilo.

– Nem um pouco. Arrume um fogo e vamos.

Fiquei com raiva a princípio, mas depois deixei para lá, pois uma governanta é tão boa quanto uma escrivã, e se não tenho estilo, pelo menos tenho bom senso, o que é muito mais do que algumas pessoas possuem, considerando as observações dos seres elegantes que saíram fazendo barulho e fumando como chaminés. Odeio pessoas banais!

***

Quinta-feira

Ontem foi um dia tranquilo gasto ensinando, costurando e escrevendo em minha salinha, que é muito aconchegante, com luz e fogo. Fiquei sabendo de algumas coisas e fui apresentada ao professor. Parece que Tina é a filha da francesa, a qual engoma as roupas na lavanderia daqui. A pequenina adora o sr. Bhaer e o segue pela casa como um cachorrinho sempre que ele está em casa, o que o satisfaz, pois adora crianças, embora seja solteiro. Kitty e Minnie Kirke também gostam dele e contam todo tipo de história sobre as peças que ele inventa, os presentes que traz e os maravilhosos causos que conta. Parece que os rapazes mais jovens zombam dele, chamam-no de Velho Fritz, Cerveja Lager, Ursa Maior[44] e fazem todo tipo de piada com seu nome. Mas ele se diverte como um menino, diz a sra. Kirke, e leva isso tão tranquilamente que todos gostam dele, apesar dos seus modos estrangeiros.

A dama solteira é a srta. Norton, rica, culta e gentil. Ela falou comigo hoje durante o jantar (fui jantar na mesa grande de novo, é tão divertido observar as pessoas) e me convidou para conhecer seu quarto. Ela tem belos livros e pinturas, conhece pessoas interessantes e parece amigável, então serei agradável com ela, pois também quero entrar na boa sociedade, só não é o mesmo tipo que Amy gosta.

Eu estava em nossa sala na noite passada quando o sr. Bhaer entrou com alguns jornais para a sra. Kirke. Ela não estava lá, mas Minnie, que se comporta como uma senhorinha, apresentou-me gentilmente.

– Esta é srta. March, uma amiga da mamãe.

– Sim, e ela é alegre e gostamos muito dela – acrescentou Kitty, que é uma *enfant terrible*[45].

Cumprimentamo-nos e depois rimos, pois a apresentação empolada e a adição incisiva formaram um contraste cômico.

– Ah, sim, ouço sempre essas bagunceiras atormentando-a, *senhorrita Marsch*. Se *continuarrem* com isso, me chame e eu *virrei* – disse ele, com uma expressão ameaçadora no rosto que divertiu as pestinhas.

Prometi que o chamaria e ele saiu, mas é como se eu estivesse destinada a vê-lo o tempo todo, pois hoje passei por sua porta quando saía e, por acidente, bati nela com meu guarda-chuva.

---

[44] Trocadilhos com o nome e a origem de Bhaer. Fritz é um sobrenome comum na Alemanha; em inglês, cerveja é "beer", e urso, "bear". (N.E.)

[45] Do francês: "criança terrível". (N.E.)

Esta abriu-se na hora e lá estava ele em seu roupão, com uma grande meia em uma mão e uma agulha de costura na outra. Não pareceu nada envergonhado, pois quando me expliquei e saí apressada, acenou com a mão, com meia e tudo, dizendo, em voz alta, de um jeito alegre:

– Você *terr* um belíssimo dia para sua caminhada. *Bon voyage, mademoiselle.*

Eu ri enquanto descia as escadas; porém era meio triste também pensar no pobre homem tendo de remendar as próprias roupas. Os homens alemães bordam, eu sei, mas costurar meias é outra coisa e não é muito bonito.

***

Sábado

Nada tem acontecido para se escrever sobre, exceto uma visita à srta. Norton, a qual tem um quarto cheio de coisas lindas e foi muito encantadora comigo, pois me mostrou todos os seus tesouros e perguntou se eu poderia ir com ela de vez em quando a aulas e concertos, como sua acompanhante, caso gostasse disso. Falou como se fosse um favor de minha parte, mas tenho certeza de que a sra. Kirke lhe contou sobre nós, e ela decidiu com o coração fazer uma gentileza. Sou tão orgulhosa quanto Lúcifer[46], mas favores como esse e de pessoas como essa não me oprimem e eu aceito com gratidão.

Quando voltei para a creche, ouvi um alvoroço na sala. Fui olhar o que era e lá estava o sr. Bhaer de joelhos e com as mãos no chão, e Tina nas suas costas, Kitty conduzindo-o com uma corda de pular e Minnie alimentando dois menininhos com bolo de sementes, enquanto gritavam e entravam em jaulas feitas com cadeiras.

– Estamos *blincando* de zoológico – explicou Kitty.

– Este ser minha *elevante*! – acrescentou Tina, segurando o cabelo do professor.

[46] Referência ao orgulho e arrogância de Lúcifer do poema *Paraíso Perdido*, do poeta inglês John Milton (1608-1674), que diz: "Better to reign in Hell, then serve in Heav'n." / "Melhor reinar no inferno do que servir no céu". (N.E.)

– Mamãe sempre nos deixa fazer o que quisermos na tarde de sábado, quando Franz e Emil vêm, não é, sr. Bhaer? – disse Minnie.

O "elevante" sentou-se, sério como todos os outros e me disse, de forma calma:

– Dou-lhe *meu* palavra que sim, e se fizermos muito barulho, pode dizer "Shhh!" para nós e faremos mais silêncio.

Eu prometi que sim, mas deixei a porta aberta e aproveitei a diversão tanto quanto eles, pois nunca presenciei uma animação mais gloriosa. Eles brincaram de pega-pega e de soldado, dançaram e cantaram e, quando começou a escurecer, todos se amontoaram no sofá em cima do professor, enquanto ele narrava contos de fadas encantadores sobre cegonhas no topo de chaminés e pequenos *kobolds*[47], que cavalgavam em flocos de neve conforme estes caem. Queria que nós, americanos, fôssemos tão simples e naturais quanto os alemães, e vocês?

Gosto tanto de escrever e faria isso para sempre se as questões financeiras não me impedissem, pois, embora tenha usado papel barato e escreva com qualidade, tremo só de pensar na quantidade de selos que esta carta vai precisar. Peço que enviem as de Amy tão logo for possível. Minhas pequenas novidades vão parecer muito simples perante seus esplendores, mas vocês vão gostar, eu sei. Teddy está estudando muito ao ponto de não ter tempo para escrever para suas amigas? Cuide bem dele por mim, Beth, conte-me tudo sobre os bebês e encha todos de amor.

Da sua fiel Jo.

P.S.: Ao ler minha carta, esta me pareceu muito "Bhaérica", mas é porque sempre me interesso por pessoas singulares e realmente não tinha nada mais sobre o que escrever. Deus as abençoe!

***

[47] *Kobolds* são figuras da mitologia germânica representadas como gnomos traiçoeiros que vivem nas profundezas das minas; eles também podem ser espíritos que assombram casas, mas também fazem travessuras para quem mora lá. (N.E.)

Dezembro

Minha preciosa Betsey,

Como esta deve ser uma carta de rabiscos, dirijo-me a você, pois isso talvez a divirta e lhe dê alguma ideia sobre o que ando fazendo; pois, embora tranquilas, são bastante divertidas, por isso, alegre-se! Após o que Amy chamaria de esforços hercúleos no campo da agricultura mental e moral, minhas jovens ideias começam a germinar e minhas pequenas estacas começam a entortar, como eu queria. Estas não me interessam tanto quanto Tina e os meninos, mas cumpro minha obrigação com elas, pois também são importantes para mim. Franz e Emil são rapazinhos alegres, muito de acordo comigo, e a mistura dos espíritos alemão e americano neles produz um estado constante de efervescência. As tardes de sábado são tumultuadas, em casa ou fora, já que nos dias agradáveis todos saem para passear, em grupo, e o professor e eu tentamos manter a ordem. É bem divertido!

Somos bons amigos agora, e até comecei a ter aulas. Realmente não pude evitar e tudo aconteceu de um jeito tão divertido que preciso contar. Para começar do início, a sra. Kirke me chamou um dia quando passei pelo quarto do sr. Bhaer, onde ela estava procurando algo.

"Você já viu um ninho de ratos assim, minha querida? Venha e me ajude a ajeitar esses livros. Virei tudo de cabeça para baixo tentando descobrir o que ele fez com os seis novos lenços que dei a ele há pouco tempo atrás."

Eu entrei e, enquanto procurávamos, olhei ao redor e de fato era "um ninho de ratos". Livros e papéis em todo lugar, um cachimbo Meerschaum quebrado e uma flauta velha largados sobre a prateleira da lareira, um pássaro esfarrapado e sem cauda piando sobre uma janela e uma caixa de ratos brancos enfeitando a outra. Barcos inacabados e pedaços de fio jaziam entre manuscritos. Pequenas botas sujas secavam perto do fogo e indícios dos garotinhos amados, por quem ele se escraviza, podiam ser encontrados por todo o quarto. Após intensa procura, três dos artigos perdidos foram encontrados: um sobre a gaiola do pássaro, um coberto de tinta e um terceiro queimado, por ter sido usado como suporte de seu fole.

– Esse homem! – riu a sra. K., enquanto colocava as relíquias no saco de pano. – Suponho que os outros foram rasgados para servirem de velas de navios, curativos de dedos cortados ou rabiolas de pipas. É horrível, mas não posso censurá-lo. Ele é tão alheio e bem-humorado, deixando aqueles meninos cavalgarem nele. Concordei em lavar e consertar suas coisas, mas Bhaer se esquece de entregá-las e eu esqueço de dar uma olhada em busca delas; então, às vezes, ele fica em um estado lastimável.

– Deixe-me consertá-las – eu disse. – Não me importo e ele não precisa saber. Terei prazer em fazê-lo, Bhaer é tão gentil comigo por trazer minhas cartas e me emprestar livros.

Assim, coloquei as coisas dele em ordem e costurei os calcanhares de dois pares de meias, que estavam disformes com suas costuras estranhas. Nada foi dito e esperei que ele não descobrisse; mas um dia, na semana passada, ele me flagrou. Ouvir suas aulas para os outros me interessava e divertia tanto que fiquei com vontade de aprender; Tina entra e sai, deixando a porta aberta, e assim consigo ouvir. Estava sentada próxima à sua porta, terminando a última meia e tentando entender o que ele dizia à sua nova aluna, tão estúpida quanto eu. A garota saiu e eu pensei que ele também, pois estava tudo tão quieto. Ocupei-me sussurrando um verbo e balançando na cadeira para frente e para trás do jeito mais absurdo, quando uma risadinha me fez levantar a vista, e lá estava o sr. Bhaer rindo e olhando discretamente, enquanto fazia sinais para Tina não o revelar.

– Então! – disse ele, enquanto eu parava e encarava como um ganso. – Você me espia, eu espio você e não há problema nisso. Você *querr* aprender alemão?

– Sim, mas o senhor é tão ocupado. E sou muito burra para aprender – respondendo de uma maneira bem infeliz, vermelha como uma peônia.

- *Prut*! Arranjaremos tempo e não falharemos em encontrar inteligência. À noite dou-lhe uma pequena aula com muita alegria, pois, veja, srta. March, eu *terr* essa dívida com você - e ele apontou para minha costura: "Sim", dizem umas às outras, essas moças tão gentis, "ele é um velho estúpido, não verá o que fazemos, nunca vai perceber que os calcanhares da sua meia não tem mais buracos, vai pensar que brotaram novos botões depois que os outros caíram e vai acreditar que os cadarços criam-se sozinhos". Ah! Mas eu *terr* olhos e vejo bem; também tenho um coração e sinto gratidão por seus atos. Venha, uma aula aqui outra ali, ou... sem mais costuras de fada para mim e os meninos.

Claro que não pude dizer nada depois disso e, como é realmente uma oportunidade maravilhosa, aceitei a negociação e começamos. Tive quatro aulas e então empaquei em um atoleiro gramatical. O professor foi muito paciente comigo, mas deve ter sido um tormento para ele e, de vez em quando, olha para mim com uma expressão de leve desespero, e fico sem saber se devo rir ou chorar. Tentei ambos e quando funguei ou proferi uma palavra de pesar ou tristeza, ele jogou a gramática no chão e saiu da sala. Senti-me envergonhada e abandonada para sempre, mas não o culpei e, enquanto juntava meus papéis, preparando-me para subir as escadas correndo e me sacudir bem forte, ele voltou, vivaz e contente, como se eu tivesse me coberto de glória.

- Agora vamos *tentarr* de outra forma. Você e eu vamos *lerr* esses agradáveis *Märchen*[48] juntos e não se preocupe mais com esse livro árido, que vai ficar de castigo por nos causar problemas.

Ele falou de um jeito muito doce e abriu o livro de contos de fadas de Hans Andersen[49]. Eu fiquei ainda mais envergonhada e continuei minha aula como se fosse tudo ou nada, o que pareceu diverti-lo muito. Esqueci minha timidez e me dediquei

[48] "Contos de fadas", em alemão. (N.E.)

[49] Hans Christian Andersen (1805-1875) foi um escritor dinamarquês, autor dos contos infantis *O Soldadinho de Chumbo*, *O Patinho Feio*, *A Pequena Sereia*, *A Roupa Nova do Rei*, entre outros. (N.E.)

intensamente à aula (não há outra palavra para expressar isso) com todas as minhas forças, tropeçando nas palavras longas, pronunciando de acordo com a inspiração do minuto e fazendo meu melhor. Quando acabei de ler a primeira página e parei para tomar fôlego, ele bateu as mãos e disse da forma mais animada:

– *Das ist gut*[50]! Agora estamos indo bem! Minha vez. Vou *lerr* em alemão, ouça.

E continuou, percorrendo as palavras com sua voz forte, o que era um prazer de ver e ouvir. Felizmente, a história era *O Soldadinho de Chumbo*, que é divertida, vocês sabem, assim pude rir, e o fiz, embora não entendesse metade do que ele lia. Não pude evitar, ele estava tão compenetrado, tão entusiasmado e a cena toda foi muito engraçada.

Depois disso, passamos a nos dar melhor, e agora leio minhas lições muito bem. Gosto de estudar dessa maneira e percebo que a gramática se esconde nos contos e na poesia, assim como escondemos comprimidos na geleia. Aprecio muito as aulas e ele não parece cansado ainda, o que é muito bondoso, não acham? Quero dar-lhe um presente no Natal, mas não me atrevo a oferecer dinheiro. Sugira algo bom, mamãe.

Fico feliz que Laurie pareça tão alegre e ocupado, tenha parado de fumar e deixado o cabelo crescer. Beth, você lida com ele melhor do que eu. Não tenho ciúmes, querida, faça seu melhor, só não o torne um santo. Receio que não poderia gostar dele sem uma pitada de travessura humana. Leia para ele partes da minha carta. Não tenho muito tempo para escrever e isso vai bem a calhar. Graças a Deus que Beth continua tão contente.

***

Janeiro

Feliz Ano-Novo a todos, querida família, o que, é claro, inclui o sr. L. e um jovem rapaz que atende pelo nome de Teddy. Não

[50] "Isso é bom", em alemão. (N.E.)

tenho palavras para dizer o quanto amei o pacote de Natal; não o recebi até a noite, quando já tinha perdido as esperanças. A carta chegou pela manhã, mas vocês não disseram nada sobre o pacote surpresa, então fiquei decepcionada, pois tinha a sensação de que vocês não se esqueceriam de mim. Fiquei um pouco deprimida ao me sentar em meu quarto após o chá e, quando o grande pacote, surrado e enlameado, foi trazido até mim, simplesmente o agarrei e pulei de alegria. Foi tão acolhedor e revigorante que me sentei no chão, li, olhei, comi, ri e chorei, do meu jeito exagerado de sempre. As coisas eram exatamente o que eu queria e terem sido confeccionadas em vez de compradas foi a melhor parte. O novo "babador de tinta" de Beth foi ótimo e a caixa de biscoitos de gengibre duros de Hannah será um tesouro. Tenho certeza de que vestirei as belas flanelas enviadas, mamãe, e lerei com atenção os livros indicados pelo papai. Muito obrigada a todos!

Por falar em livros, lembrei-me de que estou ficando rica nesse sentido. No dia de Ano-Novo, o sr. Bhaer me deu um lindo Shakespeare. É um dos quais ele valoriza muito e eu o admirava sempre, colocado no lugar de honra junto a sua Bíblia alemã, Platão, Homero e Milton, logo vocês podem imaginar como me senti quando ele trouxe, sem a capa, e mostrou meu próprio nome escrito: "do meu amigo Friedrich Bhaer".

"Você sempre diz que deseja uma biblioteca. Aqui está uma, pois entre essas *tampas* (ele quis dizer capas), há muitos livros. Leia-o bem, irá *aprenderr* bastante; pois o estudo do *caráterr* das personagens neste livro irá lhe *ajudarr* a *lerr* o mundo e a pintá-lo com sua própria pena."

Agradeci-lhe da melhor maneira possível e falo agora sobre "minha biblioteca" como se eu tivesse uma centena de livros. Nunca soube o quanto havia em Shakespeare, mas também nunca tive um Bhaer para explicá-lo para mim. Agora não riam desse nome horroroso. Não se pronuncia *Bear* ou *Bier*, como as pessoas normalmente fazem, mas algo entre os dois, como só os alemães conseguem. Fico feliz por gostarem do que conto sobre ele e espero que o conheçam um dia. Mamãe admiraria seu coração caloroso e papai, sua mente sábia. Eu admiro ambos e sinto-me rica com meu novo "amigo Friedrich Bhaer".

Por não ter muito dinheiro e nem saber do que ele gosta, comprei várias pequenas coisas e coloquei-as por todo o quarto, para que as encontre de surpresa. Coisas úteis, bonitas ou engraçadas: um porta-lápis em sua mesa, um pequeno vaso para sua flor (ele sempre tem uma), ou um pouco de verde em um copo, para mantê-lo fresco, ele diz, e um suporte para seu fole, para que não precise queimar o que Amy chama de *mouchoirs*[51]. Fiz como aqueles que Beth inventou: uma grande borboleta com um corpo gordo e asas pretas e amarelas, antenas de lã e olhos de miçanga. Bhaer adorou imensamente o suporte e colocou-o em cima da prateleira da lareira como um artigo de arte; sendo, portanto, um fracasso, afinal. Mesmo sendo pobre, não se esqueceu de nenhum empregado, nenhuma criança da pensão; e uma alma sequer, da lavadeira à srta. Norton, também não se esqueceu dele. Fiquei muito feliz com isso.

Organizaram um baile de máscaras e a festa de réveillon foi muito animada. Não queria descer, já que não tinha roupa para a festa. Mas, no último momento, a sra. Kirke lembrou-se de alguns brocados e a srta. Norton me emprestou renda e penas. Então me vesti como a sra. Malaprop e desci de máscara. Ninguém me reconheceu, pois disfarcei minha voz, e ninguém sonhou que a distinta e silenciosa srta. March (acham-me muito dura e fria, a maioria deles, e tomam-me por pretensiosa) poderia dançar e vestir-se bem, além de rebentar em um "belo desarranjo de epitáfios, como uma alegoria nas margens do Nilo[52]". Eu me diverti bastante e, quando tiramos as máscaras, foi muito divertido vê-los me encarando. Ouvi um dos jovens dizer a outro que sabia que

[51] "Lenço", em francês. (N.E.)

[52] Aqui a autora volta a fazer uma referência à personagem Mrs. Malaprop, da peça *The rivals*, de Richard Brinsley Sheridan. O nome dela é retirado do termo francês *malapropos/mal à propos* ("inadequado") e é típico da prática do autor inventar nomes para indicar a essência de um personagem. (N.E.)

eu era uma atriz; na verdade, lembrou-se de ter me visto visto em teatros pequenos. Meg vai rir disso. O sr. Bhaer era Nick Bottom, e Tina era Titânia, uma perfeita fadinha em seus braços[53]. Vê-los dançar era "uma bela paisagem", para usar um Teddysmo.

Foi uma bela passagem de ano, no fim das contas, e quando pensei sobre tudo isso em meu quarto, senti como se estivesse avançando um pouco, apesar dos meus muitos fracassos, pois estou feliz o tempo todo agora, trabalho com vontade e me interesso mais pelos outros do que costumava, o que é satisfatório. Deus abençoe a todos!

Da sua sempre amada...

JO

Amigo

Embora estivesse muito feliz com a atmosfera social à sua volta e muito ocupada com o trabalho diário que lhe garantia o pão e tornava mais doce seus esforços, Jo ainda achava tempo para seus trabalhos literários. O objetivo que agora a possuía era natural para uma menina pobre e ambiciosa, mas os meios adotados para atingi-lo não eram os melhores. Percebeu que o dinheiro conferia poder. Portanto, resolveu ter ambos, não para serem usados somente com ela, mas para aqueles a quem amava mais do que a vida. O sonho de encher a casa de confortos, dar a Beth tudo o que ela queria, desde morangos no inverno até um órgão para seu quarto, viajar para o exterior sozinha e sempre ter mais do que o suficiente, e com isso se dar o luxo da caridade, havia sido o mais estimado castelo de areia de Jo durante anos.

A experiência com a história premiada parecia ter aberto um caminho que poderia, após muito viajar e trabalhar arduamente, levá-la ao mais lindo *château en Espagne*[54]. Mas o desastre do romance arrefeceu

[53] Nick Bottom e Titânia são personagens da peça *Sonho de uma noite de verão*, de William Shakespeare. (N.E.)

[54] "Castelo na Espanha", em francês. (N.E.)

sua coragem por um tempo, pois a opinião pública é um gigante que assustava Joões com corações mais fortes, em pés de feijão mais altos do que os dela[55]. Como aquele herói imortal, repousou por um tempo após sua primeira tentativa, a qual resultou em um tombo e no menos adorável tesouro do gigante, se é que me lembro direito. Contudo, o espírito de se levantar e tentar mais uma vez era tão forte em Jo quanto em João; sendo assim, escalou o lado sombrio dessa vez e a recompensa foi maior, embora quase tenha deixado para trás o que era de longe mais precioso do que sacos de dinheiro.

Passou a escrever histórias sensacionalistas, pois até a América "toda-perfeita" lia bobagens naqueles tempos sombrios. Não contou a ninguém, mas inventou um "conto emocionante" e com muita coragem foi entregá-lo para o sr. Dashwood, editor do *Weekly Volcano*. Jo nunca havia lido *Sartor Resartus*[56], mas tinha um instinto feminino de que as roupas possuíam uma influência mais poderosa sobre muitos do que o valor do caráter ou a magia dos bons modos. Então, vestiu sua melhor roupa e, tentando se convencer de que não estava nem entusiasmada nem nervosa, subiu dois pares daqueles degraus escuros e sujos até se deparar com uma sala desorganizada, uma nuvem de fumaça de charuto e a presença de três cavalheiros, sentados com seus calcanhares mais altos que os seus chapéus, cuja peça de vestuário nenhum deles se deu ao trabalho de remover ao vê-la entrar. Um pouco assustada com essa recepção, Jo hesitou na soleira, murmurando, muito constrangida:

– Com licença, estava procurando o escritório do *Weekly Volcano*. Queria falar com o sr. Dashwood.

O par de calcanhares desceu, e o cavalheiro mais enfumaçado ergueu-se enquanto cuidadosamente apreciava seu charuto entre os dedos, avançando com um meneio de cabeça e ainda por cima uma expressão aborrecida de sono. Sentindo que deveria entrar logo no assunto de alguma maneira, Jo mostrou seu manuscrito e, ficando mais

---

[55] Referência ao conto de fadas inglês *João e o pé de feijão*. (N.E.)

[56] *Sartor Resartus* ("O alfaiate reformulado"), ensaio humorístico de Thomas Carlyle, ostensivamente um tratado sobre filosofia, simbolismo e influência da roupa, publicado em série na *Revista Fraser* (novembro de 1833 - agosto de 1834). (N.E.)

vermelha a cada frase, desembuchou fragmentos do pequeno discurso preparado com todo o cuidado para a ocasião.

– Uma amiga me pediu para oferecer... uma história... apenas um experimento... gostaria da sua opinião... ficaria feliz em escrever mais, se este for adequado.

Enquanto corava e falava sem cuidado, o sr. Dashwood pegou o manuscrito e ficou passando as páginas com um par de dedos bem sujos, lançando olhares críticos de cima a baixo nas páginas limpas.

– Suponho que não seja uma primeira tentativa – observando que as páginas estavam numeradas, escritas somente em um lado e não estavam amarradas com um laço, um claro sinal de um novato.

– Não, senhor. Ela tem certa experiência e ganhou um prêmio por um conto escrito para o *Blarneystone Banner*.

– Oh, ganhou? – e o sr. Dashwood deu uma rápida olhada em Jo, como se tomasse nota de tudo o que vestia, desde o laço em seu chapéu aos botões das suas botas. – Bom, você pode deixar isto aqui, se quiser. Temos tanto desse tipo de coisa conosco que nem sabemos o que fazer com eles, mas darei uma passada de olho e lhe retorno na semana que vem.

Ora, Jo não gostou nada de deixar os manuscritos, pois o sr. Dashwood não lhe agradou de jeito nenhum. Contudo, naquelas circunstâncias, não havia nada para fazer a não ser oferecer um cumprimento e sair, parecendo muito alta e digna, como sabia fazer quando estava irritada ou envergonhada. E, naquele momento, sentia-se dos dois jeitos: ficou bastante evidente, pela troca de olhares entre os cavalheiros, que a pequena ficção da "sua amiga" foi considerada uma boa piada, e uma gargalhada, produzida por alguma observação inaudível do editor depois de ter fechado a porta, completou o seu desconforto. Quase decidida a nunca mais voltar lá, foi para casa e canalizou sua irritação costurando aventais vigorosamente e, em uma hora ou duas, estava tranquila o suficiente para rir da cena e esperar pela próxima semana.

Quando voltou lá, o sr. Dashwood estava sozinho, o que a agradou. Ele estava muito mais acordado do que antes, era um bom sinal, e não estava tão profundamente absorto em um charuto para se esquecer de seus modos, tornando o segundo encontro muito mais confortável do que o primeiro.

– Vamos ficar com isso (editores nunca falam "Eu"), se você não se importar em fazer algumas alterações. É muito longo, mas se omitir as passagens marcadas, ficará no tamanho ideal – disse ele, em um tom profissional.

Jo mal reconheceu seu manuscrito, tão amassadas e sublinhados estavam suas páginas e parágrafos. Sentindo-se como uma mãe terna a quem foi pedido para cortar as pernas do seu bebê para que coubesse no novo berço, olhou para as passagens marcadas e ficou surpresa ao descobrir que todas as reflexões morais, as quais tinha colocado com muito cuidado como lastro para tanto romance, tinham sido retiradas.

– Mas, senhor, pensei que toda história deveria ter algum tipo de moral, por esse motivo tomei cuidado para ter alguns de meus pecadores arrependidos.

A gravidade editorial do sr. Dashwood relaxou com um sorriso, pois Jo tinha esquecido sua "amiga" e falou de um jeito como somente um autor poderia.

– As pessoas querem se divertir, não receber sermões, você sabe. Lições de moral não vendem nos dias de hoje.

O que não era uma afirmação muito correta, a propósito.

– O senhor acha que venderia com essas alterações, então?

– Sim, é um novo roteiro muito bem trabalhado, com boa linguagem, etc. – foi a afável resposta do sr. Dashwood.

– O que o senhor, quero dizer, qual a remuneração... – começou Jo, sem saber exatamente como se expressar.

– Oh, sim, bem, pagamos entre vinte e cinco e trinta para coisas desse tipo. O pagamento é feito depois de publicado – respondeu o sr. Dashwood, como se esse ponto lhe tivesse escapado. Dizem que essas trivialidades escapam à mente editorial.

– Muito bem, pode ficar com ele – disse Jo, devolvendo a história com um ar satisfeito, pois após a coluna de um dólar, até mesmo vinte e cinco dólares pareciam um bom pagamento.

– Devo dizer à minha amiga que o senhor ficará com outra caso tenha uma melhor do que esta? – perguntou Jo, sem perceber seu pequeno deslize e encorajada por seu sucesso.

– Bem, veremos isso. Não posso prometer nada. Diga a ela para fazer curta e estimulante e sem se preocupar com a moral. Qual nome sua amiga gostaria de assinar? – com um tom despreocupado.

– Nenhum, se for possível, ela não quer que seu nome apareça e não tem um pseudônimo – disse Jo, corando apesar de tentar o contrário.

– Como ela quiser, é claro. O conto sairá na próxima semana. Você vem buscar o dinheiro ou devo enviá-lo? – perguntou o sr. Dashwood, que sentiu um desejo natural de saber quem poderia ser sua nova autora.

– Eu virei. Bom dia, senhor.

Quando ela saiu, o sr. Dashwood pôs os pés em cima da sua escrivaninha, fazendo a seguinte observação graciosa:

"Pobre e orgulhosa, como de costume, mas vai funcionar".

Seguindo as orientações do sr. Dashwood e fazendo da sra. Northbury sua modelo, Jo impulsivamente mergulhou no mar espumoso da literatura sensacionalista, mas, graças à boia jogada por um amigo, voltou à superfície, sem que o mergulho tenha causado muitos prejuízos.

Como a maioria dos jovens escritores, recorreu ao estrangeiro à procura de seus personagens e cenários, e apareceram malfeitores, condes, ciganos, freiras e duquesas em seu palco, desempenhando seus papéis com tanta precisão e espírito quanto se poderia esperar. Seus leitores não se importavam tanto com banalidades como gramática, pontuação e verossimilhança; e o sr. Dashwood graciosamente permitiu a ela preencher suas colunas pelos preços mais baixos, sem achar necessário dizer-lhe que o motivo real da sua hospitalidade era o fato de um dos seus contratados, ao receber uma oferta de pagamento maior, ter simplesmente o deixado na mão.

Ela logo se interessou pelo trabalho, pois sua magra bolsa ficou robusta, e a pequena poupança que estava fazendo para levar Beth para as montanhas no próximo verão crescia de forma lenta, porém progressiva, à medida que as semanas passavam. Não contou a ninguém em casa, e isso perturbou um pouco sua satisfação. Tinha a sensação de que seu pai e sua mãe não aprovariam, então preferiu fazer do seu jeito e depois pedir perdão. Foi fácil manter segredo, já que o nome do autor não aparecia nas histórias. O sr. Dashwood, é claro, já tinha descoberto mas prometeu ficar quieto e, surpreendentemente, manteve sua palavra.

Ela pensou que isso não lhe faria mal, pois realmente não pretendia escrever nada pelo qual ficaria envergonhada, assim silenciou todas as crises de consciência, antecipando o minuto feliz quando mostraria seus ganhos e riria do seu segredo bem guardado.

Entretanto, o sr. Dashwood rejeitava todos os contos que não fossem emocionantes e, como as emoções não podiam ser produzidas a não ser atormentando as almas dos seus leitores, história e romance, terra e mar, ciência e arte, registro de polícia e sanatórios de lunáticos tiveram de ser esquadrinhados para atingir ao objetivo. Jo logo percebeu que sua experiência inocente lhe dera apenas alguns vislumbres do mundo trágico subjacente à sociedade; então, do ponto de vista dos negócios, começou a alimentar suas deficiências com uma energia especial. Ávida por encontrar material para histórias e decidida a tornar suas tramas originais, mesmo sem uma execução magistral, passou a pesquisar acidentes, incidentes e crimes nos jornais. Provocou as suspeitas dos funcionários das bibliotecas públicas ao solicitar obras sobre venenos. Estudou rostos nas ruas de personagens bons, maus e neutros, tudo em volta dela. Buscou na poeira dos tempos ancestrais por fatos ou ficções antigos que fossem tão bons quanto atuais e apresentou-se à insensatez, ao pecado e à miséria, tanto quanto suas limitadas oportunidades permitissem. Pensou que estava prosperando bem, mas, inconscientemente, começava a profanar alguns dos atributos mais femininos do caráter de uma mulher. Estava vivendo em uma sociedade ruim e, mesmo sendo imaginária, sua influência a afetou, pois estava nutrindo o coração e a imaginação com um alimento perigoso e insignificante e apagando muito depressa o florescer inocente da sua natureza, ao conhecer de forma prematura o lado mais sombrio da vida, o qual cedo ou tarde acaba se revelando para todos nós.

Ela estava começando a sentir mais do que a enxergar, pois muita descrição das paixões e sentimentos de outras pessoas a levou a estudar e a especular sobre si mesma, um mórbido entretenimento ao qual mentes jovens e saudáveis não cedem de maneira voluntária. As más ações sempre trazem sua própria punição e, quando Jo mais precisava da sua, conseguiu.

Não sei se o estudo de Shakespeare a ajudou a ler o caráter das pessoas, ou o instinto natural feminino pelo o que era honesto, corajoso e forte, mas dotando os seus heróis imaginários com toda perfeição sob o sol, Jo estava descobrindo um herói real, o qual a interessava apesar das várias imperfeições humanas. O sr. Bhaer, em uma de suas conversas, havia a aconselhado estudar caracteres simples, verdadeiros e adoráveis, onde quer que os encontrasse, como um bom treino para uma escritora. Jo seguiu o conselho ao pé da letra, e sua reação foi estudá-lo; um procedimento que o teria surpreendido muito, se tivesse percebido, pois o valoroso professor era muito humilde ao pensar sobre si próprio.

No começo, qual o motivo para todos gostarem dele era o que intrigava Jo. Ele não era rico ou formidável, jovem ou bonito, não era, a partir de qualquer ponto de vista, o que se pode considerar fascinante ou brilhante e, ainda assim, era atraente como uma chama agradável e as pessoas pareciam ficar perto dele tão naturalmente como ficariam perto de uma lareira quente. Era pobre, mas sempre estava oferecendo algo; um desconhecido, mas todos eram seus amigos; já não mais tão jovem, mas tão alegre como um menino; simples e peculiar, mas seu rosto parecia belo para muitos, e suas esquisitices eram de bom grado perdoadas só por serem dele. Jo o observava com frequência, tentando descobrir o encanto e, por fim, decidiu que a benevolência operava o milagre. Se tinha alguma tristeza, escondia-a e mostrava apenas seu lado ensolarado para o mundo. Havia rugas em sua testa, mas o tempo parecia tê-lo tratado com gentileza, lembrando-se de como ele era bom para os outros. As simpáticas curvas ao redor de sua boca eram o memorial de muitas palavras amigáveis e muitos risos felizes, seus olhos nunca eram frios ou duros, e sua grande mão tinha um toque quente e forte que era mais expressivo do que palavras.

Mesmo suas roupas pareciam compartilhar a natureza hospitaleira de quem as vestia. Pareciam estar relaxadas e gostar de deixá-lo confortável. Seu colete espaçoso sugeria um grande coração por baixo dele. Sua capa desgastada tinha um ar sociável e os bolsos frouxos deixavam claro que mãos pequeninas frequentemente entravam lá vazias e saíam cheias. Até suas botas eram dispostas para o bem e suas golas nunca estavam duras ou ásperas, como as das outras pessoas.

"É isso!", disse Jo a si mesma, quando, após um tempo pensando, descobriu que a boa vontade genuína em relação aos outros poderia embelezar e dignificar até um rígido professor alemão, o qual devorava seu jantar, costurava suas próprias meias e carregava o peso do nome Bhaer.

Jo valorizava muito a bondade, mas também possuía um respeito muito feminino pelo intelecto. Além disso, uma pequena descoberta que fez sobre o professor acrescentou muito à sua consideração por ele. Bhaer nunca falou de si mesmo, e ninguém jamais soube que em sua cidade natal tinha sido um homem muito honrado e estimado pelo saber e pela integridade, até ter recebido a visita de um compatriota. E como ele revelava nada de si, em uma conversa com a srta. Norton, o fato gratificante veio à tona. Jo soube por ela e gostou ainda mais de tudo porque o sr. Bhaer nunca havia contado sobre isso. Sentiu-se orgulhosa por saber que era um honrado professor em Berlim, apesar de ser apenas um pobre professor de idiomas nos Estados Unidos, e sua vida caseira e de trabalho pesado foi muito embelezada pelo tempero adicionado ao romance com essa descoberta. Outro presente, ainda melhor do que o intelecto, foi mostrado a ela da forma mais inesperada. A srta. Norton tinha acesso à maior parte da sociedade, a qual Jo não teria chance de frequentar a não ser por meio dela. A mulher solitária sentiu um interesse na menina ambiciosa e gentilmente concedeu favores desse tipo tanto a Jo quanto ao professor. Uma noite, ela os levou para um seleto simpósio, realizado em honra de diversas celebridades.

Jo foi preparada para reverenciar e adorar de longe os poderosos a quem venerava com entusiasmo juvenil. Mas sua reverência à genialidade recebeu um duro golpe naquela noite, e ela levou algum tempo para se recuperar da descoberta de que, no fim das contas, as grandes criaturas eram apenas homens e mulheres, afinal. Imaginem a decepção dela, ao olhar de soslaio com admiração tímida para o poeta cujos versos sugeriam um ser etéreo, alimentado de "espírito, fogo e orvalho", e contemplá-lo devorando sua ceia com tanta voracidade que ruborizou seus companheiros intelectuais. Desviando-se do ídolo caído, fez outras descobertas que rapidamente dissiparam suas ilusões românticas. O grande romancista[57] oscilava entre dois decantadores com a regularidade de um pêndulo; o famoso teólogo[58] flertava abertamente com uma das Madames de Staël[59] da época, que lançava um olhar fulminante para outra Corinne, a qual a estava satirizando, após usar com habilidade seus esforços para entreter o profundo filósofo, que sorvia o "chá" como um Johnson[60] e parecia adormecer, pois a loquacidade da dama tornava seu discurso impossível. As celebridades científicas, esquecendo-se dos seus moluscos e períodos glaciais, fofocavam sobre arte, enquanto devotavam-se a ostras e sorvetes com energia característica; o jovem musicista, que encantava a cidade como um segundo Orfeu[61], falava sobre cavalos; e o exemplar da nobreza britânica presente mostrou-se o homem mais comum da festa.

Antes de chegar à metade da noite, Jo sentiu-se tão completamente desiludida, que se sentou em um canto para se recuperar. O sr. Bhaer logo se juntou a ela, parecendo aborrecido, e naquele momento vários filósofos, cada um montado em seu cavalo de pau, dirigiram-se a outro espaço

---

[57] Possível alusão ao escritor norte-americano Nathaniel Hawthorne (1804-1864), autor do livro *A letra escarlate*, pois era famoso por sua escrita e também por exagerar nas bebidas alcóolicas. (N.E.)

[58] Henry Ward Beecher (1813-1887), pastor, escritor e ministro liberal da Congregação dos EUA, cuja habilidade oratória e preocupação social fizeram dele um dos porta-vozes protestantes mais influentes de seu tempo. Contudo, tinha fama de mulherengo, e tornou-se, na década de 1870, o assunto de rumores de casos imorais, sendo processado em 1874 por seu ex-amigo e protegido literário Theodore Tilton, que o acusou de adultério com sua esposa. (N.E.)

[59] Anne-Louise-Germaine Necker (1766-1817), baronesa de Staël-Holstein, conhecida por Madame de Staël. Escritora francesa, ganhou fama ao manter um salão para os principais intelectuais. Seus escritos incluem romances, peças teatrais, ensaios morais e políticos, críticas literárias, história, memórias autobiográficas e até vários poemas. Sua contribuição literária mais importante foi como teórica do romantismo. Alcott também cita um livro da autora: *Corinne, or Italy* (1807), que ao mesmo tempo a história de um caso de amor entre Oswald, Lord Nelvil e uma bela poetisa e uma homenagem à paisagem, literatura e arte da Itália. (N.E.)

[60] No livro *A vida de Samuel Johnson* (1791), um famoso escritor inglês do século XVIII, James Boswell, biográfo escocês, relata que Johnson era um prodigioso bebedor de chá. (N.E.)

[61] Figura da mitologia grega. Era poeta e músico, filho da musa Calíope e de Apolo, rei da Trácia. (N.E.)

para realizar um torneio intelectual. As conversas estavam muito além da compreensão de Jo, mas se divertiu com elas, embora Kant e Hegel fossem deuses desconhecidos; "subjetividade" e "objetividade", termos ininteligíveis; e a única coisa "desenvolvida a partir de sua consciência interna" foi uma forte dor de cabeça após tudo ter acabado. Aos poucos, realizou que o mundo estava sendo despedaçado e reunido para formar um novo e, de acordo com os debatedores, em princípios infinitamente melhores do que antes, pois a religião caminhava para ser considerada proveniente do nada; e o intelecto, para ser considerado o Deus único. Jo não sabia nada de filosofia ou metafísica, mas um entusiasmo curioso, meio prazeroso, meio doloroso, tomou conta dela enquanto ouvia tudo aquilo, com uma sensação de ter sido deixada à deriva no tempo e no espaço, como um balão lançado em um feriado.

Olhou em volta para ver se o professor estava gostando daquilo, e o encontrou olhando para ela com a expressão mais sombria que já vira em seu semblante. Ele balançou a cabeça e acenou para que saíssem dali, mas Jo estava fascinada com a liberdade da filosofia especulativa e manteve-se sentada, tentando descobrir em que os sábios cavalheiros pretendiam confiar após terem aniquilado todas as crenças antigas.

Ora, o sr. Bhaer era um homem diferente e oferecia suas opiniões lentamente, não porque estas não fossem consistentes, mas porque demasiado sinceras e verdadeiras para serem proferidas de forma imprudente. Ao passear o olhar por Jo e pelos vários outros jovens, atraídos pelo brilho das pirotecnias filosóficas, Bhaer franziu as sobrancelhas e desejou falar, temendo que alguma inflamável alma jovem fosse desviada pelos fogos e descobrisse, quando a exibição terminasse, que tinha apenas uma vara vazia e uma queimadura na mão.

Ele suportou o quanto pôde, mas quando sua opinião foi solicitada, exasperou-se com honesta indignação e defendeu a religião com toda a eloquência da verdade: uma eloquência que transformou seu inglês pobre em algo musical e seu rosto comum em belo. Foi um duro embate, pois os sábios homens argumentavam bem, mas ele não sabia se dar por vencido e manteve sua posição como um homem. De alguma forma, enquanto Bhaer falava, o mundo ajeitou-se de novo para Jo. As velhas crenças, as quais tinham durado tanto tempo, pareciam melhores do que as novas. Deus não era uma força cega e a imortalidade não era uma bela fábula, mas um fato abençoado. Sentia como se tivesse um chão duro sob seus pés novamente, e quando o sr. Bhaer parou, interrompido mas nem um pouco convencido, Jo quis bater palmas e agradecê-lo.

Não fez nenhuma das duas coisas, mas lembrou-se da cena e deu ao professor seu respeito mais sincero; sabia do grande esforço que foi para ele se manifestar ali, naquele momento, pois sua consciência não o deixaria permanecer em silêncio. Ela começou a notar que caráter é um bem melhor do que dinheiro, posição, intelecto ou beleza, e a sentir que, se a grandiosidade é o que um homem sábio definiu como "verdade, reverência e boa vontade", então seu amigo Friedrich Bhaer não era apenas bom, mas grandioso.

Essa crença se fortalecia a cada dia. Ela valorizava sua estima, cobiçava seu respeito, queria ser digna da sua amizade, e quando esse desejo era o mais sincero, chegou perto de perder tudo. O gatilho foi um chapéu de três pontas: certa noite, o professor entrou para dar aula a Jo com um chapéu de soldado feito de papel, que Tina havia posto em sua cabeça e ele se esquecera de tirar.

"É evidente que ele não se olhou no espelho antes de descer", pensou Jo, com um sorriso, quando ele disse "*bom* noite" e sentou-se de modo sério, totalmente alheio ao contraste risível entre sua matéria e seu chapéu, pois ia ler para ela *A Morte de Wallenstein*[62].

Ela não disse nada a princípio. Gostava de ouvir seu riso sincero quando algo engraçado acontecia, assim o deixou descobrir sozinho e logo esqueceu-se do assunto, pois ouvir um alemão ler Schiller é uma ocupação muito fascinante. Após a leitura, veio a lição, a qual foi bastante animada. Jo estava de bom humor naquela noite e o chapéu de três pontas fazia os seus olhos dançarem de contentamento. O professor não sabia o que fazer com ela e parou, afinal, para perguntar, com um ar de surpresa irresistível:

---

[62] Obra de Johann Christoph Friedrich Von Schiller (1759-1805), poeta, dramaturgo, filósofo e historiador alemão. (N.E.)

– Srta. March, porque ri do seu mestre? Não *terr* respeito por mim, por isso se comporta tão mal?

– Como posso respeitá-lo, senhor, quando se esquece de tirar seu chapéu? – disse Jo.

Levando a mão até a cabeça, o distraído professor solenemente sentiu e removeu o chapeuzinho de três pontas; olhou para ele um instante, virou a cabeça para trás e riu como um alegre contrabaixo.

– Ah! Vejo-o agora, foi aquela diabinha da Tina que me fez de tonto com o chapéu. Bem, não é nada, mas veja: se essa aula não correr bem, você *deverrá* usá-lo.

Mas a aula parou por alguns minutos, pois o sr. Bhaer percebeu uma imagem no chapéu e, ao desdobrá-lo, disse com grande desgosto:

– Espero que esses papéis não entrem em casa. Crianças não devem vê-lo, nem jovens devem lê-lo. Isso não é bom, e não *terr* paciência com quem faz esse mal.

Jo olhou para a folha e viu uma agradável ilustração composta de um lunático, um cadáver, um bandido e uma víbora. Ela também não gostou, mas o impulso que a fez virar não foi de contrariedade, mas de medo, pois por um instante imaginou ser a página do *Volcano*. Não era, afinal, e seu pânico diminuiu quando lembrou-se de que, mesmo se fosse e um dos seus contos estivesse escrito nele, não haveria nenhum nome lá para entregá-la. No entanto, ela havia se entregado com um olhar e um rubor; pois, embora fosse um homem distraído, o professor percebia muito mais do que as pessoas imaginavam. Sabia que Jo escrevia e a encontrara mais de uma vez perto dos escritórios do jornal, mas como ela nunca falou sobre isso, não fez qualquer pergunta, apesar do grande desejo de ver seu trabalho. Nesse momento, ocorreu-lhe que ela estava fazendo algo do qual tinha vergonha e isso o perturbou. Ele não disse a si mesmo: "Isso não é da minha conta, não tenho direito de dizer nada sobre isso", como muitas pessoas teriam feito. Apenas se lembrou de que era jovem e pobre, uma menina longe do amor da mãe e do cuidado do pai, e foi movido a ajudá-la por um impulso tão rápido e natural quanto aquele que o impulsionaria a estender a mão para salvar um bebê de uma poça. Tudo isso passou pela sua cabeça em um instante, mas não transpareceu em seu semblante, e quando a página foi virada e Jo se recompôs, estava pronto para dizer, com muita naturalidade e, ao mesmo tempo, com muita seriedade:

– Sim, você está certa em se afastar disso. Não acho *serr* bom jovens meninas ver essas coisas. Elas são feitas para agradar alguns, mas eu preferiria *darr* pólvora para meus meninos brincarem do que esse lixo ruim.

– Talvez nem todos sejam ruins, apenas bobos, sabe; e se há uma demanda por isso, não vejo problema em supri-la. Muitas dessas pessoas que escrevem são respeitáveis e usam essas histórias sensacionalistas como meio de vida – disse Jo, raspando as dobras da saia tão energicamente que uma linha de pequenos vincos seguia seu broche.

– Há uma demanda por uísque, mas acho que você e eu não pensamos em vendê-lo. Se as pessoas respeitáveis soubessem o mal que fazem, perceberiam que esse meio de vida não é honesto. Elas não *terr* direito de envenenar os doces e deixar as crianças comerem. Não, elas deveriam pensar um pouco e limpar a lama da rua antes de fazer uma coisa dessas.

O sr. Bhaer falou calorosamente e caminhou até a lareira, amassando o papel com as mãos. Jo permaneceu sentada, imóvel, como se o fogo a queimasse, e suas bochechas queimaram ainda por muito tempo depois de o chapéu ter virado fumaça e saído inofensivamente pela chaminé.

– Gostaria muito de queimar todo o resto junto com essa página – resmungou o professor, voltando com ar de alívio.

Jo imaginou a chama que sua pilha de papéis no andar de cima faria, e seu dinheiro suado pesou em sua consciência naquele momento. Então, consolou-se em pensar "os meus não são como aquele, são apenas bobos, nunca ruins, logo não devo me preocupar" e, pegando seu livro, disse, com um semblante estudioso:

– Podemos continuar, senhor? Serei muito boa e comportada agora.

– Espero que sim – foi tudo que ele disse, mas quis dizer mais do que ela podia imaginar, e o olhar sério e gentil lançado por ele a fez sentir como se as palavras *Weekly Volcano* estivessem impressas com letras garrafais em sua testa.

Assim que foi para seu quarto, pegou seus papéis e cuidadosamente releu cada uma de suas histórias. Como era um pouco míope, o sr. Bhaer às vezes usava óculos, e Jo os experimentara uma vez, sorrindo ao ver como estes ampliavam a boa impressão do seu livro. Agora, parecia usar também os óculos mentais ou morais do professor, pois os defeitos daquelas pequenas histórias a ofuscaram terrivelmente e encheram-lhe de tristeza.

"Elas são um lixo e haverá ainda mais lixo se eu continuar, uma é mais sensacionalista do que a outra. Tenho sido tão cega, machucando a mim e a outras pessoas, só pelo dinheiro. Sei que é verdade, pois não consigo ler essas histórias com sobriedade e sinceridade sem ficar tremendamente envergonhada delas. O que iria fazer se fossem vistas em casa ou se o sr. Bhaer as encontrasse?"

Jo ficou alvoroçada só de pensar nisso, e enfiou tudo que tinha em sua lareira, quase incendiando a chaminé.

"Sim, é o melhor lugar para tanto absurdo inflamável. Melhor queimar a casa inteira, suponho, do que deixar outras pessoas explodirem a si mesmas com minha pólvora", pensou enquanto assistia ao *Demônio do Jura* piscar ao desaparecer, uma pequena cinza preta com olhos ardentes.

Entretanto, quando nada sobrou de todo o trabalho feito durante três meses, a não ser um monte de cinzas e o dinheiro em seu colo, Jo ficou séria, sentada no chão, imaginando o que deveria fazer com suas remunerações.

"Acho que ainda não causei muitos danos e posso ficar com o dinheiro para compensar o tempo gasto", disse ela, após uma longa reflexão, acrescentando, com impaciência: "Quase desejo que eu não tivesse qualquer consciência, é tão inconveniente. Se não me preocupei em fazer a coisa certa e não me senti desconfortável quando fiz errado, deveria continuar. Não posso evitar o desejo em alguns momentos de que mamãe e papai não tivessem sido tão rígidos sobre certas coisas".

Ah, Jo, em vez de desejar isso, agradeça a Deus por "papai e mamãe terem sido tão rígidos" e tenha piedade daqueles que não têm esses guardiães para protegê-los com princípios, os quais podem parecer grades de uma prisão aos jovens, mas que provarão ser verdadeiras fundações para formar o caráter da futura mulher.

Jo não escreveu mais histórias sensacionalistas, decidindo que o dinheiro não pagava aquelas sensações, e indo ao outro extremo, como é o caso das pessoas com seu caráter, seguiu os passos da sra. Sherwood, da srta. Edgeworth e de Hannah More[63], produzindo um conto que poderia ter sido mais adequadamente chamado de ensaio ou sermão, tão intensamente moralista este era. Tinha lá suas dúvidas sobre isso desde o início, pois sua imaginação vívida e propensão feminina ao romance pareciam tão pouco à vontade no novo estilo quanto ela teria ficado ao se disfarçar em vestimentas duras e pesadas do século XVIII. Enviou sua joia didática para vários editores, mas não encontrou comprador e tendeu a concordar com o sr. Dashwood que lições de moral não vendiam.

Então, tentou escrever uma história infantil, a qual poderia facilmente ter vendido se não tivesse sido mercenária o suficiente para exigir um lucro indecoroso por ela. A única pessoa que ofereceu o suficiente para fazer valer seu esforço de tentar escrever literatura juvenil foi um valoroso cavalheiro, o qual sentia ser sua missão converter todo mundo para sua crença particular. Contudo, por mais que gostasse de escrever para crianças, Jo não podia concordar em colocar todos os seus meninos travessos para serem devorados por ursos ou arremessados por touros enlouquecidos só porque não iam para uma Escola Sabatina específica, nem fazer todas as crianças que iam serem recompensadas com todo tipo de alegria, desde biscoitos de gengibre dourado a escoltas de anjos quando partiam dessa vida, com salmos ou sermões proferidos por suas boquinhas hesitantes. Assim, nada saiu dessas provações e Jo fechou seu tinteiro e disse, em um ímpeto de humildade muito saudável:

– Não sei de nada. Vou esperar até saber antes de tentar novamente e, enquanto isso, irei "limpar a lama da rua" se não puder fazer melhor, é honesto, ao menos.

Tal decisão provou que seu segundo tombo do pé de feijão lhe tinha feito algum bem.

---

[63] Mary Martha Sherwood (1775-1851), Maria Edgeworth (1767-1849) e Hannah Moore (1745-1833), escritoras inglesas de contos para crianças. (N.E.)

Enquanto essas revoluções internas estavam ocorrendo, sua vida externa estava ocupada e monótona como sempre e, se em alguns momentos parecia séria ou um pouco triste, ninguém observava, a não ser o professor Bhaer. Ele fazia isso de forma tão discreta que Jo nunca soube que a observava para saber se aceitaria e se beneficiaria com a reprovação dele, mas ela passou no teste e o deixou satisfeito, pois, embora nenhuma palavra tenha sido trocada entre eles, sabia que Jo havia deixado de escrever. Não só adivinhou pelo fato de o segundo dedo de sua mão não estar mais sujo de tinta, mas também porque agora a garota passava as noites no andar de baixo, não era mais vista perto dos escritórios do jornal e estudava com paciência obstinada, garantindo-lhe que ela estava decidida a ocupar sua mente com algo útil, mesmo que não fosse prazeroso.

Ele a ajudou de muitas maneiras, provando-se um verdadeiro amigo, e Jo estava feliz, pois enquanto sua pena permanecia ociosa, ela estava aprendendo muito além de alemão, e formando as bases para a história sensacionalista da sua própria vida.

O inverno foi agradável e longo, e Jo ficou com a sra. Kirke até junho. Todos pareciam tristes quando chegou a hora de partir. As crianças estavam inconsoláveis, e os cabelos do sr. Bhaer estavam assanhados em toda sua cabeça, pois sempre os bagunçava quando tinha algo perturbando sua mente.

– Indo para casa? Ah, você está feliz por *terr* uma casa para ir – ele disse, quando ela lhe contou, e sentou-se em silêncio alisando a barba em um canto, enquanto Jo fazia uma pequena festa de despedida para a última noite.

Jo partiria cedo, então despediu-se de todos à noite. Quando chegou a vez do professor, disse, calorosamente:

– Não se esqueça de ir nos visitar, se um dia viajar pelos nossos lados, está bem? Jamais o perdoarei se não for, pois quero que todos conheçam meu amigo.

– Sério? Devo ir? – perguntou, olhando para ela com uma expressão ansiosa que ela não percebeu.

– Sim, venha no mês que vem. Laurie vai se formar por essa época e o senhor vai se divertir na formatura.

– Esse é seu melhor amigo, de quem você fala? – disse ele, alterando o tom de voz.

– Sim, meu menino Teddy. Tenho muito orgulho dele e gostaria que o conhecesse.

Jo levantou o olhar, alheia a tudo, a não ser à sua própria satisfação com a possibilidade de apresentar um ao outro. Algo no rosto do sr. Bhaer de repente a despertou para o fato de que ela poderia considerar Laurie mais do que um "melhor amigo" e, simplesmente por não querer deixar transparecer que pudesse haver algo mais, involuntariamente começou a enrubescer e quanto mais tentava parecer que não, mais vermelha ficava. Não fosse por Tina em seu joelho, não saberia o que seria dela. Felizmente, a criança movimentou-se para abraçá-la, então conseguiu esconder seu rosto por um instante, esperando que o professor não o visse. Mas ele viu, e o seu próprio alterou-se de novo, indo da ansiedade momentânea para a sua expressão usual, então disse cordialmente:

– Receio que não *terr* tempo de ir, mas desejo ao seu amigo muito sucesso, e a você, toda a felicidade. Deus os abençoe! – e com isso, cumprimentou Jo calorosamente, colocou Tina em seus ombros e saiu.

Contudo, depois que os meninos foram para a cama, ele sentou-se diante da lareira com o olhar cansado em seu rosto e sentiu *Heimweh*, ou saudade de casa, batendo forte em seu coração. Ao lembrar-se de Jo sentada com a pequena criança no colo e daquela suavidade juvenil em seu rosto, apoiou a cabeça em suas mãos por um momento e, então, caminhou pela sala, como se estivesse à procura de algo que não conseguia encontrar.

"Não é para mim, não posso esperar por isso agora", disse para si mesmo, com um suspiro que era quase um gemido. Então, como uma autorreprovação por desejar aquilo que não conseguia reprimir, beijou as duas cabecinhas despenteadas sobre o travesseiro, pegou o seu raramente usado cachimbo Meerschaum e abriu seu Platão.

Ele fez seu melhor e da forma mais corajosa, mas não acredito ter considerado que um par de meninos levados, um cachimbo ou mesmo o divino Platão fossem substitutos satisfatórios para esposa e filhos em casa.

Na manhã seguinte, bem cedo, estava na estação para ver Jo partir e, graças a ele, ela começou sua solitária jornada com a agradável memória de um rosto familiar despedindo-se com um sorriso, algumas violetas para lhe fazer companhia e, o melhor de tudo, um pensamento feliz: "Bem, o inverno se foi e não escrevi nenhum livro, não ganhei nenhuma fortuna, mas fiz um amigo que vale a pena ter e vou tentar mantê-lo por toda a minha vida".

Dor no coração

Qualquer que fosse o motivo, Laurie estudou bastante naquele ano, se formou com louvor e fez o Discurso em latim[64] com a graça de um Phillips[65] e a eloquência de um Demóstenes[66], como disseram seus amigos. Todos estavam lá, seu avô (oh, tão orgulhoso), o sr. e a sra. March, John e Meg, Jo e Beth, e todos o felicitaram com a sincera admiração da qual garotos desdenham na hora, mas não conseguem receber do mundo por qualquer triunfo posterior.

– Tenho de ficar para essa droga de jantar, mas devo chegar amanhã cedo em casa. Vocês vão me encontrar como de costume, meninas? – disse Laurie, enquanto colocava as irmãs no carro depois de terminadas as alegrias do dia. Ele disse "meninas", mas quis dizer Jo, pois era a única que mantinha o velho costume. Ela não tinha coragem de recusar nada ao seu esplêndido e bem-sucedido menino e respondeu calorosamente:

– Eu irei, Teddy, faça chuva ou faça sol, e marcharei à sua frente tocando "Vede, eis que chega o conquistador" em uma harpa de boca.

[64] Desde a turma de 1642, a Universidade de Harvard realiza um Discurso em latim, todos os anos feito pelo melhor aluno, durante a cerimônia de graduação. (N.E.)

[65] Wendell Phillips (1811-1884), defensor da causa abolicionista cuja eloquência oratória ajudou a inflamar o movimento antiescravidão durante o período que antecedeu a Guerra Civil Americana. (N.E.)

[66] Demóstenes (384 a.C.-322 a.C.), estadista ateniense, reconhecido como o maior dos oradores gregos antigos, que despertou Atenas para se opor a Filipe da Macedônia e, mais tarde, a seu filho Alexandre, o Grande. Seus discursos fornecem informações valiosas sobre a vida política, social e econômica da Atenas do século IV a.C. (N.E.)

Laurie agradeceu com um olhar que a fez pensar, em súbito pânico: "Oh, meu Deus! Sei que ele vai dizer algo, o que devo fazer?".

A meditação da noite e o trabalho da manhã atenuaram seus medos e, tendo decidido que não seria vaidosa a ponto de pensar que pessoas a pediriam em casamento quando dera todos os sinais de qual seria sua resposta, estava lá na hora marcada, esperando que Teddy não provocasse nenhuma situação que a levasse a ferir seus pobres sentimentos. Uma visita à casa de Meg e um cheiro e um beijo revigorante em Daisy e Demijohn fortaleceram-na ainda mais para o *tête-à-tête*, mas quando viu a figura robusta a distância, teve um forte desejo de dar meia volta e fugir.

– Onde está a harpa de boca, Jo? – perguntou Laurie assim que se encontrou a uma distância na qual podia ser ouvido.

– Esqueci – e Jo tomou coragem novamente, pois aquela saudação não podia ser a de um namorado.

Ela sempre costumava apoiar-se em seu braço nessas ocasiões, mas não o fez naquele dia e ele não reclamou, o que era um mau sinal. Conversaram rapidamente sobre todo tipo de assunto distante, até saírem da estrada para a pequena trilha que ia de volta à casa pelo bosque. Então, Laurie diminuiu o ritmo, o bom fluxo da conversa repentinamente se perdeu e, de vez em quando, ocorria uma pausa aterrorizante. Para resgatar a conversa de um desses poços de silêncio em que continuava caindo, Jo disse, apressadamente:

– Agora você aproveitará longas e adoráveis férias!

– É o que pretendo.

Algo em seu tom resoluto fez Jo levantar o olhar rapidamente e encontrá-lo com a vista baixa, mirando-a, com uma expressão que confirmava a chegada do terrível momento. Ela estendeu a mão, implorando para ele:

– Não, Teddy. Por favor, não faça!

– Falarei, e você precisa me ouvir. Não adianta, Jo, temos de colocar isso para fora e o quanto antes fizermos isso, melhor para nós dois – respondeu ele, ficando corado e empolgado ao mesmo tempo.

– Diga o que você quer, então. Estou ouvindo – disse Jo, com um tipo de paciência desesperada.

Laurie era um apaixonado de primeira viagem, mas foi sincero e verdadeiro quando disse "colocar isso para fora", mesmo se morresse na tentativa, assim mergulhou no assunto com sua impetuosidade característica, dizendo com uma voz que engasgava de vez em quando, apesar do esforço hercúleo para mantê-la firme:

– Amo você desde que a conheci, Jo, não consegui evitar; você sempre foi tão boa para mim. Tentei demonstrar, mas você não deixava. Agora vou fazê-la ouvir e me dar uma resposta, pois não posso mais continuar assim.

– Queria poupá-lo disso. Pensei que entenderia... – começou Jo, achando tudo aquilo muito mais difícil do que esperava.

– Eu sei que sim, mas as garotas são tão estranhas, nunca se sabe o que elas querem dizer. Dizem não quando querem dizer sim, e enlouquecem um homem só pela diversão – respondeu Laurie, entrincheirando-se por trás de um fato inegável.

– Eu não. Nunca quis fazê-lo gostar de mim assim, e fui embora para evitar isso, se pudesse.

– Achei que fosse por isso mesmo. É bem do seu feitio, mas não adiantou. Isso só fez com que a amasse ainda mais, e trabalhei duro para agradá-la: deixei o bilhar e tudo o que a desagradava, esperei e nunca reclamei, pois tinha esperanças de que você me amaria, embora eu não esteja perto de ser bom o suficiente... – aqui ele engasgou de uma forma que não conseguiu controlar, então decapitou botões-de-ouro enquanto limpava sua "garganta irritante".

– Você... você é... você é muito bom para mim, sou muito grata a você e tenho tanto orgulho, tanto afeto por você! Não sei por que não consigo amá-lo como você gostaria. Eu tentei, mas não posso mudar o sentimento e seria uma mentira dizer que sinto algo que não sinto.

– Sério? É mesmo verdade, Jo?

Ele parou de repente, segurou as mãos dela e fez novamente a pergunta, com um olhar que ela não esqueceria tão cedo.

– É mesmo verdade, querido.

Estavam no bosque agora, perto da passagem da cerca e, quando as últimas palavras saíram, relutantes, dos lábios de Jo, Laurie soltou-lhe as mãos e virou como se fosse continuar caminhando, mas, pela primeira vez em sua vida, a cerca era demais para ele. Então, apenas encostou a cabeça na estaca coberta de musgo e ficou tão imóvel que Jo se assustou.

– Oh, Teddy, eu sinto muito, lamento desesperadamente, e poderia me matar se isso de alguma forma fosse útil! Queria que você não sofresse tanto, mas não posso evitar. Você sabe que é impossível fazer uma pessoa amar outra quando não quer – desabafou Jo, de um jeito pouco elegante e cheio de remorso, enquanto dava batidinhas em seu ombro, lembrando-se de quando ele a confortara muito tempo atrás.

– Às vezes, elas conseguem – disse uma voz abafada vinda da estaca.

– Não acredito que seja o tipo correto de amor e prefiro não tentar – foi a resposta decidida.

Houve uma longa pausa, enquanto um melro cantava alegremente no salgueiro próximo ao rio e o vento fazia o mato alto farfalhar. Nesse momento, Jo disse, muito séria, enquanto se sentava em um degrau da passagem:

– Laurie, quero lhe contar uma coisa.

Ele despertou como se tivesse sido alvejado, levantou a cabeça e disse, com um tom furioso:

– Não me diga isso, Jo, não posso suportar agora!

– Dizer o quê? – perguntou ela, admirando-se com sua violência.

– Que você ama aquele velho.

– Qual velho? – perguntou Jo, pensando que se referia ao avô dele.

– Aquele professor diabólico sobre quem você sempre escrevia. Se você disser que o ama, pode ter certeza, tomarei uma atitude desesperada – e parecia que iria manter sua palavra, enquanto apertava suas mãos com uma centelha de ira nos olhos.

Jo quis rir, mas conteve-se e disse, calorosamente, pois também estava ficando alvoroçada com tudo aquilo:

– Não fale assim, Teddy! Ele não é velho nem ruim; é bom e gentil, o melhor amigo que tive, depois de você. Por favor, não se altere. Quero ser gentil, mas sei que vou ficar furiosa se você agredir meu professor. Não tenho a mínima intenção de amá-lo ou a qualquer outra pessoa.

– Mas você vai acabar amando alguém depois de um tempo e, então, o que será de mim?

– Você amará outra pessoa também, como um menino sensato, e vai esquecer esse problema.

– Não consigo amar a ninguém mais e nunca a esquecerei, Jo, nunca! Nunca! – batendo o pé com força no chão para enfatizar suas palavras apaixonadas.

"O que devo fazer com ele?", suspirou Jo, descobrindo que emoções eram mais difíceis de lidar do que imaginara.

– Você não ouviu o que eu queria lhe dizer. Sente-se e escute, pois quero fazer as coisas do jeito certo e fazê-lo feliz – disse ela, esperando acalmá-lo com um pouco de racionalidade, o que provava que ela não sabia nada sobre o amor.

Vendo um raio de esperança nesse último discurso, Laurie atirou-se na grama aos pés dela, apoiou o braço no degrau mais baixo da escada e olhou para cima, com um rosto ansioso. Bom, o arranjo não parecia propício para acalmar as palavras ou limpar os pensamentos de Jo. Como poderia dizer coisas difíceis ao seu menino enquanto ele a observava com os olhos cheios de amor e ânsia, e com os cílios ainda úmidos das lágrimas que a dureza de seu coração havia arrancado dele? Gentilmente virou a cabeça dele, enquanto acariciava os cabelos ondulados que haviam crescido a pedido dela. Como era tocante aquilo, para falar a verdade!

– Concordo com a mamãe que você e eu não daríamos certo, pois nossos temperamentos explosivos e nossas vontades tempestuosas provavelmente nos deixariam muito tristes, se fôssemos tolos o suficiente para...

Jo parou um pouco na última palavra, mas Laurie a proferiu com uma expressão extasiante.

– Casar! Não, não seríamos! Se você me amasse, Jo, eu seria um perfeito santo e você poderia fazer de mim o que quisesse.

– Não, não posso. Tentei e falhei, e não vou arriscar a nossa felicidade com um experimento tão sério. Não combinamos e nunca entraríamos em acordo, então seremos bons amigos durante toda a nossa vida, mas não vamos fazer nada precipitado.

– Sim, seríamos, se tivermos uma chance – resmungou Laurie, com rebeldia.

– Agora seja razoável e veja o caso de maneira sensata – implorou Jo, quase perdendo a paciência.

– Não serei razoável. Não quero ver as coisas, como você diz, "de maneira sensata". Isso não vai me ajudar e só vai deixar tudo mais difícil. Não acredito que você tenha um coração.

– Queria não ter.

Havia um pequeno tremor na voz de Jo e, achando que isso era um bom sinal, Laurie virou-se, reunindo todos os seus poderes persuasivos como apoio enquanto falava, usando um tom convincente como nunca usara antes:

– Não nos decepcione, querida! Todos esperam isso. O vovô já considera como certo, sua família aprova e eu não posso viver sem você. Diga que sim e sejamos felizes. Diga, diga!

Somente meses depois daquela conversa Jo conseguiu entender como teve forças para se agarrar à resolução que tinha chegado quando decidiu que não amava seu garoto, e nunca poderia. Foi muito difícil ter de dizê-lo, mas disse, sabendo que deixar para depois seria inútil e cruel.

– Não posso dizer um "sim" verdadeiro, então não direi de jeito nenhum. Você verá que estou certa, no futuro, e vai me agradecer por isso... – começou ela solenemente.

– Não nessa vida! – e Laurie levantou-se da grama abruptamente, indignado só com a ideia.

– Sim, você vai! – persistiu Jo. – Você vai superar isso depois de um tempo e encontrará uma garota adorável e educada, a qual será uma ótima dama para sua bela casa. Eu não. Sou caseira, deselegante, estranha e velha; você teria vergonha de mim e acabaríamos brigando, não conseguimos evitar isso mesmo agora, não vê? E eu não gostaria de me envolver com companhias elegantes, já você, sim. Além disso, você detestaria meus rabiscos e eu não poderia viver sem eles, então seríamos infelizes, desejaríamos nunca ter nos casado e tudo seria horrível!

– Algo mais? – perguntou Laurie, achando difícil ouvir pacientemente aquela explosão de profecias.

– Nada mais, exceto que não acredito que algum dia irei me casar. Sou feliz do meu jeito e amo demais minha liberdade para me apressar e renunciá-la por qualquer homem mortal.

– É o que pensa! – interrompeu Laurie. – Você acha isso agora, mas chegará um momento quando gostará de alguém e o amará tremendamente, viverá e morrerá por ele. Eu sei que vai, é seu jeito, e terei de esperar para ver – e o amante desesperado jogou seu chapéu no chão com um gesto que seria cômico, se seu rosto não estivesse tão trágico.

– Sim, vou viver e morrer por ele, se ele um dia aparecer e conseguir que eu o ame, apesar de não esperar por isso; e você, deve fazer o melhor que puder! – disse Jo enquanto chorava, perdendo a paciência com o pobre Teddy. – Fiz meu melhor, mas você não está sendo razoável e é egoísta da sua parte ficar me importunando com o que não posso oferecer. Sempre gostarei de você, muito mesmo, como amiga, mas nunca me casarei com você e o quanto antes você acreditar nisso, melhor para nós dois. Então já chega!

Essas palavras foram como pólvora. Laurie olhou para ela um instante, como se não soubesse bem o que fazer consigo próprio, então virou-se de repente, dizendo em um tom desesperado:

– Você vai se arrepender um dia, Jo.

– Oh, aonde está indo? – ela gritou, pois o rosto dele a assustou.

– Para o inferno! – foi a resposta consoladora.

Por um instante, o coração de Jo parou enquanto ele caminhava oscilante, em direção ao rio, mas é preciso muita insensatez, pecado ou tristeza para levar um jovem homem a uma morte violenta, e Laurie não era do tipo fraco, que se deixava vencer por um simples fracasso. Não pensou em um mergulho melodramático, mas algum instinto cego o levou a atirar seu chapéu e sua capa no barco e a remar com toda sua força, fazendo melhor tempo ao subir o rio do que jamais fizera em qualquer competição. Jo respirou fundo e soltou as mãos enquanto assistia ao pobre rapaz tentar superar o problema que carregava no coração.

"Isso vai fazer-lhe bem, e vai voltar para casa com um estado de espírito tão terno e penitente, que não ousarei vê-lo", pensou ela, enquanto caminhava lentamente para casa, sentindo como se tivesse assassinado algo inocente e enterrado sob as folhas. "Agora devo preparar o sr. Laurence para ser muito gentil com meu pobre menino. Queria que ele amasse Beth, e talvez seja possível com o tempo, mas começo a pensar que estava errada sobre ela. Meu Deus! Como podem as meninas gostar de ter amores e recusá-los? Acho isso terrível."

Certa de que ninguém poderia fazer isso, além dela própria, foi direto ao sr. Laurence, contou-lhe a difícil história com bravura e não se conteve, chorando cheia de tristeza por sua própria insensibilidade que o velho e gentil cavalheiro, embora bastante desapontado, não a repreendeu. Achou difícil entender como qualquer garota poderia não amar Laurie e esperava que ela mudasse de ideia, mas sabia ainda mais do que Jo como o amor não poderia ser forçado. Então, balançou a cabeça, triste, e resolveu tirar seu menino do caminho do perigo, pois as últimas palavras do jovem impetuoso ditas a Jo perturbaram-no mais do que ele admitiria.

Quando Laurie chegou, morto de cansaço, mas recomposto, seu avô o recebeu como se não soubesse de nada e, por uma ou duas horas, manteve o disfarce com sucesso. Mas quando se sentaram juntos ao crepúsculo, momento no qual costumavam se divertir, foi difícil para o velho senhor conversar como geralmente o faria, e mais difícil ainda para o jovem ouvir os elogios pelo sucesso do último ano, os quais agora pareciam trabalhos de amor perdidos. Ele suportou o quanto pôde, depois foi para o piano e começou a tocar. As janelas estavam abertas e Jo, caminhando no jardim com Beth, pela primeira vez entendeu de música melhor do que a irmã, pois ele tocava a sonata *Pathetique*[67] e tocou-a como nunca.

– É muito bonita, devo dizer, mas triste o suficiente para fazer alguém chorar. Toque algo mais alegre, rapaz – disse o sr. Laurence, cujo velho coração estava cheio de compaixão, a qual queria demonstrar, mas não sabia como.

[67] Sonata para piano nº 08, de Ludwig van Beethoven, mais conhecida como Sonata Patética, composta em 1798. É normalmente descrita como uma de suas composições mais trágicas, extraordinárias e bonitas. (N.E.)

Laurie mudou para uma melodia mais alegre, tocou-a tempestuosamente por vários minutos e teria terminado com louvor se em uma pausa momentânea, a voz da sra. March não tivesse sido ouvida:

– Jo, querida, entre. Preciso de você.

Era exatamente o que Laurie queria dizer, mas com um significado diferente! Ao ouvir, atrapalhou-se, a música parou com um acorde desafinado, e o músico sentou-se em silêncio no escuro.

– Não posso suportar isso – resmungou o velho cavalheiro.

Levantou-se, foi até o piano, pousou as mãos nos ombros largos do rapaz e disse, suavemente:

– Eu sei, meu menino, eu sei.

Nenhuma resposta foi ouvida por um instante, então Laurie perguntou bruscamente:

– Quem lhe contou?

– A própria Jo.

– Então não se fala mais nisso!

E se desfez das mãos do avô com um movimento impaciente, pois embora fosse grato pela compaixão, seu orgulho de homem não podia suportar o compadecimento de outro.

– Ainda não. Quero dizer uma coisa, e aí sim não falamos mais nisso – respondeu o sr. Laurence com uma amabilidade incomum. – Talvez você não queira ficar em casa agora, não é?

– Não pretendo fugir de uma menina. Jo não pode me impedir de vê-la, então vou ficar e vê-la o quanto desejar – interrompeu Laurie, com um tom desafiador.

– Não se você for o cavalheiro que eu acho que é. Estou decepcionado, mas a menina não pode evitar, e a única coisa que resta a você é afastar-se por um tempo. Para onde quer ir?

– A qualquer lugar. Não me importo com o que será de mim – e Laurie levantou-se com um riso descomedido, que incomodou os ouvidos do avô.

– Suporte isso como um homem e não faça nada precipitado, pelo amor de Deus. Por que não viajar para o exterior, como havia planejado, e esquecer isso?

– Não posso.

– Mas era louco para ir, e eu prometi a você que permitiria quando terminasse a faculdade.

– Ah, mas nunca quis ir sozinho! – e Laurie caminhou rapidamente pela sala, com uma expressão que foi até melhor seu avô não ver.

– Não estou dizendo para ir sozinho. Há alguém pronto e feliz para ir com você, para qualquer lugar do mundo.

– Quem, senhor? – parando para ouvir.

– Eu mesmo.

Laurie voltou tão rápido quanto foi e estendeu a mão, dizendo, com a voz rouca:

– Sou um bruto egoísta, mas, o senhor sabe, vovô...

– Deus me ajude, sim, eu sei. Já passei por isso antes, na minha juventude, e depois com seu pai. Agora, meu querido menino, sente-se com calma e ouça meu plano. Está todo traçado e pode ser posto em prática imediatamente – disse o sr. Laurence, segurando o jovem rapaz, como se temesse que ele fugisse, igual seu pai o fizera no passado.

– Bem, senhor, e qual é o plano? – e Laurie sentou-se, sem qualquer sinal de interesse no rosto ou na voz.

– Há negócios em Londres precisando de atenção. Pensei que talvez você pudesse cuidar disso, mas eu faria ainda melhor, e as coisas por aqui seguiriam muito bem com Brooke cuidando delas. Meus sócios fazem quase tudo, estou apenas esperando até que você assuma meu lugar e possa partir a qualquer momento.

– Mas você odeia viajar. Não posso exigir isso do senhor, nessa idade – começou Laurie, que estava grato pelo sacrifício, mas preferia ir sozinho, se afinal fosse.

O velho cavalheiro bem sabia disso e, pessoalmente, preferia evitar, mas o humor em que seu neto estava confirmou-lhe que não seria prudente deixá-lo sozinho. Então, sufocando o arrependimento natural ao pensar no conforto de casa que deixaria para trás, disse, com firmeza:

– Você é muito atencioso, mas ainda não me aposentei. E gosto muito da ideia. Vai me fazer bem, e meus velhos ossos não sofrerão; viajar hoje em dia é quase tão fácil quanto sentar em uma cadeira.

Um movimento inquieto de Laurie sugeriu que sua cadeira não estava boa, ou que não gostara do plano, e fez o velho senhor acrescentar, mais que depressa:

– Não quero ser um empecilho ou um fardo. Vou porque acho que você se sentiria melhor do que se eu fosse deixado para trás. Não pretendo ficar atrás de você, vou deixá-lo livre para ir aonde quiser, enquanto me divirto do meu jeito. Tenho amigos em Londres e Paris e gostaria de visitá-los. Enquanto isso, você poderá ir para Itália, Alemanha, Suíça, onde desejar, e desfrutar das pinturas, da música, das paisagens e das aventuras o quanto quiser.

Laurie sentiu naquele momento que o seu coração estava completamente partido e o mundo um deserto enorme, mas ao som de certas palavras ditas ardilosamente pelo velho cavalheiro em sua sentença final, o coração partido deu um salto inesperado, e um ou dois oásis verdes de repente apareceram no deserto enorme. Então, suspirou e disse, em um tom desanimado:

– Como quiser, senhor. Não importa aonde vou ou o que faço.

– Para mim importa. Lembre-se disso, meu rapaz. Dou-lhe toda a liberdade, mas confio em você para fazer um uso responsável dela. Prometa-me, Laurie.

– O que o senhor quiser.

"Ótimo", pensou o velho cavalheiro. "Você não se importa agora, mas chegará um momento em que essa promessa o livrará de confusão, ou estou muito enganado."

Como era um sujeito enérgico, o sr. Laurence não perdeu tempo, e antes de o jovem espírito destruído estar recuperado o suficiente para se rebelar, os dois estavam prontos para partir. Durante o tempo necessário para os preparativos, Laurie comportou-se como um jovem cavalheiro normalmente se comportaria nesses casos. Estava de mau humor, irritado e reflexivo, perdeu o apetite, vestia-se mal e dedicava muito tempo a tocar tempestuosamente seu piano. Evitava Jo, mas consolava-se em observá-la da janela, com um rosto trágico que assombrava os sonhos dela à noite e a oprimia com um pesado sentimento de culpa durante o dia. Ao contrário de alguns sofredores,

Laurie nunca falou sobre sua paixão não correspondida; não permitiria a ninguém, nem mesmo a sra. March, tentar consolá-lo ou oferecer condolências. Em certa medida, isso era um alívio para seus amigos, mas as semanas anteriores à sua partida foram muito desconfortáveis, e todos se alegraram com o fato de: "pobrezinho, o querido amigo estava indo embora para esquecer seu problema e voltar para casa feliz". Obviamente, ele sorriu sombriamente com a ilusão deles, mas ignorou isso com a superioridade da tristeza de quem sabia que sua fidelidade e seu amor eram inalteráveis.

Quando chegou o dia de partir, Laurie fingiu estar animado para ocultar certas emoções inconvenientes que pareciam inclinadas a se afirmarem. Aquela alegria não convenceu a ninguém, mas fizeram parecer que sim, por carinho a ele, e o rapaz estava muito bem até a sra. March beijá-lo, com um sussurro cheio de solicitude maternal. Então, sentindo que não suportaria por muito tempo, abraçou a todos, sem se esquecer da aflita Hannah, e desceu as escadas correndo, como se sua vida dependesse disso. Jo o seguiu um minuto depois para se despedir com um aceno de mão, caso ele olhasse. De fato olhou para trás, voltou, colocou seus braços ao redor dela quando parou no degrau acima do dele e olhou para ela com um rosto que tornou seu breve apelo eloquente e comovente.

– Oh, Jo, você não consegue?

– Teddy, querido, eu queria conseguir!

Isso foi tudo, exceto por uma pequena pausa. Então, Laurie aprumou-se e disse:

– Está tudo bem, esqueça – e saiu sem dizer mais nada.

Ah, mas não estava tudo bem. Jo se importava e, enquanto a cabeça encaracolada repousou em seu braço por um instante antes da dura resposta, sentiu como se apunhalasse o querido amigo; quando a deixou sem olhar para trás, sabia que o menino Laurie jamais retornaria.

O segredo de Beth

Quando Jo voltou para casa naquela primavera, ficou surpreendida pela mudança que ocorrera em Beth. Ninguém falou sobre isso ou sequer pareceu ter notado, pois aconteceu muito gradualmente para alarmar aqueles que a viam diariamente. Contudo, aos olhos apurados pela ausência, era muito claro, e um grande peso caiu sobre o coração de Jo quando viu o rosto da sua irmã. Não estava mais pálido, mas um pouco mais magro do que no outono, havia ainda um olhar estranho e transparente, como se a mortalidade estivesse aos poucos se dissipando, e a imortalidade brilhando através da frágil carne, com uma beleza indescritivelmente comovente. Jo viu e sentiu aquilo, mas não disse nada no momento, e logo a primeira impressão perdeu muito da sua força, pois Beth parecia feliz. Ninguém parecia duvidar de que ela estava melhor; assim, envolvida com outros assuntos, Jo esqueceu-se de seu medo por um tempo.

No entanto, quando Laurie se foi e a paz prevaleceu novamente, a vaga aflição retornou e a atormentou. Tinha confessado os seus pecados e sido perdoada, e quando mostrou suas economias e propôs uma viagem à montanha, Beth a agradeceu de coração, mas implorou para não ir a um lugar tão longe de casa. Outra pequena visita à praia lhe pareceu muito melhor e, assim como a vovó que não pode ser convencida a se afastar de seus bebês, Jo levou Beth para o lugar tranquilo, onde poderia ficar quanto tempo quisesse ao ar livre, deixando as brisas frescas do mar soprarem alguma cor às suas bochechas pálidas.

Não era um lugar da moda e mesmo entre as pessoas agradáveis que havia lá, as meninas fizeram poucos amigos, preferindo viver uma para a outra. Beth era tímida demais para desfrutar da sociedade, e Jo estava muito devotada a cuidar da irmã para se preocupar com alguém mais. Assim, dedicaram-se apenas uma à outra, indo e vindo livres, alheias ao interesse que despertavam nos outros, os quais observavam com olhos simpáticos a irmã forte e a fraca, sempre juntas, como se sentissem instintivamente que uma longa separação não estava muito longe.

De fato sentiam isso, mas nenhuma delas fez qualquer comentário, pois muitas vezes entre nós e aqueles mais próximos e queridos existe uma barreira muito difícil de ser ultrapassada. Jo sentiu como se um véu tivesse caído entre seu coração e o de Beth, e quando estendeu a mão para retirá-lo, percebeu algo de sagrado no silêncio e esperou Beth falar. Imaginava, e estava grata por isso, que seus pais não pareciam ver o que via e, durante as semanas tranquilas, quando as sombras se tornaram tão claras para ela, nada disse para os que estavam em casa, acreditando que seria revelado por si só assim que Beth voltasse e não estivesse nada melhor. Perguntava-se o tempo todo se sua irmã realmente presumia a dura verdade, e quais pensamentos estariam passando por sua mente durante as longas horas em que se deitava nas pedras quentes, com a cabeça no colo de Jo, o vento saudável soprando sobre ela e o mar cantando a seus pés.

Um dia, Beth lhe contou. Jo pensou que ela estivesse dormindo, deitada tão imóvel e, deixando de lado seu livro, sentou-se e olhou para a irmã com olhos tristes, tentando ver sinais de esperança na cor tênue do rosto de Beth. Mas não encontrou nada que a satisfizesse; as bochechas estavam muito magras e as mãos pareciam demasiado frágeis para segurar mesmo as conchinhas rosadas recolhidas na praia. Ocorreu-lhe naquele momento, da maneira mais amarga possível, que Beth estava pouco a pouco se afastando dela, e seus braços instintivamente entrelaçaram o tesouro mais querido que possuía. Por um instante, seus olhos ficaram embaçados demais para ver e, quando voltaram a ver com clareza, Beth estava olhando para ela tão ternamente que mal houve necessidade de dizer:

– Jo, querida, fico feliz que já saiba. Tentei lhe contar, mas não consegui.

Não houve resposta, a não ser o rosto da irmã colado no seu, nem mesmo lágrimas, pois Jo não chorava quando estava profundamente comovida. Ela era a mais fraca ali, e Beth tentou consolá-la e apoiá-la, com seus braços em volta dela e palavras tranquilizadoras sussurradas em seu ouvido.

– Já sei há algum tempo, querida, e agora estou acostumada; não é difícil pensar nisso ou suportar. Tente ver dessa forma também e não se preocupe comigo, porque será melhor, realmente será melhor.

– Foi isso que fez você ficar tão triste no outono, Beth? Você não sentiu isso naquela época e ficou todo esse tempo sem dizer nada, sentiu? – perguntou Jo, recusando-se a ver ou dizer que assim era melhor, mas feliz em saber que Laurie não era parte do problema de Beth.

– Sim, eu já sabia e desisti de ter esperanças naquela época, mas não queria admitir. Tentei pensar que era uma fantasia nociva e não deixaria isso preocupar ninguém. Mas quando vi você tão bem, forte e cheia de planos felizes, foi difícil encarar que eu jamais poderia ser como você, e então fiquei arrasada, Jo.

– Oh, Beth, e você não me contou, não me deixou consolá-la ou ajudá-la? Como você pôde me deixar de fora e suportar tudo isso sozinha?

A voz de Jo estava cheia de uma reprovação terna, e seu coração doía só de pensar na luta solitária que Beth deve ter passado enquanto aprendia a dizer adeus à saúde, ao amor e à vida e a carregar sua cruz de um jeito tão singelo.

– Talvez isso tenha sido errado, mas tentei fazer o certo. Não tinha certeza, ninguém disse nada e esperei estar equivocada. Teria sido egoísmo assustar a todos, uma vez que mamãe estava tão aflita com Meg, Amy longe, e você tão feliz com Laurie... pelo menos pensava assim na época.

– Eu achei que você o amasse, Beth, e fui embora porque eu não poderia atrapalhar – disse Jo, feliz em saber toda a verdade.

Beth parecia tão admirada com a ideia que Jo sorriu, apesar da sua dor, e acrescentou, suavemente:

– Então você não o amava, querida? Tive medo de que o amasse e imaginei seu pobre coraçãozinho cheio de desilusão durante todo esse tempo.

– Jo, como eu poderia, se ele gostava tanto de você? – perguntou Beth, com a inocência de uma criança. – Eu o amo, é claro. Ele é tão bom para mim, como posso não o amar? Mas nunca seria nada além de um irmão para mim. Espero de verdade que seja, um dia.

– Não de minha parte – disse Jo, decidida. – Há Amy, e eles combinariam perfeitamente, mas não tenho ânimo para essas coisas agora. Não me importo com o que será de ninguém, a não ser você, Beth. Você precisa ficar boa.

– Eu quero, oh, quero tanto! Eu tento, mas a cada dia perco um pouco mais e sinto mais certeza de que nunca mais me recuperarei. É como a maré, Jo: quando vira, é devagar, mas não pode ser contida.

– Ela tem de ser contida, sua maré não pode virar tão cedo. Você só tem dezenove anos, é muito jovem, Beth. Não posso deixá-la partir. Vou trabalhar, rezar e lutar contra isso. Vou cuidar de você, custe o que custar. Deve haver maneiras, não pode ser tão tarde. Deus não seria tão cruel de tirá-la de mim – exclamou a pobre Jo, rebelde, pois seu espírito era muito menos devotado e submisso do que o de Beth.

Pessoas simples e sinceras raramente falam muito sobre sua devoção. Esta mostra-se mais em atos do que em palavras, e tem mais influência do que homilias ou protestos. Beth não conseguia racionalizar ou explicar a fé que lhe deu coragem e paciência para desistir da vida e singelamente esperar pela morte. Como uma criança confiante, não fez perguntas, e deixou tudo nas mãos de Deus e da natureza: o pai e a mãe de todos nós; sentindo que eles, e apenas eles, poderiam ensinar e fortalecer coração e espírito para esta vida e a que virá. Não repreendeu Jo com dizeres santos, apenas a amou ainda mais por seu afeto fervoroso; agarrou-se ainda mais ao amor humano, do qual nosso Pai nunca nos afasta, mas por meio do qual nos aproxima mais d'Ele. Beth não podia dizer: "Estou feliz por partir", pois a vida era muito doce para ela. Conseguiu apenas soluçar e dizer "Tentarei ser determinada", enquanto abraçava Jo e a primeira onda dessa grande tristeza se quebrava sobre as duas juntas.

Depois, Beth disse, com a serenidade recobrada:

– Você vai contar isso a todos quando voltarmos para casa?

– Acho que vão perceber, mesmo sem palavras – suspirou Jo, pois agora parecia, para ela, que Beth mudava todos os dias.

– Talvez não. Ouvi dizer que as pessoas que mais nos amam são normalmente as mais cegas para essas coisas. Se não perceberem, você dirá a eles por mim. Não quero nenhum segredo, e o mais generoso a se fazer é prepará-los. Meg tem John e os bebês para confortá-la, mas você precisa ficar ao lado do papai e da mamãe, está bem, Jo?

– Se eu puder. Mas, Beth, não desisti ainda. Vou acreditar que é uma "fantasia nociva" e não permitirei a você acreditar que é verdade – disse Jo, tentando falar com alegria.

Beth deitou um instante, pensando, e então disse, com seu jeito calmo:

– Não sei como me expressar; e não me atreveria a dizer isso a ninguém, a não ser a você, porque somente consigo me abrir para a minha Jo. O que quero dizer é que tenho a sensação de ter nascido para não viver muito. Não sou como vocês. Nunca fiz nenhum plano sobre o que seria quando crescesse. Nunca pensei em me casar, como todas vocês faziam. Não poderia me imaginar como nada além da Beth bobinha, perambulando em casa, inútil em todos os lugares a não ser lá. Nunca pretendi ir embora, e a parte difícil agora é deixar todos a quem tenho amor. Não tenho medo, mas sinto como se fosse sentir muita falta de vocês mesmo no paraíso.

Jo não conseguia falar e, por alguns instantes, nenhum som foi ouvido a não ser o suspiro do vento e o quebrar das ondas. Uma gaivota de asas brancas voou, com um raio de sol no peito prateado. Beth observou-a até desaparecer, e seus olhos estavam cheios de tristeza. Um passarinho na areia, de penas acinzentadas, passeava pela praia piando suavemente para si mesmo, enquanto desfrutava do sol e do mar. Chegou bem perto de Beth e olhou-a de modo amigável, sentando-se em uma pedra quente e arrumando suas penas molhadas, bastante à vontade. Beth sorriu e sentiu-se consolada, pois aquela coisinha parecia oferecer sua pequena amizade e lembrar-lhe de que um mundo agradável ainda podia ser desfrutado.

– Querido passarinho! Veja, Jo, como ele é manso. Gosto mais de pequenos passarinhos do que de gaivotas. Eles não são tão selvagens e bonitos, mas parecem felizes, confidenciando coisinhas. Costumava chamá-los de meus pássaros no verão passado, e mamãe disse que eles a faziam se lembrar de mim: criaturas atarefadas, acinzentados, sempre perto da praia e sempre cantando suas musiquinhas felizes. Você é uma gaivota, Jo, forte e selvagem, admiradora da tempestade e do vento, voando mar adentro feliz, mesmo sozinha. Meg é uma rolinha e Amy é como a cotovia sobre a qual escreve, tentando subir até as nuvens, mas sempre caindo de volta em seu ninho. Querida garotinha! É tão ambiciosa, mas seu coração é bom e terno e, não importa o quão alto voe, nunca se esquecerá de casa. Espero vê-la novamente, mas parece estar tão distante.

– Ela virá na primavera, e quero você preparada para vê-la e se divertir com ela. Vai estar bem e corada nessa época – começou Jo, sentindo que, de todas as mudanças em Beth, a do seu modo de se expressar era a melhor, pois não parecia mais se esforçar e pensava em voz alta, de um jeito bem diferente da Beth tímida.

– Jo, querida, não tenha mais esperanças. Não fará nenhum bem. Tenho certeza. Não fiquemos deprimidas: vamos aproveitar a companhia uma da outra enquanto esperamos. Teremos momentos felizes, pois não sofro tanto, e acho que a maré vai passar calmamente, se você me ajudar.

Jo abaixou-se para beijar a face serena e, com esse beijo silencioso, dedicou sua alma e seu corpo a Beth.

Ela estava certa. Não foi necessário dizer nenhuma palavra quando chegaram em casa, pois pai e mãe viram claramente o que haviam rezado para serem poupados de ver. Cansada da sua curta viagem, Beth foi direto para a cama, dizendo como estava feliz em voltar para casa e, quando Jo desceu, imaginou que seria preservada da dura tarefa de contar o segredo de Beth. Seu pai manteve a cabeça encostada na lareira e não se virou quando entrou, mas sua mãe estendeu os braços em um gesto de ajuda, e Jo foi confortá-la sem dizer uma palavra.

Novas impressões

Às três da tarde, todo o mundo da moda de Nice podia ser visto no *Promenade des Anglais*: um lugar encantador, com um largo calçadão ladeado com palmeiras, flores e arbustos tropicais, delimitado de um lado pelo mar e do outro pela grande via, na qual perfilam-se hotéis e quintas e, mais além, jazem laranjais e montanhas. Muitas nações são representadas, muitos idiomas são falados, muitas roupas são vestidas e, em um dia ensolarado, o espetáculo é alegre e brilhante como um carnaval. Ingleses distintos, franceses animados, alemães sérios, espanhóis belos, russos feios, judeus humildes, americanos espontâneos, todos em seus carros, sentados ou passeando, conversando sobre as novidades e criticando alguma celebridade recém-chegada: Ristori ou Dickens, Vítor Emanuel ou a rainha das Ilhas Sandwich[68]. As carruagens são tão variadas como os passageiros e atraem muita atenção, especialmente as caleças baixas dirigidas por mulheres, com um par de pôneis destemidos, redes festivas para impedir suas volumosas roupas de cair dos diminutos veículos e manter os pequenos cavalariços atrás.

Ao longo da tal calçada, no dia de Natal, um jovem alto caminhava sozinho, com as mãos para trás e uma expressão um tanto alheia e aborrecida. Tinha a aparência de um italiano, vestia-se como um inglês e tinha o ar independente de um americano: uma combinação que fazia pares de olhos femininos lhe lançarem olhares de aprovação, e vários dândis, em ternos de veludo negro, com gravatas-borboleta cor-de-rosa, luvas de couro de búfalo e flores laranja nas casas dos botões, darem de ombros e o invejarem por sua altura. Havia muitos rostos bonitos para admirar, mas o jovem mal os percebia, a não ser por uma ou outra olhadela para uma loira vestida de azul. Caminhava assim pelo passeio até parar por um momento no cruzamento, como se estivesse indeciso se iria ouvir a banda no Jardin Publique ou caminharia pela praia em direção à Colina do Castelo. O trote rápido de pôneis fez com que levantasse a vista, pois uma pequena carruagem, a qual levava apenas uma jovem dama, descia rapidamente a rua. Era jovem, loira e estava vestida de azul. Ele a encarou por um instante, então seu rosto ganhou vida e, acenando seu chapéu como um menino, apressou-se para encontrá-la.

– Oh, Laurie, é você mesmo? Pensei que nunca viria! – disse Amy, soltando as rédeas e estendendo ambas as mãos, escandalizando uma

---

[68] Adelaide Ristori (1822-1906) foi uma atriz italiana muito popular na França em 1850. Charles Dickens (1812-1870) foi um escritor inglês muito popular na Era Vitoriana, é lembrado como um dos escritores mais importantes e influentes do século XIX. Victor Emmanuel (1820-1878) foi rei da Itália unificada de 1861 a 1878. The Sandwich Islands, nomeada pelo capitão James Cook, atualmente é conhecida como Arquipélago do Havaí. (N.E.)

matrona francesa que acelerou os passos da filha, com receio de que esta fosse desmoralizada ao ver os modos livres desses "ingleses loucos".

– Fui detido no caminho, mas prometi passar o Natal com você e aqui estou.

– Como está seu avô? Quando você chegou? Onde está hospedado?

– Muito bem, ontem à noite, na Rue Chauvain. Fui até seu hotel, mas você tinha saído.

– Tenho tanto para contar, nem sei por onde começar! Entre e poderemos conversar à vontade. Estava saindo para um passeio e adoraria companhia. Flo está descansando para esta noite.

– O que acontecerá? Um baile?

– Uma festa de Natal em nosso hotel. Há muitos americanos aqui, e eles dão a festa em louvor ao dia. Você irá conosco, é claro. Tia Carrol ficará encantada.

– Obrigado! Para onde agora? – perguntou Laurie, encostando-se no assento e cruzando os braços, comportamento apreciado por Amy, que preferia conduzir, pois o chicote "sombrinha" e as rédeas azuis sobre as costas brancas dos pôneis lhe proporcionavam infinita satisfação.

– Vou primeiro buscar umas cartas e depois à Colina do Castelo. A vista é linda e gosto de alimentar os pavões. Já esteve lá?

– Muitas vezes, anos atrás, mas não me importo de ir novamente.

– Agora me conte tudo sobre você. A última coisa que ouvi de você foi que seu avô lhe esperava voltar de Berlim.

– Sim, passei um mês lá e o encontrei em Paris, onde ficou para o inverno. Ele tem amigos lá e se diverte bastante; então vou e volto, e nos divertimos muito.

– É um arranjo sociável – disse Amy, sentindo falta de algo nos modos de Laurie, embora não soubesse dizer o quê.

– Veja, ele odeia viajar e eu odeio ficar parado; nós nos ajustamos e não há problema. Sempre vou visitá-lo e ele adora minhas aventuras, enquanto eu gosto de sentir que alguém está feliz em me ver quando volto de minhas andanças. Que lugar sujo e velho, não acha? – acrescentou ele, com um olhar de asco enquanto dirigiam ao longo de uma alameda em direção à Place Napoléon, na cidade velha.

– A sujeira é pitoresca, não me importo. O rio e as colinas são deliciosos, e esses vislumbres de estreitas ruas transversais são meu deleite. Agora, devemos esperar a procissão passar. Está indo para a Igreja de São João.

Enquanto Laurie assistia passivamente à procissão de padres com seus dosséis, freiras com véus brancos carregando círios acesos e alguma irmandade vestida de azul cantando conforme caminhava, Amy o observava e foi tomada por um novo tipo de timidez, pois estava mudado e ela não conseguia encontrar o menino de rosto alegre naquele homem de aparência aborrecida ao seu lado. Estava mais bonito do que nunca e muito mudado, pensou; porém, agora que o rubor do prazer de encontrá-la acabara, ele parecia cansado e sem ânimo: não doente, nem exatamente infeliz, apenas mais velho e sério do que o esperado depois de um ou dois anos de vida próspera. Não conseguia entender isso e não se aventurou a fazer perguntas. Então, balançou a cabeça e deu uma pancadinha nos pôneis, enquanto a procissão passava pelos arcos da ponte Paglioni e desaparecia na igreja.

– *Que pensez-vous?*[69] – disse ela, mostrando seu francês, que havia melhorado em quantidade, senão em qualidade, desde que viajara para o exterior.

– Que a *mademoiselle* fez bom uso do seu tempo, e o resultado é encantador – respondeu Laurie, enquanto fazia uma reverência, levando a mão ao seu coração e lançando-lhe um olhar de admiração.

Ela corou de prazer, mas de algum modo o elogio não a satisfez como as exaltações incisivas que ele costumava lhe fazer em casa, quando a rodeava em ocasiões festivas e lhe dizia que era "muito divertida", com um sorriso sincero e um toque de aprovação na cabeça. Não gostou do novo tom, embora não fosse blasé, parecia indiferente, apesar do olhar.

"Se é assim que ele vai amadurecer, prefiro que permaneça um menino", pensou, com uma sensação curiosa de decepção e desconforto, entretanto, tentando parecer à vontade e alegre.

[69] "No que está pensando?", em francês. (N.T.)

Em Avigdor, encontrou preciosas cartas vindas de casa e, dando as rédeas a Laurie, leu-as com grande prazer, enquanto passavam por uma rua sombreada entre as cercas verdes, onde as rosas-chá floresciam frescas como se fosse junho.

– Mamãe disse que Beth está muito abatida. Frequentemente penso em voltar para casa, mas todos dizem "fique". Então, fico, pois nunca terei outra chance como essa – disse Amy, com o olhar sério em uma página.

– Acho que está certa. Você não poderia fazer nada em casa, e é um grande conforto para eles saber que está bem, feliz e se divertindo tanto, minha querida.

Ele aproximou-se um pouco, parecendo mais com aquele do passado ao dizer isso, e o medo que às vezes pesava sobre o coração de Amy ficou mais leve, pois o olhar, o ato e o "minha querida" fraternal pareciam garantir-lhe que, se ocorresse qualquer problema, não estaria só em uma terra estranha. Naquele momento, riu e mostrou a ele um pequeno desenho de Jo com sua roupa de rabiscar, um laço exageradamente alto sobre sua touca e as palavras "A genialidade queima!" saindo da sua boca.

Laurie sorriu, pegou o desenho e colocou no bolso do seu colete para "evitar que voasse" e ouviu com interesse a vívida carta que Amy lia para ele.

– Este está sendo um Natal feliz para mim: presentes de manhã, você e as cartas à tarde e uma festa à noite – disse Amy, enquanto desembarcavam entre as ruínas do velho forte e um esplêndido bando de pavões marchava ao redor deles, esperando calmamente para serem alimentados. Enquanto Amy ria em um banco, espalhando migalhas para as aves brilhantes, Laurie olhou para ela assim como ela havia olhado para ele: com a curiosidade natural de ver as mudanças que o tempo e a ausência tinham causado. Não encontrou nada para confundir ou desapontar, muito para admirar e aprovar, e ignorando algumas pequenas afetações nas palavras e nos modos, ela estava tão alegre e graciosa como sempre, com a adição desse algo indescritível na maneira de se vestir e se comportar, o qual chamamos de elegância. Sempre madura para sua idade, Amy ganhara certa desenvoltura tanto no comportamento quanto na conversa, o que a fazia parecer uma mulher do mundo mais do que era na verdade. Contudo, sua velha petulância vinha à tona de vez em quando, seu gênio forte ainda estava ali e sua franqueza natural não foi maculada pela polidez estrangeira.

Laurie não percebeu tudo isso enquanto a observava alimentar os pavões, mas viu o suficiente para satisfazê-lo e interessá-lo, e levou consigo a linda imagem de uma menina de rosto alegre, iluminada pelo sol, o qual acentuava a tonalidade suave do seu vestido, a cor fresca das suas bochechas, o brilho dourado do seu cabelo e fazia dela uma figura proeminente no agradável cenário.

Quando chegaram ao platô de pedra que coroava a colina, Amy acenou como se o recebesse em seu reduto preferido e disse, apontando para um e outro lugar:

– Você se lembra da Catedral e do Corso, do pescador jogando suas redes na baía e da bela estrada para a Villa Franca, da Torre de Schubert logo abaixo e, o melhor de tudo, daquele pontinho lá no mar, bem longe, que dizem ser Córsega?

– Eu me lembro. Não mudou muito – respondeu, sem entusiasmo.

– O que Jo daria por uma vista daquele famoso pontinho! – disse Amy, com bom humor e ansiosa para que ele também estivesse.

– Sim – foi tudo o que disse, mas se virou e apertou os olhos para enxergar a ilha que uma grande usurpadora pior do que Napoleão agora tornava interessante aos seus olhos.

– Dê uma boa olhada por Jo e depois conte-me o que você tem feito durante todo esse tempo – disse Amy, sentando-se, pronta para uma boa conversa.

No entanto, não conseguiu o que queria, pois, embora ele tenha se sentado ao seu lado e respondido a todas as suas perguntas livremente, ela descobriu apenas que havia passeado pelo continente e visitado a Grécia. Então, após andarem a esmo durante uma hora, voltaram para casa e, tendo parado para cumprimentar a sra. Carrol, Laurie as deixou, prometendo retornar à noite.

Deve-se registrar que Amy estava intencionalmente elegante aquela noite. O tempo e a ausência haviam trabalhado sobre ambos os jovens. Ela tinha visto seu velho amigo sob uma nova luz, não como “nosso menino", mas como um belo e agradável homem, e tinha um desejo muito natural de parecer bonita para ele. Amy conhecia os seus pontos positivos e os valorizava com gosto e habilidade, o que é uma benção para uma pobre e bela mulher.

Tarlatana e tule eram baratos em Nice, assim Amy se vestia com eles em ocasiões como essas e, seguindo a sensível moda inglesa de vestidos simples para jovens moças, adornava-se encantadoramente com flores frescas, alguns enfeites e todo tipo de adereços delicados, os quais, além de baratos, eram eficientes. Deve-se admitir que o artista às vezes toma posse da mullher, envolvendo-as em antigos penteados, atitudes esculturais e roupagens clássicas. Mas, oh céus, todos temos nossas pequenas fraquezas e é fácil perdoá-las nos jovens, os quais satisfazem nossos olhos com seu esplendor e mantêm nossos corações alegres com suas vaidades naturais.

"Quero que ele pense que pareço bem e fale disso em casa", disse Amy para si mesma, enquanto vestia um velho vestido de baile de seda branca de Flo coberto com um fino tule, do qual seus ombros alvos e sua cabeça dourada emergiam com o mais artístico efeito. Teve a sensibilidade de deixar partes de seu cabelo soltas, após juntar as ondas e os cachos espessos em um coque ao estilo da deusa Hebe.

"Não está na moda, mas é charmoso e não posso me dar a certos luxos", costumava dizer, quando aconselhada a frisar, armar ou fazer tranças, como recomendava o estilo mais recente.

Sem ter bons ornamentos para essa importante ocasião, Amy amarrou a saia felpuda com buquês rosados de azaleia e emoldurou os ombros alvos com delicadas videiras verdes. Lembrando-se das antigas botas pintadas, examinou suas sapatilhas de cetim branco com uma satisfação pueril e desceu, com passos de uma bailarina, para a sala, admirando sozinha seus pés aristocráticos.

"Meu novo leque combina com as flores, as luvas são um charme e a verdadeira renda no *mouchoir* da tia dá uma nova atmosfera a todo o meu vestido. Se pelo menos eu tivesse um nariz e uma boca clássicas, seria perfeitamente feliz", disse analisando-se com um olhar crítico e uma vela em cada mão.

Apesar dessa aflição, Amy parecia inusitadamente feliz e graciosa ao deslizar pelo ambiente. Raramente corria: por ser alta, não combinava com ela, pensava, pois o estilo altivo e digno de Juno[70] era mais adequado do que o despojado ou o provocador. Caminhava para lá e para cá no grande salão enquanto esperava por Laurie e, uma vez acomodada sob o candelabro, que dava um bom efeito ao seus cabelos, pensou melhor e foi para a outra extremidade do salão, envergonhada pelo desejo infantil de ser a primeira imagem visível a quem chega. E não poderia ter feito algo melhor, pois Laurie entrou tão discretamente que ela sequer o ouviu e, enquanto permanecia na janela distante, com sua cabeça meio virada e uma mão segurando o vestido, sua figura esguia e branca contra as cortinas vermelhas teve um efeito tão eficiente quanto uma estátua bem posicionada.

– Boa noite, Diana[71]! – disse Laurie, com o olhar de satisfação que ela gostava de ver em seus olhos quando pousavam sobre ela.

– Boa noite, Apolo[72]! – respondeu ela, retribuindo o sorriso, pois ele também parecia inusitadamente afável, e a ideia de entrar no salão de braço dado com um homem tão atraente fez Amy sentir, do fundo do coração, pena das quatro modestas srtas. Davis.

– Aqui estão suas flores. Eu mesmo as arranjei, e lembrei-me de que não gosta do que Hannah chama "buquê arranjado" – disse Laurie, entregando-lhe um delicado ramalhete, em um suporte que ela há muito cobiçava ao passar diariamente pela janela da Cardiglia.

– Como você é gentil! – exclamou, agradecida. – Se soubesse que você viria, teria aprontado algo para você, embora não tão bonito quanto isso, eu receio.

– Obrigado. Não é o que deveria ser, mas você o melhorou – acrescentou, enquanto ela fechava o bracelete de prata em seu pulso.

– Por favor, não seja assim.

---

[70] Deusa das mulheres, da feminilidade, da fertilidade, do matrimônio e esposa de Júpiter na mitologia romana. (N.E.)

[71] Deusa romana Diana, Ártemis na mitologia grega, é a deusa da caça e da Lua. Filha de Júpiter e Latona, é irmã gêmea de Apolo. (N.E.)

[72] Deus grego da beleza, da juventude e da luz. Filho de Leto e de Zeus, Apolo é associado ao Sol e ao pastoreio. É descrito como um jovem alto e bonito. (N.E.)

– Pensei que você gostasse desse tipo de coisa.

– De você, não; não parece natural e eu gosto mais da sua velha franqueza, Laurie.

– Fico feliz em ouvir isso – respondeu, com um olhar de alívio, abotoando em seguida as luvas dela e confirmando se sua gravata estava aprumada, tal como costumavam fazer quando iam juntos para festas.

Todos reunidos na grande *salle à manger*[73], naquela noite, era algo que não se vê em outro lugar, a não ser no Velho Mundo. Os hospitaleiros americanos convidaram todos os seus conhecidos em Nice e, sem preconceitos quanto a títulos, conseguiram alguns para abrilhantar seu baile de Natal: um príncipe russo dignou-se a sentar-se em um canto durante uma hora e conversar com uma senhora enorme, vestida como a mãe de Hamlet, em veludo preto, com uma brida de pérolas sob seu queixo; um conde polonês, de dezoito anos, dedicou-se às moças, que o declararam "fascinante"; e uma Alteza "Alguma Coisa Serena" e Alemã, que foi sozinho à ceia, vagueava pelo ambiente, buscando o que poderia devorar. O secretário particular do barão Rothschild, um judeu de nariz grande e botas apertadas, irradiava um sorriso agradável para o mundo, como se o nome de seu patrão o coroasse com uma áurea dourada. Um francês parrudo, que conhecia o Imperador, sucumbiu à sua mania de dançar, e Lady Jones, uma matrona inglesa, adornou a cena com sua pequena família de oito componentes. Evidentemente, havia várias garotas americanas de pés ágeis e vozes estridentes, assim como inglesas bonitas, porém sem vida, e algumas *demoiselles* francesas simples, porém provocativas, assim como um típico grupo de jovens cavalheiros viajantes se divertindo muito, enquanto matronas de todas as nações enfileiravam-se nas paredes e sorriam para eles por dançarem com suas filhas.

Qualquer jovem menina pode imaginar o estado de espírito de Amy quando entrou em cena naquela noite, de braço dado com Laurie. Sabia que estava bonita, amava dançar, sentia que seus pés pisavam em terreno conhecido quando estavam em um salão de baile e divertia-se com a sensação de poder das jovens quando descobrem o novo e adorável reino em que nasceram para governar, em virtude de sua beleza, juventude e

[73] "Sala de jantar", em francês. (N.E.)

feminilidade. Ela ficou com pena das meninas Davis, as quais estavam desajeitadas, simples e desprovidas de companhia, com a exceção de um pai irritado e três tias solteiras ainda mais irritadas, e as reverenciou do seu jeito mais amigável quando passou por elas, o que foi bom para si, pois permitiu que vissem seu vestido e ardessem de curiosidade para saber quem poderia ser seu distinto amigo. Com o primeiro acorde da banda, as cores de Amy vieram à tona, seus olhos começaram a brilhar e seus pés batiam no chão impacientemente, pois dançava bem e queria que Laurie soubesse disso. O choque recebido por ela pode ser imaginado mais do que descrito, quando Laurie disse, em um tom perfeitamente tranquilo:

– Considera dançar?

– Normalmente é o que se faz em um baile.

O olhar impressionado e a resposta rápida dela fizeram Laurie perceber seu erro e tentar corrigi-lo o mais rápido possível.

– Quis dizer a primeira dança. Posso ter essa honra?

– Posso conceder uma, se a do conde ficar para depois. Ele dança divinamente, mas não vai se importar, pois você é um velho amigo – disse Amy, esperando que o nome causasse um bom efeito e mostrasse a Laurie que ela deveria ser levada a sério.

"Um garoto polonês bonzinho, porém pequeno demais para conseguir... 'uma filha dos deuses, divinamente alta e ainda mais divinamente bela[74]'."

Foi toda a satisfação que ela conseguiu, no entanto.

O cenário em que se encontravam era composto de ingleses, e Amy foi obrigada a dançar virtuosamente o cotilhão, sentindo o tempo todo como se pudesse dançar a tarantela com gosto. Laurie resignou-a ao "polonês bonzinho" e cumpriu seu dever com Flo, sem garantir a Amy alegrias posteriores, cujo repreensível desejo de premeditação foi devidamente castigado, pois imediatamente ocupou-se até a ceia, sugerindo ceder se ele desse qualquer sinal de penitência. Mostrou a ele sua caderneta de baile com modesta satisfação quando este passeou em vez de se apressar para pedir a ela a próxima dança: uma

[74] Referência ao poeta inglês Alfred Tennyson (1809-1892). (N.E.)

gloriosa polca redova. Mas seu polido arrependimento não a convenceu e, quando galopou para longe com o conde, viu Laurie sentar-se ao lado de sua tia com uma verdadeira expressão de alívio.

Aquilo era imperdoável, e Amy não se preocupou mais com ele por um longo tempo, exceto por uma troca de palavras aqui e ali, quando recorria à sua dama de companhia entre uma dança e outra, para pedir um grampo ou para descansar um pouco. Sua raiva teve um bom efeito, no entanto, e ela a escondeu sob o rosto sorridente e parecia excepcionalmente alegre e radiante. Os olhos de Laurie a seguiam com prazer, pois Amy não exagerava nem diminuía o passo, dançava com ânimo e graça, fazendo daquele delicioso passatempo o que este deveria ser. Ele, muito naturalmente, passou a estudá-la a partir do seu novo ponto de vista e, antes da metade da noite, decidiu que a "pequena Amy se tornaria uma mulher bastante encantadora".

Era uma cena animada, e logo o espírito da temporada social tomou posse de todos, e a alegria do Natal fez todos os rostos se iluminarem, corações se alegrarem e calcanhares flutuarem. Os músicos tocavam seus violinos, metais e percussões com muita animação, todos dançavam o quanto podiam, e aqueles que não podiam admiravam seus vizinhos com incomum cordialidade. O clima estava sombrio entre as Davis, e muitas Jones saltitavam como um bando de jovens girafas. O secretário dourado correu pelo salão como um meteoro, com uma intrépida francesa que atapetou o piso com a cauda de cetim rosa do seu vestido. O sereno teutão encontrou a mesa do jantar e ficou feliz, comendo tranquilamente todo o menu, e assombrou os garçons pela devastação cometida. O amigo do Imperador cobriu-se de glória, pois dançava tudo, sabendo ou não os movimentos, e introduziu piruetas improvisadas quando as pessoas o atrapalhavam. Era encantador observar o abandono imaturo daquele homem corpulento, pois, embora "carregasse um grande peso", dançava como uma bola de borracha: corria, voava, pulava, seu rosto brilhava, sua careca resplandecia, a cauda do seu casaco vibrava sem direção, seus sapatos realmente cintilavam no ar e, quando a música parava, limpava as gotas de suor das sobrancelhas e sorria para os seus amigos, como um Pickwick francês sem óculos.

Amy e seu polonês distinguiam-se com igual entusiasmo, porém com mais agilidade e graça, e Laurie se viu involuntariamente marcando o tempo da subida e descida rítmica das sapatilhas brancas enquanto voavam incansavelmente, como se tivessem asas. Quando o pequeno Vladimir finalmente a soltou, com garantias de que estava "desolado por ter de partir tão cedo", ela estava pronta para descansar e ver como seu infiel cavaleiro havia suportado a punição.

Foi um sucesso, pois às onze da noite os afetos arruinados encontram um bálsamo na companhia amigável, e os nervos jovens ficam empolgados, o sangue jovem dança e os ânimos saudáveis se elevam, sujeitos ao encantamento da beleza, da luz, da música e do movimento. Laurie parecia desperto quando se levantou para ceder a Amy seu assento e, quando se apressou para trazer-lhe o jantar, ela disse para si mesma, com um sorriso de satisfação: "Ah, bem pensei que isso lhe faria bem!".

– Você parece com a *Femme peinte par elle-meme*, de Balzac[75] – disse ele, enquanto a abanava com uma mão e segurava uma xícara de café na outra.

– Meu ruge não sai – e Amy esfregou sua bochecha brilhante e mostrou a ele sua luva branca com uma simplicidade sóbria que o fez dar uma gargalhada.

– Como você chama isso? – perguntou tocando uma dobra do seu vestido que fora levantada sobre seu joelho.

– Ilusão[76].

– É um bom nome. É muito bonito. É algo novo, não é?

– É velho como as colinas. Você já o viu em dezenas de meninas e nunca percebeu que era bonito até agora... *stupide*!

– Nunca vi em você antes, por isso o erro.

– Chega disso, está proibido. Prefiro café a elogios agora. Não, não relaxe, isso me deixa nervosa.

Laurie ajeitou-se e humildemente pegou seu prato vazio, sentindo um prazer estranho em ter a "pequena Amy" dando-lhe ordens, pois ela

[75] Honoré de Balzac (1799-1850), escritor francês, foi um grande retratista da burguesia do século XIX. (N.E.)

[76] *Tule ilusion*: tecido bem fino e transparente. (N.E.)

havia perdido sua timidez e sentia um desejo irresistível de pisoteá-lo. As garotas possuem um jeito prazeroso de fazer isso quando os senhores da criação mostram qualquer sinal de sujeição.

– Onde você aprendeu esse tipo de coisa? – perguntou ele, com um olhar zombeteiro.

– Como "esse tipo de coisa" é uma expressão bastante vaga, poderia por gentileza me explicar? – replicou Amy, sabendo perfeitamente bem o que ele quisera dizer, mas perversamente deixando-o descrever o que era indescritível.

– Bom... a atmosfera, o estilo geral, a autoconfiança, a... a... *ilusão*... você sabe – riu Laurie, desmoronando e saindo do dilema com a ajuda da nova palavra.

Amy estava satisfeita, mas obviamente não demonstrou e, com modéstia, respondeu:

– A vida no estrangeiro nos educa, queiramos ou não. Estudei e me diverti e, quanto a isso... – disse, com um pequeno gesto em direção ao seu vestido – bem, tule é barato, ramalhetes são de graça e estou acostumada a tirar o máximo proveito das minhas coisinhas.

Amy arrependeu-se da última frase, temendo ser de mau gosto, mas Laurie gostou dela ainda mais por isso e flagrou-se admirando e respeitando a corajosa paciência que tirava o máximo das oportunidades e o espírito alegre que cobria pobreza com flores. Amy não sabia por que ele a olhou daquele jeito tão delicado, nem por que preencheu toda sua caderneta com o nome dele e dedicou-se a ela pelo resto da noite do jeito mais agradável; mas o impulso que realizou essa agradável mudança foi o resultado de uma das novas impressões que ambos estavam inconscientemente dando e recebendo.

Deixada de lado

Na França, as jovens garotas têm uma vida sem graça até se casarem, quando "*Vive la liberté!*" passa a ser seu lema. Nos Estados Unidos, como todos sabem, as garotas assinam cedo a declaração de independência e aproveitam sua liberdade com entusiasmo republicano; porém as jovens matronas abdicam ao trono no primeiro herdeiro e iniciam uma reclusão quase tão isolada quanto um convento de freiras francesas, embora de forma nenhuma quietas. Gostem ou não, são virtualmente colocadas de lado tão logo a excitação do casamento acaba, e a maioria delas pode exclamar, como fez uma bela mulher outro dia: "Estou mais linda do que nunca, mas ninguém me nota porque sou casada".

Não sendo uma beldade ou mesmo uma mulher sofisticada, Meg não passou por tal aflição até seus bebês completarem um ano de idade. Em seu pequeno mundo simples, os costumes prevaleceram e ela se viu mais admirada e amada do que nunca.

Como era uma mulherzinha feminina, seu instinto materno era muito forte e estava inteiramente envolvida com os filhos, excluindo tudo e todos que a rodeavam. Cuidava deles dia e noite com incansável devoção e ansiedade, deixando John à terna mercê da ajudante, pois uma senhora irlandesa agora governava o departamento da cozinha. Por ser um homem caseiro, ele decididamente sentia falta das atenções que estava acostumado a receber da esposa, mas, como adorava seus bebês, renunciou com prazer ao conforto por um tempo, presumindo, com masculina ignorância, que a paz logo seria restaurada. Mas três meses se passaram e seu conforto não retornou. Meg parecia cansada e nervosa, os bebês absorviam cada minuto do seu tempo, a casa foi negligenciada, e Kitty, a cozinheira, que levava a vida no ócio, deixava-o em maus bocados. Quando saía de manhã, ficava desnorteado com as pequenas demandas da mamãe em cativeiro, e se chegasse alegre à noite, ansioso por abraçar sua família, era logo frustrado com um: "Shhh!

Eles acabaram de dormir depois de um dia muito agitado". Se propusesse uma pequena diversão em casa... "Não, vai perturbar os bebês." Se mencionasse uma aula ou um concerto, recebia como resposta um olhar reprovador e um decidido: "Deixar meus filhos para me divertir? Jamais!". Nas vigílias da noite, seu sono era interrompido pelo choro dos pequenos e por visões de uma figura fantasmagórica andando para lá e para cá, sem fazer qualquer ruído. Suas refeições eram interrompidas pelas frequentes saídas da mesa da autoridade da casa, deixando-o abandonado caso ouvisse um piado abafado no ninho do andar de cima. E quando ele lia seu jornal à noite, a cólica de Demi entrava na lista das remessas e a queda de Daisy afetava o preço das ações, pois a sra. Brooke estava interessada apenas nas notícias domésticas.

O pobre homem estava muito desconfortável, pois as crianças o haviam desprovido de sua esposa, a casa era um mero berçário e o "shhh" perpétuo o fazia se sentir um intruso perverso sempre que entrava nos arredores sagrados da Bebelândia. Suportou isso pacientemente por seis meses e, como nenhum sinal de mudança apareceu, fez o que outros exilados paternais fazem: tentou encontrar um pouco de conforto fora de casa. Scott havia se casado e sua casa não era distante, então John começou a passar uma ou duas horas lá por noite, enquanto sua própria sala estava vazia e sua esposa cantando canções de ninar que pareciam não ter fim. A sra. Scott era uma moça vivaz e bonita, com nada para fazer além de ser agradável, e era muito bem-sucedida em sua missão. A sala estava sempre brilhante e atrativa, o tabuleiro de xadrez pronto, o piano afinado, havia muitas fofocas joviais e um belo jantar era sempre posto de um jeito tentador.

John teria preferido sua própria lareira se ela não estivesse tão solitária, mas como estava, aceitou satisfeito a segunda melhor opção e aproveitou a companhia do seu vizinho.

Meg aprovou o novo arranjo no começo e se sentiu aliviada por saber que John estava passando bons momentos em vez de dormitar na sala ou perambular pela casa e acordar as crianças. Contudo, com o passar do tempo, quando a preocupação com dentes que nasciam acabou e o ídolos passaram a dormir nas horas corretas, deixando a mamãe com tempo para descansar, ela começou a sentir falta de John e achar sua cesta de costura uma companhia monótona, quando ele não estava sentado no outro lado da sala em seu velho roupão, queimando suas pantufas no guarda-fogo. Não pedia que ficasse em casa, mas sentia-se magoada por ele não perceber que era isso o que queria sem precisar ser dito, esquecendo-se completamente das muitas noites que John ficou esperando por ela em vão. Estava nervosa e exausta da vigília e da preocupação e havia chegado àquele estado de espírito irracional pelo qual as melhores mães ocasionalmente passam quando os afazeres domésticos as oprimem. A falta de ocupação rouba-lhes a alegria, e a devoção em demasia ao ídolo das mulheres americanas, o bule de chá, faz com que se sintam como se fossem apenas nervos e nenhum músculo.

"Sim", ela dizia, olhando para o espelho, "estou ficando velha e feia. John não me acha mais interessante, então deixa sua esposa esmaecida e vai ver sua bela vizinha, que não tem qualquer obrigação. Bem, os bebês me amam, não se importam se estou magra, pálida e não tenho tempo para frisar meu cabelo. Eles são meu conforto e um dia John verá o que sacrifiquei com prazer por eles. Não vai, meus amores?".

Ao comovente apelo, Daisy responderia com um arrulho, ou Demi com outro barulhinho, e Meg deixaria de lado suas lamentações para desfrutar da maternidade, a qual amenizava sua solidão, por enquanto. Mas a dor crescia conforme a política absorvia John, que estava sempre saindo para discutir temas interessantes com Scott, totalmente alheio ao fato de que Meg sentia sua falta. Contudo, não disse uma palavra, até sua mãe a encontrar aos prantos e insistir em saber qual era o problema, pois o abatimento de Meg não escapara à sua observação.

– Não contaria a ninguém, a não ser à senhora, mamãe, mas realmente preciso de um conselho. Se John continuar assim, seria melhor que eu fosse viúva – respondeu a sra. Brooke, secando suas lágrimas no babador de Daisy com um ar magoado.

– Continuar como, minha querida? – perguntou sua mãe, com aflição.

– Ele fica fora o dia todo e, à noite, quando quero vê-lo, frequentemente vai para a casa dos Scott. Não é justo que eu fique com o trabalho mais difícil e nenhuma diversão. Os homens são muito egoístas, mesmo o melhor deles.

– Assim como as mulheres. Não culpe John até perceber onde você também erra.

– Mas não pode estar certo ele me negligenciar.

– Você não faz o mesmo?

– Mamãe, pensei que a senhora ficaria ao meu lado!

– Estou ao seu lado, até onde vai a compaixão; mas acho que a culpa é sua, Meg.

– Não vejo como.

– Deixe-me mostrar a você. John alguma vez a negligenciou, como você diz, enquanto fazia questão de dar a ele sua companhia à noite, seu único tempo de lazer?

– Não, mas não posso fazer isso agora, com dois bebês para cuidar.

– Acho que pode, querida, e acho que deve. Posso lhe falar abertamente, e você se lembrará de que mãe é aquela que censura tão bem quanto agrada?

– Claro que sim! Fale comigo como se eu fosse a pequena Meg de novo. Muitas vezes sinto como se necessitasse de ensinamentos mais do que nunca, pois esses bebês precisam de mim para tudo.

Meg pôs sua cadeira baixa ao lado da cadeira da mãe e, com pequenas interrupções, as duas mulheres balançaram suas cadeiras e conversaram amorosamente, sentindo que o laço de maternidade as unia mais do que nunca.

– Você só cometeu o erro que a maioria das jovens esposas cometem: esqueceu-se do seu dever com o seu marido por conta do amor pelos seus filhos. Um erro muito natural e perdoável, Meg; porém é aquele erro que é melhor ser remediado antes de vocês pegaram caminhos diferentes, pois os filhos deveriam aproximá-los mais do que nunca, não os separar, como se fossem só seus e John não tivesse de fazer nada além de sustentá-los. Tenho percebido isso já tem algumas semanas, mas não falei, acreditando que iria se ajeitar com o tempo.

– Receio que não. Se eu pedir para que não saia, vai pensar que estou com ciúmes, e eu não o insultaria com essa ideia. Ele não vê que preciso dele, e não sei como lhe mostrar sem precisar falar.

– Torne seu lar tão agradável que ele não queira sair. Minha querida, ele sente falta da sua casinha, mas não é um lar sem você, e você está sempre com as crianças.

– Mas não é onde eu deveria estar?

– Não o tempo todo. Muito confinamento a deixa nervosa e por isso não consegue fazer qualquer outra coisa. Além disso, você deve se dedicar a John tanto quanto se dedica aos bebês. Não negligencie seu marido por causa das crianças e não o deixe fora do cuidado dos filhos. Ensine-o como ajudá-la. O lugar dele é ali também, e as crianças precisam dele. Deixe que se sinta parte disso e ele o fará com alegria e devoção, o que será melhor para todos.

– A senhora acha mesmo, mamãe?

– Tenho certeza, Meg, pois já passei por isso, e raramente dou um conselho que não tenha comprovado a eficácia. Quando você e Jo eram pequenas, passei pela mesma situação, sentindo que não estaria cumprindo minhas obrigações se não me dedicasse por inteiro a vocês. O coitado do seu pai mergulhou em seus livros, após eu ter recusado todas as suas ofertas de ajuda, e me deixou sozinha com meu experimento. Fiz o máximo de esforço que pude, mas Jo era demais para mim. Quase a estraguei, fazendo todas as suas vontades. Você era fraquinha e me preocupei tanto que cheguei ao ponto de eu mesma adoecer. Então, seu pai veio em meu socorro, cuidando de tudo calmamente e foi tão útil que percebi logo meu erro. Desde então, nunca mais consegui continuar sem ele. Esse é o segredo da nossa felicidade doméstica. Ele não deixa o trabalho o distanciar dos pequenos cuidados e obrigações que nos afetam, e eu tento não deixar as obrigações domésticas destruírem meu interesse pelos assuntos dele. Cada um faz sua parte sozinho em muitas coisas, mas em casa trabalhamos juntos, sempre.

– É assim mesmo, mamãe, e meu maior desejo é ser para meu marido e meus filhos o que a senhora foi para os seus. Mostre-me como, farei tudo o que disser.

– Você sempre foi minha filha dócil. Bem, querida, se eu fosse você, deixaria John cuidar mais de Demi, pois o menino precisa de treino, e nunca é cedo para começar. Sendo assim, faria o que já propus muitas vezes: deixar Hannah vir ajudá-la. Ela é uma ótima babá e pode confiar seus preciosos bebês a ela enquanto faz mais trabalhos domésticos. Você precisa de prática, Hannah aproveitaria o descanso, e John encontraria sua esposa novamente. Saia mais, mantenha-se alegre e ocupada... você é quem leva o brilho do sol para a família e, se ficar triste, o tempo fecha. Então, eu tentaria me interessar pelo que John gosta: converse com ele, deixe-o ler para você, troque ideias e ajudem-se dessa forma. Não se tranque em uma caixinha só porque é uma mulher, mas entenda o que está acontecendo e eduque-se para assumir seu papel no trabalho do mundo, pois tudo isso afeta você e os seus.

– John é tão sábio, receio que me achará estúpida se perguntar sobre política e coisas desse tipo.

– Não acredito nisso. O amor acoberta muitas faltas, e a quem mais você poderia perguntar com tanta liberdade se não a ele? Tente, e veja se ele não acha sua companhia muito mais agradável do que os jantares da sra. Scott.

– Farei isso. Pobre John! Receio tê-lo negligenciado, infelizmente, mas achava que estava certa e ele nunca disse nada.

– Ele tentou não ser egoísta, mas acho que se sentiu abandonado. A hora é agora, Meg: quando os jovens casados estão prontos para se afastar é, na verdade, o momento quando deveriam estar mais próximos. A ternura inicial logo se desgasta, a menos que se tome cuidado para preservá-la. E nenhuma época é tão bela e preciosa para os pais quanto os primeiros anos das pequenas vidas que lhes são dadas para educar. Não deixe que John seja um estranho para os bebês, pois eles farão mais para mantê-lo seguro e feliz neste mundo de provações e tentação do que qualquer outra coisa e, por meio deles, vocês aprenderão a se conhecer e se amar como deveriam. Agora, querida, adeus. Pense sobre o sermão da mamãe, aja dessa forma se lhe parecer adequado e que Deus abençoe vocês.

Meg pensou de fato sobre o sermão, achou-o bom e agiu como a mãe sugerira, embora a primeira tentativa não tenha saído exatamente como planejado. Evidentemente, as crianças a tiranizavam e governavam a casa tão logo perceberam que ao chutar e berrar conseguiam o que queriam. Mamãe era uma escrava abjeta dos seus caprichos, mas papai não era subjugado tão facilmente e, de vez em quando, afligia sua doce esposa ao aplicar a disciplina paternal com o filho rebelde. Demi herdara um pouco da sua firmeza de caráter, a qual não chamaremos de obstinação, e quando decidia que queria ter ou fazer qualquer coisa, nem todos os cavalos e homens do rei conseguiam mudar sua ideiazinha pertinente. A mamãe pensava que o pequeno era muito jovem para ser ensinado a dominar suas vontades, mas papai acreditava que nunca era cedo para aprender sobre obediência. Assim, o senhor Demi logo descobriu que, quando decidia "bigar" com o "paipai", sempre levava a pior; ainda assim, como um inglês, o bebê respeitava o homem que o dominava e amava o pai cujo o grave "não, não" era mais impressionante do que todos os afagos amorosos da mamãe.

Alguns dias após a conversa com sua mãe, Meg resolveu tentar uma noite social com John. Pediu um bom jantar, organizou a sala, vestiu-se lindamente e colocou as crianças para dormir cedo, para que nada interferisse em seu experimento. No entanto, infelizmente, a vontade indomável de Demi era não querer ir para a cama, e naquela noite decidira tumultuar. A pobre Meg cantou e ninou, contou histórias e tentou todos os artifícios possíveis para o menino dormir, mas tudo em vão: os grandes olhos não fechavam e, muito tempo depois de Daisy ter dormido, como a pequena gordinha generosa que era, o travesso Demi ainda encarava a luz, com a expressão mais desencorajadoramente desperta.

– O pequeno Demi vai ficar quietinho como um bom menino, enquanto mamãe desce para dar chá ao papai? – perguntou Meg, enquanto a porta do vestíbulo se fechava suavemente e passos conhecidos se dirigiam em silêncio à sala de jantar.

– Eu *quer* chá! – disse Demi, preparando-se para se juntar à diversão.

– Não, mas vou guardar uns bolinhos para o café da manhã, se você for nanar como a Daisy. Você vai, querido?

– *Vai*! – e Demi fechou bem os olhos, como se quisesse dormir logo e apressar o dia desejado.

Aproveitando-se do momento propício, Meg saiu e correu para saudar o marido com um rosto sorridente e o pequeno laço azul no cabelo, que ele tanto admirava. Ele o notou imediatamente e disse, com uma surpresa prazerosa:

– Ora, mamãezinha, como está alegre esta noite. Está esperando visita?

– Só você, querido.

– É aniversário, comemoração ou outra coisa?

– Não, estou cansada de ficar desgrenhada, então me vesti melhor, para variar. Você sempre se veste bem à mesa, não importa quão cansado esteja, então por que eu não deveria fazer isso também quando tenho tempo?

– Faço isso por respeito a você, querida – disse o antiquado John.

– Digo o mesmo, sr. Brooke – riu Meg, parecendo jovem e bela novamente, dando-lhe um meneio de cabeça por cima do bule de chá.

– Bem, tudo isso é maravilhoso, como nos velhos tempos. Gosto desse sabor. Bebo à sua saúde, querida – e John bebericou seu chá com um ar de serena empolgação, que durou muito pouco, no entanto. Enquanto pousava sua xícara, a maçaneta da porta girou misteriosamente e uma vozinha foi ouvida, dizendo sem paciência:

– *Abe pota. Quelo enta*!

– É aquele garotinho bagunceiro. Pedi que dormisse sozinho e aqui está ele, prestes a se resfriar nesse frio – disse Meg, atendendo a chamada.

– É de manhã *agola* – anunciou Demi em um tom jovial ao entrar, com sua longa camisola graciosamente enfeitada no braço e cada cachinho solto balançando enquanto saltitava ao redor da mesa, procurando os bolinhos com um olhar adorável.

– Não, ainda não é manhã. Você deve ir para a cama e não perturbar a mamãe. Depois você poderá comer o bolinho com açúcar.

– Eu *amar paipai* – disse o arteiro, preparando-se para escalar o joelho paterno e se divertir com brincadeiras proibidas. Mas John balançou a cabeça e disse a Meg:

– Se você disse a ele para ficar lá em cima e dormir sozinho, obrigue-o a fazer isso ou nunca vai aprender a respeitá-la.

– Sim, claro. Venha, Demi – e Meg levou seu filho, sentindo um forte desejo de dar umas palmadas no pequeno intrometido que pulava ao seu lado, agindo sob a ilusão de que o suborno seria administrado logo que chegassem ao quarto.

Não ficou desapontado, pois a inábil mulher realmente lhe deu um torrão de açúcar, enfiou-lhe na cama e proibiu-o de passear até que a manhã chegasse.

– Sim! – disse Demi, o mentiroso, lambendo todo alegre seu açúcar e considerando bem-sucedida sua primeira tentativa.

Meg voltou para seu lugar, e o agradável jantar estava progredindo quando o fantasminha desceu mais uma vez e expôs as delinquências maternais ao exigir audaciosamente:

– Mais *sucar, mamã*.

– Ah, mas isso não vai dar certo – disse John, endurecendo seu coração em relação ao pequeno pecador. – Jamais ficaremos em paz até esse menino aprender a se comportar bem e ir para a cama na hora certa. Você já se escravizou o suficiente. Dê-lhe uma lição e isso vai acabar. Ponha-o na cama e deixe-o lá, Meg.

– Ele não vai ficar lá, nunca fica se eu não me sento ao seu lado.

– Eu vou cuidar disso. Demijohn, suba agora e fique na sua cama, como mamãe ordenou.

– Não! – respondeu o jovem rebelde, pegando o cobiçado bolinho e começando a comê-lo com uma tranquilidade audaciosa.

– Nunca fale assim com o papai. Irei carregá-lo se você não for por conta própria.

– Sai daqui, não *gosta* do *paipai* – e Demi protegeu-se nas saias da mãe.

No entanto, mesmo esse refúgio provou-se ineficaz; ele estava entregue ao inimigo, com um "Seja carinhoso com ele, John" que assustou o transgressor, pois, quando a mamãe o abandonava, o juízo final estava próximo. Privado do seu bolo, enganado em sua brincadeira e levado por uma mão forte para aquela cama detestável, o pobre Demi não conseguiu conter sua ira, e desafiou abertamente o papai, chutando e gritando vigorosamente escada acima. No minuto em que foi colocado em um lado da cama, rolou para o outro e foi até a porta, apenas para ser capturado ignominiosamente pela cauda da sua pequena camisola e ser posto de volta, e esse intenso espetáculo foi repetido até o jovenzinho perder as forças, quando dedicou-se a berrar o mais alto que conseguiu. O exercício vocal normalmente vencia Meg, mas John sentou-se imóvel como um poste, que se acredita popularmente ser surdo. Sem adulação, sem açúcar, sem canção de ninar, sem história; nem a luz foi acesa, e somente o brilho vermelho do fogo dava vida ao "grande escuro" que Demi via mais com curiosidade do que com medo. Essa nova ordem das coisas não lhe caiu bem, e ele chorou desoladamente pela "*mamã*", pois sua raiva diminuíra e a lembrança da sua terna serva retornou ao cativo autocrata. O lamento queixoso que sucedeu o berro fervoroso chegou até o coração de Meg, e ela subiu as escadas correndo para dizer, em tom de súplica:

– Deixe-me ficar com ele, ele vai ser bonzinho agora, John.

– Não, minha querida. Eu disse que ele deve dormir, como você ordenou, e vai, mesmo que eu fique aqui a noite toda.

– Mas ele vai chorar até ficar doente – apelou Meg, reprovando-se por abandonar seu menino.

– Não vai, ele está tão cansado que logo vai desistir e a questão vai se resolver. Vai entender que precisa obedecer. Não interfira, eu cuido dele.

– Ele é meu filho, e não posso deixar seu espírito ser quebrado por tanta dureza.

– Ele é meu filho, e não permitirei que seu temperamento seja estragado pela indulgência. Desça, minha querida, e deixe o garoto comigo.

Quando John falava naquele tom de superioridade, Meg sempre obedecia e nunca se arrependeu de sua submissão.

– Posso pelo menos dar-lhe um beijo, John?

– Claro. Demi, diga boa-noite para a mamãe e deixe-a descansar. Ela está muito cansada por ter cuidado de vocês o dia inteiro.

Meg sempre insistia que o beijo conquistava a vitória; afinal, depois de recebê-lo, Demi soluçou mais tranquilo e deitou-se quieto, perto do pé da cama, onde se contorcia na angústia do seu espírito.

"Pobre garotinho, está exausto de sono e choro. Vou cobri-lo e sair para acalmar o coração de Meg", pensou John, arrastando-se até a cama, esperando encontrar seu herdeiro rebelde dormindo.

Mas ele não estava, pois no momento em que seu pai deu uma olhada nele, os olhos de Demi abriram, seu queixinho começou a tremer e ele estendeu os braços, dizendo, com um soluço penitente:

– *Vai* ser bonzinho *agola*.

Sentada na escada, Meg refletiu sobre o silêncio que se seguiu ao alvoroço, e depois de imaginar todo tipo de acidentes impossíveis, esgueirou-se para dentro do quarto a fim de acalmar seus medos. Demi estava dormindo profundamente, não como de costume, espalhado na cama, mas de um jeito contido, envolto no braço do pai e segurando seu dedo, como se sentisse que a justiça fora temperada pela misericórdia e que ele fora dormir mais triste, porém mais sábio. Assim, John esperou com uma paciência própria das mulheres até que a mãozinha relaxasse e, enquanto aguardava, adormeceu, mais cansado com aquela contenda com o filho do que com um dia inteiro de trabalho.

Enquanto Meg observava os dois rostos no travesseiro, sorriu para si mesma e, saindo silenciosamente, disse em um tom satisfeito:

"Nunca precisarei ter medo de que John seja muito duro com meus bebês. Ele sabe como lidar com eles e será de grande ajuda, pois cuidar de Demi está ficando muito pesado para mim".

Por fim, quando John desceu, esperando encontrar uma esposa reflexiva ou repreensiva, ficou agradavelmente surpreso por encontrar Meg plácida, costurando uma touca, e ser saudado com um pedido para que lesse algo sobre a eleição, se não estivesse muito cansado. John logo percebeu que algum tipo de revolução estava acontecendo, mas sabiamente não fez qualquer pergunta; conhecia Meg, e ela era uma pessoinha transparente e não conseguia guardar um segredo mesmo para salvar a própria vida, portanto, um indício logo acabaria aparecendo. Leu um longo debate com a mais amável boa vontade e o explicou do seu jeito mais didático, enquanto Meg tentava parecer profundamente interessada, fazendo perguntas inteligentes e evitando que seus pensamentos viajassem do estado da nação para o estado da sua touca. Secretamente, no entanto, decidiu que política era tão ruim quanto matemática, e a missão dos políticos parecia ser xingar uns aos outros, mas manteve aquelas ideias para si e, quando John parou, balançou a cabeça e disse, com o que considerou ser uma ambiguidade diplomática:

– Bem, realmente não sei o que vem por aí.

John riu e a observou por um instante, enquanto fazia uma linda arrumação de renda e flores em sua mão, e olhando isso com o interesse genuíno que o seu discurso havia falhado em depertar.

"Ela está tentando gostar de política por minha causa, então vou tentar e gostar de costura por ela, é o justo a fazer", pensou John, o Justo, acrescentando, em voz alta:

– Isso é muito bonito. É isso que você chama de gorro matutino?

– Meu querido, é uma touca! Minha melhor touca de ir ao concerto e ao teatro.

– Desculpe, é tão pequena, naturalmente confundi com uma daquelas coisas esvoaçantes que às vezes usa. Como você a mantém na cabeça?

– Esses pedaços de renda são abotoados sob o queixo com um botão de rosa, assim... – e Meg demonstrou, colocando a touca e observando-o com um irresistível ar de calma satisfação.

– É um amor de touca, mas prefiro o rosto dentro dela, que parece jovem e feliz de novo – e John beijou o rosto sorridente, para o grande prejuízo do botão sob o queixo.

– Fico feliz que tenha gostado, pois quero que você me leve para um dos novos concertos qualquer noite dessas. Realmente preciso de música para me afinar. Você me leva, por favor?

– Claro que levo, com todo meu coração, e para qualquer outro lugar que quiser. Você está isolada há tanto tempo, vou fazer tudo que você gosta e também vou me divertir com tudo. Quem pôs essa ideia na sua cabeça, mamãezinha?

– Bem, conversei com a mamãe outro dia e disse como estava me sentindo nervosa, irritada e aborrecida. Ela disse que eu precisava de uma mudança e de menos preocupações; Hannah vai me ajudar com as crianças, vou me dedicar mais à casa e, de vez em quando, me divertir um pouco, só para não me tornar uma velha inquieta e desgastada antes da hora. É apenas um experimento, John, e quero tentar por você tanto quanto por mim. Tenho o negligenciado vergonhosamente nos últimos tempos, e vou fazer desse lar o que costumava ser, se eu puder. Você não se opõe, eu espero?

Não importa o que John disse, ou como a pequena touca escapou por muito pouco da ruína total. Tudo o que precisamos saber é que John não pareceu se opor, considerando as mudanças ocorridas, aos poucos, na casa e em seus residentes. Não era um paraíso perfeito, mas todos se beneficiaram com o sistema de divisão do trabalho. As crianças progrediram sob a regra paterna, pois o preciso e firme John trouxe ordem e obediência ao Reino dos Bebês, enquanto Meg recuperou seu ânimo e recompôs seus nervos com muitas ocupações saudáveis, alguma diversão e muitas conversas confidenciais com seu sensível marido. A casa parecia um lar novamente, e John não tinha mais vontade de sair de lá, a menos que levasse Meg consigo. Agora eram os Scott quem visitavam os Brooke e todos achavam a casinha um lugar alegre, cheio de felicidade e amor familiar. Até Sallie Moffatt gostava de ir lá. "Aqui é sempre tão tranquilo e agradável, me faz muito bem, Meg", costumava dizer, olhando Meg com olhos tristes, como se tentasse descobrir o encanto que poderia usar em sua mansão, cheia de uma solidão esplêndida, sem bebês desordeiros nem rostos iluminados, e Ned vivia em um mundo só dele, onde não havia espaço para ela.

Aquela felicidade doméstica não aconteceu de repente, mas John e Meg acharam a chave para isso e, a cada ano de casados, a vida lhes ensinava como usá-la, desvendando os tesouros do amor doméstico verdadeiro e da ajuda mútua que até o mais pobre dos homens pode possuir, mas o mais rico não pode comprar. É esse tipo de lugar em que jovens esposas e mães concordam em ser colocadas, a salvo do desgaste das preocupações e da febre do mundo, encontrando amores leais em filhos e filhas que as abraçam sem medo da tristeza, da pobreza ou da velhice. É onde marido e esposa caminham lado a lado, estando o tempo bom ou tempestuoso, e aprendem, como Meg aprendeu, que o reino mais feliz de uma mulher é o lar e sua maior honra é a arte de governá-lo não como uma rainha, mas como uma sábia esposa e mãe.

O preguiçoso Laurence

Laurie foi para Nice com a intenção de ficar uma semana e passou um mês lá. Estava cansado de perambular sozinho, e a presença familiar de Amy parecia dar um encanto caseiro às paisagens estrangeiras nas quais ela era uma parte. Sentia muita falta dos "mimos" que costumava receber e aproveitou de seu sabor novamente, pois nenhuma atenção de estranhos, mesmo que lisonjeira, era tão agradável quanto a adoração fraternal das meninas em casa. Amy nunca o mimou como as outras, mas estava muito feliz em vê-lo ali e muito apegada a ele, sentindo que era o representante da família querida pela qual ansiava mais do que admitiria. Os dois pareciam naturalmente confortáveis na companhia um do outro e estavam sempre juntos: cavalgando, passeando, dançando ou simplesmente fazendo nada, pois em Nice ninguém se esforçava muito durante a temporada feliz. Contudo, enquanto aparentemente se divertiam do jeito mais despreocupado, estavam, em certa medida, conscientes, fazendo descobertas e formando opiniões um sobre o outro. Amy crescia diariamente na estima de seu amigo, mas a dela por ele diminuía, e cada um sentiu a verdade antes que qualquer palavra fosse dita. Amy tentou agradar e conseguiu, pois ficou grata pelos muitos prazeres que ele lhe dera e os retribuiu com os pequenos serviços aos quais as mulheres mais femininas sabem emprestar um charme indescritível. Laurie, por sua vez, não fez qualquer esforço, apenas deixou-se ficar o mais confortável possível, tentando esquecer seu problema, e sentindo que todas as mulheres lhe deviam uma palavra gentil porque uma delas havia sido fria com ele. Não lhe custou nenhum esforço ser generoso, e daria a Amy todas as quinquilharias de Nice, se ela as quisesse. Entretanto, ao mesmo tempo que sentiu não ser possível mudar a opinião que ela estava formando sobre ele, temeu um pouco aqueles atentos olhos azuis que pareciam observá-lo com uma surpresa meio triste, meio desdenhosa.

– Os demais foram passar o dia em Mônaco. Preferi ficar em casa e escrever cartas. Estão todas prontas agora, e vou para Valrose desenhar, você vem comigo? – disse Amy, ao encontrar Laurie em um dia agradável, enquanto ele relaxava, como de costume, ao meio-dia.

– Bem, sim, mas não está muito quente para uma caminhada tão longa? – respondeu lentamente, já que o salão escuro parecia convidativo em detrimento da claridade do lado de fora.

– Vou usar a pequena carruagem e Baptiste pode conduzi-la, então você não precisará fazer nada além de segurar sua sombrinha e manter suas luvas limpas – respondeu Amy, com um olhar sarcástico para os acessórios imaculados, ponto fraco de Laurie.

– Então irei com prazer – e estendeu a mão para pegar o caderno de desenhos dela. Mas ela o enfiou debaixo do braço com um movimento brusco:

– Não se incomode. Não é nenhum esforço para mim; já para você, parece o contrário.

Laurie ergueu as sobrancelhas e a seguiu com um passo lento enquanto ela descia apressada, mas, quando chegaram à carruagem, ele mesmo pegou as rédeas e deixou ao pobre Baptiste nada para fazer além de cruzar os braços e dormir na boleia.

Os dois nunca brigavam. Amy era muito bem-educada e, naquele momento, Laurie estava muito preguiçoso. Então, em alguns minutos, ele a espiou por sob a aba do chapéu, com ar inquisidor. Ela respondeu com um sorriso, e seguiram juntos da maneira mais amigável.

Foi um passeio adorável ao longo das estradas sinuosas, ricas em paisagens pitorescas, as quais deleitavam os olhos amantes da beleza. Aqui, um antigo monastério, de onde o canto solene dos monges descia até eles. Ali, um pastor com as pernas descobertas, sapatos de madeira, chapéu pontudo e uma jaqueta simples sobre o ombro, assoviando, sentado em uma pedra enquanto suas cabras pulavam entre as rochas ou deitavam a seus pés. Burros mansos e acinzentados, carregados com cestos de grama recém-cortada, passavam por eles, com uma bela menina em um chapéu de abas largas entre as pilhas verdes, ou uma velha senhora fiando em sua roca enquanto caminhava. Crianças morenas, de olhos suaves, saíam das peculiares casinhas de pedra para oferecer ramalhetes ou laranjas que ainda estavam nos galhos. Oliveiras nodosas cobriam as colinas com sua folhagem escura, frutas pendiam douradas no pomar e enormes anêmonas escarlates ladeavam a estrada, e ao fundo, além das encostas verdes e dos penhascos, os Alpes Marítimos surgiam pontudos e brancos com o céu azul italiano em segundo plano.

Valrose merecia o nome que tinha, pois, naquele clima de eterno verão, as rosas desabrochavam em todo lugar. Elas pendiam do arco, surgiam entre as barras do grande portão como uma doce recepção aos passantes e contornavam a avenida, serpenteando entre os limoeiros e as palmeiras emplumadas até a quinta na colina. Cada canto sombreado, onde os assentos convidavam quem passava a parar e descansar, era uma massa de flores a abrir; cada gruta fresca tinha sua ninfa de mármore, sorrindo através de um véu de flores; e cada fonte refletia rosas carmesim, brancas ou de tom rosado pálido, todas suspensas para sorrir à própria beleza. As rosas cobriam as paredes da casa, drapeavam as cimalhas, escalavam os pilares e provocavam motins sobre a balaustrada do amplo terraço, de onde se podia ver o ensolarado Mediterrâneo e a cidade de paredes brancas em sua costa.

– Esse é um paraíso para uma lua de mel, não acha? Você já viu rosas como essas? – perguntou Amy, parando no terraço para apreciar a vista e um luxuoso aroma que chegava até onde estava.

– Não, e nunca senti espinhos como esses – respondeu Laurie, com o polegar na boca após uma ineficaz tentativa de capturar uma flor escarlate solitária, que crescia para além do seu alcance.

– Tente mais abaixo e colha as que não têm espinhos – disse Amy, pegando três pequenas flores cor de creme que decoravam a parede atrás dela.

Colocou-as na botoeira dele, como uma oferta de paz, e ele ficou por um instante olhando para elas com uma expressão curiosa, pois na parte italiana da sua natureza havia um toque de superstição, a qual lhe colocou justamente naquele estado de melancolia meio doce, meio amarga, no qual jovens imaginativos encontram significado em ninharias e alimento para romance em todo lugar. Pensou em Jo ao tentar alcançar a rosa vermelha espinhenta, pois as flores vívidas combinavam com ela, e sempre usava rosas como aquela, vindas da estufa da casa dele. As rosas pálidas dadas por Amy eram como as que os italianos colocam nas mãos dos mortos, nunca em grinaldas de noivas, e por um instante imaginou se o presságio foi para Jo ou para ele mesmo. No instante seguinte, seu senso comum americano superou a sentimentalidade, e deu a mais sincera gargalhada que Amy tinha ouvido desde a chegada dele.

– É um bom conselho, melhor você ficar com elas e poupar seus dedos – disse ela, pensando que seu discurso o havia alegrado.

– Obrigado, vou segui-lo – respondeu em tom de brincadeira, e poucos meses depois o repetiu, mas falando sério.

– Laurie, quando você vai ver seu avô? – perguntou ela, enquanto ajeitava-se em um assento rústico.

– Muito em breve.

– Você disse isso uma dúzia de vezes nas últimas três semanas.

– Talvez as respostas curtas evitem problemas.

– Ele está esperando, e você realmente deveria ir.

– Que criatura hospitaleira você! Eu sei disso.

– Então por que você não faz isso?

– Perversidade natural, suponho.

– Indolência natural, você quer dizer. Isso é realmente terrível! – e Amy parecia brava.

– Não é tão mau quanto parece, eu apenas o atormentaria se fosse. É melhor ficar e atormentá-la mais um pouco, pois você aguenta mais; na verdade, acho que isso combina perfeitamente com você – e Laurie ajeitou-se para relaxar no amplo ressalto da balaustrada.

Amy balançou a cabeça e abriu seu caderno de desenhos com ar de resignação, mas estava decidida a dar um sermão naquele "menino" e, em um minuto, começou de novo.

– O que você está fazendo agora?

– Observando lagartos.

– Não, não. Digo... o que você pretende e deseja fazer?

– Fumar um cigarro, se você permitir.

– Como você é provocador! Não aprovo cigarros e só lhe permito fumar com a condição de me deixar desenhá-lo. Preciso de um modelo.

– Com todo prazer. Como vai me desenhar? De corpo inteiro ou três quartos? Em pé ou de cabeça para baixo? Devo respeitosamente sugerir uma postura reclinada, e você fica na mesma posição e chama a obra de "*Dolce far niente*[77]".

– Fique como está e durma se quiser. Pretendo trabalhar a sério – disse Amy com seu tom mais enérgico.

– Que entusiasmo maravilhoso! – e então apoiou-se em um vaso alto com um ar de total satisfação.

– O que Jo diria se o visse agora? – perguntou Amy impaciente, esperando animá-lo ao mencionar o nome de sua ainda mais enérgica irmã.

– O de sempre: "Vá embora, Teddy. Estou ocupada!".

Ele riu enquanto falava, mas o riso não era natural, e uma sombra passou pelo seu rosto. A pronúncia do nome familiar magoou a ferida que ainda não havia cicatrizado. O tom e a sombra não passaram despercebidos por Amy, pois já os havia visto e ouvido, e olhou para cima a tempo de capturar uma nova expressão no rosto de Laurie: um olhar mais amargo, cheio de dor, descontentamento e lamentação. Foi embora antes que pudesse estudá-lo e o olhar indiferente estava de volta. Ela o observou por um momento com prazer artístico, pensando em como parecia um italiano, enquanto estava deitado deliciando-se ao sol com a cabeça descoberta e os olhos cheios de sonhos meridionais. Ele parecia ter se esquecido dela e caído em um devaneio.

– Você parece a efígie de um jovem cavaleiro dormindo em sua tumba – disse ela, contornando cuidadosamente o perfil bem delineado contra a pedra escura.

– Quem dera fosse!

– É um desejo tolo, a menos que tenha arruinado sua vida. Você está tão mudado, às vezes acho... – Amy parou aí, com um olhar meio tímido, meio triste, mais significativo do que seu discurso inacabado.

Laurie viu e entendeu a ansiedade afetuosa que ela hesitara em expressar e, olhando diretamente em seus olhos, disse, assim como costumava dizer à sua mãe:

– Está tudo bem, senhora.

[77] "Prazer de não fazer nada", em italiano no original. (N.E.)

Aquilo a satisfez e acalmou as dúvidas que começavam a preocupá-la ultimamente. Também a comoveu, e demonstrou pelo tom cordial com que disse:

– Fico feliz em ouvir isso! Nunca achei que você fosse um menino muito mau, mas imaginei que poderia ter desperdiçado dinheiro naquela maléfica Baden-Baden, perdido seu coração para alguma francesa encantadora e casada, ou se metido em uma dessas confusões que homens jovens parecem considerar parte necessária de um passeio no exterior. Não fique aí no sol; venha, deite-se aqui na grama e "vamos ser amigos", como Jo costumava dizer quando ficávamos no canto do sofá e contávamos segredos.

Laurie jogou-se obedientemente na relva e começou a se distrair, colocando margaridas nas fitas do chapéu de Amy.

– Estou pronto para os segredos – e ele olhou para cima com uma expressão firme de interesse em seus olhos.

– Não tenho nenhum para contar. Pode começar.

– Não fui abençoado com nenhum. Pensei que talvez você tivesse notícias de casa...

– Você soube de tudo que aconteceu ultimamente. Não recebe notícias com frequência? Achei que Jo lhe enviasse aos montes.

– Ela está muito ocupada. Não paro em um lugar, então é impossível manter a regularidade, você sabe. Quando vai começar sua grande obra de arte, Rafaela? – perguntou ele, mudando de assunto abruptamente após outra pausa, na qual ficou imaginando se Amy sabia seu segredo e se queria falar sobre isso.

– Nunca – respondeu ela, com um ar desanimado, porém decidido. – Roma sugou toda a minha vaidade. Ao ver as maravilhas de lá, senti-me muito insignificante para viver e desisti de todas as minhas esperanças tolas.

– Por que faria isso, se tem tanta energia e talento?

– Justamente por isso, porque o talento não é genialidade e nenhuma quantidade de energia poderia fazer essa transformação. Quero ser grande ou nada. Não quero ser uma amadora comum, por isso não pretendo continuar tentando.

– E o que você vai fazer agora, se me permite saber?

– Lapidar meus outros talentos e ser um ornamento para a sociedade, se tiver a chance.

Foi um discurso interessante e soou desafiador, mas a audácia combina com os jovens, e a ambição de Amy tinha uma boa base. Laurie sorriu, gostando do ânimo com que ela assumiu um novo propósito quando o outro tão desejado morrera, sem desperdiçar tempo lamentando-se.

– Ótimo! E imagino que é aí onde Fred Vaughn entra.

Amy preservou um silêncio discreto, mas havia um olhar consciente em seu rosto abatido que fez Laurie se sentar e dizer seriamente:

– Agora vou bancar o irmão e fazer perguntas. Posso?

– Não garanto responder.

– Seu rosto dirá se sua língua não o fizer. Você ainda não é uma mulher do mundo o suficiente para esconder seus sentimentos, minha querida. Ouvi rumores sobre você e Fred ano passado, e minha opinião particular é que, se ele não tivesse sido chamado à casa tão de repente e ficado lá tanto tempo, algo teria acontecido, não?

– Não cabe a mim dizer – foi a resposta aborrecida de Amy, mas seus lábios sorriram e havia um brilho traidor em seus olhos, entregando que conhecia seu poder e gostava desse conhecimento.

– Você não está noiva, espero? – e Laurie ganhou ares sérios de irmão mais velho, de repente.

– Não.

– Mas ficará, se ele voltar e ajoelhar-se adequadamente, não é?

– Muito provavelmente.

– Então você gosta do velho Fred?

– Poderia, se tentasse.

– Mas você não pretende tentar até o momento oportuno? Minha nossa, que prudência sobrenatural! Ele é um bom rapaz, Amy, mas não é o homem que eu imaginei que você gostaria.

– Ele é rico, cavalheiro e tem modos agradáveis – começou Amy, tentando ser fria e digna, mas sentindo-se um pouco envergonhada de si mesma, apesar da sinceridade de suas intenções.

– Entendo. As rainhas da sociedade não podem viver sem dinheiro, então pretende achar um bom par e começar a partir daí, certo? Muito correto e adequado, como é o mundo, mas parece estranho vindo dos lábios de uma das filhas da sua mãe.

– É verdade, ainda assim.

Um discurso breve, mas a tranquilidade da decisão com que foi proferido curiosamente contrastava com a jovem oradora. Laurie sentiu isso instintivamente e deitou-se de novo, com uma sensação de desapontamento que não conseguia explicar. Seu olhar e seu silêncio, bem como uma reprovação interior, irritaram Amy e a levaram a dar um sermão sem demora.

– Queria que você fizesse o favor de despertar um pouco para a vida – disse ela, afiada.

– Faça isso por mim, querida.

– Eu poderia, se tentasse – e parecia que gostaria de fazê-lo o quanto antes.

– Tente, então. Tem meu consentimento – respondeu Laurie, que gostava de ter alguém com quem implicar, depois de uma longa abstinência do seu passatempo favorito.

– Você ficaria irritado em cinco minutos.

– Nunca me irrito com você. São necessárias duas pedras para fazer fogo. Você é fria e macia como neve.

– Você não sabe do que sou capaz. Neve arde e formiga, se aplicada corretamente. Sua indiferença é metade afetação, e uma boa sacudidela provaria meu ponto.

– Anime-se, não vai me machucar e vai diverti-la, como disse o grande homem quando sua pequenina esposa bateu nele. Olhe para mim como se eu fosse um marido ou um carpete e bata até cansar, se esse tipo de tarefa a agrada.

Incontestavelmente, Laurie conseguiu provocá-la, e ansiando vê-lo se livrar da apatia que tanto o modificava, Amy afiou a língua e o lápis e começou:

– Flo e eu demos um novo nome a você. É o Preguiçoso Laurence. O que acha?

Pensou que isso o incomodaria, mas ele apenas cruzou os braços sob a cabeça, com um impertubável:

– Isso não é ruim. Obrigado, senhoritas.

– Você quer saber o que honestamente penso sobre você?

– Estou doido para saber.

– Bom, eu o desprezo.

Se ao menos tivesse dito "eu odeio você", em um tom petulante ou de coquete, ele teria rido e até gostado, mas a inflexão grave e quase triste em sua voz fez com que abrisse os olhos e perguntasse rapidamente:

– Poderia me dizer o motivo?

– Porque, com todas as chances de ser bom, útil e feliz, você é imperfeito, preguiçoso e triste.

– Palavras fortes, *mademoiselle*.

– Se você gosta, posso continuar.

– Por favor, continue, é muito interessante.

– Foi o que pensei. Pessoas egoístas sempre gostam de falar sobre si mesmas.

– Eu sou egoísta? – a pergunta escapou sem querer em um tom de surpresa, pois a única virtude pela qual se orgulhava era sua generosidade.

– Sim, muito egoísta – continuou Amy, com uma voz calma e fria, duas vezes mais efetiva do que uma raivosa. – Vou mostrar como, pois o observei enquanto nos divertíamos e não estou nada satisfeita. Você está aqui no estrangeiro há quase seis meses e não fez nada a não ser desperdiçar tempo e dinheiro e desapontar seus amigos.

– Um rapaz não pode ter um pouco de lazer após estudar tanto por quatro anos?

– Não parece ter tido tanto. De qualquer maneira, não se tornou alguém melhor por causa disso, até onde posso ver. Disse quando nos encontramos que você havia melhorado, mas agora retiro tudo: não o acho nem metade tão bom o quanto era quando o deixei em casa. Você ficou abominavelmente preguiçoso, gosta de fofocas e desperdiça seu tempo com frivolidades. Contenta-se em ser mimado e admirado por pessoas tolas, em vez de ser amado e respeitado pelas sábias. Com dinheiro, talento, posição, saúde e beleza, ah, você gosta daquela velha vaidade! Esta é a verdade, e não posso deixar de dizê-la: com todas essas coisas maravilhosas para usar e aproveitar, você não consegue encontrar nada para fazer a não ser ficar ocioso e, em vez de ser o homem que deveria ser, você é apenas... – aqui ela parou, com um olhar cheio de dor e pena.

– São Lourenço[78] em uma grelha – acrescentou Laurie, encerrando brandamente a frase. Mas o sermão logo começou a surtir efeito, pois havia um brilho bastante alerta em seus olhos, e uma expressão meio furiosa, meio magoada, substituía a antiga indiferença.

– Imaginei que aceitaria isso. Vocês, homens, nos chamam de anjos e dizem que podemos fazer o que quisermos de vocês; porém, no instante em que tentamos honestamente transformá-los em pessoas melhores, riem de nós e não nos ouvem, o que prova o quanto vale sua adulação – disse Amy amargamente e virou as costas para o mártir exasperado aos seus pés.

Em um instante, uma mão pousou sobre a página, de forma que ela não pudesse mais desenhar, e a voz de Laurie disse, com uma imitação engraçada de uma criança arrependida:

– Vou ser bonzinho, oh, vou ser bonzinho!

Mas Amy não riu. Estava séria e, batendo com seu lápis na mão que a atrapalhava, disse, sobriamente:

– Você não se envergonha de uma mão como essa? É tão macia e branca como a de uma mulher, e parece que nunca fez nada a não ser calçar as melhores luvas de Jouvin[79] e colher flores para mulheres. Você não é um dândi, graças a Deus, e fico contente em ver que não há diamantes ou grandes anéis distintivos nela, só o velho anelzinho dado por Jo muito tempo atrás. Minha nossa! Queria que ela estivesse aqui para me ajudar!

– Eu também!

---

[78] Santo padroeiro dos cozinheiros. Ele foi condenado a morrer queimado em uma grelha de ferro. (N.E.)

[79] A arte antiga de fabricar luvas tornou-se uma indústria em 1834, quando Xavier Jouvin (1801-1844), um fabricante francês, inventou a matriz de corte que tornava possível uma luva de ajuste preciso. (N.E.)

A mão desapareceu tão de repente quanto surgiu, e sua frase ecoou seu desejo com tanta energia para satisfazer até mesmo Amy. Ela olhou para ele com uma nova ideia em mente, mas Laurie estava deitado com o chapéu cobrindo metade do seu rosto, para fazer sombra, e seu bigode escondia sua boca. Viu apenas o peito subir e descer, com uma longa respiração que poderia ter sido um suspiro, e a mão em que estava o anel afundar-se na grama, como se escondesse algo muito precioso ou terno para ser discutido. Em um instante, várias dicas e pequenos sinais assumiram forma e significado na mente de Amy e contaram a ela o que sua irmã nunca lhe havia contado. Lembrou-se de que Laurie nunca falava deliberadamente de Jo, recordou a sombra em seu rosto há pouco, a mudança em seu humor e o uso do anelzinho velho, um adereço inapropriado para uma mão bonita. As mulheres são rápidas em perceber esses sinais e sentir a eloquência deles. Amy havia imaginado que um possível amor complicado estivesse na base daquela alteração, e agora tinha certeza. Seus olhos atentos marejaram e, quando voltou a falar, foi com uma voz que poderia ser muito suave e bondosa quando assim o desejava.

– Sei que não tenho direito de falar assim com você, Laurie, e se não fosse a pessoa mais doce do mundo, estaria com muita raiva de mim. Mas nós gostamos tanto de você e temos tanto orgulho, e não conseguiria suportar nem sequer a ideia de que poderiam ficar desapontados com você lá em casa, assim como me decepcionei aqui, porém talvez entenderiam essa a mudança melhor do que eu.

– Acho que entenderiam – foi a resposta que surgiu debaixo do chapéu, em um tom aborrecido, tão tocante como magoado.

– Elas deveriam ter me contado e não me deixar falar inadvertidamente e repreendê-lo, quando deveria ter sido mais gentil e paciente do que nunca. Nunca gostei daquela srta. Randal e agora a odeio! – disse a arteira Amy, desejando ter certeza dos fatos dessa vez.

– Não me interessa a srta. Randal! – e Laurie descobriu o rosto tirando o chapéu de cima dele, com um olhar que não deixou dúvida sobre seus sentimentos em relação àquela jovem dama.

– Desculpe, pensei que... – e então ela fez uma pausa diplomática.

– Não, não pensou, você sabia perfeitamente que nunca gostei de ninguém, a não ser de Jo – disse Laurie em seu conhecido e impetuoso tom, virando o rosto enquanto falava.

– Achava que sim, mas como nunca me disseram nada sobre isso, e você foi embora, supus estar enganada. E Jo não foi gentil com você? Eu tinha certeza de que ela amava tanto.

– Ela foi gentil, mas não do jeito certo. E sorte dela por não me amar, já que sou o bom sujeito que não serve para nada, como você pensa. E isso é culpa dela, e pode dizer isso a ela.

O olhar duro e amargo retornou enquanto ele falava, e isso preocupou Amy, pois não sabia qual bálsamo aplicar.

– Eu estava errada, não sabia. Sinto muito ter sido tão rabugenta, mas não posso deixar de querer que lide melhor com isso, Teddy, querido.

– Não me chame assim, este é o nome como ela me chamava! – e Laurie levantou a mão com um gesto rápido para interromper as palavras ditas no tom meio gentil, meio reprovador de Jo. – Espere até você experimentar essa sensação – acrescentou ele em um tom baixo, enquanto arrancava tufos de grama.

– Suportaria isso com bravura e seria respeitada se não pudesse ser amada – disse Amy, com a decisão de quem não sabia nada sobre isso.

Ora, Laurie gabava-se por ter suportado isso notavelmente bem: sem gemer, sem pedir compaixão e levando embora seu problema para vivê-lo sozinho. O sermão de Amy deu nova luz à questão e, pela primeira vez, pareceu realmente fraco e egoísta desistir no primeiro fracasso e fechar-se em uma indiferença mal-humorada. Sentiu como se de repente tivesse acordado de um sonho reflexivo, impossível de ser retomado. Nesse instante, sentou-se e perguntou, lentamente:

– Você acha que Jo me desprezaria como você?

– Se ela o visse agora, sim. Ela detesta gente preguiçosa. Por que você não pensa algo esplêndido que a faça amá-lo?

– Fiz meu melhor, mas foi inútil.

– Formando-se com louvor, é isso? Não foi nada mais do que sua obrigação, pelo seu avô. Teria sido uma vergonha fracassar após gastar tanto tempo e dinheiro, quando todos sabiam que se sairia bem.

– Eu fracassei, diga o que quiser, pois Jo não me ama – começou Laurie, apoiando a cabeça em uma das mãos em uma atitude de profundo desapontamento.

– Não, você não fracassou e vai acabar percebendo isso. Saiu-se bem e provou que pode conquistar as coisas, se tentar. Se pelo menos você se envolvesse com outro tipo de tarefa, logo estaria animado e feliz consigo mesmo de novo e esqueceria seu problema.

– Isso é impossível.

– Tente e veja. Não precisa dar de ombros e pensar: "ela acha que sabe das coisas". Não finjo ser sábia, apenas observo e vejo muito mais do que imagina. Interesso-me pelas experiências e inconsistências das pessoas e, embora não possa explicar como, lembro-me delas e as utilizo em meu próprio benefício. Ame Jo todos os dias, se quiser, mas não deixe que isso o prejudique, pois é nocivo se desfazer de tantos dons apenas por não conseguir o que deseja. Bom, não vou mais dar sermão; sei que você vai despertar e ser um homem, apesar daquela garota de coração duro.

Nenhum dos dois falou por vários minutos. Laurie sentou-se girando o anelzinho em seu dedo, e Amy deu os últimos retoques no esboço apressado no qual estava trabalhando enquanto conversava. Então, ela o colocou sobre o joelho, dizendo, simplesmente:

– Gosta?

Ele olhou e sorriu. Não pôde evitar, afinal era um belo desenho: a longa e preguiçosa figura sobre a grama, com o rosto indiferente, os olhos semicerrados e uma mão segurando um charuto, do qual saía uma espiral de fumaça que circundava a cabeça do sonhador.

– Como você desenha bem! – ele disse, com uma surpresa e um prazer genuínos pela habilidade dela, acrescentando, com um sorriso de canto de boca: – Sim, este sou eu.

– Como você é. E este aqui, como você era – e Amy colocou outro desenho ao lado do que ele segurava.

Esse não foi tão bem feito, mas havia uma vida e um ânimo nele, que compensaram os vários defeitos, e relembrou o passado com tanta vivacidade que uma mudança repentina tomou conta do rosto do jovem enquanto olhava para o desenho. Era apenas um rascunho de Laurie domando um cavalo, sem chapéu nem casaco. Cada linha da figura ativa, do rosto resoluto e da atitude imponente estava cheia de energia e propósito. O belo animal, há pouco dominado, arqueava seu pescoço sob a rédea apertada, com uma pata impacientemente pisando no chão e as orelhas em pé, como se ouvisse a voz daquele que o dominava. A crina desarrumada, os cabelos frescos e a atitude ereta do montador sugeriam um movimento repentinamente contido, e a força, a coragem e o dinamismo jovem contrastavam de um maneira brusca com a graça passiva do desenho *Dolce far niente*. Laurie não disse nada, mas enquanto seus olhos passeavam de uma figura para a outra, Amy notou que ele ruborizou e apertou seus lábios, aceitando a pequena lição dada por ela. Isso a agradou e, sem esperar que ele falasse, disse, do seu jeito alegre:

– Não se lembra do dia que interpretou *Rarey with Puck*[80] para nós? Meg e Beth ficaram assustadas, mas Jo aplaudiu e saltitou, e eu sentei na cerca e desenhei você. Achei esse rascunho na minha pasta outro dia, dei uns retoques e guardei para mostrar a você.

– Muito obrigado. Você melhorou bastante desde então, e eu a parabenizo. Posso me aventurar a sugerir que, no "paraíso para uma lua de mel", às cinco da tarde é a hora do jantar em seu hotel?

Laurie levantou-se enquanto falava, devolveu os desenhos com um sorriso e uma reverência e olhou o relógio, como se quisesse lembrá-la de que mesmo lições de moral deveriam ter um fim. Tentou retomar seu ar relaxado e indiferente de antes, mas havia uma afetação agora, pois o estímulo havia sido mais eficaz do que ele admitiria. Amy sentia o tom de frieza em seus modos e disse para si mesma: "Agora eu o ofendi. Bom, se lhe fez bem, fico feliz; se isso fizer com que me odeie, lamento, mas é a verdade e não posso retirar uma palavra sequer do que disse".

Eles riram e conversaram durante todo o caminho de volta, e o pequeno Baptiste, em pé, atrás, achou que o *monsieur* e a *mademoiselle* estavam encantadoramente animados. Contudo, não estavam nada à vontade. A franqueza amigável foi perturbada, a luz do sol estava

[80] John Solomon Rarey (1827-1866) foi um norte-americano domador de cavalos do século XIX, uma figura importante na reabilitação de cavalos maltratados e violentos durante a década de 1850. (N.E.)

coberta por uma sombra e, apesar da aparente alegria, havia um descontentamento secreto no coração de cada um deles.

– Vamos nos ver esta noite, *mon frère*[81]? – perguntou Amy, ao se despedirem na porta da casa de sua tia.

– Infelizmente, tenho um compromisso. *Au revoir, mademoiselle*[82] – e Laurie inclinou-se para beijar a mão dela, à moda estrangeira, o que combinava com ele mais do que com muitos homens. Algo em seu rosto fez Amy dizer rápida e calorosamente:

– Não, seja você mesmo comigo, Laurie, e despeça-se do bom e velho jeito. Prefiro um caloroso aperto de mão inglês do que todos os cumprimentos sentimentais dos franceses.

– Adeus, querida – e, com estas palavras, pronunciadas no tom que ela gostava, Laurie a deixou, após um aperto de mão que quase doeu de tão firme.

Na manhã seguinte, em vez da visita usual, Amy recebeu um bilhete que a fez sorrir no início e suspirar no fim.

Minha querida mentora,

Por favor, dê meu adieu *à sua tia e festeje, pois "O Preguiçoso Laurie" voltou para o avô, como o melhor dos meninos. Que você passe um inverno agradável, e os deuses lhe concedam uma alegre lua de mel em Valrose! Acredito que Fred seria beneficiado por uma incentivadora. Diga isso a ele, com meus parabéns.*

Grato, Telêmaco[83]

– Bom menino! Fico feliz que tenha ido – disse Amy, com um sorriso de aprovação.

No instante seguinte, seu rosto se entristeceu ao olhar para o quarto vazio, acrescentando, com um suspiro involuntário:

– Sim, estou feliz, mas como sentirei sua falta.

---

[81] "Meu irmão", em francês no original. (N.E.)

[82] "Adeus, senhorita", em francês no original. (N.E.)

[83] Filho de Penélope e Odisseu na mitologia grega. Seu pai o deixou, quando ainda era um bebê, para lutar na Guerra de Troia. (N.E.)

O vale das sombras

Quando a primeira amargura passou, a família aceitou o inevitável e tentou lidar com alegria, ajudando-se uns aos outros com o afeto reforçado que une ternamente os lares em tempos difíceis. Colocaram a tristeza de lado e cada um fez sua parte para que aquele último ano fosse feliz.

O quarto mais agradável da casa foi separado para Beth e nele foi colocado tudo o que mais amava: flores, pinturas, seu piano, a pequena mesa de trabalho e suas amadas bonecas. Os melhores livros do pai encontraram o caminho para chegar ali, a espreguiçadeira da mãe, a mesa de Jo, os melhores desenhos de Amy, e todo dia Meg trazia seus bebês em uma adorável peregrinação para iluminar a titia Beth. John separou secretamente uma pequena soma, para ter o prazer de manter a enferma abastecida com as frutas que amava e desejava. A velha Hannah nunca se cansava de preparar pratos delicados para conquistar um apetite caprichoso, chorando enquanto trabalhava; e do outro lado do oceano vieram pequenos presentes e cartas amorosas, parecendo trazer rajadas de calor e fragrância das terras que não conheciam o inverno.

Ali, adorada como uma santa doméstica em seu altar, Beth sentava-se, tranquila e atarefada como sempre, pois nada poderia mudar sua natureza doce e altruísta e, mesmo após se preparar para abandonar a vida, tentou torná-la mais feliz para aqueles que ficariam para trás. Os dedos frágeis nunca ficavam ociosos e um dos seus prazeres era fazer pequenas coisas para as crianças estudantes que passavam todos os dias para lá e para cá, como jogar um par de luvas pela janela para um par de mãos arroxeadas, uma cartela de agulhas para alguma mãezinha de muitas bonecas, limpa-penas para jovens copistas que trabalhavam em meio a florestas de garranchos, cadernos para olhos amantes de figuras, e todo tipo de objetos agradáveis, até que os relutantes escaladores da escada do conhecimento encontrassem seu caminho coberto de flores e viessem cumprimentar a gentil doadora, um tipo de fada madrinha, que se sentava acima deles, oferecendo presentes miraculosamente adequados aos seus gostos e necessidades. Se Beth quisesse qualquer recompensa, encontraria nos rostinhos iluminados sempre direcionados para sua janela, com meneios e sorrisos, e nas cartinhas engraçadas que chegavam para ela, cheias de rasuras e gratidão.

Os primeiros meses foram os mais felizes, e Beth costumava olhar em volta e dizer "que lindo isso!", quando todos se sentavam juntos em seu quarto ensolarado: os bebês chutando e gemendo no chão, a mãe e as irmãs costurando por perto e o pai lendo, com sua voz agradável, velhos livros sábios que pareciam ricos em palavras boas e confortáveis, tão aplicáveis agora como quando foram escritas séculos atrás. A cena parecia uma pequena capela, onde um padre paternal ensinava ao seu rebanho as duras lições que todos nós temos de aprender, tentando mostrar como a esperança pode confortar o amor e a fé pode tornar possível a resignação. Sermões simples, os quais iam direto para as almas daqueles que os ouviam, pois o coração do pai estava na religião do ministro, e as frequentes falhas na voz conferiam dupla eloquência às palavras que falava ou lia.

Era bom para todos que esse tempo pacífico lhes fosse dado como preparação para as horas tristes que viriam. Pouco tempo depois, Beth disse que a agulha estava "tão pesada", então a largou para sempre. Conversar a cansava, os rostos a confundiam, a dor a reivindicava para si, e seu espírito tranquilo foi tristemente perturbado pelas doenças que atormentavam sua frágil carne. Ah, Deus! Que dias pesados, que noites longas, que corações doloridos e que orações suplicantes, quando aqueles que mais a amavam eram forçados a ver as mãos magras esticadas em direção a eles, implorando, a ouvir o choro amargo "ajudem-me, ajudem-me!" e sentir que não havia como ajudar. Houve um triste eclipse da alma serena e uma luta aguda da jovem vida contra a morte, mas ambos foram misericordiosamente curtos e, então, a rebelião natural acabou e a velha paz retornou mais bela do que nunca. Com a ruína do seu corpo frágil, a alma de Beth se fortaleceu e, embora falasse pouco, aqueles em volta dela sentiram que estava pronta, viram que a primeira peregrina chamada era também a mais adequada e esperaram com ela na praia, tentando ver *Os Iluminados* recebê-la quando cruzasse o rio.

Jo nunca a deixava por mais de uma hora desde que Beth disse "eu me sinto mais forte quando você está aqui". Dormia em um sofá no quarto, acordando frequentemente para renovar o fogo, alimentar, levantar ou cuidar da paciente criatura que raramente pedia alguma coisa e "tentava não ser um problema". Passava o dia todo no quarto, com ciúmes de qualquer outro enfermeiro, e orgulhosa de ter sido escolhida nesse momento mais do que de qualquer honra que a vida jamais pudesse lhe dar. Horas preciosas e úteis para Jo, pois agora seu coração recebia o ensinamento de que precisava. Lições de paciência eram tão docemente ensinadas a ela que não podia deixar de aprendê-las: a caridade para todos, o espírito adorável capaz de perdoar e realmente esquecer uma indelicadeza, a lealdade à obrigação que tornava o difícil fácil e a fé sincera que nada temia, e sim confiava indubitavelmente.

Frequentemente, quando acordava, Jo encontrava Beth lendo seu livrinho desgastado, ouvia-a cantando baixinho, para ajudar na noite insone, ou a via encostar o rosto nas mãos, enquanto lágrimas caiam lentamente pelos dedos translúcidos. Jo ficava observando-a com pensamentos profundos demais para lágrimas, sentindo que Beth, do seu jeito simples e altruísta, estava tentando se afastar da sua adorada vida antiga e se preparar para a vida por vir, por meio de palavras sagradas de conforto, orações silenciosas e músicas que amava tanto.

Testemunhar isso fez mais por Jo do que os sermões mais sábios, os hinos mais santos e as orações mais fervorosas que qualquer voz podia proferir. Com os olhos clarificados por muitas lágrimas e o coração suavizado pela tristeza mais terna, reconheceu a beleza da vida da irmã: sem grandes eventos, sem ambição e, ainda assim, cheia de virtudes genuínas que "cheiram doce e florecem em seu pó[84]"; o esquecimento de si mesma que faz o mais humilde na terra ser lembrado mais cedo no céu, o verdadeiro sucesso possível a todos.

Uma noite, quando Beth olhava os livros sobre sua mesa para encontrar algo que a fizesse esquecer o cansaço mortal, quase tão difícil

[84] Último verso do poema *from Ajax: Dirge*, de James Shirley (1596-1666), dramaturgo e poeta inglês: "Only the actions of the just/ Smell sweet and blossom in their dust"; em tradução livre: "Somente as ações dos justos/ Cheiram doce e florescem em seu pó". (N.E.)

de suportar quanto a dor, encontrou, ao passar as páginas do seu velho *A Viagem do Peregrino*, um papelzinho rabiscado com a letra de Jo. O nome chamou sua atenção e a aparência embaçada das linhas a fez ter certeza de que lágrimas haviam caído ali.

"Pobrezinha da Jo! Está dormindo, então não vou acordá-la para pedir permissão. Ela me mostra todas as suas coisas e não acho que vai se importar se eu vir isso", pensou Beth, olhando de soslaio para a irmã, deitada no tapete, com as pinças da lareira ao seu lado, pronta para acordar no instante em que a lenha partisse.

MINHA BETH

Sentada pacientemente na sombra
Até que a luz abençoada apareça,
Uma presença serena e santa
Santifica nosso lar que não pereça.
Alegrias, esperanças e tristezas terrenas
Como ondas na costa quebram
Do rio profundo e solene
Onde seus pés delicados agora navegam.

Oh, minha irmã, que vai me deixar,
Além do cuidado e dos problemas humanos,
Deixe-me, como um presente, essas virtudes
Que embelezaram sua vida todos esses anos.
Querida, transmita-me essa enorme paciência
Que tem o poder de sustentar
Um espírito alegre e resignado
Em seu cárcere privado sempre a lhe torturar.

Dê-me, pois preciso muito disso,
Dessa destemor, sábio e com sons melodiosos
Que deixou verde o caminho do dever
Sob seus pés audaciosos.
Dê-me essa natureza altruísta

Que com a divina caridade
Pode perdoar os erros em nome do amor...
Coração humilde, perdoe o meu por tanta vaidade!

Assim, nossa despedida diária perde
Algo da sua amarga dor,
E, enquanto aprendo essa difícil lição,
Minha grande perda torna-se meu esplendor.
Pois o toque do sofrimento tornará
Minha natureza selvagem mais serena,
Novas aspirações à vida dará
Uma nova confiança no invisível.

Daqui em diante, segura do outro lado do rio,
Verei mais e eternamente
Um espírito amado e caseiro
Esperando por mim na praia devotamente.
Esperança e fé, nascidas da minha tristeza,
Serão transformadas em anjos da guarda,
E a irmã que se foi antes de mim
Por suas mãos me conduzirá à morada.

Por mais embaçadas e borradas, tortas e modestas que fossem as linhas, estas trouxeram um conforto inexpressivo ao rosto de Beth. Seu único arrependimento era ter feito tão pouco, e aquele poema parecia garantir-lhe que sua vida não havia sido inútil e sua morte não traria o desespero tão temido por ela. Quando se sentou com o papel dobrado entre as mãos, a lenha queimada se despedaçou. Jo acordou, reavivou a chama e arrastou-se até a cama, esperando que Beth estivesse dormindo.

– Não estou dormindo, mas estou tão feliz, querida. Veja, encontrei isso e li. Sabia que não se importaria. Realmente significo tudo isso para você, Jo? – perguntou ela, com uma sinceridade triste e humilde.

– Oh, Beth, tanto, tanto! – e Jo apoiou a cabeça no travesseiro ao lado da irmã.

– Então não sinto como se tivesse desperdiçado minha vida. Não sou tão boa quanto você me descreveu, mas tentei fazer o certo. E agora, quando já é muito tarde para começar a fazer melhor, é um grande conforto saber que alguém me ama tanto e sente como se eu a tivesse ajudado.

– Mais do que qualquer pessoa no mundo, Beth. Costumava pensar que não poderia deixá-la partir, mas estou aprendendo a sentir que não a estou perdendo; você será mais importante para mim do que nunca, e a morte não pode nos separar, embora tenhamos essa impressão.

– Sei que não pode, e não tenho mais medo disso, pois estou certa de que continuarei sendo sua Beth, para amá-la e ajudá-la mais ainda. Você deve assumir o meu lugar, Jo, e ser tudo para o papai e a mamãe quando eu partir. Eles vão recorrer a você. Não falhe com eles e, se for muito trabalho para fazer sozinha, lembre-se: jamais a abandonarei; e tenha certeza, será mais feliz fazendo isso do que escrevendo livros maravilhosos ou visitando o mundo inteiro, pois o amor é a única coisa que podemos levar conosco quando partimos. Isso torna o fim tão fácil.

– Vou tentar, Beth – e nesse momento Jo abdicou de sua antiga ambição, entregando-se a outra nova e melhor, reconhecendo a pobreza de outros desejos e sentindo o consolo abençoado de uma crença na imortalidade do amor.

Assim, os dias primaveris chegaram e passaram, o céu ficou mais claro, o chão mais verde, as flores cresceram cedo e os pássaros voltaram a tempo de dizer adeus a Beth, que, como uma criança cansada, mas confiante, agarrou-se às mãos que a conduziram durante toda sua vida, e pai e mãe a guiaram ternamente pelo Vale das Sombras e lhe entregaram a Deus.

Raramente, a não ser em livros, os moribundos proferem palavras memoráveis, têm visões ou partem com expressões beatificadas; e aqueles que acompanharam muitas almas que partiram sabem que o fim chega tão natural e simples como o sono. Como Beth esperava, a "maré passou calmamente", e na hora sombria, antes do amanhecer, no colo onde respirou pela primeira vez foi também onde tranquilamente o fez pela última, sem qualquer adeus, a não ser um olhar amoroso e um pequeno suspiro.

Com lágrimas, orações e mãos ternas, mãe e irmãs a prepararam para o longo sono, o qual a dor nunca mais arruinaria, vendo com olhos gratos a bela serenidade que logo substituiu a paciência comovente, a qual atormentou seus corações por tanto tempo, e sentindo com alegria reverente que, para a querida Beth, a morte era um anjo benigno, não um fantasma aterrorizante.

Quando a manhã chegou, pela primeira vez em muitos meses o fogo estava apagado; o lugar de Jo, vazio; e o quarto; muito quieto. Contudo, um pássaro cantava alegremente em um galho cheio de flores, as campânulas floresciam vicejantes na janela e o sol da primavera entrava como uma bênção no rosto plácido sobre o travesseiro: um rosto tão cheio de paz indolor, levando aqueles que mais o amaram a sorrir entre lágrimas e agradecer a Deus por Beth estar bem, afinal.

Aprendendo a esquecer

O sermão de Amy fez bem a Laurie, embora, é claro, ele não tenha assumido isso até muito tempo depois. Os homens raramente o fazem, pois quando as mulheres são as conselheiras, os senhores da criação não seguem o conselho até terem se convencido de que era exatamente o que pretendiam fazer. Então, agem de acordo com o conselho e, se der certo, dão à parte mais frágil[85] metade do crédito; se der errado, generosamente dão-lhe por completo. Laurie voltou para seu avô e foi tão dedicado por várias semanas, que o velho cavalheiro declarou que o clima de Nice o tinha melhorado de maneira notável, e seria bom para ele experimentar mais uma vez. Não havia nada que o jovem cavalheiro teria gostado mais; porém nem elefantes conseguiriam arrastá-lo para lá de novo, não depois da reprimenda recebida. O orgulho não permitia e, mesmo que o desejo de ir aumentasse cada vez mais, fortalecia sua resolução repetindo as palavras que haviam causado a marca mais profunda: "Eu desprezo você" e "pense em algo esplêndido que a faça amá-lo".

[85] "As mulheres"; no original, "*weaker vessel*", citação da *Bíblia*: Pedro 3:7. (N.E.)

De tanto revirar o assunto em sua mente, isso logo o levou a confessar a si mesmo que havia sido egoísta e preguiçoso; no entanto, é típico do homem, quando tem uma tristeza, achar que deve ceder a todos os tipos de capricho antes de lidar com suas aflições. Nesse momento, Laurie sentia que o processo de destruição por um amor não correspondido estava praticamente no fim, e embora nunca fosse deixar de ser um fiel enlutado, não havia mais motivo para usar seu traje de luto tão ostentosamente. Jo nunca o amaria, mas fazê-la o respeitar e o admirar fazendo algo por meio do qual provasse que o "não" de uma garota não havia arruinado sua vida. Sempre quis fazer algo, e o conselho de Amy era totalmente desnecessário. Apenas tinha esperado até que a dor já mencionada estivesse apropriadamente enterrada. Feito isso, sentiu que estava pronto para "ocultar seu coração abalado e trabalhar".

Como Goethe[86], quando tinha uma alegria ou uma tristeza, a colocova em uma canção, assim Laurie resolveu embalsamar seu triste amor na música e compor um réquiem[87] que ferisse a alma de Jo e derretesse o coração de quem o ouvisse. Por essa razão, no momento seguinte em que o velho cavalheiro o encontrou inquieto e mal-humorado, mandou-o embora, ele foi para Viena, onde tinha amigos músicos, e dedicou-se ao trabalho com a firme determinação de se distinguir. Mas, fosse a tristeza muito vasta para ser incorporada na música, ou a música muito etérea para desfazer uma tristeza mortal, Laurie logo descobriu que o réquiem estava além de sua capacidade no momento. Era evidente que sua mente ainda não estava funcionando, e suas ideias precisavam clarear, pois muitas vezes, no meio de uma tensão lamentosa, via-se cantarolando uma melodia dançante que relembrava vividamente o baile de Natal em Nice, em especial o francês parrudo, e colocava um empecilho efetivo para a composição trágica.

---

[86] Johann Wolfgang von Goethe (1749-1832) é considerado a maior personalidade da literatura alemã; foi poeta, dramaturgo, romancista e ensaísta. Escreveu grandes obras, como *Os sofrimentos do jovem Werther*, que narra sua forte paixão por Charlotte Buff, noiva de um amigo; e também o poema épico *Fausto*, que a autora cita como canção por ser algo da tradição alemã: versos de poesia musicados. Provavelmente são as referências usadas aqui. (N.E.)

[87] Missa da Igreja Católica para a alma de um falecido. (N.E.)

Então, tentou compor uma ópera, pois nada parece impossível no começo; porém dificuldades imprevistas o assolaram aqui também. Ele queria que Jo fosse sua heroína e recorreu à memória para recordar lembranças ternas e visões românticas do seu amor. Mas a memória o traiu e, como se estivesse possuído pelo espírito perverso da garota, lembrava-se somente das idiossincrasias, dos defeitos e das maluquices de Jo, além de imagens menos sentimentais: a menina batendo tapetes com uma bandana amarrada na cabeça, protegendo-se com a almofada do sofá ou jogando água fria em sua paixão à la Gummidge, e um riso irresistível estragava a imagem pensativa que pretendia criar. Jo não seria colocada na ópera a qualquer preço, então de desistir dela com um: "Essa menina, que tormento ela é!", e um puxão nos cabelos bem adequado a um compositor distraído.

Quando procurou uma donzela menos intratável para imortalizar na melodia, a memória produziu uma com a mais adorável prontidão. Esse fantasma tinha muitas faces, mas tinha sempre cabelos loiros, ficava envolto em uma nuvem diáfana e flutuava como uma pena diante dos olhos da sua mente em um agradável caos de rosas, pavões, pôneis brancos e fitas azuis. Não dera nenhum nome à aparição complacente, mas tomou-a como sua heroína e se apegou bastante a ela, como deveria, dotando-a de todos os talentos e graças sob o sol e escoltando-a incólume pelas provações que teriam aniquilado qualquer mulher mortal.

Graças a essa inspiração, continuou dedicado por um tempo, mas aos poucos o trabalho perdeu seu encanto e se esqueceu de compor, sentando-se meditativamente com a pena na mão ou perambulando pela alegre cidade para ter algumas novas ideias e refrescar a mente, a qual parecia meio instável naquele inverno. Não fez muito, mas pensou bastante e estava consciente de alguma mudança acontecendo, apesar de tudo.

"Talvez seja a genialidade em estado de ebulição. Vou deixá-la ferver e ver o que esta produz", disse, com uma persistente suspeita secreta de que aquilo não era genialidade, mas algo muito mais comum. O que quer que fosse, fervia por algum motivo. Ele ficava cada vez mais descontente com sua vida incoerente, começou a desejar algum trabalho real e sério para o qual se dedicar de corpo e alma e, finalmente, chegou à sábia conclusão de que gostar de música não fazia dele um compositor. Retornando de uma das grandes óperas de Mozart, esplendidamente interpretadas no Teatro Real, olhou para suas composições, tocou algumas de suas melhores partes, sentou-se encarando os bustos de Mendelssohn, Beethoven e Bach, que o encaravam de volta favoravelmente. Então, de repente, rasgou suas partituras, uma a uma, e quando a última delas voou de sua mão, disse sobriamente a si mesmo:

"Ela está certa! Talento não é genialidade e não é possível fazer com que seja. Essa música expulsou a vaidade de mim assim como Roma fez com a dela, e não serei mais uma fraude. Então, o que devo fazer?"

Aquela parecia uma pergunta difícil de responder, e Laurie começou a desejar ter um trabalho para se sustentar. Naquele momento, mais do que nunca, ocorreu uma oportunidade válida para "ir para o inferno", como uma vez expressou com veemência, pois tinha muito dinheiro e nada para fazer, e o diabo é proverbialmente afeito a fazer sua oficina em mentes vazias. O pobre rapaz tinha tentações suficientes, tanto internas quanto externas, mas resistiu a elas muito bem, embora valorizasse a liberdade, valorizava mais a boa-fé e a confiança, assim como a promessa que fez ao avô, e seu desejo de poder olhar honestamente nos olhos das mulheres que o amavam e dizer "está tudo bem" manteve-o firme e seguro.

Muito provavelmente, alguma sra. Grundy irá observar: "Eu não acredito nisso, meninos serão sempre meninos, jovens rapazes semearão a libertinagem, e mulheres não devem esperar por milagres". Sei que não acredita, sra. Grundy, mas é verdade, mesmo assim. Mulheres operam vários bons milagres, e tenho a convicção de que podem até mesmo elevar o padrão da masculinidade ao recusarem ecoar esses dizeres. Deixe os meninos serem meninos, quanto mais tempo melhor, e deixe os jovens rapazes semearem a libertinagem, se precisam fazer isso. Contudo, mães, irmãs e amigas podem colaborar para a colheita ser produtiva e impedir que muito joio se misture ao trigo, acreditando, e demonstrando isso, na possibilidade de lealdade às virtudes, as quais tornam os homens mais homens aos olhos de boas mulheres. Se é uma ilusão feminina, deixe-nos desfrutar dela enquanto podemos, pois sem isso metade da beleza e do romance da vida é perdida, e presságios tristes amargariam todas as nossas esperanças em rapazes corajosos e amorosos, os quais ainda amam suas mães mais do que a si mesmos e não se envergonham de admitir.

Laurie pensou que a tarefa de esquecer seu amor por Jo absorveria todas as suas forças por anos; porém, para sua grande surpresa, descobriu que ficava cada dia mais fácil. Recusou-se a acreditar nisso a princípio, ficou bravo consigo mesmo e não conseguia entender, mas esses nossos corações são coisas curiosas e contraditórias, e o tempo e a natureza concretizam suas vontades, apesar de nossas escolhas. O coração de Laurie não doía. A ferida persistiu na cura com uma rapidez que o impressionou e, ao invés de tentar esquecer, viu-se tentando lembrar. Não percebeu essa mudança e não estava preparado para ela. Estava desgostoso de si mesmo, surpreso com a própria inconstância e cheio de um misto estranho de desapontamento e alívio por conseguir se recuperar tão rapidamente de um golpe tão forte. Cuidadosamente incendiava as brasas do seu amor perdido, mas estas recusavam-se a virar cinzas. Havia apenas um brilho confortável que o aquecia e fazia bem, sem deixá-lo com febre, e ele, apesar de relutante, era obrigado a confessar que a paixão pueril estava aos poucos diminuindo para um sentimento mais tranquilo, muito suave, ainda um pouco triste e ressentido, mas isso passaria com o tempo, restando o afeto fraternal que permaneceria incólume até o fim.

Quando a palavra "fraternal" passou pela sua mente em uma das suas reflexões, sorriu e desviou o olhar para uma imagem de Mozart à sua frente: "Bom, ele era um grande homem e, quando não pôde ter uma das irmãs, casou-se com a outra e foi feliz".

Laurie não pronunciou as palavras, mas pensou nelas e, no instante seguinte, beijou o velho anelzinho, dizendo para si mesmo: "Não, não posso! Não me esqueci e nunca conseguirei. Vou tentar mais uma vez e, se não der certo, então..."

Deixando a sentença inacabada, pegou papel e caneta e escreveu para Jo, dizendo a ela que não poderia se dedicar a nada enquanto houvesse a menor esperança dela mudar de ideia. Ela não poderia, e deixaria que ele voltasse para casa e fosse feliz? Não fez nada enquanto esperava pela resposta, e fez esse nada com eficácia, pois estava em uma febre de impaciência. A resposta chegou finalmente; e, sem dúvida, concentrou seus pensamentos em um ponto: Jo com certeza não poderia e não mudaria de ideia. Estava envolvida demais com Beth e não desejava nunca mais ouvir a palavra amor. Então, implorou que ele fosse feliz com outra pessoa, mas sempre deixasse um cantinho do seu coração para sua amada irmã Jo. Em uma observação final, pediu a ele para não dizer à Amy sobre a piora de Beth, pois ela voltaria para casa na primavera e não havia necessidade de entristecer o restante das suas férias. Seria tempo suficiente, se Deus quiser!; e disse também para que Laurie escrevesse sempre para Amy e não a deixasse se sentir sozinha, com saudade de casa ou ansiosa.

"Farei isso, agora. Pobre garotinha, receio que será uma triste volta para casa", e Laurie abriu sua mesa, como se escrever para Amy fosse a conclusão adequada da sentença inacabada de algumas semanas antes.

No entanto, não escreveu a carta naquele dia, pois enquanto procurava seu melhor papel, viu algo que mudou seu objetivo. Amontoadas em uma parte da mesa, entre contas, passaportes e documentos comerciais de vários tipos, estavam várias cartas de Jo, e em outro compartimento havia três bilhetes de Amy, cuidadosamente amarrados com uma de suas fitas azuis e docemente sugestivos das pequenas rosas mortas guardadas dentro deles. Com uma expressão meio arrependida, meio alegre, Laurie juntou todas as cartas de Jo, passou a mão nelas, dobrou-as e colocou-as em uma pequena gaveta da mesa; ficou um instante girando pensativamente o anel em seu dedo, em seguida, devagar, tirou-o do dedo, colocou-o junto às cartas, trancou a gaveta e saiu para ouvir a Missa Solene de Santo Estevão[88], sentindo como se tivesse ocorrido um funeral e, embora não estivesse sufocado de aflição, parecia-lhe a maneira mais apropriada de passar o resto do dia, em vez de escrever cartas para jovens encantadoras.

[88] Catedral gótica de Santo Estevão, a Stephansdom, em Viena, capital da Áustria. Uma igreja que foi construída sobre uma outra já existente, datada do século XII. (N.E.)

A carta não demorou a ser enviada, no entanto, e foi prontamente respondida, pois Amy estava com saudade de casa e confessou isso a ele de um jeito adorável e confidente. A correspondência progrediu com excelência, e as cartas viajavam para lá e para cá com uma regularidade infalível, durante todo o início da primavera. Laurie vendeu seus bustos, passou a acender a lareira com sua ópera e voltou para Paris, esperando que alguém chegasse em breve. Queria desesperadamente ir para Nice, mas não iria até que fosse chamado, e Amy não o chamaria, pois naquele momento estava tendo suas próprias experiências e preferia evitar os olhos zombeteiros do "nosso menino".

Fred Vaughn havia retornado e fez a pergunta para a qual ela uma vez tinha decido responder: "sim, obrigado"; porém, acabou dizendo: "não, obrigado", gentil e firmemente; pois quando chegou o momento, sua coragem a abandonou e percebeu que era necessário algo mais do que dinheiro e posição para satisfazer o novo desejo dentro de seu coração tão cheio de doces esperanças e medos. As palavras "Fred é um bom rapaz, mas não é o homem que eu imaginava que você gostaria", e o rosto de Laurie quando as pronunciou, continuavam voltando à sua mente tão persistentemente quanto as suas próprias quando disse com o olhar, sem usar palavras: "Devo casar-me por dinheiro". Lembrar-se disso agora a perturbava; queria retirar o que dissera, soava bastante indigno de uma mulher. Não queria que Laurie a imaginasse como uma criatura sem coração, mundana. Agora, desejava ser uma mulher digna de amor, muito mais do que uma rainha da sociedade. Estava muito feliz por ele não a odiar quando disse essas coisas terríveis, e sim tê-las ouvido com tanta compreensão e ter sido mais gentil do que nunca. Suas cartas eram um consolo; as cartas de casa eram muito esporádicas e muito menos satisfatórias do que as dele. Não era só um prazer, mas um dever respondê-las, pois o pobre rapaz estava triste e precisava de carinho, já que Jo insistia em ter um coração de pedra. Ela deveria ter se esforçado e tentado amá-lo. Não poderia ser tão difícil, muitas pessoas se orgulhariam e ficariam felizes por ter um rapaz tão querido gostado delas. Mas Jo nunca agiria como as outras garotas, e não havia nada a fazer senão ser muito gentil e tratá-lo como um irmão.

Se todos os irmãos fossem tratados como Laurie foi nesse período, estes seriam a raça mais feliz entre os seres da Terra. Amy não dava mais sermões, mas perguntava sua opinião sobre todos os assuntos, interessava-se por tudo o que ele fazia, preparava presentinhos encantadores para ele e enviava-lhe duas cartas por semana, cheias de fofocas animadas, confidências fraternais e desenhos cativantes das paisagens adoráveis que a rodeavam. Como poucos irmãos eram felicitados por ter suas cartas carregadas nos bolsos da irmã, lidas e relidas diligentemente, lamentadas quando curtas, beijadas quando longas e guardadas com muito cuidado, não vamos insinuar que Amy fizesse essas coisas delicadas e tolas. Todavia, sem dúvida, ela ficou um pouco pálida e reflexiva naquela primavera, perdera muito do seu gosto pela sociedade e passava bastante tempo desenhando, sozinha. Nunca tinha muito a mostrar quando voltava para casa, mas estava estudando a natureza, arrisco dizer, enquanto sentava-se durante horas, com suas mãos cruzadas, no terraço em Valrose, ou desenhando despreocupadamente qualquer fantasia que lhe ocorresse: um cavaleiro robusto gravado em uma tumba, um jovem dormindo na grama com o chapéu sobre os olhos ou uma menina de cabelos encaracolados muito bem vestida, dançando em um salão de braço dado com um cavalheiro alto, ambos os rostos embaçados, de acordo com a última moda da arte, que era discreta, mas nada satisfatória.

Sua tia pensou que estivesse arrependida da resposta dada a Fred, e como as negações eram inúteis e as explicações, impossíveis, Amy a deixou pensar o que quisesse, tendo o cuidado de que Laurie soubesse da partida de Fred para o Egito. Isso foi tudo, mas ele entendeu e pareceu aliviado, como disse para si próprio, com um ar venerável:

"Tenho certeza de que ela pensou melhor. Coitado do rapaz! Passei por isso e sei o que está sentindo".

Com isso, ele deu um grande suspiro e, então, como se tivesse cumprido seu dever com o passado, apoiou os pés no sofá e deleitou-se com a carta de Amy.

Enquanto essas mudanças aconteciam no estrangeiro, havia problemas em casa. A carta contando que Beth estava morrendo nunca chegou a Amy, e quando a seguinte a encontrou, estava em Vevey, porque o calor os fizera deixar Nice em maio e os levou lentamente para a Suíça, passando por Gênova e pelos lagos italianos. Ela aguentou muito bem; com tranquilidade submeteu-se ao mandamento da família de que não deveria encurtar sua viagem, pois já era tarde demais para se despedir de Beth, e o melhor seria que ficasse e deixasse a distância atenuar sua tristeza. Seu coração, contudo, estava muito pesado, sentia muita falta de casa e todos os dias olhava com tristeza para o lago, esperando que Laurie fosse consolá-la.

Não demorou a ir. O mesmo correio levou cartas para ambos, mas ele estava na Alemanha e passaram-se alguns dias até a carta chegar para ele. No momento em que a leu, fez as malas, disse *adieu* aos colegas de caminhada e partiu para cumprir sua promessa, com o coração cheio de alegria e tristeza, esperança e suspense.

Conhecia Vevey muito bem, e assim que o barco tocou o pequeno cais, correu pela costa até La Tour, onde os Carrols estavam vivendo *en pension*. O garçom ficou desesperado porque toda a família fora passear no lago, mas "não, a *mademoiselle* loira talvez esteja no jardim do *château*. Se o *monsieur* não se incomodar em sentar-se, ela voltará em um instante". Mas o *monsieur* não podia esperar nem "um instante" e, sem deixar o rapaz terminar de falar, partiu para encontrar a *mademoiselle*.

Um belo jardim antigo margeava o adorável lago, com folhas de castanheiros farfalhando acima, trepadeiras escalando tudo e a sombra escura da torre sobre a água ensolarada. Em um canto do muro largo e baixo, havia um banco, onde Amy frequentemente lia, desenhava ou confortava-se com toda a beleza ao seu redor. Passou o dia lá, sentada com a cabeça apoiada em uma mão, o coração cheio de saudade e os olhos pesados, pensando em Beth e imaginando por que Laurie não chegava. Não o ouviu atravessar o gramado nem o viu parar sob o arco que precedia o caminho subterrâneo até o jardim. Ele ficou lá um instante, olhando-a com novos olhos, vendo o que ninguém jamais vira: o lado terno da personalidade de Amy. Tudo ao redor dela sugeria, silenciosamente, amor e tristeza: as cartas rasuradas em seu colo, a fita preta que amarrava seu cabelo, a dor e a paciência femininas em seu rosto. Mesmo a pequena cruz de ébano em seu pescoço parecia comoventes para Laurie, pois foi ele quem lhe dera, e ela a usava como seu único adereço.

Se lhe restavam dúvidas sobre a recepção que ela lhe daria, estas acabaram no momento em que Amy levantou o olhar e o viu, pois deixou tudo cair, correu até ele, exclamando em um tom inconfundível de amor e saudade:

– Oh, Laurie, Laurie, eu sabia que viria me encontrar!

Acho que tudo foi dito e acertado naquele instante, pois ficaram juntos em silêncio por um momento, com a cabeça castanha inclinada, protegendo a loira, Amy sentiu que ninguém conseguiria confortá-la e apoiá-la tão bem quanto Laurie, e Laurie decidiu que Amy era a única mulher no mundo que poderia preencher o lugar de Jo e fazê-lo feliz. Ele não lhe disse nada disso, mas ela não ficou desapontada, pois ambos sentiram a verdade, ficaram satisfeitos e deixaram alegremente o resto para o silêncio.

Em um instante, Amy voltou ao seu lugar e, enquanto enxugava as lágrimas, Laurie juntou os papéis espalhados, encontrando bons augúrios entre várias cartas muito gastas e desenhos sugestivos. Quando se sentou ao lado dela, Amy voltou a ficar tímida e corou ao relembrar sua saudação impulsiva.

– Não pude evitar, estava me sentindo tão sozinha e triste e fiquei tão feliz ao vê-lo. Foi uma grande surpresa levantar o olhar e encontrá-lo, logo quando eu estava começando a temer que não viesse – disse ela, tentando, em vão, falar com naturalidade.

– Vim no instante em que soube. Queria poder dizer algo para lhe confortar pela perda da pequena Beth, mas posso apenas sentir... – ele não conseguiu ir adiante, pois também ficou envergonhado de repente e não sabia muito bem o que dizer. Queria muito deitar a cabeça de Amy em seu ombro e dizer-lhe que chorasse, mas não se atreveu e, em vez disso, pegou sua mão e apertou-a solidariamente, o que foi melhor do que qualquer palavra.

– Você não precisa dizer nada, isso já me conforta – disse ela suavemente. – Beth está bem e feliz, e não devo desejar sua volta, mas sofro em pensar na volta para casa, mesmo quando anseio por encontrar todos os outros. Não vamos falar sobre isso agora, pois isso me faz chorar e eu quero desfrutar da sua presença enquanto está aqui. Você não precisa voltar logo, não é?

– Não se você quiser que eu fique, querida.

– Eu quero, muito. Titia e Flo são muito boas comigo, mas você é como se fosse alguém da minha família e seria tão confortável tê-lo aqui por um tempo.

Amy falava como uma criança saudosa cujo coração estava tão cheio que logo Laurie esqueceu a timidez e deu a ela exatamente o que queria: o carinho com o qual estava acostumada e a conversa da qual necessitava.

– Pobrezinha, você ficou tão triste que parece até doente! Vou cuidar de você, portanto não chore e venha caminhar comigo, o vento está muito frio para ficar aqui – disse ele, meio preocupado, meio dominador, como ela adorava, enquanto amarrava o chapéu dela, dava-lhe o braço e começava trilhar o caminho ensolarado sob os castanheiros com folhas novas. Laurie sentiu-se mais à vontade de pé, e Amy achou bom ter um braço forte para se apoiar, um rosto familiar a lhe sorrir e uma voz gentil para conversar agradavelmente somente com ela.

O pitoresco jardim antigo já abrigara muitos casais e parecia expressamente feito para isso, de tão ensolarado e isolado que era, sem nada além da torre a observá-los e o grande lago levando o eco das palavras em suas ondas. Durante uma hora, o novo casal caminhou e conversou, ou descansou no muro, aproveitando os doces detalhes que davam certo encanto ao momento e ao lugar. Quando uma nada romântica campainha chamando para o jantar os alarmou, Amy sentiu como se deixasse o peso da solidão e tristeza para trás no jardim do *château*.

No momento em que a sra. Carrol viu o rosto alterado da menina, iluminou-se com uma nova ideia e exclamou para si mesma: "Agora entendi tudo... a menina queria o jovem Laurence. Meu Deus! Nunca pensei em uma coisa dessas!".

Com uma discrição louvável, a boa senhora não disse nada e não revelou qualquer sinal de que havia percebido algo, mas cordialmente pediu a Laurie para ficar e implorou à Amy para aproveitar a companhia dele, pois faria mais bem a ela do que tanta solidão. Amy era um modelo de docilidade, e assim como sua tia estava muito ocupada com Flo, ela se ocupou do seu amigo e fez isso com mais sucesso do que o habitual.

Em Nice, Laurie esteve ocioso e Amy o havia repreendido. Em Vevey, Laurie nunca esteve desocupado, sempre caminhando, cavalgando, remando ou estudando da maneira mais vigorosa, enquanto Amy admirava tudo o que ele fazia e seguia o seu exemplo do jeito que podia. Ele disse que a mudança era por conta do clima, e ela não o contrariou, feliz com uma desculpa semelhante para sua própria recuperação de saúde e ânimo.

O ar revigorante fez bem a ambos e a quantidade de tarefas produziu mudanças saudáveis em suas mentes, assim como em seus corpos. Eles pareciam ter visões mais claras da vida e das obrigações ali entre as colinas eternas. Os ventos frescos levaram embora as dúvidas que os desanimavam, as fantasias ilusórias e as nuvens de mau humor. O sol quente da primavera trouxe todo tipo de ideias ambiciosas, esperanças ternas e pensamentos felizes. O lago parecia lavar os problemas do passado e as grandes e antigas montanhas olhavam para eles com benevolência, dizendo: "Crianças, amem-se".

Apesar da nova tristeza, foi uma época muito feliz, tão feliz que Laurie não queria perturbá-la com uma palavra sequer. Foi preciso algum tempo para que se recuperasse da surpresa pela cura do seu primeiro e, como ele firmemente havia acreditado, último e único amor. Consolou-se pela aparente deslealdade com a ideia de que a irmã de Jo era quase a própria Jo e com a convicção de que teria sido impossível amar outra mulher tanto e tão logo a não ser Amy. Seu primeiro cortejo havia sido do tipo tempestuoso, e o via em retrospectiva, como se tivesse acontecido muitos anos atrás e com uma sensação de compaixão misturada com arrependimento. Não se envergonhava, mas deixou-o de lado como uma das experiências agridoces da sua vida, pela qual poderia ser grato quando a dor passasse. Seu segundo cortejo, decidiu ele, deveria ser o mais calmo e simples possível. Não havia necessidade de fazer uma cena, muito menos a de dizer a Amy que a amava, pois ela sabia disso mesmo sem palavras e já havia dado sua resposta tempos atrás. Tudo aconteceu tão naturalmente que ninguém poderia reclamar, e sabia que todos ficariam satisfeitos, inclusive Jo. Mas quando nossa primeira paixãozinha é destruída, ficamos cautelosos na segunda tentativa, e Laurie deixou os dias passarem, aproveitando cada momento e deixando para o acaso a tarefa de proferir a palavra que poria fim à primeira e mais doce parte desse novo romance.

Ele imaginou que o desenlace ocorreria no jardim do *château*, sob o luar, do modo mais gracioso e decoroso, porém aconteceu exatamente o contrário, pois a questão foi resolvida no lago, de dia, com palavras breves e incisivas. Remaram pela manhã, da sombria Saint-Gingolph à ensolarada Montreux, com os Alpes de Savoia de um lado, o Grand Saint Bernard e o Dent du Midi do outro, a bela Vevey no vale e Lausanne na colina, um céu azul e sem nuvens acima, e o lago ainda mais azul abaixo, pontilhado de barcos pitorescos que pareciam gaivotas de asas brancas.

Conversaram sobre Bonnivard, enquanto deslizavam pelo Chillon, e sobre Rousseau, enquanto olhavam para Clarens, onde ele escreveu sua Heloísa[89]. Nenhum dos dois havia lido a obra, mas sabiam que era uma história de amor e imaginaram, em particular, se seria tão interessante quanto a deles. Amy chafurdava a água com a mão durante uma pequena pausa na conversa e, quando levantou a vista, Laurie estava inclinado sobre os remos, com uma expressão nos olhos que a fez dizer, abruptamente, só para falar algo:

– Você deve estar cansado. Descanse um pouco e deixe que eu remo. Vai me fazer bem, pois desde a sua chegada tenho estado preguiçosa e indolente.

– Não estou cansado, mas pode pegar um remo se quiser. Há espaço suficiente, embora eu tenha de me sentar quase no meio, ou o barco não se estabiliza – respondeu Laurie, como se preferisse assim.

---

[89] François Bonivard (1493-1570), patriota de Genebra, o herói do poema de Lord Byron *O Prisioneiro de Chillon*. Jean-Jacques Rousseau (1712-1778), filósofo, escritor e teórico político nascido na Suíça, cujos tratados e romances inspiraram os líderes da Revolução Francesa e a geração romântica. O seu romance epistolar *Julie ou La nouvelle Heloise* lançado em 1761, foi muito popular no século XVIII. (N.E.)

Sentindo que não havia melhorado muito as coisas, Amy sentou-se no terço que lhe fora oferecido, tirou os cabelos do rosto e aceitou um remo. Remava tão bem quanto fazia muitas outras coisas e, embora usasse ambas as mãos, e Laurie, apenas uma, os remos alinharam-se e o barco navegou suavemente.

– Como fazemos isso bem juntos, não é? – disse Amy, que se opôs ao silêncio naquele momento.

– Tão bem que o meu desejo é remar para sempre no mesmo barco que você. Você aceita, Amy? – disse com ternura.

– Sim, Laurie – respondeu, com a voz bem baixinha.

Ambos pararam de remar e, inconscientemente, acrescentaram um pequeno e lindo cenário de amor e felicidade humanos à paisagem dissolvida no reflexo do lago.

Completamente sozinha

Foi fácil prometer abnegação quando estava totalmente envolvida com outra pessoa, e o coração e a alma estavam purificados por um doce exemplo. No entanto, quando a voz prestativa calou-se, a lição diária acabou, a presença amada partiu e nada permaneceu a não ser a solidão e a tristeza, Jo percebeu que sua promessa seria muito difícil de cumprir. Como poderia "confortar papai e mamãe" se seu próprio coração doía com uma saudade incessante da irmã? Como poderia "tornar a casa um lugar alegre" se toda a sua luz, calor e beleza pareciam ter ido embora quando Beth deixou a velha casa para morar na nova? E onde no mundo poderia "encontrar algum trabalho útil e feliz" que tomasse o lugar do amado serviço que fora sua própria recompensa? Jo tentou de modo cego e desesperançado cumprir sua obrigação, rebelando-se secretamente contra esta o tempo todo, pois parecia injusto que suas poucas alegrias fossem diminuídas, seus fardos pesassem ainda mais e a vida ficasse cada vez mais difícil enquanto trabalhava. Algumas pessoas pareciam reter toda luz e outras, toda sombra. Não era justo. Ela, mais do que Amy, tentou ser boa, e nunca recebeu qualquer recompensa, a não ser decepções, problemas e trabalhos difíceis.

Pobre Jo, aqueles foram dias sombrios. Algo como o desespero caía sobre ela quando pensava que iria passar a vida toda naquela casa tranquila, dedicada a tarefas enfadonhas, a alguns pequenos prazeres e às obrigações que nunca pareciam diminuir. "Não posso fazer isso. Não nasci para levar essa vida, e sei que vou fugir e tomar alguma atitude desesperada se ninguém me ajudar", disse para si mesma, quando seus primeiros esforços fracassaram e caiu em um estado de irritação para a tristeza que frequentemente aparecia quando fortes desejos tinham de ceder ao inevitável.

Contudo, alguém realmente a ajudou, embora Jo não reconhecesse seus bons anjos de imediato, já que tomavam formas conhecidas e usavam feitiços mais adequados para a simples humanidade. Frequentemente, despertava à noite, pensando que Beth a havia chamado e, quando a imagem da caminha vazia a fazia chorar com o pranto amargo da tristeza insubmissa, "Oh, Beth, volte! Volte!", ela não esticava seus braços ansiosos em vão. Assim que ouvia seu soluço, como se tivesse ouvido o sussurro fraco de outrora, sua mãe vinha para confortá-la, não apenas com palavras, mas com a ternura paciente que acalma a um toque, lágrimas que eram lembretes silenciosos de uma tristeza maior que a de Jo, e sussurros interrompidos, mais eloquentes do que orações, porque a resignação esperançosa caminhava de mãos dadas com a tristeza natural. Esses momentos sagrados transformavam a aflição em uma bênção que diminuía a tristeza e fortalecia o amor quando os corações conversavam no silêncio da noite. Sentindo isso, o fardo de Jo parecia mais fácil de carregar, as obrigações pareciam mais doces e a vida, mais suportável, vista a partir do abrigo seguro que eram os braços da mãe.

Quando o coração sofrido estava um pouco reconfortado, a mente perturbada também encontrou ajuda. Um certo dia, foi para o gabinete e, apoiando-se na cabeça grisalha que se levantara para recebê-la com um sorriso suave, disse, muito humildemente:

– Pai, fale comigo como o senhor fazia com Beth. Preciso disso mais do que ela precisava, pois não estou nada bem.

– Minha querida, nada poderia me confortar mais do que isso – respondeu ele, com a voz vacilante e os braços em torno dela, como se também precisasse de ajuda e não temesse pedir por isso.

Então, sentada na cadeirinha de Beth ao lado dele, Jo contou-lhe seus problemas, a tristeza ressentida por sua perda, os esforços inúteis que a desencorajavam, a falta de fé que tornava sua vida tão sombria e toda a tristeza desconcertante a que chamamos desespero. Ela deu ao pai total confiança, ele deu à filha a ajuda de que precisava, e ambos encontraram consolo no ato. Havia chegado o momento em que eles podiam conversar não só como pai e filha, mas também como homem e mulher, capazes e felizes de ajudarem um ao outro com empatia e amor mútuo. Foram momentos felizes e reflexivos ali, no velho gabinete, o qual Jo chamava de "a igreja de um só membro" e do qual saía com a coragem renovada, a alegria recuperada e o espírito mais conformado. Os pais que ensinaram uma filha a encontrar a morte sem medo tentavam agora ensinar a outra a aceitar a vida sem desânimo ou desconfiança e a aproveitar suas belas oportunidades com gratidão e força.

Jo teve outras ajudas: deveres e prazeres humildes e saudáveis que não negaram seu papel em servi-la, os quais aos poucos aprendeu a ver e valorizar. Vassouras e panos de prato nunca mais foram tão desagradáveis quanto antes, pois Beth costumava cuidar deles, e algo de seu espírito de dona de casa parecia pairar em torno do pequeno esfregão e da velha escova, nunca jogados fora. Enquanto os utilizava, Jo se viu cantarolando as músicas que Beth costumava cantarolar, imitando os modos organizados dela e dando os pequenos retoques aqui e ali para manter tudo fresco e aconchegante. Era o primeiro passo para tornar o lar feliz, embora não soubesse disso até Hannah dizer com um aprovador aperto de mão:

– Criaturinha pensativa, você está determinada a não nos fazer esquecer daquele querido carneirinho. Não dizemos muito, mas estamos vendo, e o Senhor vai abençoá-la por isso, vai sim.

Quando sentavam-se para costurar juntas, Jo descobria o quanto Meg melhorara, como falava bem, como sabia sobre impulsos, pensamentos e sentimentos femininos, como estava feliz com seu marido e seus filhos, e o quanto todos eles estavam fazendo um pelo outro.

– O casamento é algo excelente, afinal. Pergunto-me se desabrocharia ao menos tão bem quanto você, se tentasse; sempre "persistindo", acho que conseguiria – disse Jo, enquanto confeccionava uma pipa para Demi no quarto bagunçado das crianças.

– É exatamente o que você precisa para expor a ternura feminina da sua natureza, Jo. Você é como o fruto de um castanheiro, espinhoso por fora, mas macio como seda por dentro; e uma castanha doce, se alguém conseguir chegar até ela. O amor vai fazê-la mostrar seu coração um dia e, então, o fruto duro irá cair.

– O frio abre os difíceis frutos do castanheiro, senhora, e é preciso balançar muito para que caiam.– respondeu Jo, passando cola na pipa que nenhum vento conseguiria levantar, pois Daisy amarrara o brinquedo em si mesma como uma rabiola.

Meg riu, pois estava feliz em ver um vislumbre do velho espírito de Jo. Mas sentiu-se na obrigação de reforçar sua opinião com todos os argumentos que tinha, e as conversas entre as irmãs não foram desperdiçadas, especialmente porque o mais efetivo dos argumentos de Meg foram os bebês, a quem Jo amava tanto. A tristeza é o melhor caminho para abrir alguns corações, e o de Jo estava quase pronto. Um pouco mais de luz amadureceu o fruto; então, não o balançar impaciente de um menino, mas a mão de um homem o alcançou para tirar-lhe gentilmente a dura casca e encontrar a castanha perfeita e doce. Se ela suspeitasse disso, teria se fechado e sido mais espinhosa do que nunca; porém, felizmente, não estava pensando em si, e quando chegou a hora, o fruto caiu.

Ora, se fosse a heroína de um livro de histórias com lição de moral, Jo deveria, nesse momento da vida, ter se tornado praticamente uma santa, renunciado ao mundo e fazendo boas ações com uma pesarosa touca e panfletos no bolso. Mas, vejam bem, Jo não era uma heroína; era apenas uma garota humana e esforçada, assim como centenas de outras, e agia de acordo com sua natureza, ficando triste, irritada, indiferente ou enérgica, conforme o humor sugerisse. É muito honrado dizer que seremos bons, mas não nos é possível fazer isso de uma só vez;

é preciso ter um impulso, um forte e grandioso impulso, antes que alguns de nós sequer coloquemos os pés no caminho certo. Jo havia chegado até certo ponto, estava aprendendo a cumprir suas obrigações e a se sentir infeliz caso não as fizesse, mas cumpri-las com alegria, ah, isso era outra coisa! Dizia com frequência que queria fazer algo esplêndido, não importava o quão difícil fosse, e agora tinha seu desejo realizado, pois o que poderia ser mais bonito do que dedicar a própria vida ao pai e à mãe, tornando o lar tão feliz para eles quanto o tinham feito para ela? E se as dificuldades eram necessárias para aumentar o esplendor de seu esforço, o que poderia ser mais difícil para uma garota incansável e ambiciosa do que desistir das próprias esperanças, dos próprios planos e desejos, e com alegria viver para os outros?

A Providência havia levado ao pé da letra as palavras de Jo. Aqui estava a tarefa, não a que esperava, mas ainda melhor, pois não lhe dizia respeito. Agora, ela poderia fazer isso? Decidiu por tentar e, em sua primeira tentativa, encontrou toda a ajuda que eu tinha sugerido. Outra tarefa ainda lhe foi atribuída, e ela aceitou isso, não como uma recompensa, mas como um consolo, da mesma forma como um cristão aceitou o descanso proporcionado pela pequena árvore onde descansava, enquanto subia a colina chamada Dificuldade[90].

– Por que você não escreve? Isso costumava fazê-la feliz – disse sua mãe uma vez, quando Jo se encontrava em completo desânimo.

– Não tenho ânimo para escrever e, mesmo se tivesse, ninguém se importa por minhas coisas.

– Nós nos importamos. Escreva algo para nós e esqueça o resto do mundo. Tente, querida. Tenho certeza de que isso lhe fará bem, e nos agradará bastante.

– Não acredito que consiga.

No entanto, Jo foi para sua mesa e começou a revisar seus manuscritos inacabados.

Uma hora depois, sua mãe foi espiá-la e lá estava ela, escrevendo, vestida em seu avental preto e com uma expressão concentrada, o que

[90] Alcott volta a mencionar Cristão, do livro *O peregrino*, de John Bunyan. (N.E.)

fez a sra. March sorrir e sair em seguida, bastante contente com o sucesso de sua sugestão. Jo nunca soube como aconteceu, mas algo naquela história atingiu em cheio os corações de quem a leu; e depois de sua família ter rido e chorado, seu pai enviou o manuscrito, muito contra a vontade da autora, para uma das revistas mais populares, e grande foi sua surpresa, pois a história não somente foi paga, como também pediram-lhe para escrever outras. Chegaram cartas de variadas pessoas após a publicação da pequena história, cujos elogios foram uma honra; jornais a reproduziram, e tanto estranhos quanto amigos admiraram a sua narrativa. Para algo tão pequeno, foi um grande sucesso, e Jo estava mais estupefata do que quando seu romance foi comentado e condenado ao mesmo tempo.

– Não entendo. O que pode haver em uma simples historiazinha como essa para fazer as pessoas a elogiarem tanto? – disse ela, bastante intrigada.

– Há verdade, Jo, esse é o segredo. Humor e *páthos*[91] dão vida à sua história, e você finalmente encontrou seu estilo. Não escreveu com intenção de ficar famosa ou ganhar dinheiro e colocou todo seu coração nisso, minha filha. Você atravessou a amargura e agora chegou na alegria da recompensa. Faça seu melhor e seja tão feliz quanto nós estamos com seu sucesso.

– Se há algo bom ou verdadeiro no que escrevo, não é meu. Devo tudo ao senhor, à mamãe e Beth – disse Jo, mais comovida pelas palavras do pai do que por qualquer elogio do mundo.

Assim, ensinada pelo amor e pela tristeza, Jo escreveu suas pequenas histórias e as publicou para que fizessem amigos por si mesmas e por ela, descobrindo nelas um mundo muito caridoso para tais viajantes humildes, pois estas eram gentilmente recebidas e enviavam sinais de conforto para a mãe delas, como filhas obedientes a quem a boa sorte alcança.

---

[91] Na literatura, na música, na representação artística e em outras formas de expressão, assim como na própria vida, o poder de evocar piedade, compaixão, tristeza, etc. – dicionário Michaelis. (N.E.)

Quando Amy e Laurie escreveram contando sobre o noivado deles, a sra. March temeu que Jo tivesse dificuldades em se alegrar com isso, mas seus medos logo foram eliminados. No entanto, embora Jo parecesse séria a princípio, recebeu a notícia com muita tranquilidade e estava cheia de esperanças e planos para "as crianças" antes de ler a carta pela segunda vez. Esta era um tipo de dueto escrito, em que cada um glorificava o outro de maneira amorosa, muito agradável de ler e satisfatório de pensar a respeito, pois ninguém tinha qualquer objeção a fazer.

– Você gosta, mamãe? – disse Jo, ao baixarem as folhas com palavras escritas quase sem espaçamento e olharam uma para a outra.

– Sim, esperei que fosse assim, desde que Amy escreveu e disse ter recusado o pedido de Fred. Então, tive certeza; algo melhor do que você chama de "espírito mercenário" a dominaria, e uns sinais aqui e ali em suas cartas me fizeram suspeitar de que o amor e Laurie venceriam no final.

– Como você é esperta, mamãe, e quanto silêncio! Você nunca me falou nada.

– As mães precisam ter olhos perspicazes e línguas discretas quando lidam com meninas. Tive medo de colocar essa ideia na sua cabeça e receio de que pudesse escrever os parabenizando antes de tudo estar acertado.

– Não sou mais a cabeça avoada de antes. Pode confiar em mim. Agora sou séria e sensível o suficiente para ser a confidente de qualquer pessoa.

– É mesmo, minha querida, e eu deveria ter confiado essa história a você, mas pensei que poderia ser doloroso saber que Teddy amava outra pessoa.

– Ora, mamãe, você achou realmente que eu seria tão tola e egoísta, depois de ter recusado o amor dele quando era mais recente, se não melhor?

– Sei que foi sincera naquela época, Jo, mas ultimamente tenho pensado que, se ele voltasse e perguntasse de novo, você pudesse, talvez, querer dar uma resposta diferente. Perdoe-me, querida, não posso deixar de ver que anda muito solitária e, às vezes, percebo um olhar faminto em seus olhos que vai direto ao meu coração. Por isso, imaginei que seu menino pudesse preencher o espaço vazio, se tentasse agora.

– Não, mamãe, é melhor assim; fico feliz por Amy ter aprendido a amá-lo. Mas a senhora está certa em uma coisa. Estou solitária e, talvez, se Teddy tivesse tentado de novo, eu poderia ter dito "sim", não porque agora o amo mais, mas porque agora me preocupo mais em ser amada do que quando ele foi embora.

– Fico feliz em ouvir isso, Jo; mostra que está seguindo em frente. Há muitos para amarem você, então tente ficar satisfeita com papai e mamãe, irmãs e irmãos, amigos e bebês, até que o melhor amor de todos venha para lhe dar sua recompensa.

– O melhor amor de todos é o das mães, mas não me preocupo sussurrar para a senhora que gostaria de experimentar outros tipos. É muito curioso, mas quanto mais tento me satisfazer com todos os tipos de afetos naturais, mais pareço querer. Não tinha ideia de como os corações poderiam aguentar tanto. O meu é tão elástico, parece que nunca se satisfaz, e antes eu era bastante contente só com minha família. Não entendo isso.

– Eu entendo – e a sra. March deu seu sorriso, sábio, enquanto Jo virava as páginas para ler o que Amy dissera de Laurie.

É tão bonito ser amada como Laurie me ama. Ele não é sentimental, não fala muito sobre isso, mas percebo e sinto isso em todas as coisas que diz e faz, e isso me deixa muito feliz e humilde que não pareço ser a mesma menina de antes. Nunca percebi como ele era bom, generoso e terno, até agora. Ele permite que eu decifre seu coração e o encontro cheio de impulsos e esperanças nobres, então fico muito orgulhosa por saber que é meu. Ele diz que sente como se "agora pudesse fazer uma viagem próspera comigo a bordo, como sua parceira, com muito amor no lastro". Rezo para que possa, e tento ser tudo o que ele vê que sou, pois amo meu capitão galante com toda força do meu coração e da minha alma e nunca vou deixá-lo, enquanto Deus nos permitir estar juntos. Oh, mamãe, eu nunca soube o quão parecido com o paraíso este mundo poderia ser, quando duas pessoas se amam e vivem uma para a outra!

– E essa é a nossa calma, reservada e cosmopolita Amy! Realmente, o amor faz milagres. Como devem estar felizes, muito felizes! – e Jo juntou as folhas com cuidado, como se fechasse um adorável romance, o qual prende o leitor até o fim, e depois o deixa sozinho no mundo real outra vez.

Após as leituras, Jo perambulava pelo andar de cima, pois estava chovendo e não podia sair para caminhar. Um espírito indomável a possuiu e a velha sensação apareceu de novo, não amarga como da primeira vez, mas um questionamento triste e sereno sobre o motivo de uma irmã ter tudo que queria e a outra, nada. Não era verdade, ela sabia disso e tentou calar esse sentimento, mas o desejo natural por afeto era forte, e a felicidade de Amy despertou o desejo faminto de ter alguém para "amar com o coração e a alma e ficar junto, enquanto Deus permitir". No sótão, onde as perambulações inquietas de Jo terminaram, havia quatro caixas de madeira enfileiradas, cada uma marcada com o nome de suas donas e cheias de relíquias da infância e da juventude, que para todas já havia acabado. Jo olhou para elas e, aproximando-se da sua, apoiou o queixo na borda e fitou alheiamente a coleção caótica, até que um pacote de antigos livros de exercícios chamou sua atenção. Ela os retirou da caixa, virou-os e reviveu aquele agradável inverno na casa da bondosa sra. Kirke. Primeiro sorriu, depois olhou pensativa e em seguida, triste. Quando viu uma pequena mensagem escrita com a letra do professor, seus lábios começaram a tremer, os livros escorregaram do seu colo, e ela se sentou, olhando para as palavras cordiais, as quais ganharam um novo sentido e tocaram um local terno do seu coração.

Espere por mim, minha amiga.
Posso me atrasar um pouco, mas com certeza irei.

– Oh, se ele viesse! Tão gentil, tão bom, sempre tão paciente comigo, meu querido Fritz. Não lhe dei nem metade do valor que merecia quando o tinha, mas como adoraria vê-lo agora, quando todos parecem se afastar de mim e estou completamente sozinha.

E segurando firme o papelzinho, como se fosse uma promessa que ainda seria cumprida, Jo apoiou a cabeça em uma confortável bolsa de retalhos e chorou, como se estivesse competindo com a chuva batendo no telhado.

Aquilo era autopiedade, solidão ou melancolia? Ou era o despertar de um sentimento que respeitara seu tempo tão pacientemente quanto quem o inspirou? Quem poderia dizer?

Surpresas

Jo estava sozinha na hora do crepúsculo, deitada no velho sofá, olhando para o fogo e pensando. Era seu jeito favorito de passar o entardecer. Ninguém a perturbava e costumava deitar-se lá com a cabeça na almofadinha vermelha de Beth: planejando histórias, sonhando ou pensando com carinho na irmã que nunca estava distante. Seu rosto parecia cansado e até triste, pois no dia seguinte era seu aniversário e pensava em como os anos passaram rápido, como estava envelhecendo e quão pouco havia conquistado. Quase vinte e cinco anos, e nada para mostrar. Jo estava enganada. Havia muito a mostrar e logo perceberia e ficaria grata por isso.

"Uma velha sozinha, é isso que serei. Uma solteirona literária, com uma pena como esposo, uma família de histórias como filhos e, daqui vinte anos, talvez, uma migalha de fama, quando, como o pobre Johnson[92], estarei velha e não poderei aproveitá-la; solitária, e não poderei compartilhá-la; independente, e não precisarei dela. Bom, não preciso ser uma santa amarga, nem uma pecadora egoísta; talvez, as solteironas fiquem muito confortáveis quando se acostumam com isso, mas..." e aqui Jo suspirou, como se o prospecto não fosse convidativo.

[92] Samuel Johnson (1709-1784) foi um escritor e crítico inglês e uma das figuras literárias mais famosas do século XVIII. Seu trabalho mais conhecido é o seu *Dicionário da Língua Inglesa*. Aqui Jo faz uma comparação com o caso de Johnson que recebeu uma oferta de patrocínio de Lord Chesterfield (Philip Dormer Stanhope) para ajudá-lo a publicar o seu dicionário; acontece que o lorde levou sete anos para lhe conceder o financiamento ao que Johnson respondeu em carta pública, dizendo que a ajuda chegou tarde demais, quando não poderia mais aproveitá-la. (N.E.)

Raramente é, a princípio. E, aos vinte e cinco anos, os trinta pareciam o fim de todas as coisas. Mas não é tão ruim quanto parece, e alguém pode ser muito feliz se tiver algo em seu íntimo para agarrar. Aos vinte e cinco, as meninas começam a falar sobre serem solteironas, mas secretamente decidem que nunca serão. Aos trinta, não dizem nada sobre isso, passam a aceitar o fato com tranquilidade e, se são sensatas, consolam-se, lembrando-se de que têm ainda vinte anos úteis e felizes, nos quais ainda podem aprender a envelhecer graciosamente. Não riam das solteironas, queridas meninas, pois romances trágicos, muitas vezes muito ternos, estão escondidos nos corações que batem tão silenciosamente sob vestidos sóbrios, e diversos sacrifícios silenciosos de juventude, saúde, ambição e do próprio amor fazem os rostos esmaecidos belos aos olhos de Deus. Mesmo as irmãs tristes e amargas devem ser tratadas com gentileza, porque perderam a parte mais doce da vida, provavelmente por nenhuma outra razão. E ao olhar para elas com compaixão, e não desprezo, meninas em seu florescer devem se lembrar que também podem perder a juventude. Bochechas rosadas não duram para sempre, fios brancos acabam aparecendo nos belos cabelos castanhos e, aos poucos, bondade e respeito serão tão doces quanto amor e admiração agora.

Cavalheiros, ou seja, meninos, sejam corteses com as velhas donzelas, não importa quão pobres, simples e afetadas sejam, pois o único cavalheirismo que vale a pena ter é aquele no qual se está disposto a respeitar os velhos, proteger os fracos e servir às mulheres, independentemente de posição, idade ou cor. Basta se lembrarem das boas tias que não só dão sermões e queixam-se, mas cuidam e mimam, quase sempre sem agradecimentos; das confusões das quais os ajudaram a sair; dos trocados dados retirados de suas pequenas economias; das costuras que seus velhos dedos pacientes fizeram para vocês; dos passos que os velhos pés dispostos deram; e com gratidão deem às velhas senhoras as pequenas atenções que as mulheres amam receber enquanto estão vivas. As meninas de olhos brilhantes são rápidas em perceber essas qualidades e gostarão muito mais de vocês por tê-las. E se a morte, praticamente a única força que pode separar mãe e filho, roubar a sua, você com certeza receberá as ternas boas-vindas e o carinho maternal de alguma tia dedicada, a qual guardou o cantinho mais quente do seu velho coração solitário para "o melhor sobrinho do mundo".

Jo deve ter dormido (como ouso dizer que meu leitor fez durante esse pequeno sermão), pois de repente o fantasma de Laurie parecia estar parado diante dela, um fantasma sólido e quase vivo, inclinando-se sobre ela com o mesmo olhar que costumava lançar quando sentia muito e não queria demonstrar. Mas, como *Jenny na balada*[93]... "ela não podia pensar que ele"... e permaneceu olhando para cima em um silêncio sobressaltado, até que ele se inclinou e a beijou. Então, reconheceu Laurie e levantou-se em um salto, e gritou com efusão:

– Oh, meu Teddy! Oh, meu Teddy!

– Querida Jo, então está feliz em me ver?

– Feliz? Meu menino abençoado, palavras não poderiam expressar minha alegria. Onde está Amy?

– Sua mãe está com ela na casa de Meg. Passamos por lá primeiro, e não houve como tirar minha esposa das garras deles.

– Sua o quê? – perguntou Jo, pois Laurie proferiu aquelas palavras com um orgulho e uma satisfação inconscientes que o entregaram.

– Oh, diabos! Ora, eu fiz isso – e pareceu tão culpado que Jo foi para cima dele como um relâmpago.

– Vocês se casaram!

– Sim, com prazer, mas nunca mais farei isso de novo! – e se ajoelhou, com um aperto de mãos pesaroso, e o rosto cheio de travessura, alegria e triunfo.

– Casou-se de verdade?

– Sim, obrigado.

– Misericórdia. Que coisa horrível fará em seguida? – e Jo deixou-se cair no sofá com um suspiro.

– Uma congratulação característica, mas não exatamente elogiosa – respondeu Laurie, ainda com um tom abjeto, mas irradiando satisfação.

[93] A autora faz referência à balada popular *Auld Robin Gray* (1771) composta pela escritora escocesa Lady Anne Lindsay Barnard (1750-1825). (N.E.)

– O que esperava ao tirar meu fôlego, rastejando como um ladrão e dando com a língua nos dentes desse jeito? Levante-se seu menino ridículo e me conte tudo.

– Não direi nenhuma palavra, a menos que me deixe ficar no lugar de sempre, e prometa não fazer uma barricada.

Jo riu disso como não ria há muitos dias e deu uma batidinha convidativa no sofá, enquanto dizia em um tom cordial:

– A velha almofada está lá em cima, no sótão, e não precisamos dela agora. Então, venha e confesse tudo, Teddy.

– Como é bom ouvi-la dizer "Teddy"! Ninguém me chama assim a não ser você – e Laurie sentou-se com um ar de grande contentamento.

– Como Amy o chama?

– Milorde.

– Bem característico dela. Bom, você parece um – e os olhos de Jo nitidamente revelaram que achou seu menino mais atraente do que nunca.

A almofada havia desaparecido, mas ainda assim havia uma barricada: uma natural, construída pelo tempo, distância e mudança de sentimentos. Ambos sentiram isso, e por um instante entreolharam-se como se aquela barreira invisível projetasse uma pequena sombra sobre eles. No entanto, logo desapareceu, pois Laurie disse, em uma vã tentativa de dignidade:

– Não pareço um homem casado, um chefe de família?

– Nem um pouco, e nunca parecerá. Você cresceu e está mais galante, mas é o mesmo garoto incorrigível de sempre.

– Sério, Jo, você deveria me tratar com mais respeito – começou Laurie, que estava desfrutando imensamente de tudo isso.

– Como poderia? Quando mera ideia de você casado e estabelecido é tão irresistivelmente engraçada que não consigo ficar séria! – respondeu Jo, sorrindo com todo o seu rosto, tão contagiante que deram outra gargalhada, e depois se acomodaram no sofá para uma boa conversa, bem do jeito agradável como faziam no passado.

– Não adianta você sair no frio para buscar Amy, pois elas já estão vindo para cá. Eu não consegui esperar. Queria ser o primeiro a lhe contar a grande surpresa e saborear a "primeira espuma", como costumávamos dizer quando brigávamos pela nata.

– Claro que queria, e estragou sua história começando pela ponta errada. Agora, comece direito e conte-me como tudo aconteceu. Estou louca para saber.

– Bom, fiz isso para agradar Amy – começou Laurie, com um brilho no olhar que fez Jo exclamar:

– Mentira número um. Amy fez isso para agradar você. Continue, senhor, e conte a verdade, se puder.

– Agora Jo está começando a parecer uma senhora. Não é ótimo ouvi-la falar? – disse Laurie olhando para o fogo, que brilhou e reluziu como se concordasse. – Bom, tudo continua igual, sabe, eu e ela sendo um só. Planejamos vir para casa com os Carrol, há mais ou menos um mês, mas eles mudaram de ideia de repente e decidiram passar outro inverno em Paris. E o vovô queria voltar para casa. Ele saiu dela para me agradar e não poderia deixá-lo voltar sozinho, nem poderia abandonar Amy. A sra. Carrol tinha umas noções inglesas sobre damas de companhia e outros absurdos, por isso não deixou que Amy viesse conosco. Sendo assim, resolvi o problema dizendo: "Vamos nos casar, e então poderemos fazer da forma como quisermos".

– Claro que fez. Você sempre sabe dar um jeito de fazer as coisas saírem como você quer.

– Nem sempre – e algo na voz de Laurie fez Jo dizer com pressa:

– Como você fez para que titia concordasse?

– Foi um trabalho difícil, mas entre nós discutimos sobre como falar com ela, pois tínhamos muitos bons argumentos do nosso lado. Não havia tempo para escrever e pedir permissão, mas todos gostaram da ideia, consentiriam aos poucos, e era apenas uma "questão de ser mais ágil", como minha esposa diz.

– Parece que estamos orgulhosos dessas duas palavras e gostamos muito de pronunciá-las, não é? – interrompeu Jo, virando-se para o fogo e observando com prazer a luz feliz que parecia inflamar naqueles olhos, tão tragicamente sombrios da última vez quando os viu.

– Uma bobagem; ela é uma mulherzinha cativante e eu não poderia estar mais orgulhoso dela. Bom, de qualquer forma, titio e titia estavam lá para que tudo ocorresse de forma adequada. Estávamos tão absortos um no outro que nenhum mortal conseguiria nos separar, e aquele encantador arranjo seria melhor para todos, então o fizemos.

– Quando, onde, como? – perguntou Jo, em uma febre de interesse feminino e curiosidade, pois não conseguia entender o ocorrido nem um pouco.

– Seis semanas atrás, no consulado americano, em Paris. Uma cerimônia muito simples, é claro; pois, mesmo em nossa felicidade, não nos esquecemos da pequena Beth.

Jo pôs sua mão sobre a dele enquanto disse isso, e Laurie acariciou com zelo a pequena almofada vermelha, da qual se lembrava muito bem.

– Por que não nos contaram depois? – perguntou Jo, em um tom mais calmo, depois de ficarem uns instantes calados.

– Queríamos surpreendê-los. Pensamos que viríamos diretamente para casa, a princípio; porém o querido velho cavalheiro, tão logo nos casamos, descobriu que precisaria de pelo menos mais um mês por lá, e nos liberou para passar nossa lua de mel onde preferíssemos. Amy uma vez disse que Valrose era o lugar perfeito para tal ocasião, então fomos para lá e estávamos tão felizes como só se fica uma vez na vida. Meu Deus! Havia tanto amor entre as rosas!

Laurie pareceu esquecer-se de Jo por um instante, e ela estava feliz por isso, pois o fato de ter-lhe contado essas coisas de forma tão aberta e natural garantiu-lhe que ele havia realmente perdoado e esquecido. Jo tentou retirar sua mão, mas como se tivesse adivinhado que faria isso, Laurie a segurou em um impulso meio involuntário e disse, com uma gravidade masculina nunca vista nele antes:

– Jo, querida, quero dizer uma coisa e nunca mais tocarei no assunto. Como lhe disse em minha carta, quando escrevi que Amy havia sido tão boa para mim, nunca deixei de amar você, mas esse amor mudou e aprendi a ver que é melhor assim. Você trocou de lugar com Amy em meu coração, é isso. Acho que era para ser assim e aconteceria de forma natural se eu tivesse esperado, como você sugeriu; mas nunca fui paciente, então acabei sofrendo. Era um menino naquela época, obstinado e descomedido, e foi necessária uma dura lição para eu perceber meu erro. Foi um erro, Jo, como você disse, e eu o percebi, depois de ter feito papel de tolo. Dou minha palavra que estava com a cabeça tão perturbada, que não sabia qual das duas mais amava, você ou Amy, e tentei amá-las da mesma forma. Mas eu não podia e, quando a vi na Suíça, tudo pareceu se resolver de uma vez por todas. Vocês duas assumiram os seus devidos lugares em meu coração, e eu tinha certeza de que estava bem resolvido com o amor antigo antes de me aproximar do novo, e poderia honestamente compartilhar meu coração entre a irmã Jo e a esposa Amy, e amá-las muito. Você acredita nisso e voltaria aos velhos momentos felizes de quando nos conhecemos?

– Acredito, com todo meu coração; porém, Teddy, nunca mais poderemos ser menino e menina de novo. Os velhos bons momentos não voltam mais e não devemos esperar por isso. Somos homem e mulher agora, com um trabalho sério a fazer. O tempo da brincadeira acabou, e devemos parar com isso. Tenho certeza de que se sente assim também. Vejo a mudança em você, e você a encontrará em mim. Sentirei falta do meu menino, mas amarei o homem do mesmo jeito; e o admirarei ainda mais, porque ele parece ser o que eu esperava que fosse. Não podemos mais ser companheirinhos de brincadeira, mas seremos irmão e irmã, para amar e ajudar um ao outro por toda nossa vida, não é, Laurie?

Ele não disse uma palavra sequer, mas aceitou a mão oferecida por ela e deitou a cabeça nela por um instante, sentindo que do túmulo de uma paixão de menino tinha surgido uma bela e forte amizade para abençoá-los. Nesse momento, Jo disse, cheia de ânimo, pois não queria que a volta dos irmãos para casa fosse triste:

– Não posso acreditar que vocês, crianças, estejam realmente casados e vão formar um lar. Parece que ontem mesmo eu estava abotoando o avental de Amy e puxando os seus cabelos quando implicava comigo. Misericórdia! Como o tempo voa!

– Uma dessas crianças é mais velha do que você, então não precisa falar como se fosse uma vovó. Orgulho-me de ser um "homem feito", como

Peggotty disse sobre David[94], e quando vir Amy, vai achá-la uma criança precoce – disse Laurie, divertindo-se com o ar maternal de Jo.

– Você pode ser mais velho na idade, mas sou muito mais velha nos sentimentos, Teddy. As mulheres sempre o são, e o último ano foi tão difícil que eu sinto como se já estivesse chegado aos quarenta.

– Pobre Jo! Deixamos você aqui, suportando tudo sozinha, enquanto estávamos nos divertindo. Você está mais velha. Vejo uma linha aqui, outra ali. A não ser quando sorri, seus olhos parecem tristes e, quando toquei na almofada, agora há pouco, senti uma lágrima nela. Você aguentou muitas coisas e teve de fazer isso sozinha. Que monstro egoísta eu fui! – e Laurie puxou seu próprio cabelo, com um ar de remorso.

Jo, porém, apenas virou a almofada traidora e respondeu, em um tom com o qual tentava parecer mais alegre:

– Não, tive mamãe e papai para me ajudar, e os bebês para me confortar. Além disso, a certeza de que você e Amy estavam seguros e felizes fez os problemas de casa ficarem mais fáceis de lidar. Sinto-me sozinha, às vezes, mas talvez seja bom para mim e...

– Você nunca ficará sozinha de novo – interrompeu Laurie, colocando o braço em volta dela, como se a protegesse de todo mal humano. – Eu e Amy não podemos seguir sem você; então, você precisa ensinar "as crianças" a cuidar da casa, e dividiremos tudo, assim como fazíamos antes. Deixe-nos cuidar de você e todos seremos abençoados e felizes juntos.

– Se eu não for atrapalhar, seria muito bom. Já começo a me sentir jovem, pois, de algum modo, todos os meus problemas pareceram sumir quando você chegou. Você sempre me conforta, Teddy – e Jo apoiou a cabeça no ombro dele, assim como fizera anos atrás, quando Beth ficou doente e Laurie lhe disse para se apoiar nele.

Laurie a olhou, imaginando se ela lembrava dessa época, mas Jo estava sorrindo para si mesma, como se todos os seus problemas tivessem desaparecido de verdade com a chegada dele.

---

[94] Referência à personagem Peggotty – a qual sempre cuidou de David mesmo depois da morte de sua mãe –, em *David Copperfield*, de Charles Dickens. (N.E.)

– Você ainda é a mesma Jo, derrubando lágrimas por um minuto e rindo no seguinte. Agora parece meio travessa. O que se passa, vovó?

– Estava imaginando como você e Amy são juntos.

– Como anjos!

– Sim, claro, mas quem manda?

– Não me importo em dizer-lhe que hoje é ela, ao menos a deixo pensar assim, pois isso a satisfaz, você sabe. Aos poucos devemos trocar de lugar; dizem que, no casamento, deve-se dividir os direitos de um e duplicar os deveres do outro.

– Vocês vão continuar como começaram, e Amy vai mandar em você todos os dias de sua vida.

– Bem, ela faz isso de forma tão imperceptível, acho que não me importarei tanto. É o tipo de mulher que sabe governar bem. Na verdade, prefiro assim. Amy sabe dominar de um jeito tão suave e belo que você se sente como se ela lhe estivesse fazendo um favor.

– Quem diria que eu viveria para ver você como um marido dominado e gostando disso! – disse Jo, com as mãos levantadas.

Era bom ver Laurie alinhar os ombros; e sorriu com menosprezo masculino para aquela insinuação, enquanto respondia, com seu ar "altivo e poderoso":

– Amy é educada demais para fazer isso, e eu não sou o tipo de homem que se submete a isso. Eu e minha esposa respeitamos muito um ao outro para tiranizar ou brigar.

Jo gostou disso, e considerou a nova virtude muito apropriada, mas o garoto parecia se transformar muito rapidamente no homem, e um pesar se misturou ao seu prazer.

– Tenho certeza disso. Você e Amy nunca brigaram como eu e você brigávamos. Ela é o sol e eu, o vento da fábula[95]; e o sol lida melhor com o homem, você se lembra.

– Ele pode tanto arruiná-lo quanto iluminá-lo – riu Laurie. – Como o sermão que recebi em Nice! Dou minha palavra, foi muito pior do que qualquer uma das suas repreensões, um verdadeiro estímulo.

[95] Fábula *O Vento e o Sol,* de Esopo. (N.E.)

Um dia lhe conto. Amy nunca contará, porque depois de dizer que me desprezava e se envergonhava de mim, perdeu seu coração para o desprezível e casou-se com aquele que não servia para nada.

– Que baixo! Bom, se ela abusar de você, venha até mim, que irei lhe defender.

– Parece que eu preciso, não é? – disse Laurie, levantando-se e adotando uma atitude que de repente mudou do imponente para o arrebatador, no momento em que ouviu a voz de Amy chamando:

– Onde está ela? Onde está minha boa e velha Jo?

Em tropa, a família toda chegou; todos foram abraçados e beijados mais uma vez e, após várias tentativas infrutíferas, os três viajantes foram deixados para serem admirados e celebrados. O sr. Laurence, disposto e efusivo como sempre, estava tão mudado quanto os outros pela viagem ao exterior, pois a rudeza parecia estar quase desaparecida, e a cortesia à moda antiga havia recebido um polimento que o tornou mais gentil do que nunca. Era bom vê-lo olhar para "minhas crianças", como chamava o jovem casal. Era ainda melhor ver Amy tratá-lo com o afeto e o respeito de uma filha, o que conquistou completamente seu velho coração e, o melhor de tudo, ver Laurie em torno dos dois, como se nunca se cansasse de admirar a bela imagem que formavam.

No momento em que pôs os olhos em Amy, Meg percebeu que o seu vestido não tinha um ar parisiense, e a jovem sra. Moffatt seria totalmente ofuscada pela jovem sra. Laurence, a qual, em "sua damice", era de todo uma mulher muitíssimo elegante e graciosa. Jo pensou, enquanto observava o casal: "Como parecem bem juntos! Eu estava certa, e Laurie encontrou a garota linda e talentosa que se tornará seu lar melhor do que a velha e desajeitada Jo, e seja um orgulho, não um tormento, para ele". A sra. March e seu marido sorriram e acenaram um para o outro com expressões felizes nos rostos, pois viram que seus mais jovens tinham se saído bem, não apenas nas coisas mundanas, mas também nas melhores riquezas: amor, confiança e felicidade.

Enquanto o rosto de Amy estava cheio de um brilho suave que simboliza um coração em paz, sua voz tinha uma nova ternura, e a postura fria e afetada foi transformada em um comportamento gentil, feminino e vitorioso. As pequenas afetações não a prejudicaram, e a doçura cordial dos seus modos era mais charmosa do que a nova beleza ou a antiga elegância, pois isso a certificou de imediato com a marca inconfundível da verdadeira dama que ela esperava se tornar.

– O amor tem feito muito por nossa menininha – disse sua mãe com leveza.

– Ela teve um bom exemplo durante toda a vida, minha querida – sussurrou o sr. March, com um olhar amoroso para o rosto envelhecido e cabeça grisalha ao seu lado.

Daisy não conseguia tirar os olhos da sua "titia linda" e agarrou-se como um cachorrinho à bela castelã cheia de encantos maravilhosos. Demi parou para avaliar os novos parentes antes de se comprometer pela aceitação precipitada de um suborno, o qual assumiu a forma tentadora de uma família de ursos de Berna de madeira. No entanto, um movimento lateral produziu uma rendição incondicional, pois Laurie sabia por onde conquistá-lo.

– Meu jovenzinho, quando tive a honra de conhecê-lo, você me acertou no rosto. Agora, exijo a compensação de um cavalheiro – e com isso o tio alto procedeu a jogar o pequeno sobrinho para cima e a assanhar-lhe os cabelos, de uma forma que danificava seu comportamento comedido, tanto quanto divertia sua alma infantil.

"Oh, meu Deus! Ela está com seda da cabeça aos pés. Um gosto vê-la sentada ali, tão bela quanto um violino, e ouvir seus pais chamarem a pequena Amy de sra. Laurence!", murmurou a velha Hannah, que não resistia e dava frequentes espiadas através das treliças, enquanto punha a mesa da forma mais desajeitada possível.

Misericórdia, como conversaram! Primeiro um, depois o outro, então todos ao mesmo tempo, tentando contar histórias de três anos em meia hora. Foi uma sorte o chá estar à mão para produzir uma pausa e dar algum refresco, ou teriam ficado roucos e fracos se continuassem por mais tempo. Que feliz cortejo seguiu para a sala de jantar! O sr. March escoltou com orgulho a sra. Laurence. A sra. March também orgulhosa apoiou-se no braço de "meu filho". O velho cavalheiro acompanhou Jo, com um "Você será minha garota agora" sussurrado e um olhar para o canto vazio, ao lado do fogo, que fez Jo murmurar: "Vou tentar ocupar o lugar dela, senhor".

Os gêmeos saltitavam atrás, sentindo que o período da justiça estava próximo, pois todos estavam tão ocupados com os recém-chegados que eles foram deixados para deitarem-se com seus doces desejos, e podem ter certeza: aproveitaram ao máximo a oportunidade. Roubaram goles de chá, comeram pão de mel *ad libitum*[96], pegaram pedaços de biscoito quente e, para coroar a transgressão, enfiaram atraentes tortinhas em seus bolsinhos, e ali grudaram e se esfarelaram traiçoeiramente, ensinando-lhes que tanto a natureza humana quanto a confeitaria eram frágeis. Sobrecarregados com a culpa das tortas sequestradas e temendo que os olhos atentos do "Dodo" descobrissem o fino disfarce de cambraia e merino em que esconderam seu saque, os pequenos transgressores agarraram-se ao "Vovô", o qual estava sem óculos. Amy, que passava por todos com os lanches, retornou à sala de braço dado com o senhor Laurence. Os outros tomaram seus pares como antes e esse arranjo deixou Jo sem companhia. Ela não se importou com isso no momento, pois demorou a responder à pergunta de Hannah.

– A srta. Amy vai andar no cupê dela e usar toda aquela adorável prataria que eles guardam na casa ao lado?

– Você não deveria se admirar se conduzisse seis cavalos brancos, comesse em um prato de ouro e usasse diamantes e pontos de renda todos os dias. Teddy acha que nada é bom demais para ela – respondeu Jo com infinita satisfação.

– Sem mais! Você quer ensopado ou bolinhas de peixe para o café da manhã? – perguntou Hannah, que misturava com muita sabedoria prosa e poesia.

– Tanto faz – e Jo fechou a porta, sentindo que comida era um assunto inapropriado para o momento. Ficou um instante olhando o grupo desaparecer e, enquanto as perninhas xadrezes de Demi venciam o último degrau, uma súbita sensação de solidão pousou sobre si com tanta força que ela olhou em volta com olhos embaçados, como se tentasse encontrar

[96] "À vontade"/"sem limites", em latim no original. (N.E.)

algo para se apoiar; até Teddy a havia abandonado. Se tivesse imaginado qual presente de aniversário estava chegando, a cada minuto cada vez mais perto, não teria dito a si mesma: "Vou chorar um pouco quando for dormir. Não vai ser bom ficar triste agora". Então, colocou a mão sobre os olhos, pois um dos seus hábitos de menino era nunca saber onde estava seu lenço, e tinha acabado de conseguir ajeitar um sorriso quando ouviu uma batida na porta do alpendre.

Abriu com uma pressa hospitaleira e se alvoroçou como se outro fantasma tivesse vindo para surpreendê-la. Ali estava um cavalheiro alto e barbudo, iluminando-se para ela na escuridão, como um luminoso sol da meia-noite.

– Oh, sr. Bhaer, estou tão feliz em vê-lo! – disse Jo, com um puxão, como se temesse que a noite o engolisse antes de ela fazê-lo entrar.

– E eu para *verr* srta. March, mas não é o momento, você *terr* uma festa acontecendo – e o professor parou quando o som das vozes e o sapatear de pés dançantes chegaram até ele.

– Não, não é uma festa, apenas a minha família. Minha irmã e uns amigos acabaram de voltar de viagem e estamos todos muito felizes. Entre e junte-se a nós.

Embora um homem muito sociável, acho que o sr. Bhaer teria ido embora discretamente e voltaria outro dia. Mas como poderia, se Jo fechou a porta atrás dele e o privou de seu chapéu? Talvez o rosto dela também tivesse algo a ver com isso, pois se esquecera de esconder sua alegria ao vê-lo e a demonstrou com uma franqueza que se provou irresistível ao homem solitário, cuja recepção excedeu e muito suas esperanças mais ousadas.

– Se eu não *serr* um *Monsieur de Trop*[97], ficarei muito feliz em conhecer sua família. Você *terr* estado doente, minha amiga?

Ele fez a pergunta de repente, pois enquanto Jo pendurava seu casaco, a luz caiu sobre o rosto dela, e ele notou uma mudança nele.

– Doente não, mas cansada e triste. Tivemos problemas desde que o vi pela última vez.

---

[97] A expressão *de Trop* de origem francesa significa "excessivo" / "demais". (N.E.)

– Ah, sim, eu sei. Meu coração ficou sofrido por você quando soube o que aconteceu – e ele a cumprimentou de novo, com um rosto tão compreensivo que Jo sentiu como se nenhum conforto pudesse se equiparar ao olhar de olhos bondosos e ao toque da mão grande e quente.

– Papai, mamãe, este é meu amigo, o professor Bhaer – disse ela, com um rosto e um tom de orgulho e prazer tão irreprimíveis que, se dependesse dela, teria soprado um trompete e aberto a porta com um floreio.

Se o estranho tinha alguma dúvida sobre sua recepção, esta acabou no mesmo instante, com as cordiais boas-vindas recebidas. Todos o cumprimentaram com gentileza; primeiro em consideração a Jo, mas logo gostaram de verdade dele. Eles não puderam evitar; Bhaer carregava o talismã com o qual é possível abrir todos os corações, e essas pessoas simples ficaram carinhosamente à vontade com sua presença, sentindo-se ainda mais amigáveis porque ele era pobre; pois a pobreza enriquece aqueles que vivem acima dela e é um passaporte certo para os verdadeiros espíritos hospitaleiros. O sr. Bhaer sentou-se, olhando em volta com o ar de um viajante que bate à porta de um estranho e, quando esta é aberta, encontra a si mesmo em casa. As crianças foram até ele como abelhas em um pote de mel e estabeleceram-se uma em cada joelho; logo o cativaram, mexendo em seus bolsos, puxando sua barba e investigando seu relógio com audácia juvenil. As mulheres comunicaram sua aprovação uma para a outra; o sr. March, sentindo nele um espírito semelhante ao seu, abriu suas reservas mais especiais para o convidado; enquanto o silencioso John ouvia e desfrutava da conversa, sem dizer uma palavra; e o sr. Laurence achou impossível se retirar.

Se Jo não tivesse envolvida de outro modo, o comportamento de Laurie a teria divertido. Uma pontada sutil, não de ciúme, mas de suspeita, fez o cavalheiro ficar indiferente a princípio e observar o recém-chegado com discrição fraternal. Mas isso não durou muito. Ele se interessou apesar da suspeita e, antes que percebesse, fora absorvido para o círculo, pois o sr. Bhaer falou bem nessa atmosfera amigável e fez justiça a si mesmo. Em poucos momentos dirigiu-se a Laurie, mas olhou para ele com frequência e uma sombra passou pelo seu rosto, como se lamentasse sua própria juventude perdida ao olhar o jovem no auge. Então, seus olhos voltaram-se com tanta tristeza para Jo, que se ela tivesse visto com certeza teria respondido ao questionamento silencioso. Mas Jo tinha de cuidar dos seus próprios olhos e, não sentindo confiança neles, manteve-os com prudência na pequena meia que estava tricotando, como uma exemplar tia solteirona.

Um olhar furtivo aqui e ali a refrescava, como goles d'água após uma caminhada cheia de poeira, pois as espiadas laterais mostravam a ela vários presságios favoráveis. O rosto do sr. Bhaer perdera a expressão alheia e parecia vivo, interessado no momento atual, realmente jovem e belo, pensou, esquecendo-se de compará-lo a Laurie, como sempre fazia com homens estranhos, em detrimento deles. Naquele momento, o professor parecia bastante inspirado, embora os costumes fúnebres dos antigos, para onde a conversa havia desgarrado, não fossem um assunto muito estimulante. Jo reluziu de triunfo quando Teddy foi vencido em uma discussão e pensou consigo, enquanto observava o rosto absorto do pai: "Como ele adoraria ter um homem como meu professor para conversar todos os dias!". O sr. Bhaer estava vestido em um novo terno preto, o qual lhe fazia parecer, mais do que nunca, um cavalheiro. Sua espessa cabeleira fora cortada e suavemente penteada, mas não passou muito tempo assim, pois, em momentos animados, ele a bagunçava do jeito engraçado que costumava fazer; Jo, por sua vez, gostava mais dela exacerbadamente para cima do que rente à cabeça, assim sua testa lhe dava um aspecto de Júpiter. Pobre Jo! Como glorificou aquele homem simples enquanto estava sentada, tricotando tão tranquila, sem deixar nada escapar, nem mesmo o fato de que o sr. Bhaer tinha abotoaduras douradas nos punhos impecáveis da camisa.

"Caro e velho amigo! Ele não teria se arrumado com mais cuidado se tivesse ido cortejar alguém", disse Jo para si mesma e, então, um súbito pensamento nascido dessas palavras a fez corar tão terrivelmente que deixou o novelo cair para se abaixar e esconder o rosto.

A manobra, no entanto, não foi bem-sucedida como esperava, pois bem no momento de mover para atear fogo a uma pira fúnebre, o professor deixou cair sua tocha, metaforicamente falando, e mergulhou para pegar o pequeno novelo azul. É claro que eles bateram as cabeças, viram estrelas e ambos se levantaram corados e rindo, sem o novelo, para retomar seus assentos, desejando não ter saído deles.

Ninguém sabia onde a noite ia dar. Hannah habilmente levou os bebês mais cedo do que de costume, pescando como duas dormideiras rosadas, e o sr. Laurence fora para casa descansar. Os outros sentaram-se ao redor do fogo, conversando, sem se dar conta do tempo, até que Meg, cuja mente maternal estava impressionada com a firme convicção de que Daisy havia caído da cama e Demi havia tocado fogo em sua camisola ao estudar a estrutura dos fósforos, fez menção de sair.

– Temos de cantar nossa canção, do jeito antigo, já que estamos todos juntos novamente – disse Jo, sentindo que um bom grito seria um jeito seguro e agradável de canalizar as emoções jubilantes da sua alma.

Não estavam todos lá. Mas ninguém considerou as palavras insensíveis ou infundadas. Beth ainda parecia estar entre eles, uma presença pacífica, invisível, porém mais querida do que nunca, pois a morte não podia desfazer a aliança familiar que o amor tornou indissolúvel. A cadeirinha permanecia no mesmo lugar de sempre. A cesta organizada, com a costura que ela deixara inacabada quando a agulha ficou "tão pesada", ainda estava na prateleira habitual. O amado instrumento, raramente tocado agora, não foi mudado de lugar e, acima dele, o rosto de Beth, sereno e sorridente como outrora, olhava para eles, parecendo dizer: "Sejam felizes. Estou aqui".

– Toque algo, Amy. Para que vejam como você melhorou – disse Laurie, com orgulho perdoável de sua promissora aprendiz.

Contudo, Amy sussurrou, com os olhos marejados, enquanto girava a banqueta desbotada:

– Hoje não, querido. Não posso me exibir esta noite.

Entretanto, exibiu algo melhor do que brilhantismo ou habilidade, ao cantar as canções de Beth com uma melodia terna na voz que nem o melhor mestre poderia tê-la ensinado, e comoveu os corações dos ouvintes com uma força mais doce do que qualquer outra inspiração poderia ter dado. A sala ficou muito quieta quando a voz clara falhou de repente, no último verso do hino favorito de Beth. Era difícil dizer "Não há tristeza na terra que o céu não possa curar", e Amy apoiou-se em seu marido, que permanecera ao seu lado, sentindo que a recepção não foi tão perfeita sem o beijo de Beth.

– Agora, devemos encerrar com *A Canção da Mignon*[98], pois o sr. Bhaer sabe cantá-la – disse Jo, antes que a pausa ficasse mais dolorosa. E o sr. Bhaer limpou a garganta com um "Hem!" grato, dirigindo-se ao canto onde Jo estava para dizer:

– Você canta comigo? Nós *cantarr* muito bem juntos.

Uma mentirinha agradável, aliás, já que Jo sabia de música tanto quanto um gafanhoto. No entanto, teria consentido mesmo se tivesse sido convidada a cantar uma ópera inteira e desatou a cantar alegremente, sem se importar com o compasso e a afinação. Não importava muito, pois o sr. Bhaer cantava como um verdadeiro alemão, com fervor e bem, e Jo logo diminuiu o volume da sua voz até restar apenas um cantarolar contido, com qual pudesse ouvir a voz suave que parecia cantar apenas para ela.

"Sabes qual a terra onde a cidra floresce" era o verso preferido do professor, pois "a terra" significava a Alemanha para ele, mas agora parecia ratificar, com um calor e melodia peculiares, as seguintes palavras: "Para lá poderia eu ir contigo, oh, minha amada", e uma ouvinte ficou tão animada com o afetuoso convite e desejou dizer que conhecia a terra, e iria com prazer para lá quando ele quisesse.

A canção foi considerada um grande sucesso, e o cantor retirou-se sob louvores. Alguns minutos depois, o sr. Bhaer esqueceu-se completamente dos seus modos e fixou o olhar em Amy colocando o seu chapéu, pois havia sido apresentada simplesmente como "minha irmã", e ninguém a tinha chamado pelo seu novo nome desde que ele chegara. Ficou ainda mais confuso quando Laurie disse, do seu jeito mais gracioso, ao partir:

– Eu e minha esposa ficamos muito felizes em conhecê-lo, senhor. Lembre-se de que haverá sempre um lugar no caminho do senhor onde será bem-vindo.

Nesse momento, o professor agradeceu-lhe com tanto carinho, e pareceu subitamente tão iluminado de satisfação que Laurie o achou o cavalheiro mais agradável e expressivo que já conhecera.

[98] Poesia de Johann Wolfgang von Goethe. (N.E.)

– Também devo ir, mas voltarei com prazer se me *derr* permissão, querida madame, pois um pequeno negócio me manter aqui uns dias.

Ele falava com a sra. March, mas olhava para Jo, e a voz da mãe deu um consentimento tão cordial quanto os olhos da filha, pois a sra. March não era tão cega em relação aos interesses das filhas quanto a sra. Moffatt supunha.

– Suspeito que este seja um homem sábio – observou o sr. March, com plácida satisfação, no tapete da lareira, após o último convidado ir embora.

– Sei que é um homem bom – acrescentou a sra. March, com aprovação decidida, enquanto dava corda no relógio.

– Imaginei que gostariam dele – foi tudo o que Jo disse ao sair para o quarto.

Jo perguntou-se quais seriam os negócios que trouxeram o sr. Bhaer para a cidade, e finalmente concluiu que havia sido nomeado a alguma grande homenagem, em algum lugar, mas era muito modesto para mencionar o fato. Se tivesse visto o rosto dele quando, seguro em seu próprio quarto, olhava para a imagem de uma jovem séria e rígida, com uma vasta cabeleira, a qual parecia estar olhando sombriamente para o futuro, suas questões teriam sido esclarecidas; em particular, quando apagou a lamparina e beijou a imagem no escuro.

Milorde e Milady

– Por favor, madame mãe, poderia me empresar minha esposa por uma hora? A bagagem chegou e estou fazendo confusão com as preciosidades parisienses de Amy, ao tentar encontrar algumas coisas de que preciso – disse Laurie, no dia seguinte, ao encontrar a sra. Laurence sentada no colo da mãe, como se fosse "o bebê" novamente.

– Claro. Vá, querida, esqueci que agora você tem outra casa além desta – e a sra. March apertou a mão alva que usava a aliança, como se pedisse perdão pela cobiça materna.

– Não teria vindo se pudesse evitar, mas não consigo continuar sem minha mulherzinha, é como se eu fosse...

– Um cata-vento sem vento – sugeriu Jo, quando ele parou para buscar uma analogia. Jo assumira seu jeito atrevido de novo desde a chegada de Teddy.

– Exatamente, pois Amy me mantém apontando para o oeste na maior parte do tempo, apenas com uma pequena inclinação a sul, e não apontei nem um pouco para leste desde que me casei. Não sei nada sobre o norte, mas estou sadio e ameno, não é, milady?

– Um clima agradabilíssimo até agora. Não sei quanto tempo vai durar, mas não temo as tempestades, pois estou aprendendo a navegar meu barco. Vamos para casa, querido, e eu encontrarei sua calçadeira. Suponho que é isso o que esteja procurando entre minhas coisas. Homens são tão indefesos, mamãe – disse Amy, com ar de matrona, o que agradava seu marido.

– O que vocês vão fazer depois de se estabelecerem? – perguntou Jo, abotoando a capa de Amy como costumava fazer com os aventais.

– Temos nossos planos. Não queremos contar muito sobre eles ainda, pois nos casamos há muito pouco tempo, mas não pretendemos ficar ociosos. Vou me envolver nos negócios com uma devoção que vai agradar o vovô e provarei para ele que não sou mimado. Preciso de algo para me manter firme. Estou cansado de vadiar e quero trabalhar como um homem.

– E Amy, o que ela vai fazer? – perguntou a sra. March, contente com a decisão de Laurie e o entusiasmo com que falou.

– Depois de fazer o social e exibir nosso melhor chapéu, vamos impressionar todos vocês com as elegantes hospitalidades de nossa mansão, a brilhante sociedade que atrairemos e a influência benéfica que exerceremos sobre o mundo. É isso, não é, Madame Récamier[99]? – perguntou Laurie com um olhar zombeteiro para Amy.

– O tempo dirá. Venha, Impertinência, e não choque meus familiares me dando apelidos na frente deles – respondeu Amy, resolvendo

[99] Figura famosa da sociedade parisiense, conhecida como Juliette Récamier (Jeanne-Françoise--Julie-Adélaïde Bernard – 1777-1849); em 1793, aos 15 anos, já estava casada com o rico banqueiro, 30 anos mais velho, Jacques-Rose Récamier; mantinha um salão que atraía algumas das figuras mais famosas da época. (N.E.)

que deveria construir um lar com uma boa esposa nele antes de estabelecer um salão como uma rainha da sociedade.

– Como essas crianças parecem felizes! – observou o sr. March, com dificuldade para se concentrar em seu Aristóteles depois da partida do jovem casal.

– Sim, e acho que vai durar – acrescentou a sra. March, com a expressão descansada de um marinheiro que trouxe o navio em segurança para o porto.

– Sei que vai. Querida Amy! – e Jo suspirou, depois sorriu de modo vivo quando o professor Bhaer abriu o portão com um empurrão impaciente.

Mais tarde, naquela noite, quando sua mente se acalmou a respeito da calçadeira, Laurie disse, de repente, para sua esposa:

– Sra. Laurence.

– Milorde!

– Aquele homem pretende se casar com a nossa Jo!

– Espero que sim, você não, querido?

– Bem, meu amor, considero-o um trunfo, em todos os sentidos dessa expressiva palavra, mas gostaria que fosse um pouco mais jovem e muito mais rico.

– Ora, Laurie, não seja tão exigente e mundano. Se eles se amam, não importa nem um pouco a idade ou quanto dinheiro possuem. As mulheres nunca devem se casar por dinheiro... – Amy se surpreendeu quando as palavras lhe escaparam e olhou para seu marido, que respondeu, com seriedade maliciosa:

– Certamente não; embora, às vezes, garotas encantadoras digam que pretendem fazer isso. Se a memória não me falha, você já considerou ser sua obrigação casar com um homem rico. Talvez por isso tenha se casado com alguém como eu, que não serve para nada.

– Oh, meu menino querido, não, não diga isso! Esqueci que era rico quando disse "sim". Casaria com você mesmo se não tivesse um centavo e, às vezes, queria que fosse pobre e assim eu pudesse demonstrar o quanto o amo.

E Amy, que era muito altiva em público e muito afetuosa em particular, dava provas convincentes da verdade de suas palavras.

– Você não acha realmente que sou uma criatura tão mercenária como tentei parecer no passado, não é? Partiria meu coração se não acreditasse que eu alegremente remaria o mesmo barco com você, mesmo que tivéssemos que ganhar a vida remando no lago.

– Sou um idiota ou um bruto? Como poderia pensar isso, se recusou um homem mais rico do que eu e ainda não me deixa lhe dar nem metade do que quero, nem agora quando tenho o direito? Meninas fazem isso todos os dias, pobrezinhas, e são ensinadas a pensar que é sua única salvação. Mas você teve boas lições e, por mais que eu tenha temido por você um dia, não me decepcionei, pois a filha foi fiel ao ensinamento da mãe. Disse isso a mamãe ontem e ela pareceu tão feliz e grata como se eu lhe tivesse oferecido um cheque de um milhão, para ser gasto com caridade. Você não está ouvindo minhas observações morais, sra. Laurence – e Laurie parou, pois Amy estava com o olhar perdido, embora mantivesse os olhos fixos no rosto dele.

– Sim, estou, e admirando a covinha do seu queixo ao mesmo tempo. Não quero fazer de você um vaidoso, mas devo confessar: estou mais orgulhosa do meu lindo marido do que de todo o seu dinheiro. Não ria, mas seu nariz é um conforto e tanto para mim – e Amy suavemente acariciou a curva bem-feita, com satisfação artística.

Laurie recebeu muitos elogios em sua vida, mas nunca um que lhe coubesse tão bem, conforme demonstrou com sinceridade, embora tenha rido do gosto peculiar da sua esposa, enquanto dizia, lentamente:

– Posso fazer-lhe uma pergunta, querido?

– Claro que pode.

– Você se importaria se Jo se casasse com o sr. Bhaer?

– Oh, aí está o problema, não é? Bem percebi, havia algo na covinha que não combinava muito com você. Não sendo um cão na manjedoura[100], mas sim o sujeito mais feliz do mundo, garanto que posso dançar no casamento de Jo com um coração tão leve quanto meus calcanhares. Você duvida, minha querida?

Amy olhou para ele, satisfeita. Seu ciuminho desapareceu para sempre e ela o agradeceu, com um semblante cheio de amor e confiança.

---

[100] Referência à fábula *O Cão na Manjedoura*, de Esopo. A história fala sobre o egoísmo. (N.E.)

– Espero que possamos fazer algo por aquele excelente professor. Não poderíamos inventar um parente rico, o qual por uma infelicidade morrerá na Alemanha e lhe deixará uma considerável pequena fortuna? – disse Laurie, quando começaram a andar para lá e para cá na enorme sala de visitas, de braços dados, como gostavam de fazer, em memória do jardim do *château*.

– Jo descobriria e estragaria tudo. Ela tem muito orgulho dele, do jeito como ele é, e disse ontem que achava a pobreza algo belo.

– Abençoado seja seu coração! Ela não vai pensar assim quando tiver um marido literato e uma dúzia de pequenos *Professors* e *Professorins* para alimentar. Não vamos interferir agora, mas aproveitemos nossa oportunidade e façamos algum bem a eles, apesar das convicções deles. Devo a Jo uma parte da minha educação, e ela acredita no pagamento de dívidas honestas às pessoas, então vou optar por convencê-la dessa maneira.

– Como é bom poder ajudar os outros, não é? Esse foi sempre um dos meus sonhos, ter o poder de doar livremente e, graças a você, o sonho tornou-se realidade.

– Ah, faremos muitas coisas boas, não é mesmo? Há um tipo de pobreza que particularmente gosto de ajudar. Pedintes recebem auxílio, mas os homens pobres e gentis passam por maus bocados, porque não pedem nada, e as pessoas não se atrevem a lhes oferecer caridade. Há milhares de maneiras de ajudá-los, se souber como fazer isso de maneira que não ofenda. Devo dizer, prefiro ajudar um cavalheiro necessitado a um mendigo bajulador. Acho que é errado, mas prefiro, embora seja mais difícil.

– Porque é preciso ser um cavalheiro para fazer isso – acrescentou o outro membro da sociedade doméstica de admiração.

– Obrigado, mas receio que não mereço esse belo elogio. Mas ia dizer que, enquanto passeei pelo estrangeiro, vi vários jovens talentosos fazendo todo tipo de sacrifício e enfrentando verdadeiras dificuldades para conseguirem realizar seus sonhos. Jovens esplêndidos; alguns deles trabalhando como heróis, pobres e sem amigos, mas tão cheios de coragem, paciência e ambição que tive vergonha de mim mesmo e desejei oferecer-lhes uma boa ajuda. Essas são pessoas a quem é uma satisfação ajudar, as talentosas, pois é uma honra auxiliá-las a não perder suas habilidades por falta de combustível para manter a panela fervendo. Se não têm talentos, é um prazer confortar suas pobres almas e mantê-las longe do desespero quando o encontrarem.

– Sim, de fato, e há outra classe, a qual não pode pedir e sofre em silêncio. Sei sobre isso, pois eu fazia parte dela antes de você me transformar em uma princesa, como o rei fez com a mendiga na velha história[101]. Garotas ambiciosas passam maus bocados, Laurie, e com frequência têm de ver a juventude, a saúde e as oportunidades preciosas passarem, só por carecerem de uma pequena ajuda no momento certo. As pessoas foram muito boas para mim e sempre que vejo garotas se esforçando, como eu costumava fazer, quero estender a mão e ajudá-las, como fui ajudada.

– E assim fará, como o anjo que você é! – disse Laurie, resolvendo, com um zelo filantrópico, fundar e financiar uma instituição para beneficiar expressamente jovens mulheres com inclinações artísticas. – Pessoas ricas não têm o direito de descansar e se divertir ou deixar seu dinheiro acumular para outros desperdiçarem. Não é tão sensato deixar heranças quando se morre, como é usar o dinheiro de forma sábia enquanto se está vivo e gostar de fazer outras criaturas felizes com ele. Viveremos bons momentos e acrescentaremos um deleite a mais ao nosso próprio prazer, oferecendo às pessoas um pouco disso. Você será uma pequena Dorcas[102], esvaziando uma grande cesta de confortos por onde passa e enchendo-a com boas ações?

– Com todo o meu coração, se você for um bravo São Martinho[103], parando enquanto cavalga galantemente pelo mundo para compartilhar sua capa com o mendigo.

---

[101] Referência ao poema *The Beggar Maid*, de lorde Alfred Tennyson. (N.E.)

[102] Personagem bíblica do Novo Testamento, Tabita, ou Dorcas, como ficou conhecida, era uma mulher sempre disposta a ajudar as outras pessoas ("Em Jope havia uma discípula chamada Tabita, que em grego é Dorcas, que se dedicava a praticar boas obras e dar esmolas" – Atos 9:36). (N.E.)

[103] São Martinho de Tours: militar, monge e, mais tarde, bispo da Cidade dos Turões (hoje Tours, França), considerado santo pela Igreja Católica. Diz-se que, certa vez, quando militar, mas ainda não batizado, Martinho partiu em duas partes seu manto para dá-lo a um pobre, e assim Jesus apareceu-lhe durante a noite e disse-lhe: "Martinho, principiante na fé, cobriu-me com este manto". (N.E.)

– Combinado, e vamos tirar o melhor proveito disso!

Assim, o jovem casal firmou o acordo e então voltou a caminhar alegremente, sentindo que seu agradável lar era mais familiar porque eles tinham a intenção de iluminar outros lares, crendo que seus pés caminhariam com mais integridade ao longo da estrada florida à sua frente se suavizassem os caminhos difíceis de outros pés, e com isso sentiram os seus corações mais estreitamente unidos por um amor que ternamente se lembrava daqueles menos abençoados.

Daisy e Demi

Não posso sentir que cumpri meu dever como humilde contadora de histórias da família March, sem dedicar pelo menos um capítulo aos dois mais preciosos e importantes membros dela. Daisy e Demi agora tinham chegado aos anos da razão, pois nessa época apressada, bebês de três ou quatro anos já afirmam seus direitos e os conquistam também, o que é mais do que muitos dos seus anciãos. Se um dia houve um par de gêmeos que correu o perigo de ser completamente mimado por adoração, eram esses Brooke tagarelas. Claro que eram as crianças mais notáveis do mundo, como será comprovado quando eu mencionar que começaram a andar aos oito meses, falavam fluentemente com um ano e, aos dois anos, assumiram seus lugares à mesa e comportaram-se com uma propriedade que encantava a todos os observadores. Aos três, Daisy solicitou uma "agúlia" e de fato fez uma bolsa com apenas quatro costuras. Também brincava de dona de casa no aparador e manuseava um fogão microscópico com tanta habilidade que fazia Hannah chorar de orgulho; enquanto Demi aprendia a escrever com o avô, o qual inventou um novo modo de ensinar o alfabeto formando as letras com seus braços e pernas, unindo assim ginástica para a cabeça e para os pés. O menino desenvolveu precocemente um talento para mecânica que agradou seu pai e distraiu sua mãe. Tentava reproduzir cada máquina que via, deixando o quarto em uma condição caótica, com sua "máquina de costula": uma misteriosa estrutura de fios, cadeiras, prendedores de roupa e carretéis que simulavam as rodas, "gilando e gilando". Havia também uma cesta pendurada nas costas de uma cadeira, pela qual em vão tentava içar sua crédula irmã, que, com devoção feminina, permitiu que sua cabecinha batesse até ser resgatada, quando o jovem inventor observou, indignado:

– Não, *mamã*, é meu *levadô* e tô tentando puxar ela *pa* cima.

Embora muito diferentes quanto ao caráter, os gêmeos davam-se muito bem, e era raro brigarem mais do que três vezes por dia. É claro, Demi tiranizou muitas vezes Daisy, e a defendeu heroicamente de todos os outros agressores, enquanto Daisy fazia-se de serva e adorava o irmão como o único ser perfeito do mundo. Uma almazinha rosada, gorducha e iluminada era Daisy, que encontrou seu caminho no coração de todos e lá se aninhou. Uma dessas crianças cativantes, as quais parecem feitas para serem beijadas e abraçadas, enfeitadas e adoradas como pequenas deusas, e causam aprovação geral em todas as ocasiões festivas. Suas pequenas virtudes, tão doces, teriam feito dela um ser bastante angelical se algumas travessurazinhas não a mantivessem adoravelmente humana. O clima era sempre bom em seu mundo e, todas as manhãs, subia pela janela vestida em sua camisolinha para olhar para fora e dizer, sem se importar se estava chovendo ou não:

– Oh, dia bonito, dia bonito!

Todos eram seus amigos, e ela oferecia beijos a estranhos de forma tão confiante que até o solteiro mais inveterado se rendia, e fãs de bebês tornavam-se adoradores fiéis.

– Eu *ama* todo mundo – disse uma vez, abrindo os braços, com sua colher em uma mão e sua caneca em outra, como se não visse a hora de nutrir o mundo inteiro.

À medida que crescia, sua mãe começou a sentir que o Pombal seria abençoado pela presença de uma residente tão serena e adorável quanto aquela que havia ajudado a fazer da velha casa um lar, e a rezar para que fosse poupado de uma perda como a que recentemente lhe tinha ensinado quanto tempo acolheu um anjo sem saber. O avô com frequência a chamava de Beth e a avó a protegia com incansável dedicação, como se tentasse compensar algum erro passado, o qual nenhum outro olho, a não ser o dela mesma, podia ver.

Demi, como um verdadeiro ianque, era questionador, queria saber de tudo e quase sempre ficava muito incomodado por não obter respostas satisfatórias à sua pergunta perpétua: "Por quê?".

Também possuía inclinação filosófica, para grande satisfação do seu avô, o qual costumava ter diálogos socráticos com ele. O precoce aprendiz ocasionalmente levava grandes questões a seu professor, para aparente satisfação das mulheres.

– O que faz minhas pernas andarem, vovô? – perguntava o jovem filósofo, examinando aquelas partes ativas do seu corpo com ar meditativo enquanto descansava, uma noite, após uma brincadeira antes de dormir.

– É sua pequena mente, Demi – respondeu o sábio, acariciando a cabecinha loira respeitosamente.

– O que é uma pequena *minte*?

– É algo que faz seu corpo se mover, como a corda faz as rodas do meu relógio girarem. Lembra quando lhe mostrei?

– *Me aba. Quelo* ver a *minte gilando.*

– Não posso fazer isso, assim como você não pode abrir o relógio. Deus dá corda em você e você continua até Ele fazê-lo parar.

– *Eu vai*? – e os olhos castanhos de Demi ficaram grandes e brilhantes quando teve outra ideia. – Eu tenho *coda* igual ao relógio?

– Sim, mas não posso mostrar como, pois isso é feito quando não vemos.

Demi passou a mão em suas costas, esperando encontrar algo como as engrenagens do relógio e então observou, com seriedade:

– Acho que o *papa* faz isso quando dumo.

Seguiu-se uma cuidadosa explicação, a qual ouviu com tanta atenção que sua avó, ansiosa, disse:

– Meu querido, você acha correto falar esses assuntos com um bebê? Ele está ficando com os olhos inchados e aprendendo a fazer perguntas cada vez mais difíceis de responder.

– Se ele tem idade suficiente para perguntar, também tem idade suficiente para receber respostas verdadeiras. Não estou colocando ideias na cabeça dele, mas o ajudando a desvendar as que já estão lá.

Essas crianças são mais sábias do que nós, e não tenho dúvida de que o menino entende cada palavra que eu lhe disse. Agora, Demi, diga-me onde você guarda sua mente.

Se o menino tivesse respondido como Alcibíades[104], "Pelos deuses, Sócrates, não posso dizer", seu avô não se surpreenderia. Mas quando, após ficar um momento em uma perna só, como uma cegonha pensativa, ele respondeu com um tom de calma convicção "na minha *baiguinha*", o velho cavalheiro pôde apenas juntar-se ao riso da vovó e dispensá-lo da aula de metafísica.

Poderia ter havido motivo para ansiedade maternal, se Demi não tivesse dado provas convincentes de que era um menino de verdade, mesmo sendo um aprendiz de filósofo. Frequentemente, depois de uma discussão que fazia Hannah profetizar, com acenos nefastos, "essa criança não é deste mundo", ele virava e acalmava os medos de todos com alguma dessas brincadeiras com as quais os queridos, sujos e travessos malandrinhos distraem e encantam as almas de seus pais.

Meg criou várias regras morais e tentou fazê-las valer, mas qual mãe é capaz de se opor às artimanhas vencedoras, às evasões engenhosas ou à audácia tranquila de homens e mulheres em miniatura, que tão cedo se mostram verdadeiros matreiros?

– Você não pode mais comer passas, Demi. Vai acabar adoecendo – dizia a mamãe à pessoinha que oferecia seus serviços na cozinha com regularidade infalível no dia do pudim de ameixa.

– *Eu gosta* de *ficá* doente.

– Não quero que fique, então saia e vá ajudar Daisy a fazer os bolinhos.

Ele se retirava relutante, mas a obediência pesava em seu espírito e, pouco a pouco, quando aparecia uma oportunidade de "corrigi-las", enganava a mamãe com uma esperta barganha.

– Agora, como se comportaram bem, vou brincar do que quiserem – dizia Meg, enquanto levava seus cozinheiros assistentes para o andar de cima e o pudim ficava crescendo, em segurança, na assadeira.

[104] General e político ateniense, foi uma figura importante na Guerra do Peloponeso (431-404 a. C.). Também foi amigo e entusiasta do filósofo Sócrates e apareceu em dois diálogos de Platão. (N.E.)

– É mesmo, *mamã*? – perguntava Demi, com uma ideia brilhante em sua cabeça cheia de talco.

– Sim, é mesmo. O que quiserem – respondia a mãe ingênua, preparando-se para cantar "Os Três Gatinhos" meia dúzia de vezes ou para levar sua família "À feira", independentemente do cansaço. Mas Demi dava-lhe a volta com uma resposta fria:

– Então vamos *bincar* de comer todas as passas.

Tia Dodo era a principal companheira de brincadeiras e confidências das crianças, e o trio virava a casa de cabeça para baixo. Tia Amy era ainda somente um nome para eles, tia Beth logo se transformou em uma agradável vaga memória, mas a tia Dodo era uma realidade viva, e eles a aproveitavam ao máximo, lisonja pela qual era profundamente grata. Mas quando o sr. Bhaer chegou, Jo largou seus companheiros e a tristeza e a desolação caíram sobre suas alminhas. Daisy, que adorava sair para vender beijos, perdeu sua melhor cliente e foi à falência. Demi, com astúcia infantil, logo descobriu que Dodo gostava de brincar com "o homem urso" mais do que com ele e, embora estivesse magoado, ocultou sua angústia, pois seu coração não era capaz de insultar um rival que deixava uma mina de bombons de chocolate no seu colete e um relógio que podia ser tirado do estojo e sacudido livremente por admiradores ardentes.

Algumas pessoas podem ter considerado essas agradáveis liberdades como subornos, mas Demi não via dessa forma e continuou a tratar "o homem-urso" com amabilidade devota, enquanto Daisy concedeu seus pequenos afetos para ele apenas na terceira visita; considerava o ombro dele seu trono; o braço, seu refúgio; e seus presentes, tesouros de valor insuperável.

Às vezes, os cavalheiros são acometidos por acessos repentinos de admiração pelos jovens parentes de mulheres a quem honram com a sua consideração, mas esse falso amor pela descendência de outrem não lhes cai bem e não engana ninguém. A devoção do sr. Bhaer, porém, era sincera e eficaz, pois a honestidade é a melhor política no amor, assim como na lei. Ele era um daqueles homens que ficam em casa com as crianças e parecem particularmente bem quando os pequenos rostinhos fazem um contraste agradável com a virilidade do seu. As coisas que tinha para resolver, quaisquer que fossem, detinham-no todos os dias, mas a noite raramente falhava em levá-lo para ver... Bem, ele sempre perguntava pelo sr. March, logo suponho que ele era o interesse. O excelente pai manteve a ilusão de que as visitas eram de fato para ele, e entretinha-se em longas discussões com o espírito amigo, até que uma observação fortuita do seu neto mais observador de repente o iluminou.

O sr. Bhaer veio uma noite e parou na soleira do gabinete, impressionado com o espetáculo que seus olhos viram. Deitado no chão estava o sr. March, com as pernas respeitáveis no ar e, ao seu lado, também deitado, estava Demi, tentando imitar o gesto com suas perninhas curtas, vestidas em meias escarlate, ambos tão seriamente concentrados que não se deram conta dos espectadores, até o sr. Bhaer dar sua sonora risada e Jo gritar, com um rosto escandalizado.

– Pai, pai, o professor está aqui!

As pernas vestidas de preto desceram e surgiu uma cabeça cinza, enquanto o preceptor dizia, com imperturbável dignidade:

– Boa noite, sr. Bhaer. Um momento, por favor. Estamos já acabando a aula. Agora, Demi, escreva a letra e diga qual o nome dela.

– Eu *conhece* essa! – e, após alguns esforços convulsivos, as perninhas vermelhas tomaram a forma de um compasso, e o inteligente aprendiz gritou, triunfante: – É um vê, vovô, um vê!

– É um Weller[105] nato – riu Jo, enquanto seu pai punha-se de pé e seu sobrinho tentava ficar de cabeça para baixo, como se fosse o único modo de expressar sua satisfação pelo fim da aula.

– O que fez hoje, *Bübchen*[106]? – perguntou o sr. Bhaer, pondo o ginasta nos braços.

– Eu fui ver a pequena Mary.

– E o que você fez lá?

– Beijei ela – começou Demi, com sua franqueza natural.

---

[105] Sam Weller é uma personagem do romance *The Pickwick Papers* (1836-1837), de Charles Dickens. Um engraxate com o humor típico dos londrinos que se torna o companheiro e servo de Samuel Pickwick. (N.E.)

[106] "Garoto", em alemão no original. (N.E.)

– *Prut*! Começou cedo. O que a pequena Mary disse sobre isso? – perguntou o sr. Bhaer, continuando a interrogar o jovem transgressor, que estava sentado em seu joelho, explorando o bolso do colete.

– Oh, gostou e me beijou também, e gostei. Os menininhos gostam das menininhas, não é? – perguntou Demi, com a boca cheia e um ar brando de satisfação.

– Pintinho precoce! Quem colocou isso na sua cabeça? – disse Jo, divertindo-se com a revelação inocente tanto quanto o professor.

– Não *tá* na minha cabeça, *tá* na minha boca – respondeu o literal Demi, colocando a língua para fora, com um bombom de chocolate nela, pensando que Dodo se referia ao doce, não à ideia.

– Não dever guardar um pouco para a pequena amiga? Doces para a doçura, homenzinho – e o sr. Bhaer ofereceu alguns a Jo, com um olhar que a fizera imaginar se o chocolate não seria um néctar dos deuses. Demi também viu o sorriso e, impressionado com ele, perguntou, diretamente:

– Os meninos grandes gostam das meninas grandes, "*fessor*"?

Como o jovem Washington[107], o sr. Bhaer "não conseguia mentir", então deu a resposta um tanto vaga, que julgou ser dada às vezes, em um tom que fez o sr. March largar a escova de roupas, olhar para o rosto envergonhado de Jo e, então, afundar-se na cadeira, parecendo que o "pintinho precoce" tinha colocado em sua cabeça uma ideia ao mesmo tempo doce e amarga.

Por que a Dodo, quando flagrou o garotinho no gabinete das porcelanas meia hora depois, quase sufocou seu corpinho com um abraço terno, em vez de sacudi-lo por estar ali, e por que, após aquela apresentação romanesca, deu-lhe inesperadamente de presente uma grande fatia de pão com geleia, continuou sendo uma das questões filosóficas com as quais Demi desorientava a sua mente, e foi forçado a deixá-la sem resolução para sempre.

[107] George Washington, general e comandante na Revolução Americana (1775-1783) e, depois, primeiro presidente dos Estados Unidos (1789-1797). Existe nos EUA o mito popular de que, quando pequeno, ele disse: "*Father, I Can Not Tell a Lie: I Cut the Tree*"/ "Papai, eu não consigo contar uma mentira: eu cortei a cerejeira", em resposta a seu pai ao questionar quem havia cortado sua árvore preferida.

Sob o guarda-chuva

Enquanto Laurie e Amy faziam passeios conjugais sobre carpetes de veludo, punham a casa em ordem e planejavam um futuro feliz, o sr. Bhaer e Jo desfrutavam de passeios diferentes, em estradas enlameadas e campos encharcados.

"Sempre faço caminhada perto de anoitecer e não há motivo para deixar de fazê-lo, só porque, por acaso, encontro o professor nesse caminho", disse Jo a si mesma, após dois ou três encontros casuais. Afinal, havia dois caminhos para a casa de Meg, e em qualquer um deles com certeza o encontraria, fosse na ida ou na volta. Ele sempre caminhava rápido e nunca parecia vê-la até chegar bem perto, quando parecia como se seus olhos míopes não tivessem reconhecido a mulher que se aproximava até aquele momento. Então, se Jo estava indo para a casa de Meg, ele sempre tinha algo para os bebês; se o rosto dela estava voltado para casa, ele tinha apenas ido até o rio e já estava voltando, a menos que estivessem cansados de suas frequentes visitas.

Nessas circunstâncias, o que Jo poderia fazer senão cumprimentá-lo cordialmente e convidá-lo a entrar? Se estava cansada das suas visitas, escondia muito bem esse cansaço e cuidava para que houvesse café para o jantar, "pois Friedrich – digo, o sr. Bhaer – não gosta de chá".

Na segunda semana, todos sabiam perfeitamente bem o que estava acontecendo, ainda assim tentavam parecer cegos às mudanças no rosto de Jo. Nunca perguntavam por que ela cantava enquanto costurava, armava o cabelo três vezes ao dia ou ficava tão encantada com seu exercício da noite. E ninguém parecia suspeitar nem um pouco de que o professor Bhaer, enquanto falava de filosofia com o pai, estava dando lições de amor à filha.

Jo não conseguia nem mesmo entregar seu coração de uma forma decorosa, mas tentou com veemência suprimir seus sentimentos; como falhou, levava uma vida um tanto agitada. Estava com medo mortal de ser motivo de riso por se render, depois de muitas e veementes declarações de independência. Laurie era seu pavor singular, mas, graças à sua nova gestora, ele se comportava com uma adequação digna de elogios, nunca chamava o sr. Bhaer de "um bom e velho sujeito" em público, nunca fazia menção, nem da maneira mais remota, à aparência aprimorada de Jo ou expressava a menor surpresa ao ver o chapéu do professor à mesa dos March quase toda noite. Contudo, Laurie comemorava em particular e ansiava pelo momento em que poderia dar a Jo um prato com um urso e uma bengala surrada desenhados, para servir como um apropriado brasão.

Durante quinze dias, o professor entrou e saiu com regularidade de namorado. Depois, ausentou-se por três dias e não deu qualquer sinal, procedimento que fez com que todos ficassem apreensivos; Jo ficou pensativa, a princípio, mas depois, para azar do romance, muito irritada.

"Descontente, talvez, foi-se embora tão de repente quanto chegou. Não é nada para mim, é claro, mas acredito que deveria ter vindo aqui e se despedido de todos, como um cavalheiro", disse para si mesma com um olhar desesperado ao portão, em uma tarde monótona, enquanto arrumava suas coisas para a caminhada costumeira.

– É melhor levar sua sombrinha, querida. Parece que vai chover – disse sua mãe, observando que ela estava com sua nova touca, mas sem mencionar esse fato.

– Sim, mamãe. Quer que eu traga algo da cidade? Tenho de ir lá para comprar papel – respondeu Jo, desfazendo o laço sob o queixo em frente ao espelho, como desculpa para não olhar para a mãe.

– Sim, quero um pouco de sarja, uma cartela de agulhas número nove e um metro e oitenta de fita estreita cor de lavanda. Está com as botas grossas e algo quente sob a capa?

– Acho que sim – respondeu Jo, distraída.

– Se por acaso encontrar o sr. Bhaer, traga-o para tomar chá. Faz tempo que quero vê-lo – acrescentou a sra. March.

Jo ouviu, mas não fez menção de responder; deu um beijo na mãe e saiu apressada, pensando, com um brilho de gratidão, apesar do coração doído: "Como ela é boa para mim! O que fazem as garotas que não têm mães para ajudá-las a lidar com seus problemas?".

Os armazéns não ficavam entre os escritórios de contabilidade, bancos e atacados, mas Jo viu-se naquela parte da cidade antes de cumprir sua única obrigação, gastando tempo como se esperasse por alguém, examinando ferramentas em uma janela, amostras de lã em outra, com interesse pouco feminino, esbarrando em barris, sendo sufocada por fardos que caíam e empurrada sem cerimônia por homens ocupados, que a olhavam com uma expressão de quem imaginava "como diabos ela veio parar aqui?". Uma gota de chuva em sua bochecha fez com que se lembrasse de tudo, desde as esperanças frustradas às fitas arruinadas. As gotas continuaram a cair e, sendo uma mulher e também alguém que estava apaixonada, notou que, embora fosse muito tarde para salvar seu coração, poderia salvar o chapéu. Nesse momento, percebeu que se esquecera de pegar a sombrinha, na pressa de sair. O arrependimento era ineficaz e nada poderia ser feito, a não ser pedir uma emprestada ou ficar encharcada. Olhando para cima, viu o céu desabando; para baixo, viu o laço carmesim já com respingos pretos; para frente, a rua lamacenta. Então, virou-se para trás e olhou com persistência para um certo armazém encardido, com a placa "Hoffmann, Swartz, & Co." sobre a porta e disse para si mesma, com ar intensamente reprovador:

– Bem-feito para mim! Por que fui me vestir com a melhor roupa e vim até aqui, na esperança de ver o professor? Jo, você me envergonha! Não, você não vai até lá pedir um guarda-chuva emprestado ou tentar descobrir, por seus colegas, onde ele está. Você deve ir embora e cumprir suas obrigações na chuva e, se morrer ou estragar seu chapéu por causa disso, é o que merece. Vamos logo!

Com isso, atravessou a rua depressa, de um jeito tão impetuoso que escapou por pouco de ser atropelada por um vagão que passava, e caiu nos braços de um cavalheiro forte e velho, o qual disse "Licença, madame", parecendo mortalmente ofendido. Um pouco assustada, Jo endireitou-se, abriu seu lenço sobre as fitas tão amadas e, deixando a tentação para trás, apressou-se, com os tornozelos cada vez mais encharcados e guarda-chuvas se chocando sobre sua cabeça. O fato de que um guarda-chuva azul meio surrado permanecia sobre seu chapéu desprotegido chamou sua atenção e, olhando para cima, viu o sr. Bhaer olhando para baixo.

– Sinto conhecer essa mulher decidida que vai tão corajosamente entre narizes de cavalo e tão rapidamente em meio a tanta lama. O que faz aqui, minha amiga?

– Compras.

O sr. Bhaer sorriu ao olhar para a fábrica de conservas de um lado da rua e o armazém de couros e peles do outro, mas tudo que disse, educadamente, foi:

– Você não *terr* nenhum guarda-chuva. Posso eu ir também, e carregar para você os pacotes?

– Sim, obrigada.

As bochechas de Jo estavam tão vermelhas quanto sua fita, e imaginou o que pensou dela, mas não se importou; pois, em um minuto, estava caminhando de braços dados com seu professor, sentindo como se o sol de repente tivesse surgido com brilho incomum, o mundo estivesse novamente ajeitado, e uma mulher completamente feliz passeasse pela água naquele dia úmido.

– Pensávamos que já tinha partido – disse Jo abruptamente, pois sabia que ele estava olhando para ela. Seu chapéu não era grande o suficiente para esconder o rosto, e ela temia que o professor pudesse notar a alegria que isso emanava sem constrangimento.

– Você acreditou mesmo que eu partir sem me despedir daqueles que *serr* tão gentis comigo? – perguntou de um jeito tão reprovador que Jo sentiu como se o tivesse insultado com a sugestão e respondeu, com sinceridade:

– Não, não acreditei. Sabia que estava ocupado com seus assuntos, mas sentimos muito sua falta, papai e mamãe especialmente.

– E você?

– Sempre fico feliz em vê-lo, senhor.

Em sua ânsia por manter a tranquilidade do tom de voz, Jo acabou tornando-o frio, e o gelado dissílabo final pareceu assustar o professor. Seu sorriso desapareceu, quando disse, gravemente:

– Eu agradeço e irei mais uma vez antes de eu ir.

– Vai mesmo, então?

– Já resolvi tudo aqui.

– Espero que com êxito – disse Jo, pois a amargura da decepção estava presente naquela curta resposta.

– Eu achar que sim, pois tenho um caminho aberto para mim pelo qual posso ganhar o pão e ajudar bastante meus *Jüngling*[108].

– Conte-me, por favor! Quero saber tudo sobre os... os meninos – disse Jo, afoita.

– Que gentileza, contarei com satisfação. Meus amigos me arranjaram uma vaga em uma faculdade, onde ensinar, assim como faço em casa, e ganhar o suficiente para aliviar a jornada de Franz e Emil. Por isso devo estar grato, não devo?

– Claro que sim. Que maravilhoso seria vê-lo fazendo o que gosta e poder estar com você com mais frequência, e com os meninos! – disse Jo, usando as crianças como desculpa para a satisfação que não conseguia esconder.

– Ah! Mas receio que não iremos nos ver com tanta frequência, pois esse lugar é no Oeste.

– Tão longe! – e Jo largou suas saias, como se agora não importasse mais o que seria de suas roupas ou de si mesma.

O sr. Bhaer sabia ler em vários idiomas, mas não aprendera a ler as mulheres ainda. Gabava-se de conhecer Jo muito bem e ficou, portanto, impressionado com as contradições na voz, no rosto e nos modos que demonstrava, uma após a outra, naquele dia. Havia apresentado meia dúzia de humores diferentes no decorrer de meia hora. Quando o encontrou, pareceu surpresa, embora fosse impossível não suspeitar que tivesse ido com aquele objetivo expresso. Quando ofereceu seu braço, ela o aceitou com um olhar que o encheu de satisfação, mas, quando perguntou se sentia falta dele, a resposta tinha sido tão fria e formal que sentiu certo desespero. Ao ouvir sobre suas novidades, quase bateu palmas. Aquela alegria era só pelos meninos? Então, ao ouvir sobre seu destino, ela disse "tão longe!" em um tom aflito, elevando-o a um pico de esperança. No instante seguinte, porém, Jo o derrubou mais uma vez ao observar, como alguém totalmente concentrado no assunto:

---

[108] "Jovens", em alemão no original. (N.E.)

– É aqui o lugar onde devo fazer minhas compras. Quer entrar? Não vai demorar.

Jo orgulhava-se das suas habilidades quanto às compras e desejava particularmente impressionar seu acompanhante com o esmero e a rapidez com que resolvia tudo. Mas, por conta do alvoroço em que estava, as compras foram atribuladas. Derramou todas as agulhas da bandeja, só lembrou que o tecido deveria ser sarja na hora de cortar, informou ao vendedor a quantidade errada e estava totalmente confusa, perguntando pela fita cor de lavanda no balcão de chita. O sr. Bhaer apenas observava o rubor e os deslizes de Jo e, enquanto fazia isso, seu próprio desconcerto parecia diminuir, pois estava começando a ver que, em algumas ocasiões, as mulheres, como os sonhos, são contraditórias.

Quando saíram, ele colocou o pacote debaixo do braço com um aspecto mais alegre e pisou nas poças como se gostasse.

– Acha que *deverr* comprar algumas coisas para os bebês e para um banquete de despedida hoje à noite, caso *serr* minha última visita à sua agradável casa? – perguntou ele, parando perante uma janela cheia de frutas e flores.

– O que compraremos? – perguntou Jo, ignorando a última parte do seu discurso e cheirando os odores misturados, com uma afetação de prazer, enquanto caminhavam.

– Será que eles gostar de laranjas e figos? – perguntou o sr. Bhaer, com ar paternal.

– Eles comem quando há.

– Você gosta de nozes?

– Tanto como um esquilo.

– Uvas de Hamburgo. Vamos beber à pátria mãe, sim?

Jo franziu o cenho para aquela extravagância e perguntou por que ele não comprava um cesto de tâmaras, um barril de passas e uma sacola de amêndoas e acabava logo as compras. Confiscando a carteira dela, o sr. Bhaer tirou a sua e encerrou a compra adquirindo uma grande quantidade de uvas, um vaso de margaridas rosadas e uma bela jarra de mel. Então, deformando os bolsos com pacotes cheios de nozes e dando as flores para que ela segurasse, levantou o velho guarda-chuva e voltaram a caminhar.

– Srta. March, e eu *terr* um grande favor para pedir de você – começou o professor, após uma caminhada úmida de meio quarteirão.

– Sim, senhor? – e o coração de Jo começou a bater tão forte que teve medo de que ele pudesse ouvir.

– Eu *terr* coragem de dizer isso mesmo com a chuva, porque me restar pouco tempo.

– Sim, senhor – e Jo quase quebrou o pequeno vaso de flores com o súbito aperto que lhe deu.

– Eu querer comprar um vestidinho para minha Tina e não *terr* capacidade alguma de fazer isso sozinho. Você poderia gentilmente me *darr* um ajuda?

– Sim, senhor – e Jo ficou calma e fria de repente, como se tivesse entrado em uma geladeira.

– Talvez também compre um xale para a mãe dela. Ela é tão pobre e doente, e o marido é tão cuidadoso. Sim, sim, um xale espesso e quente ser algo amigável para levar para a mãezinha.

– Farei com prazer, sr. Bhaer.

"Estou indo muito rápido, e ele está ficando mais gentil a cada minuto", Jo disse para si mesma, então, com uma sacudida mental, entrou na loja com um ânimo que era agradável de contemplar.

O sr. Bhaer deixou tudo com ela, que escolheu um belo vestidinho para Tina e solicitou os xales. O balconista, sendo um homem casado, dignou-se a atender o casal, que parecia fazer compras para a família.

– A senhora pode preferir este. É um artigo de qualidade superior, uma cor muito desejada, muito puro e sofisticado – disse ele, pondo um xale cinza sobre os ombros de Jo.

– Gosta desse, sr. Bhaer? – perguntou, virando de costas para ele e sentindo-se profundamente grata pela chance de esconder seu rosto.

– Muito excelente, vamos *terr* esse – respondeu o professor, sorrindo ao pagar, enquanto Jo continuava a vasculhar os balcões como uma verdadeira caçadora de pechinchas.

– Agora nós dever ir para casa? – perguntou ele, como se as palavras lhe fossem muito agradáveis.

– Sim, está tarde, e estou tão cansada – o tom de voz de Jo foi o mais comovente que já usara. Naquele momento, o sol parecia ter se escondido tão repentinamente quanto surgira, o mundo voltou a ser lamacento e triste, e ela, enfim, percebeu que seus pés estavam gelados, sua cabeça doía e seu coração estava mais frio e dolorido do que ambos. O sr. Bhaer ia embora, gostava dela apenas como amiga, tudo foi um engano e quanto antes acabasse, melhor. Com essa ideia em mente, vibrou quando viu um ônibus se aproximar, e com um gesto abrupto fez as margaridas caírem do vaso e ficarem muito danificadas.

– Não ser nosso ônibus – disse o professor, acenando para que o veículo lotado prosseguisse e parando para apanhar as flores.

– Desculpe. Não distingui o nome. Tudo bem, posso caminhar. Estou acostumada a me arrastar na lama – respondeu Jo, piscando forte, porque preferia morrer a ter que enxugar os olhos deliberadamente.

O sr. Bhaer viu as gotas em suas bochechas, embora ela tenha virado a cabeça. A visão pareceu comovê-lo bastante, pois, inclinando-se subitamente, perguntou em um tom que significava muito:

– Coração querido, por que chora?

Naquele momento, se Jo não fosse uma novata nesse tipo de assunto, teria dito que não estava chorando, que estava resfriada ou qualquer outra mentira feminina adequada à ocasião. Em vez disso, a criatura desastrada respondeu, com um soluço incontido:

– Porque você vai embora.

– *Ach, mein Gott*[109]*!* Isso é tão bom! – disse o sr. Bhaer, tentando juntar as mãos, apesar do guarda-chuva e dos pacotes. – Jo, não *terr* nada além de amor para lhe dar. Vim para ver se você gostava de mim e esperei para *terr* certeza se eu era mais do que um amigo. Eu sou? Há um lugarzinho em seu coração para velho Fritz? – perguntou ele, em um fôlego só.

– Oh, sim! – disse Jo, e ele ficou bastante satisfeito, pois ela fechou as duas mãos em volta de seu braço e o olhou com uma expressão que claramente demonstrava como ficaria feliz em seguir a vida ao lado dele, mesmo não tendo um abrigo melhor do que o velho guarda-chuva.

Era certamente um pedido de casamento difícil, pois, mesmo que o sr. Bhaer desejasse, não poderia ajoelhar-se na lama. Tampouco poderia

[109] "Ai, meu Deus!", em alemão. (N.T.)

oferecer a mão a Jo, a não ser figurativamente, já que ambas estavam ocupadas. Muito menos poderia dar demonstrações de ternura no meio da rua, embora estivesse prestes a fazer isso. Portanto, a única maneira pela qual poderia expressar seu entusiasmo era olhando para ela, com uma expressão que glorificava seu rosto, parecendo haver pequenos arco-íris nas gotas brilhantes em sua barba. Se ele não amasse tanto Jo, não acho que teria conseguido fazer isso naquele momento, pois ela estava com uma aparência nada agradável, suas saias em um estado deplorável, suas botas de borracha molhadas até os tornozelos e seu chapéu arruinado. Felizmente, o sr. Bhaer a considerava a mulher mais linda que já existira e, para ela, ele mais do que nunca parecia Júpiter, embora seu chapéu estivesse flácido com os pequenos regatos escoando dele até seus ombros (Bhaer segurava o guarda-chuva sobre Jo), e cada dedo de suas luvas precisasse de conserto.

Os transeuntes com certeza pensaram que os dois eram um par de lunáticos inofensivos, pois se esqueceram completamente de chamar o ônibus e caminharam sem pressa, alheios ao crepúsculo e à névoa. Pouco se importaram com o que os outros pensavam; estavam aproveitando a ocasião feliz que raras vezes ocorre, a não ser uma vez na vida: o momento mágico que concede juventude ao velho, beleza ao simples, riqueza ao pobre e um prenúncio do paraíso aos corações humanos. O professor tinha o ar de quem havia conquistado o melhor dos reinos e o mundo não pudesse ter mais nada a oferecer em termos de felicidade. Enquanto isso, Jo caminhava ao seu lado, sentindo como se seu lugar sempre tivesse sido ali e se perguntando como poderia ter escolhido qualquer outro destino. Claro, ela foi a primeira a falar (de modo claro, quero dizer), pois as observações emocionadas que se seguiram ao seu impetuoso "oh, sim!" não eram coerentes ou relatáveis.

– Friedrich, por que você não...

– Ah, céus! Ela me chamar pelo nome que ninguém chama desde a morte de Minna! – disse o professor, parando em uma poça para admirá-la, encantado.

– Sempre o chamo assim quando estou sozinha... mas posso não fazê-lo, se não gostar.

– Gostar? É mais doce para mim do que eu pode dizer. Diga "tu" também e direi que seu idioma é quase tão bonito quanto o meu.

– "Tu" não é um pouco sentimental? – perguntou Jo, achando aquele um adorável monossílabo.

– Sentimental? Sim. Graças a *Gott*, nós, alemães, acreditar em sentimento e isso nos manter jovens. O seu "você" é tão frio; diga "tu", querida, significar muito para mim – apelou o sr. Bhaer, mais como um estudante romântico do que como um professor sério.

– Bom, então, por que tu não me disseste antes? – perguntou Jo, de maneira tímida.

– Agora eu deve mostrar todo meu coração e farei isso com alegria, porque tu deves cuidar dele daqui em diante. Vê, minha Jo... ah, que nomezinho mais querido e engraçado! Queria *terr* dito algo no dia em que nos despedimos em Nova Iorque, mas pensei que o belo amigo estar prometido a ti, por isso não falei. Terias dito "sim" naquela altura, se eu *terr* perguntado?

– Não sei. Receio que não, pois sequer tinha um coração naquela época.

– *Prut*! Não acreditar nisso. Estava dormindo até que o príncipe encantado veio pelo bosque e o despertou. Ah, bom, "*die erste Liebe ist die beste*", mas não devo esperar por isso.

– Sim, "o primeiro amor é o melhor" e contenta-te, pois nunca tive outro. Teddy era só um menino e logo superou essa pequena fantasia – disse Jo, ansiosa para corrigir o engano do professor.

– Ótimo! Então posso ficar descansado e feliz e *terr* certeza de que me deste tudo. Esperei tanto e fiquei egoísta, como descobriras, *Professorin*.

– Gosto disso – disse Jo, satisfeita com seu novo apelido. – Agora, diga-me o que o trouxe até aqui, afinal, justamente quando queria ver-te?

– Isso – e o sr. Bhaer tirou um pequeno pedaço de papel amassado do bolso do seu colete.

Jo desdobrou-o e ficou muito envergonhada. Era uma das suas contribuições para um jornal que pagava por poesia, o que a levou a enviar esta, em uma tentativa ocasional.

– Como isso pôde trazer-te até aqui? – perguntou, imaginando o que ele queria dizer.

– Encontrei por acaso. Reconheci por nomes e as iniciais, e nele *terr* um pequeno verso que parecia chamar por mim. Lê para encontrar. Vou tratar de não te deixar pisar no molhado.

NO SÓTÃO

Quatro pequenas caixas enfileiradas,
Embaçadas pela poeira e desgastadas pelo tempo,
Construídas e preenchidas faz muitas temporadas,
Por crianças agora em seu melhor momento.
Quatro chavezinhas lado a lado penduradas,
Com fitas desbotadas, alegres e corajosas
Com orgulho infantil, ali atreladas
Tempos atrás, em um dia águas tempestuosas.
Quatro pequenos nomes, um em cada tampa,
Pela mão de um menino esculpidos
E sob ela escondiam-se como estampas
Histórias de um grupo extrovertido
Que brincavam aqui e de vez em quando silenciados
Para ouvir a doce canção recitada,
Que ia e vinha no telhado
Na chuva de verão desmoronada.

"Meg", na primeira tampa, suave e bela.
Observo com olhos amorosos,
Embrulhada aqui, com muita cautela
Um bom conjunto de sonhos afetuosos
O registro de uma vida sossegada...
Presentes para a criança e a moça boazinha,
Um vestido de noiva, versos para uma recém-casada,
Um sapatinho, o cacho de uma bebezinha.
Não restam brinquedos nessa primeira caixa,
Pois todos foram levados embora,
Em sua idade avançada, para mais uma vez juntas nessa faixa
juntarem-se em outra pequena brincadeira de Meg agora.

Ah, que mãe graciosa!
Sei que você escuta, como um doce estribilho,
Canções de ninar sempre suaves e silenciosas
Na chuva de verão que cai no ladrilho.

"Jo", na tampa ao lado, riscada e desgastada,
E dentro uma confusão
De bonecas sem cabeça, cadernetas rasgadas,
Pássaros e feras que falam mais não,
Espólios trazidos para casa do chão encantado
Pisados apenas por pés viçosos,
Sonhos de um futuro nunca encontrado,
Memórias de um passado ainda afetuoso,
Poemas inacabados, histórias alucinadas,
Cartas de abril, alegres e entristecidas
Diários de uma criança obstinada,
Sinais de uma mulher precocemente envelhecida,
Uma mulher em um lar solitário,
Ouvindo, como uma sentença amargurada...
"Seja digna do amor e ele virá"
Na chuva de verão desmoronada

Minha Beth! O pó é sempre despejado
Da tampa com seu nome cravado,
Pelos amados olhos lacrimejados,
Por mãos que têm cuidado.
A morte nos canonizou uma santa piedosa,
Sempre menos humana do que celestial,
E ainda mantemos, com lamentações afetuosas,
Relíquias nesse altar familial...
O sino de prata, tão pouco tocado,
A última touca vestida,
A Catarina bela e morta, seu corpo elevado
Por anjos acima da sua Morada

As canções que cantou, não lamentadas,
Em sua casa-prisão torturada,
São para sempre docemente misturadas
Na chuva de verão desmoronada.

Na última tampa polida...
Agora a lenda é justa e autenticada
Um cavaleiro galanteador traz em seu brasão
"Amy" em letras azuis e douradas.
Dentro jazem redinhas que amarravam seus cabelos,
Sapatilhas dançantes e desgastadas,
Flores desbotadas guardadas com zelo,
Leques que já não servem para nada,
Pretendentes felizes, todas as paixões ardentes,
Ninharias que desempenharam sua parcela
Nas esperanças, nos medos e nas vergonhas adolescentes,
O registro de um coração de donzela
Que agora aprende feitiços mais belos e verdadeiros,
Ouvindo, como uma poesia alegre recitada,
O som prateado dos sinos casamenteiros
Na chuva de verão desmoronada.

Quatro pequenas caixinhas enfileiradas,
Embaçadas pela poeira e desgastadas pelo tempo,
Quatro mulheres, pela felicidade e pela tristeza ensinadas
A amar e trabalhar no seu momento.
Quatro irmãs, por uma hora separadas,
Nenhuma perdida, uma apenas apressou a partida,
Pelo poder imortal do amor, tornada
Ainda mais próxima e mais querida.
Oh, quando esses nossos baús acobertados
Abrirem-se aos olhos do Pai,
Que estejam cheios de momentos iluminados,
Ações mais justas para a luz cai,

Vidas cuja música valente irá tocar,
Como uma melodia que desperta o espírito,
Almas que hão de se elevar e cantar
Na longa luz do sol depois do chuvisco.

– É um poema bem ruim, mas foi o que senti quando o escrevi. Era um dia em que estava muito sozinha e chorei bastante sobre um saco de retalhos. Nunca pensei que chegaria aonde chegou – disse Jo, rasgando os versos que o professor guardara por tanto tempo.

– Deixe ir, já cumpriu seu dever. *Terrei* um novinho em folha quando ler todo o livro marrom em que ela mantém segredinhos – disse o sr. Bhaer com um sorriso, enquanto assistia aos fragmentos voarem ao vento. E acrescentou, sinceramente: – Eu li o poema e pensei: "Ela estar triste, sozinha, e encontrará consolo no verdadeiro amor. *Terr* o coração cheio de amor por ela. Não deve ir e dizer: 'Se este não ser um presente muito pobre para oferecer em troca do que espero receber, aceite em nome de *Gott*'?"

– E então veio para descobrir que não era pobre demais, e sim a única coisa valiosa de que eu precisava – sussurrou Jo.

– Não *terr* coragem de pensar isso a princípio, apesar da forma tão divinamente gentil que me receber. Mas logo comecei a *terr* esperanças e então disse: "Eu a *terrei* para mim mesmo se *terr* de morrer para isso" e eu irei – disse o sr. Bhaer, com um meneio de cabeça desafiador, como se as paredes de névoa em volta deles fossem barreiras a superar ou corajosamente derrubar.

Jo achou aquilo maravilhoso e resolveu ser digna do seu cavaleiro, embora não tenha vindo a galope, sobre um cavalo cheio de enfeites.

– O que fez você ficar tanto tempo? – perguntou ela, achando tão agradável fazer perguntas confidenciais e obter respostas prazerosas que não conseguia ficar calada.

– Não foi fácil, mas não *terr* coragem de tirar você daquele lar tão feliz até que pudesse *terr* uma perspectiva para *darr* a você após muito tempo, talvez, e muito trabalho. Como eu poder pedir para desistir de tanto por um sujeito pobre e velho, sem qualquer fortuna a não ser um pouco de conhecimento?

– Fico feliz que seja pobre. Não suportaria um marido rico – disse Jo decididamente, acrescentando, em um tom mais suave: – Não temo a pobreza. Já a conheço há muito tempo para temê-la e sou feliz trabalhando por aqueles que amo. E não diga que é velho, quarenta anos é o auge da vida. Não deixaria de amá-lo nem se tivesse setenta!

O professor achou aquilo tão comovente que teria ficado feliz em pegar seu lenço, se pudesse alcançá-lo. Como não conseguiu, Jo enxugou os olhos dele e disse, rindo, enquanto pegava um ou dois pacotes:

– Posso ser teimosa, mas ninguém pode dizer que não sei me comportar; a missão especial da mulher deve ser enxugar as lágrimas e suportar as dificuldades. Vou cumprir com a minha parte, Friedrich, e ajudar a manter a casa. Decida-se sobre isso ou nunca aceitarei – acrescentou ela, resoluta, enquanto ele tentava pegar novamente os pacotes.

– Veremos. Você *terr* paciência para esperar muito tempo, Jo? Devo partir e trabalhar sozinho. Preciso ajudar meus meninos primeiro, porque, mesmo por você, eu não poder quebrar a promessa para a Minna. Pode perdoar isso e ser feliz enquanto temos esperança e aguardamos?

– Sim, sei que posso, pois nos amamos e isso torna todo o resto fácil de suportar. Também tenho minhas obrigações e meu trabalho. Não poderia ficar bem comigo mesma se os negligenciasse, mesmo por você, então não há necessidade de pressa ou impaciência. Faça sua parte no Oeste, eu continuo fazendo a minha aqui e seremos felizes, esperando pelo melhor e deixando o futuro nas mãos de Deus.

– Ah! Tu me deste tanta esperança e coragem e não *terr* nada para *darr* em troca, a não ser coração cheio e mãos vazias – disse o professor, muito comovido.

Jo nunca, nunca aprenderia a comportar-se da maneira adequada. Quando ele disse isso, enquanto estavam parados nos degraus, ela colocou as mãos nas dele, e sussurrou, ternamente: – Não estão vazias agora – e, abaixando-se, beijou seu Friedrich sob o guarda-chuva. Foi terrível, mas o teria feito mesmo se o bando de pardais de caudas molhadas sobre a cerca fossem seres humanos, pois estava alheia a tudo que não fosse sua própria felicidade. Embora isso tenha ocorrido de forma tão simples, esse momento foi o mais importante da vida de ambos: quando, ao desviarem da noite, da tempestade e da solidão para a luz, o calor e a paz do lar que os aguardava com um alegre "bem-vindos!", Jo entrou com seu amado e fechou a porta.

Tempo de colheita

Durante um ano, Jo e o professor trabalharam e aguardaram, tiveram esperança e amor, encontraram-se ocasionalmente, e escreveram tantas cartas que o preço do papel tinha que subir, dizia Laurie. O segundo ano começou moderado, pois as perspectivas não eram tão boas e tia March morreu de repente. Mas quando a primeira tristeza acabou (pois amavam a velha senhora, apesar da sua língua afiada), descobriram que tinham motivo para festejar; ela deixara Plumfield para Jo, tornando possível todo tipo de alegria.

– É um belo velho lugar e vai render muito dinheiro. Imagino que pretende vendê-la – disse Laurie, enquanto conversavam sobre o assunto algumas semanas depois.

– Não pretendo – foi a resposta decidida de Jo, enquanto acariciava o *poodle* gordo, que adotara por respeito à sua dona anterior.

– Você não pretende morar aqui, pretende?

– Sim.

– Mas, minha querida menina, é uma casa imensa e vão ser necessários força e dinheiro para mantê-la em ordem. Só o jardim e o pomar precisam de dois ou três homens, e acredito que agricultura não seja um talento de Bhaer.

– Ele vai tentar, se eu propuser isso.

– E você espera viver da produção do lugar? Bem, isso soa paradisíaco, mas você vai achar um trabalho desesperador.

– A colheita que teremos será bastante lucrativa – e Jo riu.

– E do que se trata essa boa colheita, madame?

– Meninos. Quero abrir uma escola para rapazinhos. Uma escola boa, feliz e caseira, comigo para cuidar deles e Fritz para ensiná-los.

– Esse plano é bem a sua cara, Jo! Não é exatamente como ela? – perguntou Laurie, apelando para a família, a qual parecia tão surpresa quanto ele.

– Gostei – disse a sra. March, decidida.

– Eu também – acrescentou o sr. March, que aprovou a chance de tentar o método socrático de educação na juventude moderna.

– Vai ser um trabalho imenso para Jo – disse Meg, acariciando a cabeça do seu único e trabalhoso menino.

– Jo conseguirá e será feliz fazendo isso. É uma ideia maravilhosa. Conte-nos tudo – disse o sr. Laurence, que há muito queria ajudar os namorados, mas sabia que sua ajuda seria recusada.

– Sabia que ficaria ao meu lado, senhor. Amy também, vejo em seus olhos, embora esteja esperando para analisar com prudência o tema antes de falar. Agora, meus queridos – continuou Jo, seriamente –, entendam que esta não é uma ideia nova, mas um plano há muito desejado. Antes de meu Fritz chegar, costumava pensar em como, quando fizesse minha fortuna e ninguém precisasse de mim em casa, alugaria uma casa grande e escolheria alguns rapazinhos pobres e desamparados para cuidar e proporcionar-lhes uma vida feliz antes que fosse tarde demais. Vejo tantos desses, arruinados pela falta de ajuda no momento certo, e gostaria de fazer alguma coisa por eles. Parece que sinto suas necessidades, simpatizo com seus problemas e, oh, gostaria tanto de ser uma mãe para eles!

A sra. March estendeu a mão para Jo, que a segurou, sorrindo, com lágrimas nos olhos, e continuou a falar do velho jeito entusiasmado, o qual não viam há bastante tempo.

– Contei meu plano a Fritz uma vez, ele disse que era exatamente o que desejava e concordou em tentar quando ficássemos ricos. Deus abençoe seu bom coração, ele tem feito isso a vida toda... ajudado meninos pobres; quero dizer, não ficou rico, e nunca será. O dinheiro não para muito tempo em seu bolso para se acumular. Mas agora, graças à minha boa tia, a qual me amava mais do que eu merecia, sou rica, pelo menos é assim que me sinto, e podemos viver em Plumfield perfeitamente bem, se nossa escola prosperar. É o lugar perfeito para meninos: a casa é grande e os móveis são fortes e simples. Há espaço suficiente para dúzias deles e uma área esplêndida do lado de fora. Eles poderiam ajudar no jardim e no pomar. É um trabalho saudável, não é, senhor? Fritz pode educá-los e ensiná-los do seu jeito, e papai o ajudará. Posso alimentá-los, mimá-los, repreendê-los e cuidar deles, e mamãe será meu apoio. Sempre gostei de estar entre muitos meninos e nunca tive o suficiente; agora, posso encher a casa e me divertir com os pequenos para alegrar meu coração. Pensem na felicidade... Minha Plumfield e um monte de meninos para se divertir comigo.

Enquanto Jo agitava as mãos e dava um suspiro de entusiasmo, a família entrou em um turbilhão de alegria, e o sr. Laurence riu até pensarem que teria um ataque apoplético.

– Não sei qual é a graça – disse ela, com seriedade, quando pôde ser ouvida. – Nada poderia ser mais natural e adequado para meu professor do que abrir uma escola e para mim, preferir morar em meu próprio patrimônio

– Ela já está toda presunçosa – disse Laurie, que avaliava a ideia à luz de uma boa piada. – Mas posso saber como pretende sustentar o estabelecimento? Se todos os pupilos são pequenos maltrapilhos, receio que sua colheita não será lucrativa em um sentido mundano, sra. Bhaer.

– Não seja estraga prazeres, Teddy. Claro que também terei pupilos ricos, talvez comece com eles. Depois, quando a coisa engrenar, posso admitir um ou outro maltrapilho, por gosto. Os filhos dos ricos frequentemente precisam de atenção e conforto, assim como os pobres. Já vi criaturinhas infelizes deixadas aos cuidados dos empregados ou atrasadas que são forçadas a acompanhar as que não são, o que é uma verdadeira crueldade. Algumas se tornam desobedientes por falta de cuidado ou negligência, e algumas perdem suas mães. Além disso, as melhores também passam por aquela idade em que ficam desajeitadas, e é nessa hora que mais precisam de paciência e bondade. As pessoas riem delas e as apressam, tentam mantê-las afastadas e esperam que essas belas crianças se transformem de repente em homens elegantes. As almazinhas corajosas não reclamam muito, mas sentem. Passei por algo desse tipo e sei tudo sobre isso. Tenho um interesse especial nesses ursinhos e gostaria de mostrar-lhes que enxergo seus corações calorosos, honestos e bem intencionados, apesar dos braços e pernas desajeitados e das cabeças bagunçadas. Tive experiência também, pois não transformei um menino no orgulho e na honra de sua família?

– Vou atestar que você tentou fazê-lo – disse Laurie com um olhar de gratidão.

– E tive um êxito além das minhas expectativas. Aqui está você, um homem de negócios firme e sensato, fazendo muitas coisas boas com seu dinheiro e acumulando as bênçãos dos pobres, em vez de dólares. E você não é um mero homem de negócios: adora coisas boas e belas, desfruta delas e as divide com os outros, como sempre fez nos velhos tempos. Estou orgulhosa de você, Teddy; você fica melhor a cada ano e todos percebem isso, embora não deixe que digam. E quando tiver meu rebanho, vou apontar para você e dizer: "Ali está seu exemplo, meus meninos".

O pobre Laurie não sabia para onde olhar, e embora fosse homem, parte da velha timidez pousou sobre ele enquanto essa profusão de elogios fazia todos os rostos se virarem, aprovando-o.

– Devo dizer que já chega, Jo – começou ele, com seu velho jeito de menino. – Vocês todos fizeram mais por mim do que jamais poderei agradecer, a não ser fazendo meu melhor para não os decepcionar. Você está afastada de mim ultimamente, Jo, mas tenho tido a melhor das ajudas, mesmo assim. Então, se consigo melhorar daqui para frente, agradeça a esses dois por isso – e ele colocou uma mão gentilmente sobre a cabeça de seu avô e a outra sobre a cabeça dourada de Amy, pois os três eram inseparáveis.

– Acho as famílias as coisas mais lindas do mundo! – disse Jo, cujo estado de espírito, naquele momento, estava excepcionalmente elevado. – Quando tiver a minha, espero que seja tão feliz quanto as três que conheço e amo acima de tudo. Se John e meu Fritz estivessem aqui, seria um pequeno paraíso na Terra – acrescentou ela, de um jeito mais tranquilo. Naquela noite, quando foi para seu quarto depois da alegre reunião noturna de conselhos, esperanças e planos, seu coração estava tão cheio de felicidade que só conseguiu se acalmar ajoelhando-se ao lado da cama vazia, sempre ao lado da sua, e tendo ternos pensamentos sobre Beth.

Foi, afinal, um ano impressionante, e as coisas pareciam acontecer de um jeito estranhamente rápido e agradável. Antes que percebesse, Jo viu-se casada e morando em Plumfield. Então, uma família de seis ou sete meninos brotou como cogumelo e floresceu de forma surpreendente; entre eles, meninos pobres e ricos, pois o sr. Laurence estava sempre encontrando algum caso tocante de destituição e implorando aos Bhaer que tivessem piedade da criança, e ele daria com satisfação uma contribuição para o sustento dela. Dessa forma, o astuto velho cavalheiro contornou a orgulhosa Jo e forneceu a ela os tipos de meninos que mais lhe agradavam.

Claro, foi um trabalho árduo no começo, e Jo cometeu erros questionáveis, mas o sábio professor a colocou no rumo e o maltrapilho mais levado foi conquistado, afinal. Como Jo gostava do seu "monte de meninos", e como a pobre e querida tia March teria lamentado se estivesse ali para ver os sagrados ambientes da bela e bem-arrumada Plumfield invadida por Toms, Dicks e Harrys! Havia certa justiça poética nisso; afinal, a velha senhora tinha sido o terror dos meninos por quilômetros ao redor, e agora os exilados banqueteavam-se livremente com as ameixas proibidas, chutavam o cascalho impunemente com botas profanas e jogavam críquete no grande campo de onde a irascível "vaca de chifre torto" costumava escorraçá-los. A casa tornou-se uma espécie de paraíso dos meninos, e Laurie sugeriu que deveria ser chamada de "Jardim dos Ursos", como homenagem ao seu dono e adequado aos seus moradores.

Nunca foi uma escola elegante, o professor nunca acumulou uma fortuna, mas era tudo o que Jo pretendia que fosse: "um lugar feliz e caseiro para meninos que precisavam de educação, carinho e bondade". Todos os quartos da casa logo foram ocupados. Cada pequeno pedaço do jardim não demorou a ganhar seu proprietário. Animais domésticos eram permitidos, e o celeiros e o barracão foram ótimos lugares para eles. E, três vezes por dia, Jo sorria para seu Fritz da cabeceira de uma longa mesa cujas laterais eram ocupadas por fileiras de jovens rostos felizes, com olhares afetuosos, palavras confidentes e corações gratos, cheios de amor pela "Mãe Bhaer". Agora ela tinha meninos suficientes e não se cansava deles, embora não fossem anjos, de jeito nenhum, e alguns deles causassem muitos problemas e ansiedade para o *Professor* e a *Professorin*. Mas sua fé na bondade que existe no coração do mais travesso, atrevido e impertinente pequeno maltrapilho lhe dava paciência, habilidade e, com o tempo, sucesso, pois nenhum menino mortal resistia por muito tempo ao pai Bhaer, iluminando-lhe benevolente como o sol, e à mãe Bhaer, perdoando-lhe setenta vezes sete. A amizade dos rapazes era muito preciosa para Jo, e suas fungações e sussurros arrependidos após terem feito malcriações, suas pequenas confidências engraçadas ou comoventes, seus entusiasmos, suas esperanças e seus planos agradáveis, até mesmo seus infortúnios, faziam com que fossem ainda mais cativantes para ela. Havia garotos lentos e tímidos, garotos fracos e desordeiros, garotos que tartamudeavam, um ou dois mancos, e um pequeno mestiço alegre, o qual não fora acolhido em nenhuma outra escola, mas era bem-vindo no "Jardim dos Ursos", embora algumas pessoas previssem que sua admissão arruinaria a escola.

Sim, Jo era uma mulher muito feliz ali, apesar do trabalho duro, de tanta aflição e da barulheira perpétua. Divertia-se muito com aquilo e achava o aplauso de seus meninos mais satisfatório do que qualquer elogio do mundo; ela agora não contava mais histórias, a não ser para seu rebanho entusiasmado, que acreditava nela e a admirava. Com o passar dos anos, dois rapazinhos chegaram para aumentar sua felicidade: Rob, em homenagem ao avô, e Teddy, um bebê feliz e sortudo, o qual parecia ter herdado o temperamento radiante do pai, assim como o espírito vivaz da mãe. Como cresceriam naquele redemoinho de meninos era um mistério para a avó e as tias, mas floresceram como dentes-de-leão na primavera e suas babás rudes os amavam e serviam bem.

Havia muitos feriados em Plumfield e um dos mais agradáveis era a coleta anual de maçãs. Nesse dia, os March, os Laurence, os Brooke e os Bhaer faziam total esforço. Cinco anos após o casamento de Jo, um desses frutíferos festivais ocorreu em um dia adocicado de outubro, quando o ar estava cheio de um frescor estimulante que fazia os espíritos se elevarem e o sangue circular saudável nas veias. O velho pomar vestiu-se para o feriado. As varas-de-ouro e os ásteres ladeavam os muros cheios de musgo. Os gafanhotos pulavam alegremente na grama e os grilos chilreavam como flautistas mágicos em uma festa. Os esquilos ocupavam-se com sua pequena colheita. Os pássaros cantavam seu *adieu* aos amieiros na rua, e cada árvore estava pronta para dar seu banho de maçãs vermelhas ou amarelas na primeira sacudida. Todos estavam lá. Todos riam e cantavam, subiam e desciam. Todos declararam que nunca houvera um dia tão perfeito ou um grupo tão alegre para aproveitá-lo, e todos se entregavam livremente aos simples prazeres do momento como se não houvesse preocupações ou tristeza no mundo.

O sr. March caminhava placidamente, citando Tusser, Cowley e Columella[110] para o sr. Laurence, enquanto desfrutava "do sumo viçoso da maçã gentil".

O professor andava para lá e para cá pelos canteiros verdes, como um vigoroso cavaleiro teutônico, com uma vara substituindo a lança, conduzindo os meninos, que formaram uma companhia de ganchos e escadas e realizaram acrobacias maravilhosas no chão e no ar. Laurie dedicou-se aos pequenos, carregando sua filhinha em uma cesta, levantando Daisy até os ninhos dos pássaros e impedindo o aventureiro Rob de quebrar o pescoço. Sra. March e Meg sentaram-se entre as pilhas de maçãs como um par de Pomonas[111], organizando as remessas que continuavam chegando; enquanto Amy, com uma bela expressão maternal no rosto, desenhava os vários grupos e observava um jovem e pálido rapaz sentado ao seu lado, adorando-a com sua pequena muleta ao lado.

Jo estava muito à vontade ali e corria por todo lado, com a barra do vestido erguida, o chapéu em todo lugar, menos na cabeça, e seu bebê enfiado sob o braço, pronto para qualquer aventura que pudesse aparecer. O pequeno Teddy levava uma vida encantada: nada jamais acontecia

---

[110] Thomas Tusser foi um poeta inglês do século XVI, talvez um dos primeiros poetas pastorais ingleses. Foi agricultor e se dedicou à poesia e, em 1557, produziu um longo trabalho chamado *Quinhentos Pontos de Boa Criação*. Abraham Cowley (1618-1667), poeta e ensaísta inglês que escreveu sobre as virtudes da vida contemplativa. Lucius Junius Moderatus Columella (nascido no século I d.C., Gades, Espanha), soldado romano e fazendeiro que escreveu extensivamente sobre agricultura e assuntos afins. (N.E.)

[111] Deusa romana dos pomares, dos frutos e da abundância. (N.E.)

a ele, e Jo nunca se sentia aflita quando era erguido por um dos meninos para alcançar o galho de uma árvore, galopava nas costas de outro ou era abastecido de maçãs Russet azedas por seu papai indulgente, o qual mantinha a ilusão germânica de que os bebês podiam digerir qualquer coisa, desde repolho em conserva a botões, unhas e seus próprios sapatinhos. Ela sabia que o pequeno Ted surgiria novamente a tempo, seguro e rosado, sujo e sereno, e sempre o recebia de volta com uma calorosa recepção, pois Jo amava seus bebês ternamente.

Às quatro da tarde fizeram uma pausa, e as cestas ficaram vazias, enquanto os coletores de maçãs descansavam e comparavam cortes e arranhões. Então, Jo e Meg separaram-se dos meninos maiores e organizaram o lanche na grama, pois o chá ao ar livre era sempre o momento mais alegre do dia. A terra literalmente escoava leite e mel[112] nessas ocasiões, pois não era exigido dos rapazes que se sentassem à mesa e podiam compartilhar o lanche como quisessem, uma vez que a liberdade é o tempero mais amado pela alma infantil. Eles aproveitavam ao máximo o raro privilégio: alguns tentavam o agradável experimento de beber leite de cabeça para baixo, outros emprestavam um charme à brincadeira de pular carniça comendo torta nas pausas, biscoitos eram semeados por todo o campo e bolinhos de maçã eram empoleirados nas árvores como uma nova espécie de pássaro. As meninas fizeram um chá particular, e Ted passeou entre os comes à vontade.

Quando ninguém podia comer mais, o professor propôs o primeiro brinde, que era sempre feito nessas ocasiões:

– À tia March, Deus a abençoe! – foi o brinde caloroso oferecido pelo bom homem, que nunca se esqueceu do quanto devia a ela, e tranquilamente bebido pelos meninos, os quais tinham sido ensinados a manter sua memória viva.

– Agora, ao sexagésimo aniversário da vovó! Vida longa a ela, com três vivas!

[112] "Por isso desci para livrá-lo das mãos dos egípcios e tirá-los daqui para uma terra boa e vasta, onde manam leite e mel: a terra dos cananeus, dos hititas, dos amorreus, dos ferezeus, dos heveus e dos jebuseus" – Êxodo 3:8. (N.E.)

Esse foi tomado com vontade, como o leitor bem pode imaginar, e a alegria, uma vez iniciada, era difícil de ser interrompida. Um brinde à saúde de todos foi proposto, desde o sr. Laurence, considerado um patrono especial, ao assustado porquinho-da-índia, desgarrado da própria toca à procura do seu jovem dono. Demi, como neto mais velho, deu vários presentes à rainha do dia, tantos que foram transportados para o festivo cenário em um carrinho de mão. Alguns deles eram engraçados, mas o que seriam defeitos aos olhos de outras pessoas eram ornamentos aos da vovó, pois todos os presentes das crianças eram confeccionados por elas mesmas. Cada ponto dado nos lenços embainhados pelos dedinhos pacientes de Daisy era melhor do que bordados para a sra. March; o milagre da habilidade mecânica de Demi, embora a tampa não fechasse; o banquinho de Rob tinha uma folga nas suas pernas desiguais, mas ela declarou ser relaxante; e nenhuma página do precioso livro que a filha de Amy lhe dera poderia ser tão bela quanto aquela na qual aparecia, em letras maiúsculas e desajeitadas: "Para a querida vovó, da sua pequena Beth".

Durante a cerimônia, os meninos desapareceram misteriosamente, e quando a sra. March tentou agradecer às crianças e começou a chorar, enquanto Teddy enxugava as lágrimas dela no avental dele, o professor de repente começou a cantar. Em seguida, voz após voz o acompanharam, e de árvore em árvore ecoou a música do coro invisível, enquanto os meninos cantavam com todo o coração a canção que Jo havia escrito, Laurie composto e o professor treinado com seus rapazes, para dar seu melhor resultado. Isso era algo totalmente novo e provou-se um grande sucesso. A sra. March não conseguiu esconder sua surpresa e insistia em cumprimentar cada um dos pássaros sem penas, desde os altos Franz e Emil até o pequeno mestiço, o qual tinha a voz mais doce de todas.

Depois disso, os meninos se dispersaram para a última brincadeira, deixando a sra. March e suas filhas sob a árvore festiva.

– Não acho que jamais devo me chamar "Jo azarenta" de novo; meu maior desejo foi concedido da forma mais linda – disse a sra. Bhaer, tirando o punho do pequeno Teddy da jarra de leite, na qual batia com entusiasmo.

– E, mesmo assim, sua vida é muito diferente da que você imaginou anos atrás. Você se lembra dos nossos maiores sonhos? – perguntou Amy, sorrindo enquanto observava Laurie e John jogando críquete com os meninos.

– Queridos amigos! Faz muito bem ao meu coração vê-los se esquecerem das preocupações e se divertirem um dia inteiro – respondeu Jo, que agora falava de uma forma maternal de toda a humanidade. – Sim, lembro, mas agora me parece egoísta, solitária e fria a vida que antes eu queria. Ainda não desisti de escrever um bom livro, mas posso esperar e tenho certeza de que será ainda melhor, por conta de experiências e ilustrações como estas –, e Jo apontou desde os rapazes felizes até seu pai, apoiado no braço do professor, enquanto caminhavam para lá e para cá sob o sol, mergulhados em uma das conversas que ambos gostavam tanto, e então para sua mãe, entronada entre suas filhas, os netos em seu colo e aos seus pés, como se todos encontrassem auxílio e felicidade no rosto que nunca envelhecia para eles.

– Meu sonho foi o que mais chegou perto de se realizar. Pedi coisas esplêndidas, é verdade, mas no meu coração eu sabia que ficaria satisfeita se tivesse uma casinha, John e filhos como estes. Tenho tudo, graças a Deus, e sou a mulher mais feliz do mundo –, e Meg colocou a mão na cabeça do seu menino alto, com um rosto cheio de ternura e contentamento devoto.

– Meu castelo é muito diferente do que planejei, mas não o mudaria, embora, como Jo, não abra mão das minhas aspirações artísticas nem me limito a ajudar os outros a realizarem seus sonhos de beleza. Comecei a esculpir a imagem da nossa bebê, e Laurie disse que é a melhor coisa que já fiz. Eu concordo e pretendo fazê-lo em mármore, para que, aconteça o que acontecer, possa pelo menos guardar a imagem do meu anjinho.

Enquanto Amy falava, uma grande lágrima caiu no cabelo dourado da criança adormecida em seus braços; sua amada filhinha era uma criaturinha frágil e o medo de perdê-la era uma sombra sobre o brilho de Amy. Essa cruz estava fazendo muito pelo pai e a mãe, pois o amor e a tristeza os mantinham ainda mais unidos. A natureza de Amy estava ficando mais doce, profunda e terna. Laurie estava ficando mais sério, forte e firme, e ambos estavam aprendendo que a beleza, a juventude, a boa sorte, até mesmo o amor, não podiam afastar a preocupação e a dor, a perda e a tristeza, nem mesmo da criatura mais abençoada, pois...

A chuva deve cair em cada vida,
Alguns dias devem ser mais escuros, tristes e sombrios[113].

– Ela está melhorando, tenho certeza disso, minha querida. Não desanime, tenha esperança e mantenha-se feliz – disse a sra. March enquanto Daisy, com seu coraçãozinho doce, inclinava-se para encostar sua bochechinha rosada na bochechinha pálida de sua prima.

– Nunca desanimarei enquanto tiver a senhora para me inspirar, mamãe, e Laurie para carregar a maior parte desse fardo – respondeu Amy calorosamente. – Ele nunca me deixa perceber sua aflição; é tão doce e paciente comigo, sempre tão devotado a Beth, e um apoio e um conforto para mim, que o amo sem medidas. Então, apesar da minha cruz, digo o mesmo que Meg: "Graças a Deus, sou uma mulher feliz".

– Não preciso dizer isso, pois todos podem ver o quanto sou muito mais feliz do que mereço – acrescentou Jo, olhando para seu marido e para seus filhos gordinhos, tropeçando na grama, ao lado dela. – Fritz está ficando grisalho e forte. Eu estou ficando magra como uma sombra, e tenho trinta anos. Nunca seremos ricos, e Plumfield pode pegar fogo qualquer noite dessas, pois o incorrigível Tommy Bangs fuma charutos sob as cobertas, mesmo já tendo ateado fogo a si mesmo três vezes. Ainda assim, apesar desses fatos nada românticos, não tenho nada para reclamar e nunca fui tão feliz em toda a minha vida. Desculpem o tom, mas, vivendo entre os meninos, não consigo deixar de usar suas expressões de vez em quando.

– Sim, Jo, acho que você terá uma boa colheita – começou a sra. March, espantando um grande besouro preto que encarava Teddy.

---

[113] Henry Wadsworth Longfellow (1807-1882), o poeta americano mais popular do século XIX, conhecido por obras como *The Song de Hiawatha* (1855) e *Paul Revere's Ride* (1863). Aqui, Alcott cita os últimos versos do poema *The rainy day:* Into each life some rain must fall,/Some days must be dark and dreary. (N.E.)

– Não tão boa quanto a sua, mamãe. Aqui ela está, e nunca será possível agradecer-lhe o suficiente pela semeadura e colheita pacientes que a senhora fez – disse Jo, com a adorável impetuosidade que jamais perderia.

– Espero que haja mais trigo e menos joio a cada ano – disse Amy de maneira suave.

– E um feixe de trigo maior, pois sei que há espaço em seu coração para isso, mamãe querida – acrescentou Meg com uma voz terna.

Comovida, a sra. March pôde apenas estender os braços para reunir filhas e netos e dizer, com o rosto e a voz cheios de amor, gratidão e humildade maternal:

– Oh, minhas meninas, não importa o quanto viverem, nunca poderei desejar a vocês uma felicidade maior do que esta!